三島四郎

ピカピカ軍医ビルマ虜囚記

狼兵団〝地獄の収容所〟苦闘記

元就出版社

キャプタン第二半部駐留跡地

マンダレー城壁（上）とマンダレー宮殿

アバク大鉄橋

ラングーン街道——ペグー駅前

まえがき

ビルマで生死を共にした狼師団第四野戦病院の者が集まり、終戦後、会を結成して昔を偲《しの》び話し合っていた。そのとき、かつての同僚・広沢士官は、ふと思い出したようにつぎのような話をした。

パーンの収容所で、腎臓結核の手術を決行することになった。医療器械はあったが、手術室がないので、川原に机を持ち出し、その上に戸板を置いて手術を始めると、その地区にいた英軍の医師や看護婦が数人、見学に来たという。そのとき広沢少尉は、戦争には負けたが、自分は勝ったと感じたという。

戦後、狼師団と離れ、方面軍の軍医部に属したわれわれは酷《ひど》い食べ物に悩んだ。そこで、上層部が英軍に万国捕虜協定に反すると抗議したら、「お前たちは戦後に捕らえられたんだから、捕虜ではなく、囚人だ」との返事がかえって来た。「囚人なら、労役はしないでよいはずだ」と反論したが、「負けたくせに何を言う」と一蹴され、われわれは少量の飯とキャベツ、じゃが芋の乾燥野菜のみで過ごすことになった。

兵の話によると、戦争が早く終わったので、造った乾燥野菜があまって使いようがないので、捕虜に食わせ、労役させて、日本政府から食費を回収すれば一挙両得だとか。フィリピンでは労役もなく、内地送還は戦後二ヵ月ごろから始まったそうだが、ビルマでは、最初に復員したもので一年半。我々は昭和二十二年九月、ビルマ派遣軍最終の帰還兵として英軍の病院船に乗ったが、その乗組員の中には、学徒出陣の学徒がまだ復員できずに、患者の世話をしていた。英国も疲労困憊《こんぱい》していたのだ。

労役中、豪州兵に殴られている日本兵は何回も見たが、英国の兵隊に殴られるのは見たことはない。さすがは紳士の国だ。「労役中に怪我をしたら、かならず証明書を貰《もら》え」との上司の指示で、現場の英兵に求めたが、字の書けない者がいた。文章を書き署名を求めたが、それすらも出来なかった。戦前の日本は、世界有数の識字率を誇っていたのだ。

ソ連の捕虜としてウクライナに連れて行かれた軍医の話によると、一緒に収容されていたドイツ兵の抗議には言うことを聞くソ連兵も、日本兵の抗議にはまったく耳を貸さず、平然としていたそうだ。たちの悪いのになると、兵の持っている腕時計をとりあげ、数本腕に巻き、動かなくなると、壊れたと思ったのか、そのまま捨ててしまったのもいたらしい。

英国は戦後、一時衰退したかに見える日々がつづき、植民地がなくなったせいかと思っていたが、みごとに回復した。英国ではケンブリッジ、オックスフォードなどの英才教育を受けた者たちが進んで前線に出て、みんな戦死したので、英国の戦後回復が遅れたのだといわれている。

「論語」には身を殺して以《もっ》て仁を成すと言い、われわれは道徳の真髄はここにあると思っていたが、英国でもジェントルマンの義務として、自ら進んで前線に立ち戦死したのである。いずれの国でも、道徳の真髄は同じらしい。

著　者

ピカピカ軍医ビルマ虜囚記——目次

ビルマ方面軍組織図

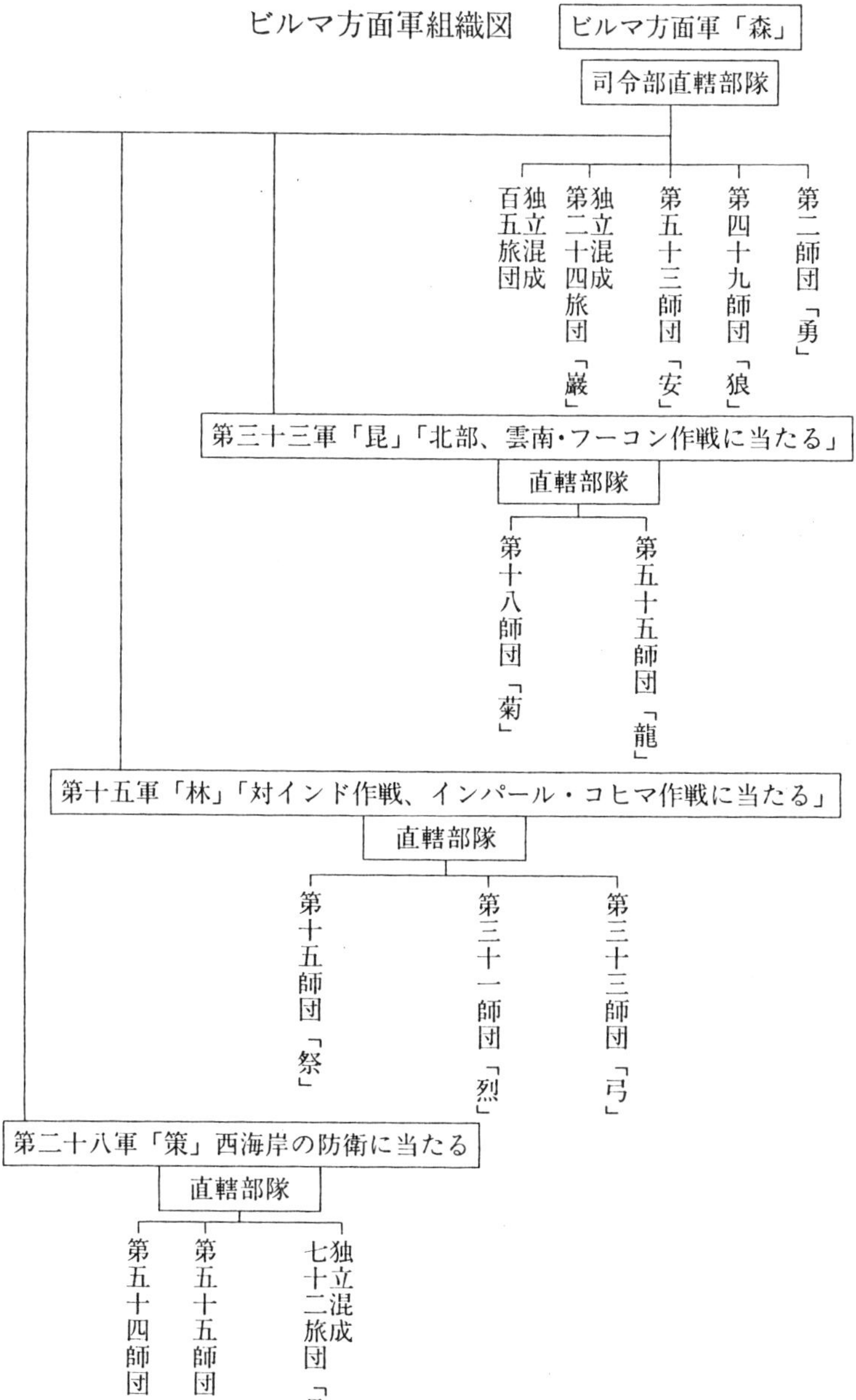

ビルマ方面軍「森」
司令部直轄部隊
第二師団「勇」
第四十九師団「狼」
第五十三師団「安」
独立混成第二十四旅団「巖」
独立混成百五旅団
第三十三軍「昆」「北部、雲南・フーコン作戦に当たる」
直轄部隊
第五十五師団「龍」
第十八師団「菊」
第十五軍「林」「対インド作戦、インパール・コヒマ作戦に当たる」
直轄部隊
第三十三師団「弓」
第三十一師団「烈」
第十五師団「祭」
第二十八軍「策」西海岸の防衛に当たる
直轄部隊
独立混成七十二旅団「貫徹」
第五十五師団「壮」
第五十四師団「兵」

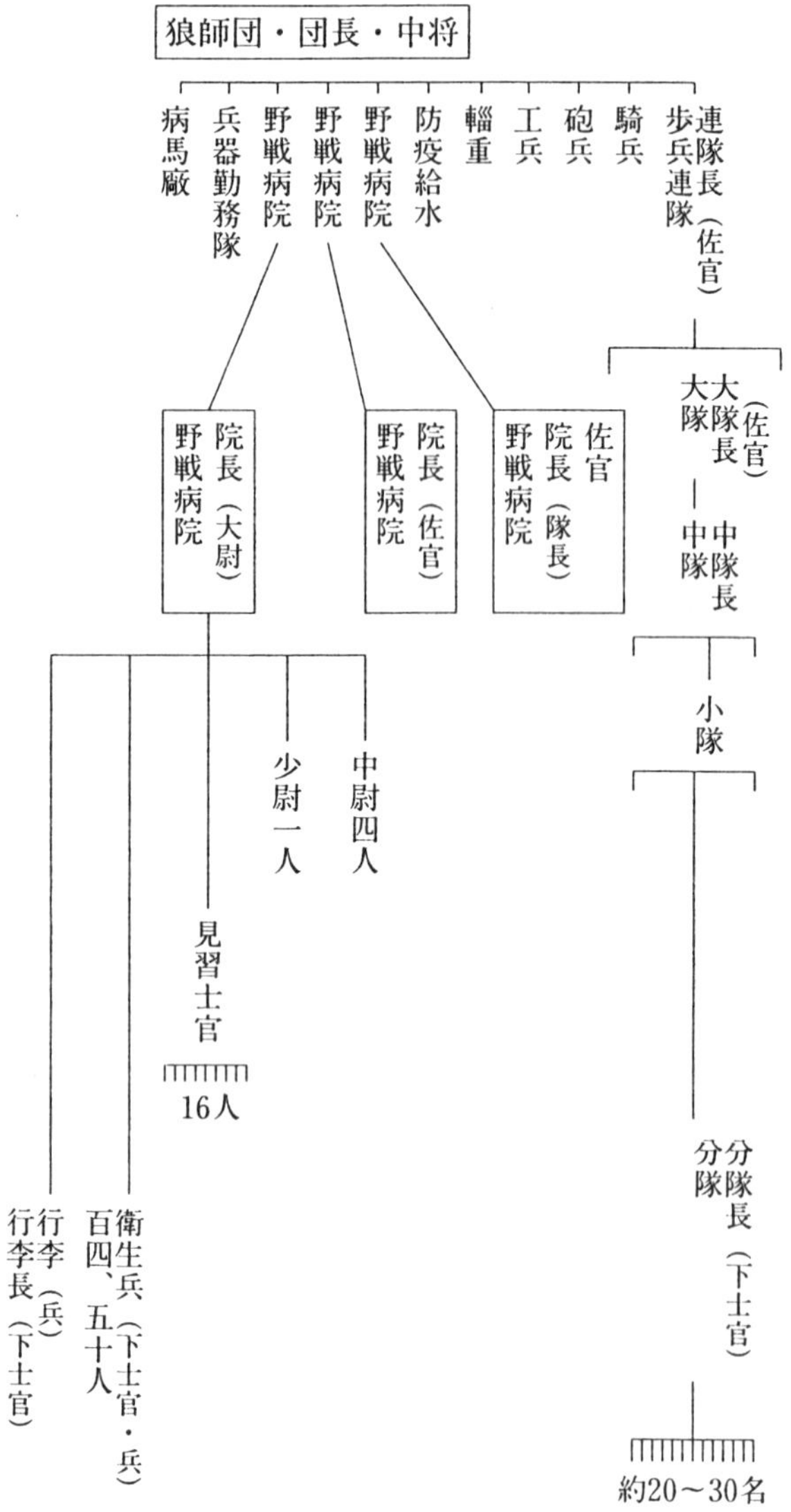

将官	大将・中将・少将
佐官	大佐・中佐・少佐
尉官	大尉・中尉・少尉
	見習士官座金付
	准尉
	見習士官座金無
下士官	曹長・軍曹・伍長
兵	兵長・上等兵・一等兵二等兵

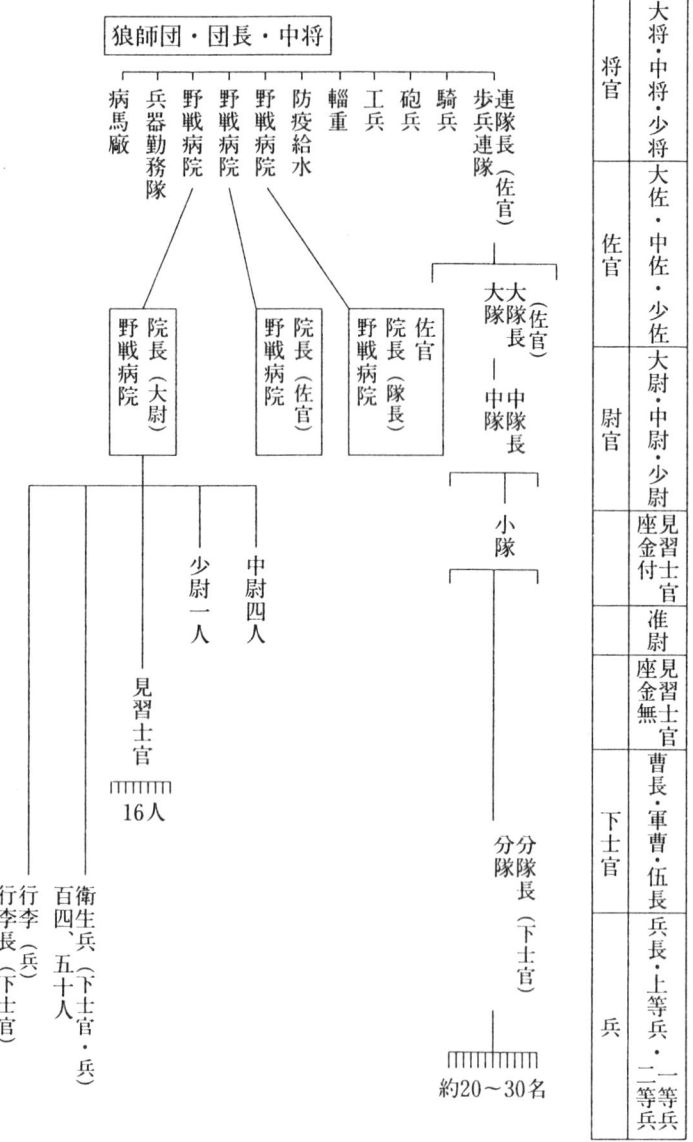

ソビエト社会主義共和国連邦
オホーツク海
カムチャツカ半島
コマンドルスキー諸島
黒龍江
樺太
ハバロフスク
千島列島
ウルップ島
択捉島
国後島
満州国
哈爾浜
長春
ウラジオストク
千歳
ウランバートル
ノモンハン
蒙古人民共和国
北京
大連
京城
日本海
日本
黄河
黄海
呉
東京
各務ヶ原
松山
大村
鹿屋
中華民国
洛陽
武漢
上海
重慶
揚子江
ブータン
インド
琉球列島
沖縄
台北
台湾
南鳥島(マーカス島)
硫黄島
ビルマ
香港
高雄
ハノイ
海南島
ラングーン
ベンゲット
バギオ
ルソン島
フィリピン海
マリアナ諸島
ウェーク島
タイ
仏領インドシナ
マバラカット
マニラ
フィリピン
テニアン島
サイパン島
バンコク
グアム島
プノンペン
サイゴン
エニウェトク島
レイテ島
南シナ海
ヤップ島
ウルシー島
クェゼリン島
シンゴラ
コタ・バル
ブルネイ
ダバオ
パラオ諸島
カロリン諸島
英領ボルネオ
ミンダナオ島
トラック島
ポナペ島
シンガポール
セレベス島
マノクワリ
アドミラルティー諸島
ボルネオ島
ナウル島
パレンバン
蘭領東インド
アイタペ
ラバウル
スマトラ島
ジャワ海
ニューギニア
ラエ
ソロモン諸島
ニューブリテン島
スラバヤ
ジャカルタ
サラモア
バンドン
ジャワ島
ポートモレスビー
チモール島
ガダルカナル島
ポートダーウィン
インド洋
珊瑚海
エスピリッサント島
ニューヘブリデス諸島
オーストラリア
ニューカレドニア島
ヌーメア

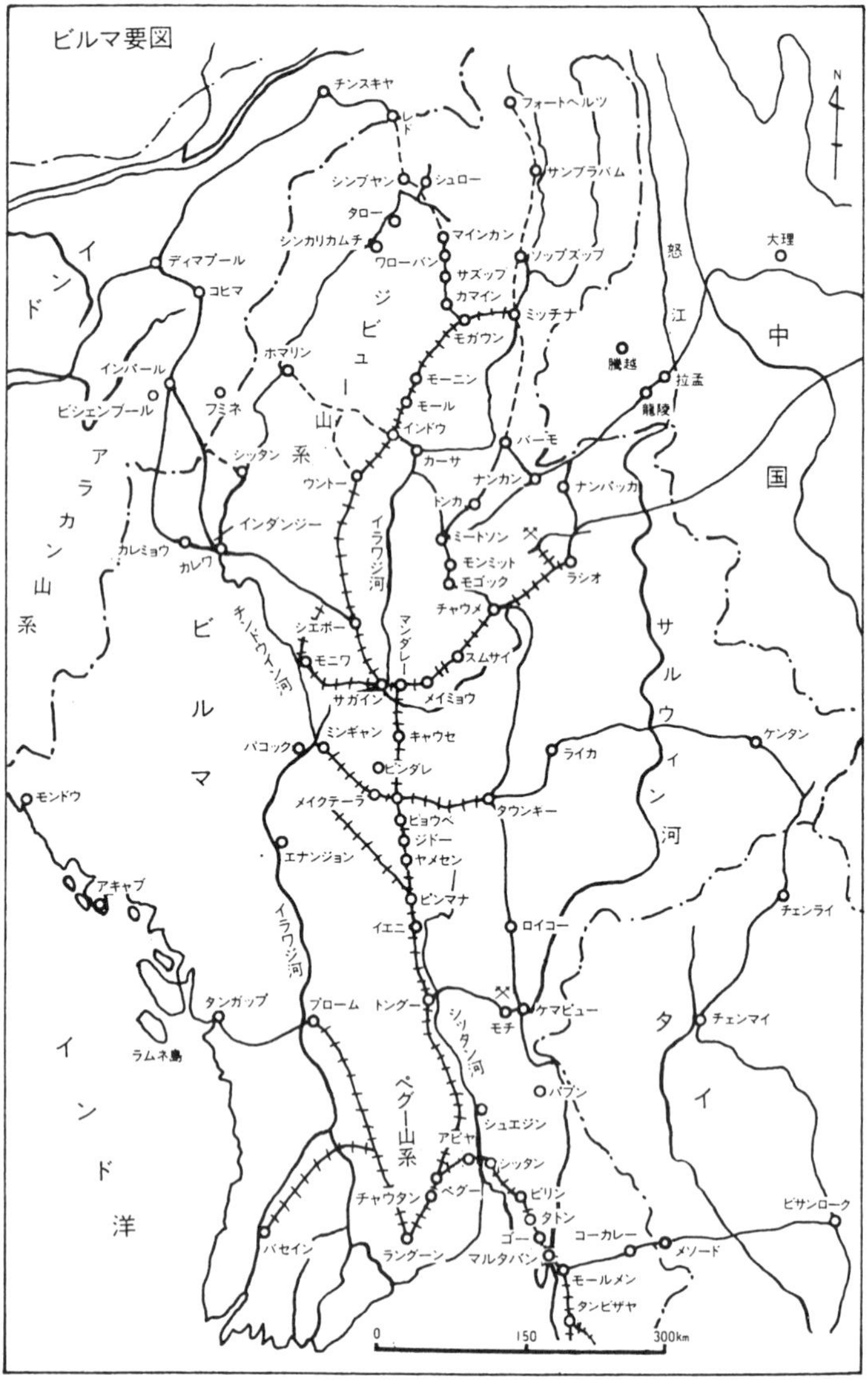
チンスキヤ
レド
フォートヘルツ
サンプラバム
シンブヤン
シュロー
タロー
シンカリカムチ
マインカン
ワローバン
サズップ
ソップズップ
カマイン
ミッチナ
モガウン
大理
ディマプール
コヒマ
イ
ン
ド
ジ
ビ
ュ
ー
山
系
怒
江
中
国
騰越
拉孟
龍陵
ホマリン
インパール
ビシェンプール
フミネ
モーニン
モール
インドウ
バーモ
カーサ
シッタン
ウントー
ナンカン
ナンパッカ
トンカ
ア
ラ
カ
ン
山
系
インダンジー
ミートソン
カレミョウ
カレワ
モンミット
モゴック
ラシオ
イラワジ河
チャウメ
チンドウイン河
シエボー
マンダレー
スムサイ
モニワ
サガイン
メイミョウ
ビ
ル
マ
サ
ル
ウ
ィ
ン
河
ミンギャン
キャウセ
パコック
ライカ
ケンタン
ピンダレ
モンドウ
メイクテーラ
タウンギー
ピョウベ
ジドー
ヤメセン
エナンジョン
アキャブ
ピンマナ
イエニ
ロイコー
チェンライ
イラワジ河
トングー
ケマピュー
モチ
タンガップ
プローム
シッタン河
チェンマイ
タ
イ
ラムネ島
イ
ン
ド
洋
ペグー山系
パプン
シュエジン
アピヤ
シッタン
ビリン
チャウタン
ペグー
タトン
ゴー
コーカレー
ビサンローク
バセイン
ラングーン
マルタバン
メソード
モールメン
タンビザヤ
0
150
300km
N
ビルマ要図

ピカピカ軍医ビルマ虜囚記

——狼兵団〝地獄の収容所〟苦闘記

プロローグ——武装解除

広島に新型爆弾が落ちて、一瞬にして広島がフッ飛んだという噂が広まった。原子爆弾かも知れない。高等学校のころ、物理の先生に原子核の話を聞いた。そのとき、原子の破壊する際のエネルギーを利用すると、一握りの原子で、富士山でも、フッ飛ばすことができると教えられたが、もしそうなら、すでに勝負はついていることになる。

毎日の悲報に、憂鬱な日々がつづく。日本が負けたら、われわれは一体、どうなるのだろう。いくら思い悩んでも、何一つ結論は出なかった。真っ暗な夜、不安で眠れず、ぼんやり竹の床の上に横になっていると、命令受領が来て、何か報告している。何事か起こったらしい。

「今まで、命令受領が報告に来たことがないのに、何事だろう?」と緊張して待っていると、「命令受領、報告します。わが軍は全面的に非なり。以上終わります」と言ったまま、立ち去ろうとした。

「『全面的に非なり』とは、日本軍が負けたということか?」と聞くと、「分かりません」という。ついに日本が負けたのだ。一体、われわれは何のために苦労して来たのだろう? 戦友は何のために死んでいったのか? 張りつめた心の支えがなくなって、何も考える気力もない。もう戦友の仇を討つこともできない。イッソのこと死んでやろうか。

腰に下げた手榴弾をはずし、針金を抜いた。これでコツンと叩いたらおしまいだ……と疲れ切った頭で考える。少しも怖《こわ》い気がしない。だが、ボンヤリと手榴弾を見ているうちに考えが変わった。

「死にたいときは、いつでも死ねるんだ」。また、そっと針金を刺して、腰に戻した。

遣《や》る瀬ない焦燥感に駆られ、じっとしてはいられない。大声で軍歌演習を始めた。「さらばラバウルよ、また来るまでは……」。つづいて「暁に祈る」。つぎからつぎへと声を限りに歌いつづけた。

額田隊長のいる家の前に、全員集合を命じられた。小雨の降る中で、何事が起こったのかと思ったら、隊長の訓示だった。

「天皇の命により戦ったが、戦いの終わった今、英軍に収容されることと思うが、皇軍の名に恥じないように……」ということだった。私には、窶《やつ》れた隊長の声が、遠い遙か彼方の世界でしゃべっているかのように聞こえた。バシー海峡で刀を抜いて、「眠るやつは叩き切るぞ」といった威勢はどこに行ったのか。彼の額に雨がしぶくのを、人ごとのようにボンヤリ眺めていた。

「英軍の命により日章旗は提出することになったので、持っているものは始末するように。また兵器はまとめて没収されることになったので、そのつもりでいるように……。横流しした者は死刑に処する。また現地人には、いかなることがあっても、抵抗してはならない。もし抵抗すれば、銃殺すると英軍から通達があった、と方面軍から命令が伝達された」

隊長の訓示が終わった後、国旗を焼くことになり、私も岡山市民病院でもらった寄せ書きの日章旗を焼いた。先輩や看護婦たちの顔をひとりひとり思い浮かべながら、火に投げ込んだ。メラメラと燃えさかる炎に、希望も、夢も、そしてわが青春も、消えていった。いつまでもいつまでも、小雨の降る中で、私は旗を焼く炎を見つめていた。

終戦の命が下るや、勇猛を持って鳴る菊部隊の隊長は、降伏を潔《いさぎよ》しとせず、シッタン河を渡河し、マンダレー街道を北上して行方を絶ったという噂が流れてきた。安部隊も終戦を知らず、斬り込み隊を組織して夜襲に行き、数十名の部隊が全滅したという噂も出た。方面軍では「潔く玉砕すべきだ」と、少壮参謀が息巻いているという噂も流れてきた。

「天皇陛下の命に従い、降伏する」という方面軍の断が下ると、過激なことを言っていた参謀も、いっぺんにおとなしくなったそうだ。たわいのないゼスチュアで、無謀な作戦を強いた責めは決して薄れるものではない。「見得で恰好《かっこう》を付けた」と穿《うが》ったことをいうものもいて、みんな呆れていたのである。

疲れて体を休めていると、浦田班長がやって来た。「いつも噂している彼女が、時局について聞きたいことがあるそうですから、話してもらえませんか？　下の家で待っているんですが……」と訪ねて来たのである。「聞きたいことがあったら、聞きに来たらいいのに」と思ったが、ほかならぬ浦田班長の頼みだから、行くことにした。

浦田は案内しながら、「自分がいくら説明しても、承知しないんです」とちょっと妬《ねた》ましそうな身振りをした。彼女は日当たりのよい縁側に待っていた。

「日本はアメリカやイングリ（英国）だけだったらよいが、ドイツやイタリーが降参したので、アメリカ、イギリス、ソ連、支那など世界を相手の戦争になったから、勝てなかった。それでも半年戦ったが、これ以上戦っても無駄なので、戦争は止めた」と説明すると、彼女は納得した。彼女も日本語学校を出て、日本に好意を抱いていたのだ。

兵器を集めて、英軍に提出することになった。つまり、武装解除されることになったのである。英軍に取り上げられるくらいなら、現地人にでも売って菓子でも食った方がましだ。戦友たちを殺した相手に武器を渡すなんて、意地でも嫌だ。といって、処罰されて復員の妨げになっては困る。せめて弾丸でもと、穴を掘って埋めてしまった。七十発の弾丸は、抵抗精神の発露である。

広沢士官に会ったら、「おまえも一半分の外科を立派にやってのけた、と処務主任が褒《ほ》めていたぞ」と、何か奥歯に物の挟まったような言い方だが、修業も短い身で、実際に大業をやってのけた私の不敵な振る舞いに、半信半疑ながら、驚き呆れたのであろう。

彼は裏山のチャウン（寺）のポンジー（僧侶）に拳銃の売買を交渉したら、「護身用として欲しいが、かえってダミヤン（強盗）が来る恐れがあるので買えない」と言ったと言う。拳銃は時価五千円だそうだ。広沢士官は面構えばかりでなく、不敵な心臓の持ち主でもある。

第一章——軍医の魂

ポツダム少尉

下士官がやって来た。「これからタトンに行きますから来て下さい。案内します」と言う。急《せ》かされて出発する。メマ（女）やメカレ（娘）に世話になったお礼を言いたかったが留守で、その暇もない。そのまま雑囊《ざつのう》や軍医携帯囊を持って出発する。

体温は三十七度五分ある。毎日の下痢で疲れ切った体でタトンまで、一里（約四キロ）以上歩けるかどうか心配だったが、歩いてみると歩けるものだ。兵は心配顔でついてくれたが、別に休むこともなく、無事、タトンに着いた。

先日、本隊がタトンに進出する前、見習士官全員の少尉任官が隊長より伝達された。いわゆるポツダム少尉だ。整列して、任官順に並ぶ。まず広沢、中井、安東、宮崎、土井、三島……の順だった。

広沢は見習士官ナンバーワン。中井士官は体が弱かったのか、いつも二半分の本部でゴロゴロしていたようだが、庶務主任の相談に乗っていたらしい。安東士官は内科のベテラン。宮崎士官は前線からの患者護送に成功。土井士官は隊長と同じ教室の後輩で隊長の話相手。次が私。経験は少ないが、二半分でただ一人、三面六臂《ろっぴ》の活躍した。そのほかみんな、必死に頑張ったのである。

案内されたのは、タトンの町中にある一番大きな家だった。じつに大きな家で、床も高く、チーク材で造られていて、梯子《はしご》で上がるようになっている。四十畳敷きはある広い部屋に、小さい部屋が一つ付いていた。家の左側に一反（約十アール）もある広場があり、そこに小さい竹の家がある。広場はそこだけで、付近にはぎっしり家が立ち並んでいた。五、六十メートル離れたところに繁華街や市場があり、賑わっている。その突き当たりに病院が開設されていた。私は病気ゆえ仕事は免除され、少々寂しかった。

この家は、自分と土井士官および森士官とその当番の合計六人が住むことになった。この家に来て以来、急に下痢が酷《ひど》くなり、一日に二十回も通わなければならなくなった。粘液便だから、アメーバ赤痢で、薬はない。先日からの疥癬《かいせん》は膿瘍になり、顔を除いて全身に広がっていて痒《かゆ》くてたまらない。

米が支給されたが、籾《もみ》がたくさん入っていて、とても食べられないので、当番が選《え》り分けていた。チークの床にブチマケて一粒ずつ選《よ》るのだが、早くできず、辛気くさい仕事だった。見習士官の自分のする仕事ではないが、痒くてじっとしていられない。

「おい、俺にもやらせろ！」と兵を押し退《の》けて籾を選る。気を紛らわせようとしたが、とても駄目だ。

便所は隣りの空き地に大きな穴を掘り、二本の棒を掛けて回りを囲ってあるだけのもので、ウッカリすると落ちかねない。用便中も落ちないように気を使わなければならないので、技術を要する。

下痢が酷いので、早く行かなければ途中で出るので、ズボンを脱ぎ、その代わりに、入手した女用のロンジー（スカート）を着ることにした。

裾がスカートのように開いているので、まことに涼しい。風の方向に向けて裾を開けると、涼しい風がスーッと入ってくる。じつに気持ちがよい。快適だ。昔は「夕涼み、よくぞ男に生まれける」と言った時代もあったらしいが、女性がスカートをやめられないわけだ。

よい気になっているが、腹が冷えると便の回数が増す。仕方がないので、ズボンをはき、腹巻きがわりに内地から持って来た、唐草模様の木綿の分厚い風呂敷を腹に巻きつける。たちまち蒸《む》れるように暑くなり、汗ばんでくると、急に介癬の痒さが増し、ジットしていられない。また裸になり、便所に走る。またズボンをはく。するとまた暑くなり、ズボンを脱ぐ。この果てしない無駄な動作を繰り返しながら、一日一日と過ぎていく。まるでペネロペの織物だ、と苦笑しながらも、現実は現実で、仕方がなかった。

外科の下士官が、チンク油に赤チンを混ぜた薬を作って、「特効薬です」と威張って疥癬に塗ってくれるのだが、ますます酷くなるばかりだ。ついには男性のシンボルまで介癬になったのか、真っ赤になって浮腫状に腫れ上がってしまった。

痒くてたまらない。敏感なところなので、掻けば痛い。といって、痒くて痒くてジットしていられない。次第に大きくなり、膝小僧まで届くほど巨大になり、馬でもこれほどではないと思われるほどだ。根本の太さは普通だが、先は包皮が膨《ふく》れて蜜柑ほどの太さになってしまった。皮膚は薄く半透明になり、血管が見える。

慌《あわ》てて便所に走ると、両膝にパタンパタンと当たってとても走れない。まるで馬と一緒だ。「一に〇〇君、二に〇〇〇、三四が飛んで五つ馬」という戯言《ざれごと》を聞いたことはあるが、まさか自分がなることは思わなかった。

毎日毎日、手当しながら、治ったら、元のようになるのかしら、とつくづく眺める。このままだと、何の為に生きているのか分からない。しみじみと人生の侘《わび》しさを味わった。

体中が膿疱疹《のうほうしん》におおわれて、尻の皮膚は破れてズルズルになった。痒くて仕方がないので、掻き毟《むし》ってしまったのだ。手を下げると、ゾクゾクして痛い。手首より先の膿疱の数を数えてみたら、三十五もあった。腕全体を数えはじめたが、あまりに多くて数え切れず、止めてしまった。

森士官が友だちという現地の青年を連れて来た。彼の話だと、ラングーンにしかない大学の卒業生で、通信関係の仕事をしているそうだ。彼はビルマの医術に詳しいのか、われわれが軍医と知っていながら、面白いことを言う。

「人間の体を元気にするには、輸血にかぎる。その血は鳥の血がよい。空を飛ぶほど力が湧いて来る」のだそうだ。そういう彼の顔は、大真面目だった。「自分はコレラの治療の研究し、三人のうち二人を治した」と言う。治ったのは女二人で、秘術のできない男は死ぬので、それについて今、研究中だと言う。

「どんな秘術か」と膝を乗り出して聞くと、オナニーなのだそうだ。これをすると肛門が閉まって、下痢が止まるのだと言う。これが大学出の男が考えることかと不思議に思ったが、彼は大真面目だった。

「インパールやシッタンで、日本軍がたくさん略奪した」と言いはじめた。困った話になった。どんな言い訳をすればよいか、あれこれと考えていたら、彼の方から助け船を出してくれた。

「負け戦《いくさ》で、飢えていたのだから、仕方がなかったんですね」「食うものがなければ、ビルマ人でも同じことをしたに違いない。生きるためには仕方がないですよ」と話の分かる男でもあった。

「われわれビルマ人は、そのことに関し、少しも恨んではいない」というのだ。

ところで、「日本は戦に負けたが、今度はいつ来るか？　三年後か？」と言う。今の状況から考えて、ふたたび力を付けるのは三、四十年——あるいは再起不能かも知れない、と思ったが、「三年では無理だ」と答えた。

「では五年かかるか？」「それでもちょっと無理だろう」「では十年かかるか？」「そうだ、十年はかかるだろう」と答えると、彼は満足したようにニンマリした。われわれの目の黒い間は、ふたたびビルマに進攻することはないだろう。しかし、十年したら商社マンは来るかも知れないと思ったのである。

よく考えてみると、祖国も焼け野が原で、賠償金の支払いもしなければならない。そんなときに多くの兵隊が帰ると、食料もなくなるし、「明日の食もなく、路頭に迷う鎖国の徳川時代の飢饉《ききん》、天保の西国餓死者三十万人を再現しかねない状況にある」と判断していたのである。私個人としてはビルマ人に近親感もあり、この地に誰か来て港湾を整備し、道路を造り、中小企業の振興を図るような援助が出来たらよいが、という希望もあったのだ。

彼はお互いの間柄で隠し立てをせず、話そうと言わんばかりに顔を覗《のぞ》き込む、真の独立を願う多感な青年だったのである。

三十五、六歳のいかにもインテリらしい女が訪ねて来た。チャンレー（寒い）から診《み》てくれ、と言うのだ。マラリアとの診断で、アテブリンを若干分けてやる。「もっとくれ」と言うのだが、断わった。遣《や》りたいのはヤマヤマだが、われわれの方もわずかしか残っていなかったのだ。

彼女はカレン族の看護婦で、ビルマ女性の中ではインテリ中のインテリらしく、ツンと尊大に構え、大膝を組んでいた。彼女は自分のことをチョンマと言うので、尋ねると、チョンノーと言うより、女性らしい言い方だそうだ。マは英語のミス、ミセスに相当する言葉らしく、「マッイーチャイ、マッサーミ」となるのが普通らしい。

彼女の言によると、カレン人は頭が良いのでインテリが多く、医師、学校の教師、高級官吏などになり、一方、ビルマ人は数が多いが警察官や義勇軍などが多く、インテリは少ないのだそうだ。そんな話をして、「有り難う」とも言わずに、さっさと帰ってしまった。

ビルマ人は小乗仏教国なので、物を施《ほどこ》すことにより、「来世の供養になる」と考えるらしく、貰《もら》うのは逆に「彼岸への切っ掛けを与える」ことになるのか、礼は言わない。そこがわれわれには馴《な》染《じ》めない。それにしても、ビルマとの親善の一助にもと貴重な薬を分けてやったのに、いささか拍子抜けする。

菓子売りの女の子がやって来た。昨日は買ったが、今日は金がないので、「バイサン、ムシブー」（金がない）、「ムカンブー」（駄目だ）と言うと、「ユー、ユー」（あげる、あげる）と売り物の菓子を持って梯子《はしご》を上がって来た。一面識もないのにと驚いたが、彼女たちは平気だった。

素焼きの器に、カステラを水に漬《つ》けたような菓子が入っていた。モーアイエー（酒菓子）だった。蜂蜜と酒に漬かった菓子はじつに旨《うま》い。こんな旨い菓子は、今まで食ったことがないような気がする。「もし生きて帰れたならば作らなければ」と作り方を聞くのだが、言葉が通じないので要領を得ない。

彼女たちは、「家にもあるから、来れば上げる」と言うので、菓子に引かれて付いて行くと、出してくれた老人の指が曲がったままで、顔も癩病《らいびょう》そっくりだ。しまったと思ったが、もう遅い！「毒を食らわば皿までも」男は度胸と菓子を貰って食べてしまった。こんなことで商売になるのだろうかと……こちらの方が心配になるが、日頃ろくなものを食べていないので、何よりの御馳走だった。

石原士官は万年筆のような奇妙なもので、タバコの火をつける。よく見るとエボナイト製で、中空になっていて、片方を急に押すと、中の空気が圧縮されて熱せられ、火がつくようになっている。雨期でマッチが湿っていても、これなら火がつくだろう。ビルマでは最適の代物だと感心する。これがあったら、転進も楽だったに違いない。

土井士官は、食事ごとに飯に白いものをかけている。塩だそうだ。「こうすると、食欲が湧くんだ」と彼は物憂い顔をした。ときには唐辛子を焼いて瓶に詰め、少しずつ飯に掛けて食べている。「おまえも掛けてみるか?」と言うのだが、そんな料理は願い下げることにした。

毎日少量の水草の塩汁では、幾ら病人でも元気が出ない。副食がなくなると、森士官は黒砂糖を飯に掛けて食べはじめた。南洋の原住民がご飯に砂糖を掛けて食べる話は聞いたが、まさか目の前で、こんなご飯を食べる人がいるとは思わなかった。

「悪くないぜ、おまえもやってみるか?」と言うので、恐る恐る砂糖をかけて食べてみると、悪くない。よく考えてみると、「おはぎ」と同じようなものだ。

酒が支給された。もともと酒は好きではないが、せっかく配給になったものだから、飲むことにした。蒸溜酒だから、ウイスキーのように茶色できつい。飲みながらいろいろ話すうちに、「飯に酒を掛けて食べるようになったら一人前、と言うぜ。一つやってみるか……」と、各自、飯に酒を掛けて、「御茶漬けならぬ酒漬け」にして食べることにした。

まず音を上げたのが土井士官で、森士官も「やっぱり食えたものではない」と箸を置いた。旨《うま》いとは思わなかったが、一番弱いはずの私が食べてしまった。病気で味覚が鈍ったのか、それとも酒に強くなる下地でもあるのか、よく分からない。

憂国の志士

空地の中に、小さ竹の家がある。その中に四十がらみの男と五、六歳の女の子が住んでいた。あまり退屈なので、子供と友だちになりにいった。付近に床柱ぐらいの大きさのアカシアに似た木があり、小さい指頭大の実が実っている。スグリそっくりで、縞まである。食べてみると味まで、そっくりだ。

親父は泰緬国境の鉄道建設に狩り出されて行ったのだそうだ。「チャンレー」（寒い）と彼は肩を窄《すぼ》めて、身振りをして見せる。暑いところに住む彼には、高山の寒さがよほど身に沁《し》みたらしい。つぎに言ったことは、みんな、病気で死んだことだった。最後が重労働で、体がエラクテということだった。ゆっくりしたビルマ人には、日本流の重労働には付いて行けなかったのか、逃げて帰ったのだそうだ。

集落割り当ての徴用だったので、集落にも帰れず、竹の小屋に住むことになったらしい。彼ら労働者は、仕事に行くときは弁当は飯だけで、副食物は付近の木の葉を食べるのだそうだ。これなら安上がりで便利がよいが、日本人ならとても体がもたないだろう。

彼らは寒いのか、蚊燻《いぶ》しのつもりか、床下で火を焚きながら、ロンジー（スカート）を頭からかぶって寝ている。外から丸見えの小さな家だ。家には戸すらない。われわれ兵隊は、米の飯と水草でやっと飢えを凌《しの》いでいると思っているのだが、この人たちにとっては日常の生活らしい。この侘しい生活をしている彼らも、日本の敗退は無関心ではいられないらしく、「マスター（日本兵のこと）日本に帰ったら、今度来るのは三年先か？」と聞くのである。ビルマ独立は日本にたよる以外になく、その遅れを憂えているらしい。

土井士官は、ガピー（魚の塩辛）を少し懐《ふところ》から取り出して飯につけて食べる。「あの臭いものをよく食べるものだ」と思っていたが、ビルマに慣れると結構うまい。上等なのは海老で作ったナッピーだと森士官は得々と話すのだが、聞き違いかも知れない。

手まね足まねで、この家の主人から聞いたところによると、魚を潰し、塩を混ぜて太陽に当てて作るのだそうだ。日本に帰ったら作ってみたい。

宿の主人が竈《かまど》で何か焼いていた。珍しいものかも知れないと近寄ってみたら、龍舌蘭の葉を切って焼いていた。「カウネラ？」（よいか？）と聞くと、「ネンネカウネー」（少しよい）と答えた。一つ貰って食べたが、苦いばかりで、よいものではなかった。

経理の方から五、六尺（約百五十二～百八十二センチ）の布とカタン糸を「預かってくれ」と渡された。支給するとは言わなかったが、さっそくコンビーフを開く針金を伸ばし、石で叩いて作った針で、ズボンの尻を修理した。これでどうやら人前に出られるようになった。

森士官、土井士官と私が家の前で立ち話をしていると、立派な服を着た大佐が通りかかった。慌てて敬礼をすると、「何だ、貴様らはそんな恰好して将校と言えるか！」と怒鳴られてしまった。互いに顔を見合わせた。すき好んで汚い着物を着ているわけではない。ないものは仕方がないではないか。

昼過ぎに帰って来た二人が、こもごも語った。

「今朝方、俺たちを叱った大佐が来て、会食があったが、着替えもないので、そのまま出席したら、『ああ君たちだったか！　あのときは失礼した。ノラクラして来た昭南の連中と一緒にされてはたまらない。』と思ったので……』」と言ったそうだ。昭南（シンガポール）で自分が教育した見習士官だと思ったので……』」と言ったそうだ。

森士官のところに、ポンジー（僧侶）が尋ねて来た。土産は果物、梨の晩三吉のような味の小さい果物だ。「自分の寺は貧乏だから、こんなものしかないので……」と言いながら、ニッコリ笑った。三十歳がらみの青年僧だ。彼は日本の敗戦を、心から残念がっていた。

「なぜ日本は負けたんだ。これでビルマは当分、独立の機会を失ったと言わねばならない。英国がビルマに侵入して以来、搾取に搾取を重ね、ビルマ人に物を造る自由を取り上げ、マッチも布もすべて英国から輸入しなければならなかった。今あるのは、土産の製造と生ゴムくらいのものだ。それも英人の資本によらねば造り得ない現状だ。薬だってそうだ。ビルマには立派な薬がある。マスターたちの持っている、薬は欲しくない。マラリアに対するキニーネより良く効く薬もある。アメーバ赤痢の薬もある。われわれが欲しいのは、先ほど森士官に貰ったアスピリンだけだ。解熱剤もあるにはあるが、アスピリンには及ばない」

「見てくれ」と持って来た箱を開くと、中には仕切られて小さい蓋がたくさん付いていた。中には、草根木皮の粉末が入っていた。「頭が痛いときはこれだ」というので、粉末を撮《つま》んで鼻のところに持って行くと、薄荷《はっか》のような香りがしてスッとする。

「どうだ、気持ちがよいだろう。眩暈《めまい》がしたら、蜜柑の葉を嗅がすとよい」など、いろいろのことを教えてくれる。「私は人の心を救う僧であると同時に、人の身体のために医術を知る必要がある」。どうだ……と、人ナツコイ微笑を漏らした。

こんな薬を造る工場を造ることさえ許さなかった英国の非人道的行為を詰《なじ》る彼を、ビルマの憂国の志士とでも言うのだろうか、などとボンヤリ考える。私たちもこんな情熱を持っていた時代もあったような気もする。今は異質なものに感じるが、何か啓発されたような気がした。

盗賊の案内人

夕刻、森士官が土産《みやげ》だといって、鶏卵大の薩摩芋を持って来てくれた。病馬廠へ往診に行ったら、土産にくれたのだそうだ。病馬廠と言えば、干肉をときどき支給するが、固くて幾ら嚙んでも嚙み切れない。そうした固い肉を作っているのが病馬廠だった。

最近、芋などは食べたこともない貴重なものだったので、嬉しくて仕方がない。この芋はどうして食べようか。生で食べるのは手早くてよいが、せっかくの芋だから、飯盒《はんごう》で炊くことにしようか。それとも焼いて食べようか……と思い悩んで眠れない。それとも半分焼いて、半分は炊いて食べようか……。それでは小さ過ぎるし……。とうとう一晩、抱いて寝てしまった。

翌朝、みんな出た後、芋を焚き火に放り込んで、焼いていると、飛行機が飛んで来た。慌てて物陰に逃げ込んで苦笑いした。もう戦争は終わっていたのだ。逃げる必要もなかった。空しい自嘲が湧いて来る。あれほど楽しんだ焼き芋も味わう暇もなく、アッというまに腹に入ってしまった。飛行機はビラを撒《ま》いて飛び去った。

宿の主人が二、三人の現地人と、困ったように飛行機の撒いたビラを開いて、ヒソヒソと協議していた。聞き耳をたてると、英軍の布告で、もう日本の軍票は使用できないと書いてあったらしい。

飛行機の危険はなくなったことは理性では分かるが、飛行機が飛ぶと、何となく落ち着かない。習慣とは恐ろしいものだ。

宿の主人が子供を連れて来て、病気らしいが看《み》てくれと言う。ふと見ると、鎖骨が変形していた。梅毒のゴム種らしい。主人に聞いてみると、駅のそばに悪い女がいて、それに引っ掛かったのだそうだ。ビルマでは、性病に関する限り悪い女のせいになるらしい。

「宮崎士官が大変なことをしでかして……」と、帰ったばかりの土井士官が急《せ》き込んで話す。例によって宮崎士官が酒を飲み、大虎になって、大変なことを仕出かしたらしい。主婦が好意で出した酒の魚が気に入らないと暴れ出し、洋皿を投げて数枚割ってしまった。主婦はヒステリー気味に怒り出し、大騒動になり、「皿をもとに戻せ！　返さねば訴えてやる」と泣き叫ぶので、みんな困り果てているのだそうだ。ビルマ人の家には、ろくに家財もないのが普通で、この洋皿は家宝の一つだったのだろう。宮崎は、せっかくの酔いも醒《さ》めて平謝りに誤ったが、承知せず、今も大騒動はつづいているのだそうだ。

宮崎の奴がいかなることになろうとも、同情の余地はないが、これが切っ掛けになって、英軍に睨まれたら大変だ。日本人は酒の上でのことは大目に見る習慣があるが、何で、こんなことをするんだ！　日本人の恥曝《さら》しだ。

私は相変わらず、ズボンをはいたり、脱いだり、便所に走ったり、背中や腹を掻いたり、薬を塗ったり、シャツや褌《ふんどし》の虱《しらみ》取りに忙しい。

次第に虱取りも上手になり、虱のいるところも大体分かって来た。シャツの縫い目など、ことに胸や脇の下に多いこともわかった。この虱取りも毎日欠かせない行事の一つになっており、幾らたくさん取っても、毎日数匹は取れる。不思議でならない。

夜になると、犬の遠吠えが始まった。ビルマ人の家には、大抵一、二匹のクエ（犬）を飼っている。夜になると、ウオーンという胸に迫るような、噎《むせ》ぶような、物寂しい犬の遠吠えがする。一匹が吠えると、次からつぎへと、数百、数千と遠吠えがつづく。こちらに犬の大合唱が起こると、隣りの集落にもつぎつぎと伝播し、犬の世界と化すような気がして、寝ていても薄気味悪くなって来る。

犬の遠吠えにつられて、外に出ると、月は皓々と照っている。昼と違って夜は涼しくて気持ちがよい。夜道を歩きながら聞く遠吠えは、訴えるような、哀しいような、背筋に冷たいものが走って鬼気迫る。言い知れぬ思いに駆られ、別世界に彷徨《さまよ》う思いである。これもビルマの忘れ難い不思議な世界だ。「一犬虚に吠ゆれば、万犬その実を伝う』というのは、このことかも知れない。

この数日、夜になるとタトンの町の東側の方から銃声がしきりに聞こえて来る。ときには機関銃の音もする。英軍からの達示で禁止されているので、日本軍のはずはない。ビルマの内乱だろうか？　などと話しあっていると、銃声は日ごとに激しくなって、タトンの町中で聞こえるようになった。

今晩は銃声の様子が少し違い、百メートルくらいの距離で撃ち合っている。われわれ見習士官三人は、横になったまま静かに銃声を聞いていた。

「おい、もう間もなくここまで来るぞ」「いま飛び出したら、やられてしまう」「起き上がると、流れ弾が来る公算が多いから、寝ていることにしよう」

夜は当番もいないからで、武器は見習士官の拳銃と軍刀だけで、これではどうにもならない。

「もし、この部屋のこちらから上がって来たら、ここから逃げよう」「あちらから来たら、こちらからだ」と相談していたら、この家の主人が慌《あわ》てて帰って来た。

「マスター（日本兵の呼称）、ダミヤン（盗賊）が五十人も来たから、日本兵を呼んで追っ払ってくれ」と言う。彼は警察官で、緑色の星の軍曹の肩章を付けていて、ビルマ一の拳銃の名手だとのことだ。

彼の言う通り、兵を呼びに行くにしても、危なくて家を出るわけに行かない。もし行っても、『現地人に抵抗してはならない』との英軍の通達があるので、内地帰還の遅れることを恐れて救援に来る公算はないはずだ。

「おまえ、警官なら、自分で捕まえたらよいだろう」と言ってみたが、警官では、どうにもならならしい。「おまえ、ビルマで一番の拳銃の名手だろう。来たら、みんな撃ち殺したらよいじゃないか」とからかうと、「五十人もいるのに……」とブルブル震えている。見兼ねて「俺たちがいるから、ケサンムシブ（心配ない）」と言ってやったが、まだ不安らしく、「それでも、ダミヤン（盗賊）は機関銃を持っているんだから……」となお心配そうだ。

「ケサンムシブ、ケサンムシブ（心配ない、心配ない）、来たらこの刀や拳銃で斃《たお》すから大丈夫。おまえ、自分の部屋に入って寝ておれ。来たら俺たちがやっつける」と寝たまま宥《なだ》めすかして、寝室に行かせた。われわれとしては泰然としていたわけではなく、起きれば流れ弾《だま》に当たる公算が多いと判断して、寝ていただけである。

日本兵は、ビルマ人には侵すことの出来ないほどの力を持っていると信じられていることだった。「俺たち三人がここにいることは、おそらく奴らも知っているはずだ。たとえここに来ても、この家を避けて通り過ぎるだろう」という希望的観測だけだったのだ。

危機にたびたび会ったせいか、少しも怖《こわ》くない。耳を澄ませていると、二、三軒隣りまで来たようだが、そのうちに銃声は聞こえなくなった。

わが作戦は成功したのである。以後、宿の主人の信頼は絶大になった。ざまあ見ろだ。それにしても、武器もろくにない我々の言うことを信じて寝てしまった拳銃の名手にも、恐れ入った。話によると、この盗賊団の案内人は、現職の警官だとのこと。昼間は警官、夜は盗賊の案内人とは、いかにもビルマらしい。

付近にもシュエーパゴダ？　という黄金のパゴダ（仏塔）があると聞いて、病を押して行ってみる。この間来た僧は、付近の小さい寺の僧だそうだ。ラングーンのシェダゴンパゴダには及ばずながら、じつに美しく黄金に輝いていた。ここには小さいパゴダや仏像は見当たらなかった。町中にあるが、ここの僧も相当、偉いらしい。それにしても、これだけ金箔を貼るのは大変なことに違いない。このパゴダに金箔を貼ることを、一生の願いにしている老婆も多いと聞く。

いずれにしても、竹の床に寝、木の葉や草を食べ、裸足《はだし》で歩く現地人の姿とこの黄金のパゴダの対照はじつに見事だ。

病を得てモールメンへ

突然、日野中尉がやって来て、「まもなく泰緬国境が封鎖されるので、いま後送されて国境を越えれば、内地に早く帰れるかも知れないから入院しなさい。軍医携帯嚢は兵器だから、個人に支給されたものではなく、隊のものだから貰《もら》って行く」とサッサと持って行ってしまった。軍医も疲労困憊《こんぱい》してみんな捨てたので、部隊にあるのは三個だけ。一個は内容をだいぶ捨てたから、満足なものは、隊長の額田大尉のものと私の持っているものの二個だけだったのだ。

軍刀が軍人の魂なら、「軍医携帯嚢」（メス、コッヘル、ピンセット、鋏《はさみ》、注射器が入っていて、小手術なら出来るようになっている）は軍医の魂だと心えて、命ある限り持っていなければ……と考えていたのは私一人だったらしい。

それにしても、自分は捨ててしまって、人のを取り上げるなんて、ズルイ奴だ。そう思ったが、戦いも終わったし、自分も元気になれるかどうか分からないので、軍医携帯嚢は手放すことにしたのである。しかし、艱難辛苦を共にした携帯嚢と分かれるのは寂しかった。

タトン駅より二名の衛生兵と二、三十人の患者と共に汽車に乗り、マルタバンに着き、案内知った道を埠頭《ふとう》に急ぐ。今まで患者を護送した同じ道を、患者として送られる身になろうとは、今さらのように人生の変転を身に滲《し》みて感じる。

埠頭に着くと、「軍医殿、三島士官殿」と呼ぶ声に振り返ると、ペグーの病院でチブス患者として治療した桝江が立っていた。

「その節は有り難う御座いました。何もありませんが、これでも……」とポケットから煙草を一摑み出してくれた。私は煙草を吸わないが、好意として有り難く受けた。落ち目になって、つくづく人の好意が身に滲みる。彼は「用がありますので……」と、手を振って去っていった。よくこんなに元気になったものだ。

船を待っていると、病気で一緒に護送されている三宅一等兵は、一心に何か拾っている。拾っているのは、埠頭に落ちている大豆だった。拾って食べたい心を抑え、平然としていなければならない将校の身が哀れになった。恥も外聞もなく、行動できる兵の立場が羨ましい。

大発に乗りモールメンに着いた。そしてトラックに乗せられて着いたのは、ニッパ椰子で葺《ふ》いた家だった。家のまわりは三和土《たたき》のように踏みつけられていて、そこには今まで沢山の兵が住んでいたと思われる。ムドンだそうだ。

昼食を食べると、集合を命じられた。壁に立て掛けられた杖を見て驚いた。串団子のように玉が連なって杖になっていた。節のところが細くなっていて、数珠《じゅず》を大きく伸ばしたような竹だ。今までこんな珍奇な竹は見たことがない。人もいない家なので、持って行ってもよいのではないかと思ったが、幾ら欲しくても将校のすることではないので、ぐっと堪える。将校とは辛いものだ。

つぎにトラックが着いたのが兵站《へいたん》病院だった。兵と離れゴム林を通り、抜けて連れて来られたのが将校の伝染病棟だった。当時、入院したのが大尉、中尉、少尉、准尉の合計七名だった。長い兵の病棟の一部を区切った部屋の真ん中に通路があり、両側が床上げされ、そこに雑魚《ざこね》寝するようになっている。南側は四人、北側は三人が割り当てられた。

ムドン病院の日々

病棟の私のいる南側は、十メートル離れたところに鉄条網があり、その向こうは荒れ野がどこまでもつづいていて、家は一軒も見当たらない。西側には点々と兵の病棟があり、その向こうに平病の病棟がつづく。北側はゴム林を隔てて、勤務者および軍医の宿舎がある。

私も出発のときはずいぶん衰弱したと思っていたが、動けば動けるし、少しも疲れない。何となく元気になったような気がする。病気より気落ちの方が大きかったのかも知れない。

全員、アメーバ赤痢だ。一人置いて隣りの少尉は入院以来ウンウン唸って、付き添いの当番兵が付きっ切りで背中を撫で、手足を揉んでいるが、少しも楽にならないらしい。顔色は元気そうだし、太っている。「少しオーバーなのかも知れない」と思っていたが、様子が怪しい。

翌日、受け持ちの軍医が挨拶に来た。狼の四野病の庶務主任によく似た男だった。高槻医専を出て六、七年勤務していたとかで、くどくど話していたが、おとなしそうな軍医だった。

翌日から診断が始まり、検便もときどきするが、アメーバはなかなか検出されない。将校だから敬意を表して、毎日腹を抑えて回る。診断したところで薬はないのだから、軍医も気苦労だったに違いない。おまけに若いとはいえ、軍医の私まで混じっているのだから、なおさらだ。私も毎日見てもらうのはかなわないが、入院患者だから仕方がない。

しかし、採便で落ちるところに紙を出して、取らなければならない。失敗すれば取れない。手ぶらで診断を受ければ、薬がないことを知っているから、いい加減なことをすると思われても困るので、気苦労でならない。

私の疥癬《かいせん》の皮下膿瘍《のうよう》を見て、軍医は「硫黄浴剤を風呂に入れて入りますか？」と言ったが、風呂のないことに気づき、「ドラム罐でよければ、さっそく手配しましょう。一番に将校さんに入ってもらい、後は病棟の順序は交代にしましょう」と言ったが、すぐに実現した。

翌日、衛生兵監督のもと、隣り部屋の曹長の指揮で、たちまちドラム罐風呂ができあがった。彼はキビキビした野戦重砲の曹長だそうだ。野重といえば、猛者揃《もさ》いの歩兵も一目置くという猛者中の猛者だそうだ。

位の順と遠慮した私も勧められて、中尉と一緒に風呂に入った。じつに気持ちがよい。硫黄の匂いがする黄色で透明なお湯は綺麗だし、長い間、風呂に入ったことのない体に滲み入るように気持ちがよい。思わず唸《うな》り声が出そうなほどだ。

一日置きに風呂がたてられることになった。不思議なもので、一日の入浴で全身の疥癬は半ば乾いて来た。硫黄浴剤は膿瘍には効かないはずだから、まだ体力があったのかも知れない。
二、三回の入浴で、尻に出来た潰瘍を残して治ってしまった。馬にも勝ると嘆いた男性のシンボルも急速に縮んで、案じたほどでもなく、まもなくもとに帰った。ヤレヤレと一安心したものの、まだ下痢はいっこうによくならない。
早くよくならないと、体の弱ったまま労役に出されたら、とても体がもたないような気がする。といって、早くよくなれば労役が待っているだろうし、早く病気が治ればよいような、そうでもないような複雑な気持ちだ。こんな中途半端な気持ちで入院していると、心も体も次第に滅入って来る。部隊はすでに労役に携わっているのだろうか？　などと映画などで見た凄まじい労役に投入されるときの来る日を思い悩む。

鉄条網の外で十二、三名の兵が鍬《くわ》やシャベルで毎日、穴を掘っている。一体、何が始まるのかと思ったが、別に何も起こらない。不思議に、付近の上空に真っ黒い大きな燕が集まると思ったら、死体を埋めているのだった。

毎日塹壕《ざんごう》ようの長い深い壕を掘って死体を入れ、足でチョイチョイと泥をかけ、ついで、つぎの死体を担架で担いで来て、一、二、三とサッと放り込む。また、足でチョイチョイと泥をかけ、つぎの死体を運び、穴に埋めるとシャベルで泥をかけて埋めてしまい、つぎの穴掘りに取りかかる。

体力もなくなったろうが、屈強の兵が十四、五人で掘る穴と、入院患者の死亡兵の数がシーソーゲームをしていた。死亡数が多くなれば、死体の山ができ、掘る力が勝れば山はなくなるのだ。追いつ追われつの日々がいつまでもつづく。上空に舞う数匹の黒い大きな燕は、死臭に集まった昆虫を追っているのかも知れない。

初めのうちは、幾ら人手がないといっても、あまりに無惨な仕打ちだと嫌な気分になったが、よく考えてみると、こんな地の果てに永遠に一人でいるのは、堪え難い寂しさに違いない。『一人でいるより、気心の会った人なら、四、五人一緒の方が賑やかでよいかも知れない』と窓に凭《もた》れて、果てどもなく想い更《ふ》ける。

雲南やアラカンの果てより、数百キロにわたる泥濘《でいねい》を、食もなく彷徨《さまよ》って来た兵は、痩せ細って血の気も失せ、顔色は土色になり、表情も失い、落ち窪んだ目ばかりがギョロギョロ光っている。悪性マラリアやアメーバ赤痢に苛《さいな》まれ、悪戦苦闘して来て、行き着いたのが、この墓地だったのだ。病院に入っても、ろくに副食物もなく、わずかの飯を与えられるだけで、薬らしい薬もなく、栄養失調はますます進み、つぎつぎに死んで行ったのだ。食物さえ充分なら生き永らえた者もたくさんいたろうに……。

腹痛の酷《ひど》い少尉はウンウン唸っていて、こちらまで寝つけない。当番は必死に背中を撫で、腰を揉むが、どうにもならない。隣りの将校も見兼ねて、「夜中だが、衛生兵を呼んで来い」と言うと、当番も力を得て出て行ったが、「いくら戸を叩いても、起きてくれない」と、途方にくれて帰って来た。

こんなときに軍医携帯嚢があれば、麻薬が九本残っていたのに、巻き上げられたので、今さらどうにもならない。入院患者の身だが、医師として黙って見過ごしできなくなった。

鎮痛剤もないし、強心剤もジギタリスしかない。私の所持している薬では役に立たないが、せめて死に行く者に対する心尽くし、礼儀として、受け持ちの軍医には悪いが、注射をすることにした。注射器をアルコールで消毒し、腕に注射した。受け持ちの軍医にはすまないことをした……と思ったが、見ていられなかったのだ。その明け方、少尉は死んだ。そして目の前の墓地に入ったのである。

翌朝、誰に聞いたのか、受け持ちの軍医が来ると、私に向かって、「あの患者の飲み薬には、ジギタリスの粉末が入っていたが、この高熱ではジギタリスは効かない。君は若いから仕方がないが……」と、くどくど文句を言われたのには閉口したが、自分の越権行為なんだから仕方がない。うんざりしながら、軍医の皮肉を身に沁《し》みて聞いた。

「私物は持ち帰ってよい」という話だったので、刀の手入れを始める。刀の鞘《さや》に牛皮をかぶせてあり、束には牛皮の覆いがしてあったが、水が入ったのか、ところどころ錆びついていたので、磨くことにした。身体はだるいが、今まで自分を守ってくれた刀だ。だるいなどと言ってはいられない。磨いては休み、休んでは磨き、一心不乱に磨く。もし内地に帰れたら、艱難辛苦のシンボルとして、苦楽を共にした刀が思い出として最適と思ったのだ。

四野病の見習士官仲間では、私の備前長船が一番よいということになっていたが、中ごろがブリキのように浮いてペコペコしていた。錆《さび》が深く入って、段になっているところもある。この刀も研《と》ぎすきて、駄目になっていたのかも知れない。それでも暇に任せて磨きあげてしまった。もし英軍に取り上げられるときが来たら、板の透き間に切っ先を突っ込んでへし折り、持って帰ろうと思っていたのである。

到着して二、三日は粥《かゆ》食だった。腹が空いてかなわない。夕食時、何を間違えたのか十二、三センチメートルの海老が三匹入っていた。隣りの人の話では河海老《えび》だそうだ。南国というものだろうか。こんな贅沢な副食物は、ビルマに来て以来初めてだったので、箸を付けかねていると、他の将校はいつも食べ慣れているると言わんばかりの顔をして、食べていた。ビルマの海老も日本と同じだった。味わう暇もなく喉の奥に入ってしまった。皮も食べたかったが、人目もあるので、ぐっと我慢した。

翌日より次第に食事が悪くなった。重湯に少し御飯の入った三分粥だ。薬がないので、食事療法を厳重にしようと言うことなのか。お菜《かず》もほとんどない。木の葉を乾かしたようなものを炊いてある。タイ国で作った乾燥野菜だそうだが、木の葉の柄が固くて噛み切れない。剽軽《ひようきん》な久保田中尉は、「この乾燥野菜には骨がある」と笑わせる。言い得て妙である。

毎日同じ三分粥では、とてもカロリーが足りるわけがなく、腹が空いて仕方がない。薩摩芋の葉の漬物が出た。各人一枚だが、隣りの人は一枚半。私の一枚は虫食いで、一枚が半分になっていた。隣りの食膳を横目で見ながら、羨ましくて仕方がない。「武士は食わねど高楊枝」とぐっと腹に力を入れて我慢するが、用をなさない。たかが芋の葉一枚なのに……。

毎日の薬はただの健胃剤だけだから、下痢は相変わらず止まらない。酷いときには、持ち合わせのアドソルビンを一、二グラム飲めば、軽快する。薬はわずかしかないので、いつまでも服用することもできず、いっこうに下痢は止まらない。いつ果てるとも知れない下痢との戦いだ。

どうした風の吹き回しか、西瓜が一切れ支給された。あっと言う間に食べ尽くし、「白いところは漬物にしたらよい」と思ったが、塩がないのでそのまま齧《かじ》った。残った緑の皮もついでに食べた。二十粒の種も、支那料理には煎《い》って出すはずだからと思ったが、器具がないので、皮のまま食べてみたら結構いける。結局、西瓜は捨てるところもなく、全部食べてしまった。

焚き火の焼けボックリを見ているうちに、「薬にしたらよい」と考え、炭を齧ってみたが、ギシギシと妙な歯応えがして食べられたものではない。活性炭ではないが、病院の健胃散に混ぜて使ったらよいと思ったが、これを食べるには相当以上の克己心が要《い》る。

隣りの人の良さそうな伍長が、部下と一緒に直径四十センチメートル、長さ一メートルのパパイアの材木を担いで来た。「薪なら、付近に幾らでもありそうなものだ」と聞いてみると、「秘密だ」となかなか教えない。「パパイアの根はキンピラにして食べると旨《うま》い」ということは誰でも知っているが、「パパイアの幹の芯もキンピラになる。このことを知っているのは、菊ぐらいのものでしょうね」と、ちょっと胸を張った。

雨期の霽《は》れ間

私の隣りに寝ていたのは、飛行場大隊の中尉さんだった。生まれは仙台付近らしく、いつでも社会の窓が開き、ズボンは落ち掛かっている。私と同じように生活がズボラにできているので、話がよく合う。

彼はよく故郷の話をした。付近は栗の産地で東京などと違い甘い。林檎《りんご》はデリシャスや黄色のゴールデンデリシャス、改良種ではスターキングが上物で、取りたてを食べると、シャリシャリとしてじつに旨い。東京辺りのはズブズブしているが、あれを林檎だと思われては、林檎が可哀そうだ。と得意になって、喋《しゃべ》りまくる。そう言えば、ビルマで食べる新鮮なパイナップルの快《こころよ》い味と、内地で食べる生パイナップルの酸っぱい味のようなものかもしれない。産地で取れた林檎は、本当に旨いのだろう。

サクランボ（黄桃）も東北が産地で、「今ごろは改良が進んで、大きいのはピンポン玉ほどもある。本当だぜ」と強調するところをみると、ある程度大きいのがあるのだろう。

金華山沖は昔、鯨がたくさん取れたことで有名で、今でも記念館があり、鯨の骨細工なども売っている。鯨の将棋も売っているらしい。

東北では昔は飢饉《ききん》になると、娘を売って、その日を過ごしたと言い、東京の娼婦は東北出身が多いと聞いたが、昔は稗《ひえ》飯を食べていた。最近、東北でも米ができるようになったので、米食ができるようになった。そのため、粳稗《うるちひえ》はあまり作らなくなったが、餅稗は今でも作っていて、菓子を作り、名物として売っているそうだ。名物に旨《うま》いものなしと言うが、彼の話によると、かなり旨いそうだ。

毎年、鰯《いわし》の取れる季節になると、たくさん買い込んで、四斗樽に漬《つ》ける。三、四個漬けると、半年か一年すると沢庵でも食べるように、食膳に載せるのだそうだ。鰊《にしん》の漬けたのは高級で、旨く漬かるのは三年かかるという。そう言えば、酒の魚に東北より毎年送ってもらうのを楽しみにしていた人がいたのを思い出した。

雑煮も東北では煮込み雑煮があり、鮭の子（鈴子）が入らなければ、お正月は来ないのだそうだ。北陸の人もいて、北陸のお正月では雑煮ではなく、ゼンザイだそうだ。左利きにはいささか苦手でも、正月ともなれば、付き合わなければならないのだそうだ。

東京は切り餅を焼いてお澄ましに入れるようだし、自分の生家は広島県の山奥だが、手で丸めた餅を焼かずにお澄ましに入れる。魚は塩鰤《ぶり》だ。全国同じ雑煮でも、土地により風習は違うらしい。

こんな話に夢中になっている間は、病気のことも忘れている。病にもよい影響があるはずだ。また、こんな話は空腹だから、夢中になるのかも知れない。そして望郷への思いが駆り立てるのかも知れない。

東北の冬に忘れられないのがホヤの味だ。口に入れると痺《しび》れるような感じがして、酒の魚にはなくてはならないものらしい。また、糸敷のない杯があり、酒を注がれると、飲み干さないと酒が零《こぼ》れるので下に置けない。飲兵衛国の話……止めどもなく話はつづく。

落とし話の花も咲く。

娘さんが縁側で寝ていると、一天俄《にわ》かにかき曇り、ガラガラ、ピシャッと雷が落ちた。恐る恐る覗《のぞ》いて見ると、雷が手水《ちょうず》の水で、一心に手を洗いながら、独り言を言っている。耳を澄まして聞くと、「ちぇ、汚ねえ！　間違えちゃった！」

豪雨の後、ぬかるみの道を歩いていると、道に重箱が落ちていた。何だろうと、一番上を開いてみると臍《へそ》の佃煮だ。そそっかしい雷もいたものだ、とその下を開こうとすると、天から大声がした。

「臍の下を覗くやつがあるか！」

ある男が古物商の店に入って物色していると、熊の皮の敷物があった。しばらく毛皮を撫でていたが、「おお、家内がよろしく言っていました」と、急に思い出したように言った。

可愛い下女がもじもじしていたので、問いただすと、古物商の主人が「今晩行くから待っていなさい」と言ったので困っていた。そこで奥さんが代わりに女中の寝床に入っていると、真っ暗な部屋に主人が這って来て、事を澄ませた後、感に堪えたように、「やっぱり新しいものはよいなあ」と言った。そこで奥さんは大声を上げた。「古物商のくせに、古い物と新しい物の区別もつかないのですか！」

等々、落話もいろいろ教わった。今までこんな話は聞いたことがなかったので、世の中にはこんな話もあるのかと驚き、自分の世間知らずだったことに初めて気づいた。しかし、こんな話も、一時の安楽を最大限に楽しむ、生死を掛けた戦場で身についた人生観の現われだったのである。

何と言っても、食べ物の話が先に立つ。パンの焼き方のコツ、シュークリームの作り方など、生きて帰れたら一つ作ってやろうと、心にメモする。

中にはビルマの高原都市、イギリス統治時代の別荘地帯メイミョウにしばらくいた将校もいて、春になると桜の花も咲き、杏も実り、葱《ねぎ》や野菜、馬鈴薯、果物は食べ放題だったそうだ。

アキャブにいたという若い軍医は、アラカンの向こうには大きな蜜柑があり、ちっとも酸っぱくなく、甘くてじつに旨い。現地人が幾らでも持って来るので、食べ切れなくて……と話す。

そんなことを言われても、戦争末期に来て、忙しいばかりで、ろくに暇もなく、悪戦苦闘の中に終戦を迎えたわれわれは、負けるために来たようなもので、よいことなどあろうはずもない。みんな良かった話を喋《しゃべ》りまくるのだが、こちらはウンウンと聞いているだけで、喋ることもない。

江戸っ子で神田の生まれという中尉さんもいた。この人がまたどうしたわけか、得体の知れない言葉を使う。関西のナマリから、九州の「よか」とか「ことある」とか「ですたい」など、聞いていると、どこの人かサッパリ分からない。威勢もよくないし、風采も上がらない。本人に言わせると、「いろんな人の間にいたので、こんなことになった」のだそうだ。「何しろ東京租界で取れたんだからな」と冷やかされ、頭を抱えていた。

付近の兵が焚き火をして、茶を沸かしていた。どこにでも生えているハブ茶の実を煎じている。勧められるまま、ガブガブ飲んだ。香りはよかったが、空いた腹はちっとも、くちくならない。代わりに腹がダブダブになり、口まで水っぽくなる。茶腹では満腹にはならないらしい。

便所紙も少なくなったので、倹約しなければならなくなった。窓の外のチークの葉も大きく伸びはじめたので、これを使用することにした。毎日数枚の葉で用を足した。物のないのは侘《わび》しいものだ。

疥癬がなくなったので、掻く必要はないが、代わりに虱《しらみ》取りの日課が始まった。褌《ふんどし》、襦袢《じゅはん》、ズボンと毎日一、二回は検査する。そのたびに大きいのが数匹いるから不思議だ。虱の卵も覚えたし、卵の脱け殻もたくさんある。虱については大体、何でも分かるようになった。普通は白いが、血を吸うと腹が黒くなり、潰すと血が出て来ることも分かった。

最古参の一番端にいる大尉さんは、蚊帳をしているが、外の者は蚊帳がないので、入るわけにいかない。毎晩蚊に苛《さいな》まれることになった。水源地に遠く、蚊の数の少ないのが、まだしもだが、気の緩みからか、一匹の蚊でも気になるようになった。毎晩、寝不足になるが、そのぶん昼寝ができるので、別に寝不足を起こさない。

雨期も終わりに近づいたのか、霽《は》れ間が多くなった。ニッパ椰子の屋根から、雨漏りが始まると、付近のチークの葉を取って来て、透き間に押し込んで、雨漏りを止めるのだが、なかなかうまくいかない。みんな将校だから、そんなことをしたことがないのか、誰がやっても旨くいかず、雨漏りは止まらない。私にいたっては修理の方法も知らない始末。雨漏りのところを避けて海老のように小さくなって寝るのは侘しいものである。

同室の将校もつぎつぎと死んで行き、残り少なになり、一部は後送され、部屋には老准尉と二人になった。先日、泰緬国境は封鎖されていたが、なお山寄りに病院があったらしい。熱のあるときは身体がだるく、雨漏りがあれば、あちらに逃げ、こちらに代わりし、しまいには部屋の隅に追い詰められ、海老のように身体を曲げて寝る日がつづく。昼間はよいが、雨が降り出すと、雨漏り攻勢に、気分のよいときは力戦奮闘するものの、熱の日には、恨めしそうに雨漏りを見つめる寂しい日がつづく。

夜になっても、灯りがない。夜中に何かゴソゴソする。触ってみると、無数の蟻が、床一面に這い回っていた。とても寝られない。床を両手両足で、バタバタ掻き回しても、いっこうに逃げる様子もない。一晩中寝られないで、蟻の立ち去るのを待つよりほどこす術もない。ムシャクシャするが、憤懣の捌《は》け口すらもない。

明け方になると、不思議に蟻も少なくなり、横になりウトウトすると夜は明ける。昨夜の仇討ちとばかり、跳ね起きてみると、蟻は一匹もいない。昨夜の悪戦苦闘して捻《ひね》り殺した蟻の死骸が、累々と転んでいた。雨期明けになると、蟻の大移動が始まるらしく、週に二、三回、蟻の大集団に悩まされるようになった。

昼間いる蟻は、四、五センチメートル幅の列を作り、柱や床を通って歩いて行くのはよく見かけるが、夜の蟻はそんな生易しいものではない。一面、蟻の海のように広がり、夜明けと共に消え去る。一体、何の為、何の目的で出現するのか皆目不明。蟻は小さく、三、四ミリメートルくらいで、噛まれてもあまり痛くないのが、せめてもの救いというものだ。

羽蟻もときどき見かけるが、あまり多くない。白蟻だから、土で細長い通路を柱につけて、一、二メートルも登っている。柱は外観はよいが、内部は食い荒らされて、そのうち倒れることになるのだろうが、当分はよさそうだ。この家は安いラワン材だが、ビルマ人の本建築は、チーク材でできている。このチークは蟻も敬遠するらしい。白蟻の被害もなく、長持ちするようだ。

ベッドに残る染み一つ

将校がまた、一名散っていった。残るは私と准尉さんだけになった。憲兵准尉だ。五十歳くらいの意地の悪そうな白髪、髭もじゃの准尉だ。彼は数日前に入院したが、誰ともあまり口も利かず、ひっそり耐えていたが、顔も足も腫《は》れ上がり、大腿は痩せ細っているが、足は象のように太く、便所に行くにも床に縋《すが》って苦しそうに歩いて行く。その准尉が短い刀を持っていた。無腰で入院したはずだが？　と思っていると、「先ほど死んだ少尉の軍刀を取っておいたんでさあ。これがないと、格好がつかないですから」というのだ。

私の診断では、彼の病名はネフローゼだ。腎臓の疾患で、蛋白質の流出が多く、簡単に助かる見込みはない。明日の日も分からないほど重症患者の彼が、刀の心配までしていたとは、恐れ入ったが、彼は平気でポツポツ話しはじめた。今日は気持ちがよいらしい。

七人もいたこの部屋も、とうとう私と准尉の二人きりになってしまっていたのだ。急に人恋しくなり、彼のいる床に移って、話を聞くことにした。

彼の故郷には、妻と二人の子供がいるそうだ。今まで妻にもずいぶん迷惑を掛けたので、今後は大事にしてやろうと思っている。二人の子供もまだ小さいので、家内も苦労している、としみじみ家庭を語る。彼はすでに軍人というより、ただ一個の父親になりきっていた。

アメーバの特効薬エメチンを作る吐根《とこん》は、メキシコの原産で、戦前より台湾に移し植えたものの、木は成育がよいが、肝腎のエメチンが取れないので、戦いが始まってから、このテナセリューム地区が、メキシコの産地に似ているので、ここに象に乗って植えにいった。今、やっと薬の取れるまで成長したが、これを製剤にするには少し時間が足りなかったらしい。やはり先見の明のある人もいたのだ。

夜の更《ふ》けるまで話したが、あまり遅くまで話すと身体が疲れるから……と寝についたが、翌日になると、彼はいつまでも起きない、怪しいと思ったら、彼は冷たくなっていた。担架を持った衛生兵が連れ去った。広い部屋にただ一人残されて、しみじみ見る部屋に誰が汚したのか、染みが付いたか、床は汚く汚れていた。このとき、フッとつぎの句がうかんだ。

戦友《とも》逝きてベッドに残る染み一つ

彼は死ぬ前に知り合ったばかりだったが、二人の付き合いは何の邪心もない、心と心の付き合いだったのである。

広々とした空虚な世界にただ一人取り残され、こんなときに故郷の妻子のことを思うのが普通だと思うのだが、何ひとつ実感として現われない。昨夜、彼が話していた妻子は今後、いったいどうなるのだろう。何か不安のようなものが身をよぎる。

広い部屋にただ一人寝ていると、マラリア（三日熱）になってしまって、三十八、九度の高熱が出た。寝ていると、衛生兵が来て、「英軍の命により、軍刀を集めに来ました」と言う。軍刀は持って帰れないと思っていたので、予定通り刀を折らなければ、と考えたが、体がだるくて、「そこにある」と指さしたのが精一杯だった。熱が下がって、せめて鍔《つば》でも取っておけばよかった……と思ったが、後の祭りだった。

入院以来、大尉さんの使っていた蚊帳は病院のものだったらしく残っていたので、使用することにした。やはり、蚊帳はよいものだ。

前線より朝鮮人の慰安婦が帰って来た。「病気だが、兵隊の部屋にいれるわけにも行かないので、ここに置いてくれませんか？」と衛生兵から話があった。少々困るが、仕方がないので、入ってもらうことにした。朝鮮慰安婦は三人、兵隊のオンボロ服を着た彼女らは、御世辞にも美しいとは言えないが、気の置けない女たちだった。

夜になったが、まさか「蚊帳に入れ」とも言えないので、一人、蚊帳で寝た。翌日、蚊に食われて困ったのか、「蚊帳に入れてくれ」と申し出てきた。蚊に刺されるのは誰も好まないが……といって、ピー（慰安婦）さんと同じ蚊帳に寝るのも怪しい。それでも病院の蚊帳だから嫌とも言えず、許可したら、彼女らは六畳の蚊帳に三人、ゴソゴソ入って来た。

私は一番端に寝たが、隣りに女性が寝ていては、とても寝つかれない。彼女たちは高鼾《たかいびき》で寝てしまったが、こちらは性が目覚めて、輾転反側、たまったものではない。向こうは女郎だから、男がそばにいようがいまいが、問題ないかも知れないが、こちらは大変だ。一番近い隣りの女は大の字になり、ドタン、バタンと寝返りを打ち、こちらに近づく。「待ってました」というわけにもいかず、とうとう蚊帳の外に追い出されてしまった。

ときどき、屋外に人の気配がする。女性がいることを知った兵隊が、覗きにきているに違いない。庇《ひさし》を貸して母屋を取られたようなものだ。とうとう蚊帳の外で、一夜を明かしてしまった。我ながらダラしがない。

翌朝、美人のピーさんが、私の顔を見て、「貴方は、ずいぶんおとなしいーん、ですね！」とニッコリした。一番近くのピーさんは、覚悟していたらしい。

彼女らは狼〇三《れいさん》部隊、通称克部隊と共に転進して来たのだそうだ。克部隊と一緒にエナンジョンを出て、レッセの戦いから、アラカン山脈突破、湿地帯の行軍、シッタン河の渡河……そしてやっと病院に辿り着いたらしい。転進中に動けなくなって、死んだ友のことをしきりに話す。

「兵は、彼女が泣いて縋《すが》り付くのを突き放し、置き去りにした」というのだ。「慰安所にいたとき、あんなにチヤホヤしていた兵隊が、あまりに冷たい」というのだが、よく考えてみると、彼女たちも一緒に見殺しにしたということになる。兵も動けない者を担いでの転進は不可能だったのだ。

後に克部隊の兵と一緒になり、彼女たちの言ったことを話すと、「女はいいよ！　いざと言うときには武器を持っているから！　食べるものは兵隊が、都合してくれるからな！」と笑い飛ばした。その兵も利用したのかも知れない。

克部隊の転進の話を聞いてみると、悪戦苦闘の連続で、手榴弾を抱えて死んだ兵も多々あったとのことで、彼女らが兵と同じ条件で帰り着いたとしたら、稀有に近いはずだ。彼女たちは、女なるがゆえに帰り着けたのだった。

一番年配の女は二十七、八歳、会計係で、客は取らなかったと話していた。学校へ日本軍の慰問に行く人を募集に来た。歌も踊りも、何も特技もないので、断わった。だが、若い女性なら兵隊は喜ぶから、別に何もしなくても、来るだけでよいと言われて応募したが、現地に着くと慰安婦にされたと言う。

「私たちは騙《だま》されて連れて来られたんです」と話すのを聞き、絶句した。「生家は、朝鮮の田舎では一番大きく有力者です」と話す。

家ではキムチ（朝鮮漬）を毎年、十四、五樽も漬《つ》けていたそうだ。キムチにはいろいろ種類があり、白菜に唐辛子を入れて、漬ければ出来ると思っていたが、林檎を入れたり、魚の頭から、豚の内蔵まで入れて漬けるのだそうだ。その種類によって、キムチの種類が違う。「朝鮮では、キムチをたくさん漬けているといえば、金持ちだ」ということになるらしい。

次第に雨期も明けたのか、ビルマ人が鉄条網の近くを徘徊しはじめた。衛生兵が来ると逃げるが、いないと鉄条網を抜けて入って来て、物々交換をする。褌や襦袢など布類とチャンダガー（煉瓦大のチークの葉で包んだ黒砂糖）やタイ国製の刻み煙草、果ては薩摩芋などと交換する。ビルマ人は、蝿のように衛生兵に追われても、追われても、寄って来る。

彼女たちは長途を転進して来た身で、交換物資のあろうはずはないので、兵たちに貰《もら》ったものだ。

いつのまにか、ポケットに何か食物が入っていて、お蔭でこちらも御相伴にあずかる。薩摩芋だったり、タピオカ、黒砂糖、ときにはイチハツの根のようなものを蒸したものもあったが、繊維ばかりで、あまり旨くなかった。

将校たちがまだ居た頃、窓の側に来た現地人にタトンで渡されたタイ紙幣を出すと、薩摩芋六、七個くれたので、みんなと分けて食べた。高額紙幣を現地人に渡すと、「この紙幣は、掻き傷があるから駄目」と言っていたが、それでも二、三個の芋を持って来た。紙幣は国の信用で、通用するものと思っていたが、ビルマでは、紙幣の美観も値に関係するらしい。タイ国紙幣なのに、国境に近いせいか、ビルマの金より高く通用する。タイ国が安定しているせいだろう。

腹が空いて困っているときでも、いざというときのために大事に持っていた高額紙幣が、こんな値にしか通用しなかったので、何か騙《だま》されたような気がしてならなかった。

夜寝ていると、肉桂の香りがするので、ハッとして目が醒《さ》め、起きてみると別に変わった様子もない。「アレッ、肉桂の匂いがしたような気がしたが、違ったかな？」と独り言したら、眠っていると思っていた隣りの女性が起きてきて、ポケットにあった生姜《しょうが》を半分別けてくれた。別に「欲しい」という謎でもなかったのだが、少々面映い感じがする。

昼間はよいが、夜になると据え膳ならぬ膳が、食べて下さいと言わぬばかりに並んでいるのだから、たまったものではない。まるで拷問を受けているようだ。一対一なら勝負になるが、三人では、始めから勝負にならない。おまけに家の外から伺《うかが》う兵隊の目もあったのである。犬でもあるまいし、「おあずけ」させられているようなものだ……と苦笑する日々だった。しばらくして、病院では看護婦の人手が足りないのか、彼女たちも退院して、病院勤務をすることになり、勤務者住宅に引っ越しして、去って行った。

第二章——囚われの身

ジャングルの鉄則

一、二週間たつと、人のよさそうな准尉さんが入院して来た。彼は東京西部の山地、秩父の出身で農業をしているところを召集されたのだそうだ。九州人の好人物の少佐も入院した。

准尉さんはビルマ唯一の石油の産地、エナンジョンの北にあるパコックに駐留していたが、付近は岩塩がたくさんあって、塩のために植物も育ちにくいのか、砂漠のようになっている。それでも、シャボテンはたくさん生えていたらしく、大きな刺《とげ》がたくさんあるので、木の下に入ることもできず、空襲になると、シャボテンの回りをグルグル回って逃げたのだそうだ。

そのパコックに、紺色の花の咲く百合の花を見つけ、あまり珍しいので、転進のときも蜒々数百里の道を、いつ果てるか分からないのに、百合根を持って友軍基地モールメンまで帰った。だが、湿ったところに植えた方がよいと思って、洗面場に植えたら腐ってしまったそうだ。惜しいことをしたものだ。いかにも残念そうに言う彼の執念は、じつに楽しい。

彼の転進行は言語に絶した難行軍で、落伍して手榴弾を抱えて死んだ人も多々あり、飢え死にした者もいたのだ。その中で花の根を持ち歩いた、花を愛する彼の心情は美しい。彼は心から、善人に違いない。

もし紺色の百合が日本に持ち帰れたら、日本どころか、世界中の園芸界を震撼させるに違いない。彼の話によると、花の形は山百合と同じで、紺絣《こんがすり》の紺を少し薄くしたような色だったという。嘘を言っても始まらないことだし、この老人がそんな嘘を言うとは思えない。

世に知られない美しい花が、探せばまだたくさんあるに違いない。戦《いくさ》には負けたが、この世にはまだ夢がある。途端に嬉しくなって来た。誰かまた、この花を捜しに行く奴はいないものか？　私も花好きだが、命をかけた数百里の道を、ヨクモヨクモ持ち帰ったものだ！

上には上があるものだと、シャッポを脱いだ。

少佐殿は、見るからに丈夫そうな老人。腹が痛いバッテン……だったり、……バッテンだったり、北九州の奇妙な訛《なまり》を平然と使っている。連隊のエメチン数本を持って入院し、注射したが全快しないので、「もっと持って来い」と怒鳴って当番を困らしていた。タイラントだが、根は好々爺らしい。

菊部隊の大尉、中尉も入院して来た。大尉は佐賀の人で田舎は農家らしく、素朴な人柄で、少年のころ、付近の川で鮒《ふな》を釣ったときのことを語るおとなしい将校だった。

中尉はいかにも菊生え抜きの将校らしく、威勢のよい男で、ビルマ侵攻はあまり苦にならなかったのか、彼の話はいつもフーコンから始まる。フーコンとは、ビルマ語で〝死の谷〟という意味で、悪性マラリア、その他の伝染病の巣窟だ。昔からこの地に入って、生きて帰った者がいないので、誰いうとなく死の谷と名づけられたのだそうだ。

日本軍のビルマ侵攻時、マンダレー、ミッチーナと敗敵を追ったが、敵は追いつめられてフーコンを通り、インドに逃げ込んだ。雨期も来たし、進撃中止命令が出たので、インド侵攻を断念し、フーコンに駐留したのだそうだ。

日本軍がフーコンに侵入してみると、地図と現地はまったく違っており、集落としてあるところも廃墟になっていて、何もない。病気のために、集落の人も死に絶えたらしい。どこにも集落らしいものはない。

敵も慌てて逃げたらしく、トラックを道端に捨てている。近寄ってみると、トラックには敵兵が満載のまま、みんな死んでいた。こんなトラックが道端に幾つも乗り捨ててあったそうだ。軍陣医学の進んだ敵英国も、フーコンの病気には勝てなかったらしい。

中尉の話は核心に近づく。

フーコンの駐留地に、敵がふたたび攻撃してきた。敵の戦車など、野戦重砲にかかったら一発で、フッ飛ぶんだ。来る奴、来る奴を片っ端からやっつけたのは、じつに痛快だったが、敵はつぎつぎと補給して幾らでも物資が来るが、友軍は補給がつづかず、つぎつぎやられて、次第に敗色が濃くなっていった。

フーコンの灌木林も、食物らしいものは何一つなく、それでも乾期は山芋があったが、雨期になると次第に芋にも芽が生え、芋は萎《しな》びて苦くなり、ついには芋もなくなってしまう。

廃墟には住民が野菜代わりに植えたのか、タンポポが生えていて、これを食べたが、多人数だから、たちまちなくなってしまう。しまいには根まで掘って食べてしまった、と話す。

炊事するにも、平原でジャングルもないので、昼は煙が出るし、夜は火が見えるので、たやすく炊事もできない。竹ならあまり煙も出ないが、北部では竹も少ない。焚火をすると、たちまち砲撃、爆撃される。

　こんなときには壕の中に穴を掘り、生木を並べ、その上で焚火をし、壕の上は天幕で覆う。火のなくなるころには、下に置いた生木が炭になっているので、つぎに焚くときは、また生木を下に敷き、出来た炭に火をつけるのだそうだ。こうして毎日、飯を焚くのだという。歴戦の菊でないとできないことだ、と胸を張るのである。

　ついに河端に追い詰められ、背水の陣を敷いていると、敵機が来て爆撃する。この爆撃が下手くそで、よく河に爆弾を落とす。敵機が去ると、河には真っ白になるほどたくさん魚が浮く。チャーチル給与だ。ソレッとわれ先に河に飛び込んで、魚を拾う。一尺（約三十センチ）ぐらいの魚には目もくれず、四、五尺もある鯉に似た魚が死に切れず暴れている奴に飛びつき、格闘の末に捕獲する。

　ある兵は、敵機が去ったと思って河に飛び込んだが、また爆弾が河に落ちたので、みんな心配して河岸に駆け寄ると、爆発のショックが激しかったのか、ワアワア泣きながら岸へ上がって来た。見ると、両手にチャンと魚だけは抱えていた。だらしのないわりにはガメツイ奴だと、大笑いしたこともある。

　徴発でも、「菊」ぐらいになると様子が違う。

　食料の不足したある日、兵は山奥に避難した退避集落を見つけて、単身、徴発に出掛けた。集落の牛数頭を追って帰る途中、追って来た集落の住民と銃撃戦となったが、負傷して、牛を奪われ、その由をそっと戦友に申し送って入院した。

　つぎへ申し送られた兵は、さっそく単身で徴発に行き、牛を追って帰る途中、またもや銃撃戦となり負傷して、つぎへ申し送った。つぎの兵も単身出掛けたが、やはり負傷して目的を果たせず、つぎに申し送った。つぎの兵の様子が怪しいので、問いただしてその事実を知った中隊長の中尉は、一部隊を引き連れて徴発に出掛け、食料を獲得したという。

身を犠牲にして戦友のために尽くしたのか、無神経なのか、常人には考えられない連中だ。終戦後も英軍の鉄条網に囲まれたキャンプに牛が数頭いるのに目をつけ、夜中に潜り込んで、牛を捕まえたが、鉄条網があるから、連れ出すわけにいかないので、木に括《くく》りつけて、ダー（現地刀）で首を叩き切り、肉をばらして持ち帰った豪の者もいるそうだ。牛は一気に首をやられると、物も言わず即死することを、彼らはよく知っていたのだ。

それにしても捕虜の身で、英軍のところへダーを持って侵入したところを見つかれば、ただではすまないはずだ。彼らの神経は、人間並みではないらしい。

われわれの転進をビリンで阻止した丸山房安大佐は、彼らの隊長らしく、その作戦、指揮を褒《ほ》めるのだが、上官の水上源蔵少将を無視し、ついには隊長を残してミッチーナを脱出したというので、人気はない。だが、部下たちは脱出したために、命をまっとうできたので、信頼するのも無理はない。

禿鷹という奴は死骸ばかりあさって、大きななりをして、烏にすら馬鹿にされ、追いまくられて、だらしのない奴だと話したら、同室の菊の大尉さんは、「とんでもない、子牛が禿鷹の群れに襲われ、目をやられて逃げ回ったが、とうとう殺されたのを見た。おとなしいどころか、相手が弱いと見たら、何を始めるか分からない、大変な奴だ」と教えてくれた。そう言われれば、あの大きな体だったら、その気になれば、子牛を殺すくらい造作もないことかも知れない。人間でも本気で襲われたら、同じ運命を辿るかもしれない。

大尉さんがフーコン地区で戦っているとき、落とし紙もなくなったから、木の葉で用を足していた。例によって柔らかい大きな木の葉があったので、ポケットに忍ばせていたところ、部下が尻が腫れて軍医の診断を受けているというから、行って見たら、尻が真っ赤に腫れ上がって、ウンウン唸っていた。

聞いてみると、「木の葉で尻を拭いたら、こんなになった」と言うので、念のために使った木の葉を出させて見ると、自分のポケットに入れた木の葉だった。何食わぬ顔をしてそっと捨てたが、もし彼が失敗しなかったら、自分がやられるところだった……とにやにや笑う大尉さんだった。

フーコン地区のマラリアは名のごとく激しく、悪性のものになると、二、三時間もすると脳症を起こし、暴れ回る兵も多かったという。予防薬もなかったろうに、彼らもよく生きて帰れたものだ。

菊の中尉さんは、目のクリクリとした童顔で、見たところあまり強そうではないが、九州男子らしく相当の意地っ張りだ。当番に飯盒《はんごう》を洗ってもらっているとき、中子《なかご》を盗られたと兵が告げると、「自分は中子を二つ持っていたんだ。しかし、盗んだ奴は許さん」と言ったと思うや、同じく入院している部下数名を指図して、たちまち相手をつきとめ、とっちめてしまった。やること為すこと、テキパキやってのける有能な男だ。

彼の話によると、山奥にはカチン族がいて、彼らには金はまったく通用しない。物々交換だ。一日の賃金として塩をやると、大喜びで、さっそく数人で、手分けして竹を切り、ヘラを作り、串を作って、牛をばらす。そうして竹ヘラで皮を剝ぎ、肉を切り、串を刺して焼き、塩をつけてカブリつく。まるで祭り騒ぎだと言う。彼らにとっては、それほど塩は貴重な物らしい。

彼らは炊事の道具は持たず、飯を炊くにも、太い竹筒に水と米を入れ、燃えている木の枝を数本、その中に突っ込む。しばらくして抜くと、焼けボックリに飯がついて出るので、炭もつかず、立派な飯ができて、生竹の香りがし、じつに旨《うま》いという。もし帰れたら一度、試してみたいと思う。きっと旨いに違いない。

その彼らも、山の中では重要な民族で、山中の行動は、日本兵など三つ子にも及ばない。十二、三歳の少女に案内されて、どこが道か分からないような山道をフーフー言いながら行くと、見るからに弱々しい少女は、さっさと山に登り、兵の来るのをニコニコしながら待っている。とても彼らに太刀打ちはできない。彼らの向背は軍の作戦に響く重要な問題だったそうだ。

アラカンで戦った兵によると、「白兵戦というやつは、何回やっても、敵が前面に現われると、ぞっとする。自分の周囲には味方の兵が四、五人しか見えないのに、敵は二、三十人で、次第に数を増して来るときは、銃も何もかも捨てて逃げ出したくなる」のだそうだ。

実際の数はあまり変わらないのに、敵はたくさんに見える。敵がグングン迫って来るときは、異様な迫力を覚え、もう駄目だ、もう駄目だ、といつも思う。しかし、相手が英軍のときは、ホッとする。英人の部隊は銃を撃ちながら、あちらからこちらからチョロチョロと地形・地物を利用して、隠れながら巧みに進撃してくる。だが、こちらが撃ちまくると、一定のところまで来るが、また巧みに地形を利用して後退して、いなくなってしまう。決して突っ込んで来ることはないので、非常に御し易い。世界で一番弱いのは英国人部隊だ。

インド兵は、地形・地物の利用はあまり上手ではないが、それでも、ときどき突っ込んで来ることがある。見上げるような大男が、銃剣を軽々と振り回しながら、ワアワア大声を上げて来るときは、さすがに緊張するが、よく見ると、泣きながら手を振り振りやって来るので、一人一人、芋刺しにするのは案外、易しい。多分、督戦隊のようなものがいて、「やむを得ず突っ込んでくるのではないか」と兵は言っているそうだ。

アフリカの兵隊となると、もう無茶苦茶だ。地形・地物など、まったく無視して、遙か彼方より潮のように押し寄せてくる。グングン迫るその迫力、倒しても倒しても死骸を乗り越えて迫って来る。もういかん、もういかん、いつ逃げようか、いつ逃げようか、と思いながら撃って撃って撃ちまくるうちに、バタバタ倒れ、突っ込んで来る頃には半減しているので、何とか処理できる。

どうにもこうにもならないのが、グルカ兵。グルカはヒマラヤの案内人シェルパで、山野に慣れているので、どこから現われるか分からない。足も早い。白兵戦ともなると、日本兵と互角。毎日銃剣術の練習をしている日本兵と、まったく互角に戦う素質を持っている。相手を五人倒せば、こちらもほぼ同数やられる。作戦が上手なだけ、日本軍がやや有利だというだけだ。「彼らに日本流の作戦、用兵を訓練したら、世界一の強兵になるだろう」とは、兵が口を揃えていう言葉だ。俺もそう思うというのが彼の意見だった。

終戦時、彼らは敵軍と百メートル間隔で対峙していた。互いに壕に入り、睨み合っていたのだ。終戦の報が伝わるや、兵隊たちはがっかりして虚脱状態になり、怒ったようにみんな、ボソッとして黙り込んでしまった。食物一つなく、生死をかけての戦いだったのだ。そんなある日、百メートル先の敵の壕から、インド兵が手真似でしきりに呼んでいるのに気がついた。

「どうせ戦争は負けたんだ。もう捕虜も糞もない。どうなってもよいんだ。何か食べるものでもあったら得じゃないか」と相談がまとまり、相棒と二人でノコノコと出かけた。

壕に着くと、大男のインド兵が「マスター！」と二人の足に縋《すが》りつき、戦争が終わってよかったと涙を流して泣いたと言う。こちらは戦争に負けて、ちっともよくない。ムッツリして、踏んぞり返っていた。どちらが勝ったのか分からないような恰好《かっこう》になった。

しばらくたって、インド兵はパンや罐詰を開けて、御馳走しながら、「家に帰ったら、女房や子供がいる」と、家庭の話をしていたが、こちらは、そんな話には興味はない。食べるだけ食べ、煙草を貰《もら》って吸ったら、もう用はない。ついでに戦友に遣《や》る煙草もせしめて、やおら立ち上がった。

インド兵が、「今度はマスターのところに行こうか?」と言ったが、日本兵は殺気立っていて、何が起こるか分からない。「駄目、駄目、おまえたちが来ると、殺されてしまうぞ」とアッケに取られたような顔をしたインディアンを尻目に悠々と立ち去った……という。日本兵にはまさに勝者の貫禄があったのである。

菊兵団でも同様のことが起こった。モールメンに引き上げたとき、インド兵も監視のため駐留し、両軍の衛兵が道一つ隔てて向かい合って立つことになった。

無腰の日本兵は、規則通りキチンとしているのに、インド兵の衛兵は銃を立てかけたり、腰を下ろしたり、酷いのになると、通りかかった女をからかってみたり、日本の衛兵に話しかけたり、煙草やパン切れを持って来たりする。日本兵は受け取るものだけ受け取ると、そのまま厳然と立っていた。腹が空いているのだから仕方がない。彼らも歴戦の部隊に対しては、一目も二目も置いていたのである。

後方部隊の兵は、「万年筆をくれ! 時計をくれ!」とインド兵に巻き上げられたらしい。初めのうちは「勝者の言うことは、聞かなければならない」と思って徴発に応じたが、後には、私物の徴発と分かって、「駄目だ」と睨みつけると、素直に去って行ったという。インド兵は勝者の権力を笠に着て、取り上げたのではなく、欲しかったから「くれ」と言ったら、「日本兵が恐がって差し出した」というわけで、只の物乞いに過ぎなかったらしい。

病棟はゴム林にあったので、現地人が来てゴムの木に掻き疵《きず》をつけて、素焼きの壺に液を溜め、夕刻になると集めに来る。白い液はサラサラしていて、少しも粘りがない。これが固まると少し弾力ができるが、硫黄を加えると、飴色の生ゴムができる。

ゴムの壺は湯飲み大の素焼きで、あまり立派なものではない。ゴムの木は樫の木のように、白味がかった白灰色の綺麗なすんなりした幹、樫の大型の葉を三枚集めたような葉だ。日本にある観賞用のゴムと違い、パラゴムはあまり美しくない。

何か珍しい昆虫はいないかと、ゴムの木の皮を剝がしていたら、四、五ミリメートルくらいの小型の蠍《さそり》が数十匹集まっていたので、背筋がぞっとした。どんなところにも蠍はいるらしい。蠍の種類も、大は体長十二、三センチメートル。普通は五、六センチメートル。小はこの四、五ミリメートルの蠍。いかにも南の果てのスリルとサスペンスに富んだ、異様な世界に来たような緊張を覚えた。

菊の中尉の自慢話では、部隊の者がつぎつぎと死に、補充の新米兵士が来ると、戦争慣れしていないので、古い者より先に戦死する。しかし、古参の兵もときどきやられるので、いつしか数が減り、ビルマ侵攻以来の中隊長は、俺を含めてわずかしか残っていないとのことだ。と言いながらも、気の強い彼も、チョッピリ寂しさを見せた。いくら豪気でも、ときには人並みの心の持ち合わせはあるものらしい。

補充兵は敵前での姿勢が高かったり、安全地帯でもないのに声高に話し、敵に早く居場所を悟られたり、細かい動作の錯誤が死を招いたのだ。ジャングルの戦闘では、早く敵を見つけた方が相手を斃《たお》すことができる。これがジャングルの鉄則で、これに悖《もと》る者には死が待っていたのだ。

モールメン駐留中の部隊より主計中尉が、また狼部隊より麦田大尉が入院して来た。麦田大尉は、チャウタン病院に入院していたことがあり、勝手な行動が多く、衛生兵を困らした人物だ。また、立派な服を着た新品少尉が入院して来た。「オモチャの兵隊さん」のように綺麗で、こんな綺麗な兵隊が日本にもいたのかと驚き呆れたのである。

首実検はじまる

病院の近くを散歩していると、風変わりな椰子林を見つけた。木の丈は二メートル幹の、太さ双抱えもある。ずんぐりした木で、葉は普通の椰子と同じだが、双抱えもある大きな実がぶら下がっていた。兵の話では、油椰子だそうだ。実から油を採取する椰子だろう。

散歩に出かけると、突然、「おい、おまえは成蹊の出身だそうだな！　俺は成城出身だ！」と横柄な口調で呼びかけた男がいた。何者かと振り返ると、二等兵が立っていた。痩せて、ほっそりとした小男だ。自分とすれば、知らない男に呼び捨てにされるいわれはない、と少し腹立たしかったが、成城出身でありながら、短現にもなれず、一兵士として鍛えられ、「せめて一度でも将校と対等に話したかった」のだろうと、我慢して話に応じた。

「俺は英文科出身だから、英語については自信がある。分からないことがあったら教えてやる」と言った。自分は暑さのせいか、頭がボンヤリしたような気がして、南方惚《ぼ》けかもしれないと高等学校時代に習った高等数学を思い出して計算してみたり、英語の単語を思い出して、惚け具合を確かめていた最中で、梟《ふくろう》がどうしても思い出せないでいたので、尋ねると、彼も少し惚けたのか、しばらく考えていたが「アウルだ」と答えた。

私の出身校成蹊は三菱系、彼の成城は三井系の学校で、当時、学習院につぐ御坊ちゃん学校として有名だったのである。私の同級生にも、愛国婦人会の会長の一人息子の奥君もいたし、長い間駐支大使、外務大臣の息子川越君、当時建設業の雄銭高組の社長の長男、銭高君等々、錚々たる人の子弟が多かったのである。

英軍は日本刀を非常に恐れているそうだ。刀は原始的武器のように思うのだが、彼らには東洋の神秘として映っていたのかもしれない。日本刀を振りかざした兵は、彼らにとっては恐怖そのものだったらしい。それで、私物でも日本刀を取り上げられたらしい。

どこで入手するのか、主計中尉の情報はつづく。

日本軍を武装解除した英軍がもっとも驚いたのは、ビルマ方面軍に、砲と称するものが十二、三門しかなく、それも磨滅してどこに飛ぶか分からないような代物だけだった。「これで戦うつもりだったのか？」と驚いたが、日本兵は「当然だ」と言わんばかりに、胸を張って答えたと言う。幾百門の砲を持つ英軍に対し、これだけで戦うつもりだった日本軍の武器の少なさに呆れ果てた武器の検査員は、隠しているのではないかと不審に思ったのだが、われわれ日本軍とすれば勝敗はともかく、戦えと言う命令があったから、戦っただけである……となるのだが。

ふらふらと部隊に帰って来た彼の土産話がふるっていた。

朝方、同僚が「今日は一つ饅頭《まんじゅう》を買って来い」と、当番兵にシャツを一枚渡したが、しばらくすると頭が痛くなったと言って、部屋の奥に潜り込んだ。兵が饅頭を持って帰って来たのに、なかなか起きて来ない。不審に思って起こしに行ったら、すでに冷たくなっていた。仕方がないので、彼の枕元に饅頭一個を供えて、残りはみんなで分けて食べた。

久しぶりの饅頭は命が伸びるかと思うほど旨かった。そこで「極道な奴だったが、みんなに功徳を施《ほどこ》して死んだのだから、きっと極楽に行くじゃろう」と話して大笑いした。しかし、兵の病気は何だったのか？　と彼は言うのだが……。心の中では、彼の死後の安泰を願っていたのである。

彼は主計中尉だから、物資についてじつに詳しい。シャン高原のもっちりした米を食べた話をしたら、「それは当たり前だ。ビルマのこのテナセリューム地区でも、三十数等米まであるのだから、いろいろあるのは当然だ。日本軍の食べていた米の不味《まず》いのは、数年前に精米した物を食べていたからで、新しい米なら、パラパラではあるが、結構うまい。もっちりした米はビルマでは少ないが、日本人向きの米もある」と教えられた。

戦犯の首実検も始まったそうだ。戦時中、英軍捕虜を虐待した者、現地人を苛《いじ》めた者が捕まり、中には殴る、蹴るの拷問を受けた者もいるそうだ。

日本兵を一例横隊に並ばせ、その前を通りながら、「あのときの悪い奴は、この人だ」と証言すれば、有無を言わせず、連れ出される。

中には身に覚えのない者もいるとかで、「白人には、日本人はみんな同じに見えるのではないか」とか、「いや、現地人は日当を貰って首実検に来たのだから、いてもいなくても、一人や二人は指名するんだ」といろいろの議論が百出した。いずれにしても、身に覚えのない者が、しょっ引かれるのはあまり面白いものではない。

捕虜や現地人を非常に可愛がった奴が、連れ出されたが、部屋に入ると、いきなり殴られ、フラフラになっているところへ現地人が飛び込んできて事情を話したので、平謝りに謝って、菓子や罐詰その他いろいろ土産物を貰って帰って来た者もいるとか。てんやわんやの大騒動が始まっているらしい。

ジョンブルは執念深い者が多く、捕虜になっても決して負けるとは思わず、最後の勝利はイギリスだと信じていたらしい。いつかはかならず英軍が助けに来てくれると信じ、同僚が死ぬと、意地の悪かった日本兵の所業、名前、給与などを紙に認《したた》め、瓶に入れて死体と共に埋葬した。

英軍の命により墓を暴くたびに、戦犯として日本兵が検挙される。不思議に思っていたが、謎は瓶にあると分かり、使役に使われている兵が、英兵の目を掠めて、瓶を処分したので、以後、戦犯にかかる者が少なくなったという。ジョンブルと言う奴は、死んでも祟《たた》る。まるでお岩さんや、皿屋敷のおきくのようにまことに執念深い人種らしい。

ビルマの戦いも次第に苛烈となり、敵機の襲来が激しくなって、ラングーン港に陸揚げしていた輸送船がやられて、物資輸送が困難になったため、泰緬鉄道を造り、陸路輸送に切り替えようと、急遽《きゅうきょ》、鉄道建設に着手したが、次第にビルマの戦局を左右するほど重要になってきた。

泰緬国境は山岳重畳として、常識としては鉄道敷設は不可能に等しい難事業だった。そのうえ、コレラ、悪性マラリア、アメーバ赤痢など、悪疫が猖獗《しょうけつ》をきわめていた。戦局は不可能を可能にするだけでなく、二年以内に敷設しなければ、ビルマを失うことになりかねない状態に陥っていたのである。

鉄道五連隊、九連隊を投入し、ビルマ、タイ、マレー、インドネシアなどの現地人、捕虜らを総動員して、建設に着手したが、無理を承知の事業だったので、いろいろのトラブルが発生した。生活をする家は、粗末な竹を編んだニッパ椰子の葉で葺《ふ》いた屋根、蚊や蠅などは自由に出入りできる状態で、暑い地方に住み慣れた人を、高山の寒冷の地に無防備に送り込んだ。道路建設もできていないので、食料、衣類その他の物資の送り付けも困難だった。

殊《こと》に悪疫に対する対応は困難をきわめた。マラリアに対してはキニーネやアテブリンなど悪性マラリアの特効薬も、ドイツより技術輸入して現地にも送られ、何とか凌《しの》ぐことができた。

アメーバ赤痢については、特効薬のエメチンは原料の原産地のメキシコが敵に回ったため、入手不可能となり、対症療法以外に方法がない状態だった。

コレラに対しては、当時はまったく特効薬がなく、予防以外に方法がなかったのだ。コレラはかつて江戸時代の流行で無数の犠牲者を出し、コロコロ死ぬのでコロリと言われたことから、病名がコレラとなったと言われるほどの悪疫である。

この中で、鉄道建設の突貫工事が強行された。熱帯地方だが高山なので寒さに震え、自動車道がないため、物資の輸送が間に合わない。食料も少なく餓えに悩み、衣類や石鹸の輸送が困難なため、寒さに耐え、衣類は汚れて汗と脂でドロドロとなり、不潔になって病気を起こす引き金となり、蚤や虱の巣窟《そうくつ》となったのである。

もちろん蚊帳もないので、夜も蚊に悩まされることになり、不眠に陥る、と困難は山積したのだ。逃げれば、虎や豹が待ち受けているので、逃げるにも度胸が要《い》り、容易ではない。そんな環境で苛酷な労働を強いられ、みんな疲労困憊その極に達していた。そんなときにコレラの流行が始まったのである。

朝熱が出て猛烈な下痢が始まると、昼ごろは目が窪み、鼻が尖り、骸骨のようになったと思うと、三時ごろには死亡する。初めのうちは穴を掘って埋めたが、あまり多いのでそれもできなくなり、川に流すことになったが、川は死体で埋まり、歩いて渡れるほどであったという。この悲惨な事情はひとり捕虜ばかりでなく、日本軍も同じだったのだ。

一言に戦犯というが、労務者や捕虜に与えたくても、与える食物も衣類もない。ビルマの前線では生死をかけて戦っているが、雲南でも、フーコン地区でも、武器弾薬の欠乏のために戦局は次第に悪くなっている。そのための鉄道建設をしていたのだ。

いかなる犠牲を払っても、建設を推進しなければならない。そのために苛酷な条件の中で、苛酷な労働を強いた兵が、捕虜虐待として戦犯の汚名をかけられたのだ。戦犯とするなら無理を承知で、鉄道建設を強いた命令者に罪はある。勝つために必死になった兵が、戦犯に指名されたとも言える。われわれは瓶を見つけて、戦犯の原因を消した素早い対応に、心からの拍手を送ったのである。

タイ国では日本を信用していないので、わずかの金しか日本軍に渡さない。これではとうてい日本兵を養うことができない。仕方がないので、技術に物を言わせて、偽紙幣を作ってしまった。紙質と言い、形、色といい、寸分違わない。

高額紙幣ばかりなので、高額紙幣が多量に市場に出回り、市場価値が、低額紙幣より下回ったと言う。まさか日本がそんなことをするはずがないと言うのだが、彼は、「いや、それが戦いというものだ！」と得意顔で答えた。

人を殺してまでも主張を通すのが戦争なら、紙幣の偽造など当たり前かも知れない。そう言えば、私が貰った高額紙幣は破れていたが、只に等しい値だった。しかし、日本軍が贋物を作るとは思えないのだが……。

主計さんに指頭大の墨と厚紙を貰い、碁盤と碁石を作った。碁石には厚紙を丸く切り、墨を塗った。これで退屈を紛らわすことができる。准尉さんは、「ポンカンポンカン並べるだけですよ」と言うので、相手になったが、どうして、どうして、自分が三、四目置いても勝てないところを見ると、二、三級くらいの実力はある。毎日三、四番やるのだが、少しも上達しない。

碁をうちながら、いろいろ話をする。彼の家の方には、葛芋《くず》という芋があり、薩摩芋でも山芋でもない、蔓性の芋で、丈が人の高さになる。そのままでは旨くないので、主に葛にするが、大きさは子供の頭ぐらいになるそうだ。ひょっとすると、秋の七草の葛の園芸種かもしれない。

診断のたびに、軍医に便を見てもらわなければならない日々がつづく。見てもらわなくても、自分の診断は自分でつくのだが、そうまでしなければならない自分の立場が我ながら、憐れでたまらない。

ピーさん看護婦は病棟に来て、得意になっていろいろ話していく。アメーバ赤痢の菌は動いている。顕微鏡を見せてもらったが、あれなら自分でも分かる。マラリアの重症になると、ヒノラミンでないと利かないと軍医が言われたので、自分も予防に飲みたいとか、F軍医殿がレントゲン写真を説明してくれたが、心臓は白く写っていて……とか話している。軍医の自分には、馬鹿馬鹿しくて聞いていられない。

アメーバ赤痢の原虫は、便の湯気のでているようなものなら動いているが、時間が経つと動かなくなる。彼女には珍しかったかもしれないが、心臓の写真は見飽きている。とても聞いてはいられない。

狼の麦田大尉は、一生懸命に御世辞を使っている。日本の大尉さんともあろうものが、慰安婦上がりの代用看護婦に御世辞を使うのを見ていると、ムシズが走る。

彼女は心の内を敏感に覚《さと》ったらしく、石鹸の配給も私にはない。知らん顔しているので、カチンと来たのか、もてないことおびただしい。やはり新品少尉は、もてる。石鹸どころか、洗濯まで看護婦がしているらしい。

この病院の看護婦は、前線より帰って来た娼婦である。シビリアンとして知らん顔もできないし、オオッピラにピー（慰安婦）だというのも気が引けるので、英軍には看護婦として届けてある。酷いのが当たり前かもしれない。

兵の話によると、使役で、山に薪を取りに行ったら、カサカサするので、覗いて見ると、起き上がった看護婦の背中や髪に木の葉がついていて、側で将校が、照れくさそうに、ニヤニヤしていた。きっとあれは「ただではなかった」と話していた。ただの看護婦ではなかったのだ。

回想の輪はつづく

雨が止むと、次第に暑くなってきた。やりきれない暑さだ。衣服はいつ洗ったか覚えていないが、シャツがベトベトになっていた。腹や胸を撫で廻すと、たちまち小指頭大の垢の塊ができる。熱気が籠もると、シャツが急に臭くなった。麦田大尉は、面と向かって臭い、臭いと言う。自分でも臭いのだから、人が臭いというのはもっともだ。といって、水洗いしたところで、どうにもならない。嫌な気持ちで外に出る。

木陰に寝ると、蟻に咬まれて寝ていられない。帰ると、また臭いと言われるのが、辛くて帰るに帰れない。蟻を見ながら、地球を支配しているのは人間だと思って、戦争だ、領土だ、と争っているが、蟻は何の関係もなく、自由に生活している。地球の支配者は人間ではなく、蟻かも知れない。蟻は人間の数万倍もいるはずだ。蟻というより、黴菌《ばいきん》が世界を支配しているともいえる。彼らから見れば、人間の所業など取るに足らぬことかも知れない、などとたわいのないことをボンヤリ考える。

兵たちは自分のようにボロボロの服をまとい、垢だらけになっている兵のことを、「汚れ」と呼んでいた。「汚れ」は戦いに疲れ果てて転進して来た兵で、言う者は後方で昼寝していた連中であり、悔やしいような寂しいような言い知れぬ苛立ちが胸を締めつける。

将校病棟の人も、ほとんど前線より帰って来た人だが、将校の特権で、支給品を優先的にもらったのだろう。自分は外に出されたうえ、帰って来ても将校が多いので、私まで当たらないのは当然だ。ズボンの「破れ」は繕《つくろ》ったが、シャツはカッパのようにツルツルしていた。汗と脂が垢になって布目を塗り潰し、布目がなくなっていたのだ。

例によって碁をうっていると、「知り合いの方が来ておられます」と、何か改まった言葉で言われるので、人のことかと思っていたら、自分の客だとのこと。知り合いと言えば、外科医長だった永井大尉が転属して来ていると聞いていたが、まさか来てくれるとは思えない。一体、誰だろうと、出てみると、学生時代、一緒にプールで泳いだり、マラソンで争ったりした専門部出身の吉野だった。大尉の肩章をつけていた。丈の高い偉丈夫である。偉くなったものだ。

相手が大尉では、どんな挨拶をしてよいか分からない。ドギマギしていると、相手もちょっと困ったらしかった。だが、しばらく話しているうちにビルマにいる岡大出身の軍医の消息について話して帰ったが、翌日、「紙に困っているだろう」と紙を持って来てくれた。

吉野大尉は、方面軍の輜重《しちょう》隊に属してインパールへ行って苦労したらしい。道端に主のない背《はい》嚢《のう》が並んでいるのを見たそうだ。背嚢を置いて突撃して行って、一人も帰って来なかったのだ。一個中隊がそこで全滅して、三時間目に通りかかったのである。ずいぶん酷《ひど》い戦いだったらしい。

帰りに「何か要《い》るものはないか?」と聞いたので、「腹が空いて困っているんだが、米でも手に入らないか?」と聞いて以来、来なくなった。軍医の身で、下痢の患者に米をあたえるわけにいかないのは、分かっていたのだが、切実な問題だったのである。

植物好きの准尉さんのところに、同好の人が来ていろいろと話していた。彼は水戸付近の園芸家で、頭の弱い子を十数人養っているのだそうだ。彼らに難しいことはやらすわけにいかない。そこで、何事も科学的にしなければならない。

切り花は菊でもダリアでも白一色を作る。赤の注文が来ると、特別の液に一晩漬《つ》けると、花は赤くなる。これを売りに出すのだそうだ。青にするには、その液に漬ければよい。頭を使わなければ、これだけの数の子供を養うわけにいかなかったのだ。

葡萄《ぶどう》も植えてあるが、そのまま売ったのでは、儲《もう》からない。そこで実の生《な》りそうな枝に傷をつけ、鉢を持って行き、根を出させて、実のなったとき、枝を切って鉢と共に売ると、立派に鉢植に実がなったように見える。少々インチキ臭いが、根があるから、立派な取り木の鉢植えだ。

菊の花を売るときも同じだ。大輪菊の蕾《つぼみ》が大きくなってから切り取り、挿《さ》し木をすると、ほんの十センチメートルくらいの小さい木に大輪の花が咲く。これを小鉢に植えて縁日で売ると、大抵「根がないんだろう」と言う。そこで掛けをして売る。根があるんだから「インチキ」ではない。

近所の山に、たくさん梅の木がある。花時になると、徳利を下げて毎日、花見に行く。呑気なように見えるが、これも重要な仕事なのだ。花の咲き具合を見るのが仕事。花がいっせいに散ると、梅は豊作で、ただちに梅を売るところを捜しておかないと、せっかくの梅が売れ残るのだそうだ。いろいろと園芸の面白さを語って、帰って行った。

主計中尉さんは、部隊に帰ってマージャンのパイを持って来た。以来、将校病棟では毎日、マージャンが始まった。狭い床は好きな連中に占領され、その尻のところの狭い空き間で寝ることになったが、うるさくてとても寝られなくなった。屋外の木陰でボンヤリしていると、例の一等兵が気取ってやって来た。

「俺は英文科を出たので、帰ったら通訳でもしようと思っている。俺は、こんな兵隊なんかでいる人間ではない」と、日ごろの鬱憤を私に叩きつけた。初めて会う彼にそんなことを言われるいわれはないが、成蹊、成城は東京のブルジョア学校の双璧、懐かしいような気もしてきた。彼の吸っている煙草「ワイルド　ウッドバイン」は、日本語で何か？　と聞くと、「啄木鳥だ」と答えた。彼もまだ英語を忘れていないらしい。

木陰に座って、ぼんやりと青空を見つめる。周囲の土が焼けて風もないので、部屋の中が涼しいくらいだ。あのギッシリ詰まった船で内地を出帆し、身動き一つできず、飲む水もない苦しさは、これ以上のものはあるまいと思ったが、チャウタンの不眠不休の激動も倒れる一歩前まで来たのだ。緊張していたからよかったものの、普通だったら、とても体がもたない。人生の苦労にもいろいろあるものだ。

ワウ河をやっと渡り切ったときは、チャウタン出発が遙か昔の夢のように思い出された。あの一、二日が二、三年の長さに感じられたし、白髪になっているのではないかと思えるほどの心労だったのである。

学生時代、試験に追われて、せめて試験のない世界に行ってみたいと思っていたが、まだまだ甘かったのである。

つぎつぎと止め処《ど》もなく回想の輪がつづく。

江戸っ子の日本中の訛《なま》りを駆使する中尉さんは、つぎのように述懐した。

メイクテーラの会戦に敗れ、数人の兵と共に転進中、ある集落に逃げ込んだ。ヤレヤレと思った途端に大爆撃、慌てて床下にあった防空壕に身を潜めた。たちまち集落は火の海になったが、危なくて壕を出られない。しばらくすると、ガラガラと車の音がする。そっと頭を上げてみると、集落には敵の戦車がいっぱい詰まっていた。すぐ十メートル先にも戦車が止まり、付近に英兵が屯《たむろ》していた。

「仕方がない。夜になったら立ち去るだろう。それまで隠れていれば、何とかなるかも知れない」

とじっと潜んでいた。頭の上には家が焼け崩れて壕を覆い、まだ炎々と燃えている。英軍も、まさかこんなところに日本兵が潜んでいるとは思わなかったのだろう。敵は安心して車座になり、何か食べ始めて、いつまで経っても出て行かない。そのうち夜になったが、いっこうに動く気配もない。今夜はここで駐留するらしい。

夜更《ふ》けになると、敵はテントを張って寝てしまった。数人の不寝番が焚き火をしている。すぐ目の前だ。ウカウカしていると夜が明けてしまうので、脱出することにした。進路は、「敵の歩哨のすぐそばを通り、その向こう三十メートルの小川がある。それに入り、川伝いに逃げよう」というのだ。

歩哨は、都合よく居眠りを始めた。今だ! 一番敏捷な兵が居眠りをしている敵のすぐそばを通り、小川に入っていった。つぎは自分、無事通過。待っていると、兵がつぎつぎとやって来た。最後の兵はじつに間抜けな奴で、大きな姿勢で、ゴソゴソと音を立ててやって来る。見つけられたら、それこそ全員の命がない。

ハラハラしていると、それでも敵に見つからずやって来たが、いきなり川にジャボンと飛び込んでしまった。皆、ヒャッとしたが、敵はちょっと振り向いただけで、別にこちらに来ようとは、しなかった。この少し鈍い男が、バシャバシャと音を立てて歩くので、ヒヤヒヤしながらも、小川伝いに虎口を脱した。

シッタン河の岸の集落ニュアンカシに来ると、付近に日本軍が展開していて、やれ嬉しやと思ったら、その部隊に編入されてしまった。陣地に付いていると、まもなく、敵が攻撃してきた。あまり沢山弾が飛んで来るので、どうにもならない。ついにシッタン河の岸に追い詰められ、逃げ場を失って河に飛び込み、首だけ水に出して、岸にぶら下がっていると、敵の弾はビューン、ビューンと頭上を飛んでいった。どうしたものか、敵も近寄って来ない。

夜になると、友軍が迎えに来てくれた。ヤレヤレと思っていたら、二、三日すると、「渡河して敵をやっつけるんだ」というので、舟に乗せられ、夜陰に乗じてふたたび渡河。仕方がないので、ビクビクしながら進撃したが、とても歯が立たない。また、シッタン河の岸につかまり、首だけ出していたら、夜になると舟が迎えにきてくれた。

もう安心と思っていたら、性懲《こ》りもなく、また敵前渡河をさせられて、またまたシッタン河の水浸し。都合三回、水浸しになり、四回目の準備をしていたら、終戦になったのだそうだ。面白可笑《おか》しく話す彼の話し振りに、思わず笑いが込み上がってくる。

内地にいたころ、新聞論調では、アキャブでは盾や兵《つわもの》、兵団が優勢を維持して、まさにインドに突入する態勢だが、ジャングルに阻まれて、進撃もならずに足踏みしていると思っていた。実際は完全に制空権を奪われ、海岸の湿地帯マングローブの中を這いずり回って、悪戦苦闘していたのだ。

ことに物資は、飛行機に狙われるため、小舟艇で、マングローブの間を縫って補給する微々たる物資に頼らなければならない。前線の負傷兵を収容して敵機の間隙を縫って帰るが、途中で、舟もろともやられ、海の藻屑となったという話はたびたび聞く話だった。同室の兵の軍医に聞くのだが、当時の戦いについては、ニヤニヤして一言も話さなかった。

まだ制空権のあったころ、退屈なので、海に独り舟を浮かべ、魚釣りに出掛けたが、海蛇が多く、人を見ると襲って来るものもいて、カヌーの舳に巻きついて鎌首をもたげて向かって来たときはギクッとした。オールから手を放すと、ひっくり返るので、放すわけにいかない。やっとオールで叩きつけ、難をまぬがれたという話で、ごまかされてしまった。いずれにしても、悲惨な戦いに明け暮れた戦場の一つだったのである。彼は惨めな話をするに忍びなかったのだ。

薩摩の生んだ英雄

例によって臭い、臭いと言われるのが疎《うと》ましく、木陰に休んでいたが、雨期も明け、太陽の反射はたまらなく暑い。風のない日は、部屋の方がずっと凌ぎやすいが、とても入る気になれない。そんなある日の二時ごろ、洗濯集合の合図があった。患者二、三十人、衛生兵に引率されて外に出る。鉄条網の外に出るのは、入院以来初めてのことだ。

炎熱の中を、ふらふらと歩く。まだ三十七度五、六分の微熱のあるのをおして、出掛けたのだ。軍隊の外出ゆえ、シャツを脱ぐわけにゆかない。半裸で暮らしていたので、ことさらに身にこたえる。

二、三十分して、やっと小川に着いた。川は幅四、五メートル。小川は湧水なのか、手の切れるように冷たい。さっそくシャツを脱いで水洗いするも、石鹸のない悲しさ、シャツの垢は少しも取れない。いくら洗っても、布目は出てこない。このシャツは、初めから布目はなかったのか？ と思ったが、いくら何でも布目のないシャツのあるはずがない。適当に洗って、木の枝で乾かした。

ついでに裸になって、川で泳いだ。水の冷たさが身に沁みるように心地よい。泳いでいるうちに、次第に身体に自信がついて来た。身体がだるいのも、半分は自分の身体に自信を失ったのが大きな原因かもしれない。

手拭いがないので、褌《ふんどし》をはずして体を拭き、シャツの乾くまで木陰で昼寝する。一時間もすると集合がかかる。生乾きのシャツを着て帰途につく。よく見ると、将校は自分一人らしい。「衛生兵に引率され、外出するなんて、我ながら落ちぶれたものだ」と、感慨を新たにしながら歩く。

汗は容赦なく流れ、まだ帰り着かないうちに、シャツは出発時と同じように異様な匂いがしはじめた。臭いと言われるのが嫌さに出て来たのに……と、少々情けなくなる。

しかし、目的は果たせなかったが、外に出ることは気分転換になるのか、何となく壮快だ。以後、毎日二時ごろになって洗濯集合がかかると、勇んで参加することにした。少しでも病棟から離れた方が楽しいし、気分もよかったのだ。

途中でビルマ人が数個の豚の蹄《ひづめ》を持ち歩いていた。兵に聞くと、蹄の中に肉があり、支那料理に使うそうだ。ある日、メマが鶏の鱗のついた足を五、六本持ち歩いているのがいた。蹄の伝で行くと、これも食べるのかもしれない。

体に自信がつきはじめると、退院後のことが心配になり、蚊帳を作ることにした。部隊を離れるときに貰《もら》った布を天井にし、携帯用のフォルムガーゼを横布にすることにした。包みを開くと、予想外に広い。これなら大丈夫と縫い合わせていたら、衛生兵が来て、「利用しない布類は出して下さい。引き上げることになりました」と言ったが、「これは蚊帳を作っているから、駄目だ」と断わった。麦田大尉は、カバンから布を取り出して渡したようだった。彼も案外、正直者かもしれない。

ある夕刻、衛生兵が病棟に電球をつけた。やっと発電機が動くことになったのだそうだ。夜になると、突然、電灯がついた。ペグーを出発して以来、初めて見る電灯だ。久しぶりに出会った文明の利器に、何かためらいのようなものを感じ、改めて人間であったことを確かめ得たような暖かさを感じた。その十燭光足らずの光に、心の暖まりを覚えた。やはり、われわれは人間だったのだ。

麦田大尉のところに、鹿児島の兵がよく遊びに来た。ポソポソと話すのだが、そばで聞いていても、意味がまったく分からない。まるで外国語のようだ。長い鎖国の間中、隠密を見分けるために、わざと「酷い方言を使わせた」と言う。薩摩藩の方針がここまで徹底していたのだろう。

その兵がある日、彼のところに土産を置いていった。蚊帳の裾布だった。「先ほど炊事の蚊帳が破かれた」と衛生兵が怒っていたが、その張本人が戦利品を堂々と持ち込んだことになる。さすがの麦田大尉も持てあまし気味で、苦笑していた。兵は、「また良い物が手に入ったら持って来る」と言って去ったのだが。

私の小さいころ、「表六玉《ひょうろくだま》」と言うのは人の悪口だったが、麦田大尉の話では、薩摩の昔話に出てくる英雄だそうだ。昔薩摩の国に数百の狐が住んでいて、人を誑《たぶら》かして困るので、藩の侍が退治に行くのだが、みんな酷い目に会って、這々《ほうほう》の体で帰って来る。そこで薩摩の誇る表六が、衆望を担って、出かけることになった。

何一つ見えない暗夜だったが、遙か彼方より、姫様が従者に提灯を持たせてやって来た。夜中なのに、顔形がはっきり見える。さては狐め！　と近寄ったところを切り殺してしまった。そのうち狐の死骸になるだろうと思ったが、いつまでたっても狐にならない。

「はて本当の姫を殺してしまったか？」と後悔していると、夜が明けてきた。通りかかった僧が事情を聞き、いろいろと説教するので、表六も無常を感じ、姫の菩提《ぼだい》を弔うために出家することになった。

僧に連れられて寺に行き、まず風呂に入り、お萩の御馳走にあずかり、髪を剃るとき、異常に気づき、大暴れしたら、ふたたび暗夜になった。しばらくして夜明けとなり、よく見ると、風呂と思ったのは野壺。お萩と思ったのは馬の糞だった。殺したのはやはり狐だった。そこで頭を丸められた大入道が、二匹の狐を担いで帰って来た。歓呼で迎える町人の間を、ノッシノッシと凱旋した、という好人物の薩摩の生んだ大英雄だ。

麦田大尉のところに来る兵が、まるで表六の現代版のように思われてならなかった。麦田大尉は薩摩生まれで、父も軍人だった。子供のころから軍人としての教育を受け、軍人の心得として宴会のときの踊りを習い、兵の扱い方など、いろいろ教育されたのだそうだ。

われわれがビリンで葉を肉と一緒に炊いて、肉を台なしにした「茘枝《れいし》」は、薩摩では苦瓜《にがうり》と言って、実の未熟のうちに取って食べる。その苦味を楽しむらしい。薩摩人が貧困だったからこんなものを食べるのか、われわれがその真価を知らないのか、いずれにしても薩摩の風土の味である。

秋の深まるころ、蛋白質不足のせいか、魚釣りが許されることになった。衛生兵に引率されて河端に行った。川は濁っていて、河端も草一本ない、赤土で、カンカンに乾いた平原の真ん中にある。自分もタトン郊外で作った釣り道具を持って行った。餌は御飯粒だが、慣れないので、飯粒が落ちてナカナカ釣れない。それでも五、六センチメートルのケッケに似た魚が釣れた。

背骨や内臓が透けて見えるので、兵はレントゲンと称していたが、熱帯魚のグラスフィッシュだ。だが、小さいので、手製の大きな針にはナカナカ掛からない。それでも二、三匹、釣って帰った。初め川の泥水を見たときは、大きな奴が釣れるかもしれないと思ったが、駄目だった。釣っているときは足許がフワフワして、雲の上を歩いているような気がして頼りない。まだ病気は軽快していないようだ。

川端の赤土の辺に小さい畑を作り、秋海棠《しゅうかいどう》のようなものを作って、炎熱の中で水をかけていた。こんなことまでして畑を作れるのは、非常に勤勉な民族に限るので、昼寝ばかりしているビルマ人には無理な仕事だ。中国人なればこそできる仕事だ。

修羅を見た人

秋も深まりめっきり涼しくなった。このごろ、病院も次第に活気づいてきた。浪花節大会やら喉自慢大会がたびたび催されるようになった。台に立つ弁士がつぎつぎと交代する。佐渡情話だったり、森の石松の金比羅参りだったり、多士済々。中には田舎回りの旅芸人もいるらしく、素人離れした芸がつぎからつぎへと披露される。

素人喉自慢で一番多いのが八木節だ。木の箱を叩きながらの実演だ。関東の兵が多いせいだろう。向こう鉢巻きで囃《はや》し立てる。佐渡おけさから相馬盆歌、会津磐梯山に至るまで、つぎからつぎへと飛び出す。「よくも上手な奴が沢山いるものだ」と感心しながら、口の中で真似てみるが、さっぱり覚えられない。やはり素質があるのだろう。

ある日、病院内で五時から芝居があるというので、皆、一緒に見物に行く。菊の大尉、准尉と一緒だ。小さい小屋が建っていて、八畳敷きくらいの舞台があり、前に並べてある石炭箱に陣取ったが、なかなか始まらない。待つのが嫌いな自分は帰ろうと思ったが、そばの准尉さんが楽しんでいるので、我慢して待っていると、五時半ごろに開幕した。軍隊も終戦になると、日本時間になるらしい。

すぐ前のカブリツキに、軍医少佐が座る。気さくな人柄らしい。准尉さんの話によると、彼は泰麺国境付近の野戦病院の院長で、鉄道建設のとき、病人を収容したが、薬もなく、人手も足らず、ほとんど為す術もなく、入院患者が死亡したために戦犯に問われたが、病気と称して入院しているのだそうだ。病院を出たら、戦犯として裁かれる運命にあるのだという。それにしても、そんな気配を微塵も見せず、朗らかに笑っていた。

「どうせロクナ芝居ではない」と思っていたが、「瀧の白糸」が始まると、女形の美しさに目を見張った。衣装といい、その美貌といい、こんな美人は見たことがない。呆れて見惚れていると、同じ病棟に居た朝鮮慰安婦三人組がやって来た。そばに来ると少佐は、「ああ、こっちに来い！こっち、こっち」と座を譲って、自分は脇に座り直した。しばらく見ていた少佐は、彼女たちに話しかけた。

「おい、どうだい。男でも綺麗だろう。おまえたちより、よっぽど綺麗じゃないか?」と言うと、ピーさんは急に立ち上がり、「私だって！　綺麗な着物を着たら！　私だって！」と言いながら逃げていった。

彼は朗らかな口の悪い悪戯《いたずら》っぽく面白い少佐殿だったのだ。戦犯といわれても、ビクつかない。地獄の修羅を見て来た人は、常人にはない人間の幅の広さが感じられた。

帰って来ても、将校たちの話は女形の美しさで持ちきりだった。私は芝居など見る気がしなかったが、初めて芝居のよさがわかった。

早朝、受け持ちの軍医が来て、「サルビン河が封鎖されることになったので、もし部隊に帰りたい人がいたら、申し出てくれ。この機会を逸したら、ふたたび帰るときはないので、この地の部隊に転属することになる。軍医の三島少尉はさしづめ、この病院に勤務することになるが、どうしますか?」と好意的な話だったが、愕然とした。

もしこの病院に残れば、吉野大尉もいるし、労役もしないですむかもしれない。「ここに残ろうか？」と一瞬思ったが、ピーの看護婦に冷遇され、ろくに食事もあたえられず、「汚れ」と言われて頭に来ていたので、この病院勤務を潔しとせず、たとえ労役に倒れようとも、部隊に帰ることを選んだ。

退院と決まったら、もう勤務員のところに行ってもよいはずだ。赤十字の腕章をつけた上着を着て、吉野大尉のところへ、挨拶に行った。初めてのところだが、すぐ分かった。彼は、「私の原大隊復帰のため、挨拶に来た」と知ると、帰ろうとする私を引き止め、当番に命じて葛湯を作ってくれた。「何もないけれど」と出されたのだが、トロッとした味は、飢えた私にはたとえようもないほどだ。幼いころ病気をすると、母が作ってくれたのを思い出した。飯盒の蓋についているのを嘗《な》めるようにして食べた私を、奇異なものとして眺めたことだろう。

「何か要《い》るものはないか？」と聞いたので、「汚れ」を思い出し、シャツを口にすると、シャツと携帯天幕を出してくれた。先日、不用品を引き上げるとき、「シャツは三枚以上持てない」との達しだったので、皆、提出したのだそうだ。

同じ岡山大学出身者も沢山いるらしく、〇〇は〇〇部隊に、〇〇は〇〇部隊にいる……といろいろ話していたが、自分の知人はいなかった。

吉野大尉は送って行くと言うので、一緒に歩いていると、一番意地悪の女郎上がりの看護婦に行き会った。吉野大尉と私が、親しそうに肩を並べて、話しながら来るので、訝《いぶか》しそうに近づいた彼女は、自分の腕にある赤十字のマークと軍医の襟章と顔を見較《くら》べながら、驚いて「マア、マア」と絶句した。

吉野大尉が「これは昔からの友だちだ」と紹介すると、「アッ、ワッ、ワッ」と言葉にならないことを言って、身を捩《よじ》った。彼女は私が軍医であることも、吉野大尉の友だちであることも知らなかったらしい。慌てる彼女に、「退院することになりました。入院中はいろいろ御世話になりました」と御辞儀すると、彼女は口籠もりながら、逃げるように立ち去った。文句の一言も言いたかったが、自分も善良な一市民。去るに当たって一言も言えなかったのである。

用意をととのえ去るに当たって、一番親しくしてくれた准尉さんに、十本持っていたエメチンのうち二本の注射液を贈ることにした。「アメーバ赤痢が酷《ひど》くなったとき、使いなさい。特効薬だから、御守り代わりに持って行って下さい。メキシコ原産で輸入ができないので、めったに入手できない、貴重品です」と手渡すと、彼は雑嚢《ざつのう》から黒砂糖を取り出し、半分、お返しにくれた。

衛門の入口に集合したが、一、二時間待たされた。准尉さんは見送りにその間待っていてくれた。彼は、帰ったら百姓をするつもりだ、と話していたが、手を振って見送ってくれた。パコックの紺色の花のことが頭から離れない花好きの老人だった。

狼の〇三《れいさん》の麦田大尉や、一緒に入院した三宅一等兵も一緒だった。門の外に来たトラックに六、七十人乗せられて出発した。将校は別のトラックだった。

体を壊した今、少し心もとないような、寂しいような……本隊に帰るのだから、少し心丈夫のような複雑な気持ちだった。

悪性マラリアに感染

トラックでしばらく行くと、まもなく降ろされた。ムドンのキャンプだ。兵舎に入ると、兵で一杯だ。何か熱気が籠もったように喋《しゃべ》りまくっている。病舎にいた私には、別世界のように活気にあふれたところだった。現地人も兵舎に入って、堂々と売っていた。病院ではとても考えられないことだ。真夜中になっても、その騒ぎは少しも衰えない。

翌朝、付近にあった世界一大きい釈迦の寝像を見る。ペグーの寝像と違い大きいだけで、まことに御粗末なものだった。こんなものは、ビルマのあちこちにあるらしい。

また、トラックに乗せられ、埠頭より大発に乗り移る。ダッ、ダッ、ダッという勇壮な音に、捕らわれの虜囚の身が憐れになる。

マルタバンより汽車に乗る。ジンジャイの滝も乾期なので、まったく水はなかった。滝の中の島に、どうしてパゴダが造れたのか、と思っていたが、乾期に造れば造作もないことだったのだ。白昼、汽車に乗るのは戦争が終わったのだから大丈夫だと思いながらも、何となく不安になる。大丈夫と心に言い聞かせるのだが……またすぐ不安になる。習性とはいうものの、情けない性だ。

しばらくすると、タトンに着く。タトン駅より列を組み歩くことになった。埃の道を並ばされてトボトボと歩く。屠所に引かれる羊というのはこんなことか……と苦笑する。農園の辺りを通るとき、辺りを見回したが、キンヌエの姿は見当たらなかった。ただ夏草が、萌《も》えているだけだった。

終戦時に居たゴー集落の前を通ったが、見知らぬ人が二、三人見えただけだった。宿の女の子が知ったら、飛んで来るだろうか。それとも、そのだらしなさに、軽蔑して見向きもしないだろうか？　期待して、集落を振り返り、振り返りしたが、ついに彼女の姿は現われなかった。金魚の糞のように二列縦隊に並ばされ、トボトボと歩く姿は、知り人には見られたくない姿だった。

しばらく行くと、ゴム林に着いた。入口で解散になった。部隊の者が迎えに来ることになっているとかで、つぎつぎに去り、二十分して一野病が来たが、自分のところは来なかった。一緒に歩いていたら、ゴム林の暗闇から兵が出てきて、「四野病の行李のT軍曹だ。遅くなってすみません」と言いながら先に立った。外はまだ明るいのに、ゴム林の中は薄気味悪いほど暗い。

案内の軍曹は、方向が分からなくなったのか、ときどき立ち止まって方向を確かめながら進む。ゴムの林があるだけで、道らしいものはない。溝のようなところに来ると、彼は、「ヤッ、ここだ！」と叫んだ。何のことかと思ったら、「タトンの物売りの女が訪ねて来たので、いきなり飛びかかったが、暴れないので、押し倒してやったんです」と事もなく言って除《の》けた。

何のことか分からなかったが、しばらくしてやっと了解した。頭が鈍くなったものだ。目をパチクリして彼を見たが、彼はケロッとしていた。和姦なのか強姦なのか、いずれにしても訴えなかったところを見ると、彼女も承知のうえだったのだろう。男女の間は、そんなに簡単なものか……と今さら考えさせられる。

乾期だったので、昼なお暗いゴム林も葉が散ってしまうと、夜が明けたように明るくなり、落ち葉は腰の辺りまで埋もり、軽いので水の中を歩くように歩ける。この落ち葉の中に彼女を押し倒したのだから、落ち葉の中に潜って、「前後左右、頭の上でもカサカサと落ち葉の音がする。何とも不思議な気持ちだった」と述懐する彼だった。

強姦と言えば、つぎのような話を聞いたことがある。

マレーかどこかのサルタンのお姫さんとその侍女が、散歩中に強姦された。日本軍としても治安上重大な過失なので、必死に捜したが、ついに犯人は見つからなかった。姫は相手が兵隊だったということだけで、後は夢中で、何も覚えていなかった。しかし、侍女は年のせいか、そのときの状況を微に入り、細に入り話したという。

彼女の言う曹長と伍長を捜したが、ついに迷宮入りした。しばらくして事実が判明したが、そのとき、捜査に当たった中心人物が当の犯人で、すでに転出していて、居ない者を追求しても仕方がないので、後はうやむやに処理された、とある班長が話していた。真偽のほどは分からない。

案内の班長の話すところによると、タトン郊外のゴー。私のいたすぐ下の将校たちが住んでいた家の住人は、婆さん一人が残っただけで、地震と間違えた新婚夫婦も、布団に寝ていた老人も、みんな、二、三日の間に死んでしまったそうだ。婆さんは近所の爺さんと出来ていたから、婆さんが毒殺したと、みんな噂しているらしい。自分のいた家の女の子のことはちょっと気になったが、問うのも気恥ずかしく、聞き漏らしてしまった。

あの人のよいビルマ人親族を殺し、シャーシャーしていられる神経を持ち合わしているのを見せつけられ、背中が泡立つような、冷たい風が背中を吹き抜けるような気がした。痴情の関係としても、日本人の常識では考えられないことだ。

わが野戦病院は、石切り場の作業に行かされているので、英軍の方針で、ここから追求できない。したがって、一野病の厄介になるのだそうだ。
三、四百メートル歩いて、やっとニッパ椰子の家に辿り着いた。そこにシッタンで苦楽を共にした、泰井中尉が肺結核で入院していて、喜んで迎えてくれた。
家の回りはどこまで行っても、一抱え以上もあるゴム林だ。それが鬱蒼として茂り、昼なお暗い密林になっている。よく考えてみると、終戦直後に入院したのだが、今は朝夕が寒くなって来たから、すでに十一月ごろだ。逆算すれば、三ヵ月くらい入院していたことになる。

本隊の四野病とは連絡がつかないので追求できないため、一野病の要員にならなければならないそうだ。翌朝、将校宿舎へ行く。病院長は留守だったが、五、六人の軍医が快く迎えてくれた。隊長が帰られるまで、しばらく話し込む。中尉はモールメンに患者護送に行ったときの話をしていた。

自分のときと同じ、三人の死者を出した。仕方がないので、河端で引き摺《ず》って歩いていたら、兵隊が飛び出して来て、怒鳴りたてる。よく聞いて見ると、患者護送に来た者が死体を河に放り込むので、「日本兵は弱いと現地人が馬鹿にするから、死体を河に放り込まないで欲しい」と言うのだ。

「今までどうしようか」と困っていたのだが、今までの患者護送に行った連中が、死体をどういうふうに処理したか、やっと分かった。だが、注意されたばかりだから、現地人に鍬《くわ》を借りて、穴を掘り、「このつぎは、そうするか」と冗談を言いながら掘るのだが、土が煉瓦のように固くて、とても掘れない。いい加減に埋めてしまった。

それでも心配になって、翌日行って見ると、手足がニュッと飛び出していた……と話す。今度こそは、もっと上手に患者護送をするぞ！　と意気ごんでいたら、終戦になってしまった、と笑い崩れる。

みんな、同じようなことをしたのだ。それを聞いていると、次第に体が熱くなり、昼食を出されたので、食べているうちに、急に吐き気が出て、吐いてしまった。飯盒で受けると、水気がなかったせいか、吐物は真っ白いが、固形の糞のような形になっていた。それでも大切な食料だ。それをまた口に押し込んだが、ヌルヌルして、少し酸っぱく、生温かい。ネットリした飯は、まことに食べにくい。

やっと飲み込んで、トイレに行くと、無数の飛蚊子《ひぶんし》が目から飛び出し、驚いた途端に雲の上に上がったようにフワフワして倒れてしまった。軍医さんたちも驚いたようだったが、「しばらく寝ていたらよいだろう」というので横になっていたが、飛蚊子が目の前を駆けめぐり、頭はカッとして何が何だか分からない。人の言うことは理解できるが、身動きができにくい。

一時間して小用に起きたが、フラフラして歩けない。軍医さんが後から支えてくれて、やっと小用をすませた。退院の申告どころではない。三宅一等兵と共に病室に移されてしまった。以来、薬を内服する生活がつづいた。誰かの悪性マラリアが感染したに違いない。食欲はまったくないが、熱が出たのは一回だけだった。マニラにいたときは高熱があっても、女の子の顔を見に町まで出かける元気があったが、四十度近くの熱があったに相違ない。後日、額田隊長が四十一度の高熱を出し、「俺は死ぬかも知れない」と泣き言を言ったという気持ちも分かるような気がする。

毎日の食事が苦の種で、モールメンの兵站病院と違い、飯の量は多いのだが、少しも喉を通らない。飯粒を一粒ずつ無理してぐっと飲み込む。毎日毎日、飯粒との格闘が始まる。そんな状態でも人間よくつづくもので、一週間もすると、食欲も少しずつ出てきた。

泰井中尉のところに、一野病の大尉が訪ねて来る。「小鮒《こぶな》の甘露煮だ。それに生姜《しょうが》が入っているんだ。まあ、一つ食べて見なさい」と持って来る。私にもと勧めてくれるのだが、それどころではない。

少し元気が出て、散歩していると、兵が鮒のような綺麗な魚を数匹、笊《ざる》に入れて持ち歩いていた。聞いてみると、近くに大きな池があり、釣り針に蝶をつけ、池の中ほどに入って行き、水面近く蝶を動かす。そうしていると、水が飛んで、そのとき水面に蝶を落とすと、魚がパクッと食いつき、いれば百発百中、みんな取れるのだそうだ。きっと、この魚は鉄砲魚に違いない。蝶がなかなか手に入らないのが、この釣りの欠点らしい。

遥か彼方に、峨々たる岩山が見える。あの辺りに工兵隊のいた温泉のある渡河があるのだそうだ。岸辺に二抱えもある大木があり、枯れ葉が四、五枚掛かっていた。やはり、もう冬なのだろう。

次第に元気が出て来ると、寝てばかりはいられない。兵に道を聞いて、ドンタミにマンデー（水浴）に出掛けた。

　教えられたまま二、三百メートル行くと、幅五、六十メートルの満々たる水を湛《たた》えた河に着いた。これがドンタミだ。あまり大きい河ではないが水量が多い。汽車でこんな大きい河の鉄橋は見たことがないので、きっとこれはパーンにぬけてサルビン河に注ぐのだろう。

　兵も二、三人魚を釣っていた。私は裸になり、そっと河に入った。冷たさが身に沁《し》みて気持ちがよい。深いので、鰐でも出そうな気がして沖に出る気がしなかったが、そこは昔とった杵柄《きねづか》、ゆっくり泳ぐなら、ヒョロヒョロ歩くより楽なような気がする。

　翌日から飯粒を少し残して、魚釣りに出かけることにした。途中、灌木の葉に何か小さい虫がいるので、よく見ると、緑色の蟻が四、五匹かたまって止まっていた。蟻巻《ありまき》でも蜘蛛でもない。どう見ても蟻だ。足が非常に長い。ちょっと木の葉に触ると、逃げる代わりに、体をブルンブルンと振り回し、しばらく待っていると静かになる。また触ると、体を振り回す。他の動物を脅すための動作なのだろう。世の中には変な奴もいるものだ。

　塩辛蜻蛉《とんぼ》に似た蜻蛉が飛んでいた。ビルマで蜻蛉を見るのは初めてだ。

　河に着いたが、竹竿がないので、木の枝を竿にし、重りは小石を代用した。浮きがチョコチョコ動くので、竿を上げると、失敗、また餌を付ける。二、三回失敗した後、ぐっと強い手応えがして、凄い力で引き、水中をあちこち動き回るのを、強引に引き上げた。

「この手応えは大きな鮒だ」と期待しながら引き上げると、水面に来るとピンと跳ね上がった。残念、逃がしたか……と思ったが、針の先に小さい黒いものがついていた。よく見ると、五、六センチメートルの海老だった。海老がこんなに強く引くとは思いも寄らなかったが、これも貴重な蛋白源、大事に持ち帰った。

何となく池の辺を散歩していると、民家があった。何か面白いことはないかと、立ち寄ってみると、老人夫婦の間に見知らぬ兵隊が座り込んでいて、現地人と一緒に食事をしている。覗《のぞ》き込んで見ると、十二、三センチメートルのお玉杓子《じゃくし》の煮たものだった。それをうまそうに食べていた。呆れて眺めていたが、味の具合を尋ねると、「魚と一緒ですよ」とケロッとしていた。お玉杓子は蛙になるとき、尾がなくなるが、骨はあるかないかと尋ねると、肉をそいで見せてくれた。尾の骨は、小魚のように尾の先まで背骨が連なっていた。

何か変わったものはないかと、ゴム林の反対側の端に行ってみると、変わった木が一本あった。直径十四、五センチメートルの小さい木だが、直径四、五センチメートル、高さ三、四センチメートルのイボに覆われた幹は、蝦蟇《がま》蛙のような感じだ。木を持ち帰りたかったが、どうにもならないので、せめてイボでもと苦心惨憺して三、四個のイボを切り取り、雑嚢の底に収納した。このイボは故郷に持ち帰った。

第三章――炎熱の弾痕

ドラム罐の風呂

朝夕はめっきり寒くなった。ある朝起きてみると、何だかおそろしく明るい。不思議に思って、家を出てみると、薄暗いほど茂っていたゴムの葉が、ほとんど散って青空が見えていた。ゴムの木は、冬枯れの欅《けやき》のように、小枝が寂しく天上を指していた。

風の吹くたびに何百枚、何千枚の枯れ葉が、桜吹雪の様に散っていく。一、二日の間に、さしもの木の葉も散ってしまい、昼でも黄昏《たそがれ》のように暗かったラバチャン（ゴム林）も、日差しの暖かい明るい林になった。ゴムの幹は、明るいところで見ると、白樺のように白く美しい。

ゴム林一帯に膝小僧の埋まるほど落ち葉が積もって、落ち葉の中に立つと、水の中に立つようだ。足は落ち葉の中に埋まって、歩くときは落ち葉を脛《すね》で蹴散らしながらカサコソと歩く。落ち葉は軽く、邪魔というより、むしろ心地よい。

子供のように落ち葉を蹴飛ばし、蹴飛ばし、どこまでも歩く。窪みなどの吹きだまりは、腰にも達するところもあり、三つ子のように転んで戯《たわむ》れたくなる。ゴム林に童話のように落ち葉散る……グリム童話に出て来るような風情である。

寒くなったので、朝夕、焚き火をする。電灯もなにもない夜、焚き火の炎の中でシンミリと語り会うのは、夜の楽しみとなった。食べものの話、故郷に残した妻子のこと、在りし日の戦場のことなど、話は果てしもなくつづく。

焚き火の炎は、人の心を和ませるのか、原始への郷愁なのか、炎を見ていると、過去の、そして故郷の思い出が、ラバチャンの魔力に引き出されるようにつぎからつぎへと沸いて来る。やっと運命から解放された安堵感、心の弛《ゆる》みから滲《にじ》み出すのだろう。

家の柱は、直径二十センチメートルもある大きな竹だ。かつて私の生家の床柱に、直径十四、五センチメートルの太い竹の床柱があり、われわれ子供たちの自慢の種だったが、さすが、南方だけあり、竹も立派なものだ。内地に持ち込んだら、相当の値打ちものだろう。泰井中尉はこの大きな竹を割り、電灯のコードの鼻緒のついた下駄をくれた。

久し振りに下駄を履《は》いて歩くと、故郷の田舎道でも歩いているように、ノンビリ寛《くつろ》いだ気持ちになる。内地にいたころ、夏は浴衣がけで下駄を履いているときは、何かゆったり寛いだときだったのを、体が覚えていたのだろう。

兵舎から五、六十メートル離れたところのゴムの木が七、八本、無残に倒れていた。台風にでもやられたのかと思っていたら、空襲のとき、敵の機関銃でやられたのだそうだ。私は敵機が来たら、木の回りをグルグル回って逃げたが、実際に撃たれたら、豆腐を撃ち抜くようなものだったようだ。敵機の目をごまかし、隠れるだけの用しか果たさなかったらしい。

泰井中尉は碁が強く、二級くらいの実力があるのだが、相手がなくてときどき、私も相手を勤める。相手といっても、井目置かなければならないので、まるで碁にならない。いくら教わっても上達しないところをみると、私には碁の素質がないのかもしれない。

今夜は芝居があるというので、まだ明るいうちに出かける。他のキャンプゆえ、ラバチャンを離れて、ずっと向こうの方だそうだ。

泰井中尉と一緒に、ラバチャンを抜けて行くと、出口のところに、二、三軒の家があり、大きな土饅頭のようなものがある。中尉の話では土器を焼いているのだそうだ。きっとこのラバチャンのゴム受けのコップを造っていたのだろう。

その脇に直径三、四メートルの大きな穴があいている。五百キログラムの爆弾が落ちたのだとのこと。この貧しい集落にも、戦いの爪痕が残っていたのだ。

大きな蟻地獄のような赤土の穴を、蟻の行列がどこまでもつづいている。この土はまだ新しいようだ。終戦間際に落とした爆弾だったのだろう。

芝居小屋に行き、夕暮れになると、部隊の縁に小さいランプが並べてあるらしく、明るく美しい。芝居の後、ヒロインがそのままの衣装で出て来て、新作の歌を歌い始めた。歌の文句が気に食わなかったが、みんなに受けて、アンコールがつづき、一緒に歌い出し、ついに大合唱になった。

戦争終わってゼマドエ村に
　待つは船出の噂だけ
昼はひねもす夜はよもすがら
　噂待ちつつ日を暮らす

はるばる来たビルマで、歌に酔ったように、声を限りに歌う。舞台には美しい乙女「女形」もうたっている。

興奮のルツボは滾《たぎ》り渦巻いた。いつもインテリらしく貴公子然としている泰井中尉も、「上手だ！　上手だ！　じつにうまい！」と譫言《うわごと》のように呻《うめ》いている。

芝居の帰り道、付近の現地人の家が燃え出した。炎熱に乾き切ったバラックは、あっというまに燃え上がったが、だれも消そうとはしない。付近にまったく水もないし、火勢も強くて、とても消せそうにない。近くに家もないので、類焼の懸念もない。数百の人混みの中の火事なのに、みんな横目で見るだけで、過ぎ去って行く。

戦火に慣れた歴戦の兵士には、こんな火事など何でもないことだったのだ。天を焦がして燃える炎を横目に、人波に揉まれながら引きあげた。爽快な気分だ。

労役が始まって、兵がタトンに行くようになった。毎日、各部隊より合計五十人行くのだが、仕事がないので、兵舎の回りを掃くだけで、昼寝して帰るのだそうだ。兵の話によると、英軍の威信を現地人に見せるために掃除させるが、「戦時中の勇猛ぶりを知っているので、薄気味悪くて無理な仕事をさせないのだろう」とのことだった。

兵の話によると、自分の入院しているとき、キャンプに英軍の将校が訪ねて来て、兵を並べて、つぎのような演説をしたそうだ。

メイクテーラの会戦のとき、六回にわたって総攻撃をかけたが、日本軍はビクトモしなかった。もう駄目かと思ったが、最後の総力をまとめて攻撃をかけようとした。もしこの総攻撃に失敗したら、英軍は負けるかもしれないと思ったが、そのときどうしたものか、日本軍は潮のように引いて行った。

そこでそのまま追撃戦に移ったのだ。日本軍も、よくぞ、ここまで戦った！　と日本軍の勇戦を讃《たた》えたそうだ。

もし日本軍が最後の一頑張りを頑張ったら、勝利の女神は日本軍に微笑《ほほえ》んだかも知れない……と結んだと言う。

兵は得意になって話していたが、苦戦したのは日本ばかりではなく、英軍も苦しかったのだ。そう思えば、敗れたりと言えども、気が軽くなったような気がする。

狼兵団にも音楽隊が出来た。ラッパや手製のギターやマンドリンもできた。弦は電線の細線を太さにしたがって撚《よ》り合わせて作ったせいか、幾分、音が小さい。

四野病の多木曹長が司会者になり、得意の弁舌を振るう。内地にいたころ、船橋聖一と共に懸賞で当選したが、自分は度重なる兵役のために、文壇に立てずにいるが……、というのが彼のおはこだった。

これは門外不出の、彼にとっては四十八番中の四十九という取っておきの……でございます。○○さん、さあ、どうぞであったり、日本には古来、獅子には三獅子というものがありまして、まず第一が越後獅子、つぎが越中の獅子、最後に猪でございます。その第一の越後獅子をどうぞ……と喋《しゃべ》りまくる。彼の紹介するカルメンの闘牛士の歌、急げ幌馬車、長崎物語、つぎからつぎへとレパートリーは広がる。

私たちは付近にある、二、三尺（約六十〜九十センチ）もある蟻塚に腰を降ろして聞く。蟻塚といっても、煉瓦のように固く、幾ら蹴飛ばしても、ビクトモしない頑丈なものだ。幾ら見ても、蟻一匹出て来ない。蟻塚は蟻塚でも、廃墟かとも思えるほどだ。

その蟻塚に腰を降ろして聞くのだが、身内が指揮していると思えば、ハラハラして落ち着かない。

不動の姿勢で歌う兵長の態度を、師団長が誉《ほ》めているそうだ。やはり、年寄りはジェスチャーたっぷりの歌は好まれないらしい。

付近に風呂が沸いたというので、泰井中尉と共に貰いに行くと、灌木の中にアンペラで囲んだドラム罐の風呂が沸いていた。付近の草むらに衣類を脱ぎ捨てて入る。風呂のお湯は人が入った後なので、泥水のようにトロトロになっていたが、暖かさが皮膚に沁み入るように気持ちよい。しかし、脱ぎ捨てた衣類が気になって仕方がない。習い性ということだ。早々に出たが、久し振りの風呂はじつに清々しい。

兵の話によると、先日、現地人の青年を風呂に入れてやったら、衣類をつけたまま、飛び込んだので、風呂の水が汚れて、大変だったと語っていたが、現地人は男でも他人の前で裸になるのは恥ずかしいらしい。

いつかペグーで、若い娘が白昼、キャッと悲鳴を上げて逃げて行くので、押っ取り刀で出て見ると、風呂上がりの兵が、真っ裸で、アッケに取られたように女を見送っていた……という話があったが、女のパッションはことに激しいらしい。

帰り道、一抱えほどの大きな木に、固い殻のある実が沢山みのっていた。昔、本で見た大風子の実そっくりだった。

ある日、兵が落とし紙を配給してくれた。灌木の皮を叩き潰《つぶ》して繊維を取り、これを固めて作ったのだそうだ。灰色の分厚い紙だが、五、六枚あるとポケット一杯になるほど分厚い。使用したら、たちまちなくなった。

最後の二枚は大切にポケットに入れて、しばらくして見たら、団子のようになっていた。やはり、紙は材料を選ぶ必要があるらしい。

負ければ賊軍

一野病が戦犯部隊に指定されたので、われわれは西に移動することになった。「いつ取り調べが始まるかもしれない。一野病の者は仕方がないとして、転属した者にまで巻き添えにするに、忍びないから、二野病に行った方がよい」と院長が言われたとかで、自分も二野病に行くことになり、西進することになった。もちろん、泰井中尉や三宅や麦田大尉も一緒で、十人あまりの集団となった。

われわれ転属部隊は一団となり、トラックに乗せられた。時刻が遅かったせいか、ガタガタ道を一時間も行ったら夕刻になり、草一本ない草原に降ろされた。ここで野宿するのだと聞かされ、ガッカリした。仕方がないので、上着をつけ、風呂敷をかむったが、寒くて眠れない。雑嚢まで胸に置いて寝た。

ウトウトしたと思ったら、もう夜が明けた。眠い目を擦《こす》りながら起き上がると、辺り一面に霜が下りていたのには驚いた。服にも霜が降りていたのである。今後待っている労役に較べれば、序の口かもしれない……と思いながらも、何となく惨めな気持ちだ。

朝食の後、またトラックに乗り出発。十メートルの小川に差しかかったが、舟がない。その代わりに水陸両用戦車が用意してあり、これに乗せられて渡河、軍隊なればこその乗り物だ。ふたたびこんなものに乗ることもないだろう。

一回五、六人しか乗れないが、それでも何となく楽しく嬉しい。戦車に乗ったと思ったら、すぐ対岸に着いてしまった。いささか物足りない気もする。

あれやこれや英軍の仕事は、非能率このうえない。見覚えのあるダウヤキャットが見えてきた。いろいろの思い出が、胸に去来する。ビリンの鉄橋を渡るとき、懐かしさが込み上げて来た。ケンジーは今、どうしているだろうか？ ひょっとして、この路上を歩いているかもしれない。この道を行けば、彼女の家があるはずだが……振り返り、振り返り見る道端には、彼女の姿は見当たらなかった。

夕刻になると、小さな集落に入る。民家に分宿することになった。小さい小屋に一杯入れられたが、まだ野宿よりましだ。

泰井中尉は、「さっきここにいた小さい女の子は、大人のような色気があるぜ」と話しかけた。そのとき、三、四歳の女の子が庭先にやって来た。

「どうだい、こんなに小さくても、立派に色気があるだろう」と彼は笑う。見つめるわれわれ異邦人の前で、彼女は全身で恥じらって見せたのである。こんなのを、巧まない色気というのかもしれない。

中尉の話によると、「南方では色気の湧くのも早いが、老けるのも早い。女の盛りは十七、八歳、二十七、八歳になると、四十歳くらいに見える。四十歳にもなると、六十婆さんに見えるのだそうだ。村の長老でも五十歳以上の人はほとんどおらず、みんな死んでしまうらしい」とのことだった。

日が暮れても、こんなに詰め込まれては寝る気がしない。雑談していると、突然、ダー（蕃刀）を持った数人の現地人が、殺気立って入って来た。はっとしたが、別に危害を加える様子もない。

「隣りの集落の者が潜入したらしいので、捜しているのだ」とのことだった。

われわれ日本人には理解できないが、彼らの集落は独立国のようになっているのだろう。日本の戦国時代のように、自分の村は自分で守らなければならないのだろう。

不思議なのは、隣りの集落の人が潜入したと大騒ぎするのに、われわれ日本兵が大きな顔をして、家に入り込んでいるのに、何の動きもないことだ。一体どういうことか、理解に苦しむ。ビルマ人の嫌いなイングリ（英人）を、一時的にも追い出したことに対して好意を持っているが、隣りの集落とは、昔から利害関係から敵対関係にあるのかも知れない。

いずれにしても、日本兵に対しては、とても親切で、小乗仏教の有り難さが身に沁みて嬉しく、当然のように思っていたのである。

翌朝、トラックに乗り、着いたのはモパリンだった。そこにはニッパ屋根の小屋がぎっしりと並んでいた。先住の兵が若干いた。彼らはつぎのように話していた。

二ヵ月前にここに連れて来られたとき、ダー（蕃刀）を八本渡され、「ここへ家を立てて、今晩ここへ寝ろ」と言われたときには途方に暮れた。「幾ら日本兵が器用でも、八本のダーで、すぐ家ができるはずもないことだ。英軍は俺たちのことを、何だと思っているのだろう？」というのが彼らの結論だった。

彼らは一週間でこの家を建てた。草屋根の家だが、立派な家だった。柱に椰子の木が使われているのには呆れた。椰子の木を切られた現地人は、怒っていることだろう。この家で、一泊する。

翌朝、大発に乗ってシッタン河を渡り、対岸のニアンカシに着く。ここから汽車に乗ることになった。もちろん、荷物車だ。

われわれの護送に、黒人兵が乗って来た。しばらくすると、彼は、「身体検査をするから、時計と万年筆を出せ」というので、気の弱い者は、みんな提出した。彼はこれを自分のポケットに納めた。体《てい》の良い徴発だった。驚いたやつだ。勝てば官軍、負ければ賊軍。どうせ酷《ひど》い目に会うだろうとは思っていたが、こんな酷いのがいるようでは、先が思いやられる。みんな憂鬱になり、黙りこくっていた。

兵が突然、喘息《ぜんそく》の発作を起こしたので、軍医が注射で発作を止めるのを見ていた黒人兵は、急に軍医に対して態度を変え、「おまえは軍医なら、将校だろう。おまえの時計は返すから、時計や万年筆を取り上げたことを、英軍に話さないでくれ」と、哀願しはじめた。その人の良さに呆れてしまった。

軍医も悪戯《いたずら》気を起こし、ここにいる者は、みんなオフィサー（将校）だから、時計も万年筆も返さないと、イングリのオフィサーに言うと話すと、彼はシブシブ全部、返還した。無法者だが、子供のような彼の態度には、愛すべき素直さがあったのである。

つぎの駅に行くと、現地人の物売りが沢山、店を開いていた。日本兵は護送されているので、買うこともできず、ただ眺めていると、例の黒人兵が悪戯をはじめた。「チーメ、チーメ（見せろ）」と、物売り女から西瓜を巻き上げ、食べはじめたが、金は渡さない。彼女が喚《わめ》き立てると、相手を蹴飛ばし、何か喚きながら日本兵の中に潜り込み、汽車は喚き立てる物売り女を後に動きだした。

何とも悪いやつもいたものだ。あまり付き合いはないが、黒人兵がみんな、こんなに悪いとすれば、今後が思いやられる。物売り女のために何とかしてやりたかったが、われわれ捕虜の身では、どうしようもない。酷いことをするものだ、と互いに顔を見合わせるばかりだった。

汽車はワウに着き、鉄条網で囲まれた狭い収容所にいれられた。いよいよ捕虜生活が重く身に伸しかかって来て、追い詰められたように、苛立たしく、座り込んだまま動く気がしなかった。

転進時、患者を連れて牛車に乗って通り過ぎた平原も、汽車に乗って簡単にワウに辿り着いたのである。

小さい収容所は兵でいっぱいで、ごった返していて、通路以外は歩くところもない。建物のすぐ外に鉄条網が張ってある。

夕刻になると、卵二個分ぐらいの量の黄青紅色のクリームが配給になった。こんなことなら、捕虜生活も悪くない……と思っていたら、いつまで経っても夕食が上がらない。よく聞いてみると、先ほどのクリームが夕食だったと聞いてゲンナリした。

兵の話によると、英軍は、あれだけのクリームで、カロリーは充分にあるというのだそうだ。腹が空くのは、日常大飯を食っているので、胃が拡大しているからで、「そんなことは意味ないことだ」というのだが、充分なカロリーがあるとは思えないし、腹が空いて身体がだるくて仕方がない。

郵便葉書大、厚さ四センチメートルくらいのアルミの箱に入ったレイション（野戦食）が配給になった。一個が二食分だそうだ。乾燥果物の飴炊き、チョコレートなどギッシリ入っていた。歯が浮くように甘い。半分ではとても我慢できないので、みんな食ってしまった。カナダ製だ。おかげで昼は食うものがない。身体がぐったりして動く気にもならない。つぎもまたクリームで、これではとても身体がもたない。

兵の話によると、このワウの市長の娘婿は、日本軍の中尉さんだそうだ。「よく英軍に捕まらなかったものだ」と不思議に思えるのだが、女が庇《かば》った場合は、英軍に捕まることはないが、男の場合はすぐ捕まるそうだ。夫婦になれば、集落の一員と認められ、集落が一致して守るらしい。

北のトングーの市長の娘婿も、日本の将校だそうだ。うまくやったものだ。日本人は手の早いのが多いらしい。どういうふうにして女の子を手に入れたのか、ちょっと羨《うらや》ましいような気もする。

つぎの日に支給されたラッションは、汚い敗れた紙包の中に大型のビスケットが入り、傷んで白くなったチョコレート、二、三本の煙草も傷んでいた。ビスケットもボロボロで、御粗末だ。表にインド製と書いてあった。インドでは、この程度のものしかできないのだろう。

それでも、昨日のものより少し量が多いだけましだ。しかし、一人前を二人で分けるので、身体がだるく、情けない。煙草は欲しそうにしている兵に分けてやる。夜は例によってクリームだけ。まったく食うことだけが生き甲斐だ。

閉じ込められるのは、じつに嫌なものだ。目の前を現地人が歩いていると、自分も自由に歩きたくなる。

草一本ない収容所にいると、ジリジリするほど緑が恋しくなる。何でもない目の前の草原に座って見たいという耐え難い欲望が身を苛《さいな》む。出られないと思えば思うほど出たくなり、胸は苛立つ。鉄条網のトゲが気になって仕方がない。ふと立ち上がり、どこにも行けないのを思い出してまた座る。苛立たしい囚人生活がイヨイヨ始まったのだ。
三、四日後、ふたたび移動が始まった。不思議に、前に通った太鼓橋が見当たらない。一列縦隊になって歩く埃の道は、灼熱の太陽がギラギラと輝く。屠所に行く牛の群れのような気がして、われながら情けない。
二名の患者と一緒にいた町外れに来たが、家もなくなっていた。もちろん、背負い袋や雑嚢を隠しておいたグロもあろうはずもなかった。それどころか、白いパゴダも跡形もなくなっていた。やはり、私の去った後、ここも戦場になったに違いない。

パヤジに向かって進む埃の道は、喉が乾いて仕方がないが、どうにもならない。転進時、現地人に囲まれた集落もあった。ここの人は敵性で、転進中、この集落に数人の兵の死体があったと兵が話していた。一回の休みもあたえられず、二、三キロメートルの炎熱の道を歩いたすえ、やっとマンダレー街道に達した。

パヤジの集落は、その町外れにあった。収容所に着くと、その前で持ち物を全部、検査され、やっと収容所の住人になった。

パヤジ収容所

パヤジの収容所は、見渡す限り低いニッパ椰子の家がぎっしり並んでいた。どこに行くのか奥へ奥へと案内され、その中ごろの家へ入れられた。こんなに同じ家が並んでいては、外出したら、帰れないかもしれない。
一、二メートルの道を隔てて並ぶ、窓のない無数の細長い家の一つに入ると、中は薄暗く、突然入ったら暗くて何も見えない。無茶な家を造ったものだが、これも先に連れて来られた日本兵が造ったものだろう。情けないが、仕方がない。
それでもわれわれ将校は入口に近く、床が上げられているので、明るくてよいが、兵のところは少し土盛りしてあり、その上にアンペラ一枚が敷いてあるだけの真っ暗な部屋だ。おまけに部屋はムッとするほど熱い。息苦しいほどだ。

今までと違い、二野病にいるため、知っている者は、一緒に厄介になっている泰井中尉と三宅一等兵くらいのものだ。借りてきた猫のようなものだ。気が引けて、暑くても、上半身裸にもなれない。

泰井中尉は、牟田少尉を紹介してくれた。彼は自分と同じ成蹊学園の出身で、自分にとっては先輩になるらしい。尾道出身だ。先日、泰井中尉が教えてくれた落とし話は、彼の口から出たものらしい。磊落《らいらく》な男で、「俺のようなのは成蹊人らしからぬタイプで、三島君のようなのが典型的な成蹊マンだ」としきりに弁解していたが、気さくな良い人らしい。

泰井中尉はすぐ人と知り合いになるらしく、小さく華奢《きゃしゃ》な体のK伍長と親しそうに話していたが、後で目を輝かして、話してくれた。彼の生まれは北九州で、夜這いが実際に行なわれているそうだ。

夜這いは泥棒ではないので、「入って来ても捕まえたり、しょっ引くわけにいかない」というシキタリだ。そこで夜這うやつとその家の主人の虚々実々の知能戦が展開される。夜這いにはルールがあり、娘に前もって話がついているので、若いころに経験を積んだ親父には、娘の挙動により勘で来るのが分かる。軒にバケツを仕掛けておき、戸を開くと、頭の上から水をかぶるようにしたりで、夜這いも楽ではない。

彼の忍び込んだ家では、娘とその母親が一緒に寝ていたが、暗くて分からず、大体の見当をつけて潜り込んだら母親で、いきなり口を捻り上げられた。

また別の話になるが、忍び込んだら、入口に父親が寝ていた。寝息をうかがい、上がり框《かまち》より上がろうとすると、父親は「ウーン」と言いながら寝返りを打つ。仕方がないので上がり口に小さくなっていると、蚊が容赦なく刺しに来る。叩きもならず、払い退《の》け払い退け、痒《かゆ》いのを我慢しながら寝静まるのを待ち、ふたたび上がろうとすると寝返りを打つ。上がり口で立ったり座ったりしているうちに夜が明けてしまった、という夜這いの失敗談。

五島辺りはもっと凄いらしいので、五島の兵に聞いてみると、つぎのような話が出てきた。自分の女房が病気で寝ていると、隣りの奥さんが「今晩は、お寂しいでしょう!」と陣中見舞いに来てくれた。モッケノ幸いとばかり御相伴にあずかったが、隣りの奥さんが病気のときは、内の女房が「お寂しいでしょう」と隣りの主人のところへ行ったそうだ。

「それでは、子供はだれの子か分からないじゃないか？　だれの子か分からないのに、子供を育てるのか？」と尋ねると、「仕方がないじゃないですか」とケロッとしていた。


二野病に、「マンダレーに出発せよ」という命令が来た。やっと覚悟ができたような気がする。少し心細いやらで、二野病についてマンダレーに行くために、みんなと共に駅で汽車を待っていると、「三島少尉は、狼の〇三の三小隊付きとして、田中少尉の率いる兵三十名と共にチャウタンに行け」という命が下った。「みんな待っているから、すぐ行け！」とのこと。大慌てに慌てて、荷物を持って飛び出す。

それにしても、マンダレー行きのチャンスを逃したのが少し残念なような、よく地形を知っている、チャウタンの方が安心できるような複雑な気持ちだ。

トラックの着いたところは、狼師団の師団司令部のあったところより、マンダレー街道を隔てて反対側の弾薬庫のあったところだった。その弾薬の処理のために派遣されたのだそうだ。

見晴らしのよい丘に、テントがすでに張ってあった。先発隊がすでにテントを用意してくれたらしい。林の木陰に巧みに張ったテントは、風もよく入るように立っている。丘の端に、蔦蔓に覆われた煉瓦建ての家が建っていた。煉瓦の壁は転進のとき破壊されたのか、無残に崩れ、屋根もなくなっていた。英軍の爆撃を受けたのかもしれない。

道端にブーゲンビリア（ビルマ語でセクパン）が真っ赤な、美しい花を咲かせている。この建物の主が植えたものだろう。道端の雑草にもめげず、燃えるように輝いている。

チャウタンの弾薬庫

翌日より、自分一人残して全員作業に出かけた。一、二名の病人はキャンプに残ったが、自分だけは軍医として労役免除だ。何だか悪いような気がして、ノンビリ寝ていられない。日陰で風通しがよいので、比較的涼しいのだが、灼熱の太陽の熱さは格別だ。

気が引けて仕方がないので、作業場に行くと、御堂のような建物の付近で、草刈りをしていた。ボツボツ手伝うのだが、茹《ゆ》だるような暑さ、おまけに林の中は風がないので、頭がボーッとするほど暑い。仕方がないのでキャンプに引き返す。自分が手伝っても、仕事が早く終わるではなし、自分の心の負担を軽くするための手伝いだったが、暑さで吹き出す汗に負けて、早めにキャンプに引き返した。

あちこちの木の根方に、チャウタンの病院で見た、茗荷のような紅の花が葉もなく、可愛く咲いていた。サフランの花だけ十本集めて紅色にしたら、こんな形になるだろう。あまりに可憐な花なので、抜き取ろうと、木の枝を拾って掘ってみたが、土が固くて掘れなかった。よく考えてみたら、掘り取っても、植えるところもないので、諦《あきら》めた。花壇の縁に並べて植えたらよいし、飛び石の根締めにでも植えたら、きっと新鮮で美しいだろう。

丘の端に行くと一望の野原だ。すぐ下は湿地帯になり、綺麗に澄んだ水が美しい。魚を捜したが、見当たらなかった。数十羽の白鷺があちこちに点在して美しい。彼方にはベンジャベン（春紫苑）

の真っ白い花が、地平の彼方までつづいている。世の中にまだこんな平和な世界が残されているとは知らなかった。一幅の絵に違いない。いつまで見ても飽きない。

翌日、便所を造った。ジャングルでの排便は気持ちのよいものではない。

われわれより先に労役に来ていた兵が造ったドラム罐の露天風呂、回りは十二、三坪、煉瓦を敷きつめていて、どこか異国情緒さえ感ずる。兵に誘われて風呂に入る。じつに気持ちがよい。足の裏に感ずる煉瓦の感触は、長崎の石畳、ローマのカラカラ浴場にでもいるような気分だ。

地平の彼方までつづくベンジャベンの真っ白い花の中に、夕日の沈むのを見ながら入る露天風呂は、身も心も洗い清められ、お釈迦さんでなくても悟りが開けそうな気がする。数日後の入浴のとき、俄か雨に降られ、入浴していた数人の兵と共に裸のまま慌てて着物を担いで逃げ出したこともあった。裸だから雨は平気だったが、着物が濡れては、面白くなかったのだ。

付近のジャングルに、何か珍しいものはないかと捜したが、特に珍しいものはなかった。

数十本のジャングル竹が束になって生え、各束の間が小道のように開いていて、どこまでも歩いて行ける。このジャングル竹は地下茎はなく、歩き回っている間に、「竹に虎」を思い出したら急に心細くなり、早々にキャンプに帰る。虎にやられては、たまらない。

落ち葉があまり沢山あるので小山のように積み上げ、火をかけた。熱いので火から離れ、草取りをしていたら、パン、パン、パンと爆発音がするので、何事かと思ったら、落ち葉の中に鉄砲の弾が入っていたらしい。もし砲弾だったら、大変なことになったに違いない。ここが弾薬庫だったことを忘れていたのだ。

後で聞いたのだが、われわれのすぐ前に労役に来た兵が、落ち葉で焚き火をしているとき、埋もれていた砲弾が爆発して大怪我をしたそうだ。思いもよらないところに危険が潜んでいるか分からない。いくら気をつけても、分からないこともあり得るのだ。

われわれのあたえられた食事は量が少ないので、腹が空いて元気が出ない。英軍の計算によると、「カロリーは充分だが、日本兵がいつも沢山食べていたので、胃拡張を起こしているため、腹が空いたように感じるだけだ」と言っているそうだが、それにしては体がだるすぎる。カロリーも足りないし、蛋白質だって動物食は週に一個の魚の罐詰だけ。大豆製品は皆無で、足りるわけがない。

当番の加藤上等兵が焚き火をしていた。焚き火は大人になっても、郷愁を感じる。大人のストレス解消としてもよい方法だ。

木の葉の下から黒紫色の十四、五センチメートルもある大きな蠍《さそり》が這い出して来た。それを見ているうちに、体型が海老に似ているのに気がついた。そうだ。蠍も海老と同じ節足動物だ。海老と同じようにうまいかもしれない。俺も伊達《だて》に動物学を習ったのではない。まんざら捨てたものではない。蠍は落ち葉の下にはいくらでもいるから、全日本兵の蛋白質補給は万全になる。「我ながら頭がよいなあ！」と、つい嬉しくなった。

「そう言えば、海老に似ていますね！」と、兵は木切れで蠍を火の中に押し込んだ。適当に焼いて口に入れた兵は、期待に反して、うまそうな顔をしない。

どれどれと、自分も味わって見たが、身がほとんどなく、殻ばかりなので、ちっともうまくない。蜻蛉と同じように尾は空で、中身はほとんどない。そう言えば、現地人が食ったという話は聞いたこともない。人が食べないものは、やはりうまくない。蠍蛋白の補給で、ビルマ方面軍の栄養失調は解消するという野望と夢は、風船玉のように萎《しぼ》んでしまった。

何を張り切っているのか、田中少尉は終戦になったのに、朝起きると、兵をテント前に、東に向かって整列させ、皇居遙拝を欠かさない。彼に言わせると、「兵が弛《たる》んでいる」からだそうだ。われわれ軍医の目には奇異に映る行動も、兵科の将校にとっては、当たり前のことなのだろう。しかし、さすがに私にまで出て来いとは言わないので、自分一人、朝寝坊を楽しんだ。
二、三日すると、護衛に来たインド兵は隊長指揮の下に、朝になると集合し、上半身裸体になって、元気よく体操を始めた。驚いて見ていると、駆け足まで始めた。われわれはこの暑さに弱って、何をする元気もないのに、「さすがは暑さに慣れたインディアン」と感心していたら、田中少尉は自分の肘をつついて、「あれを見ろ！　日本兵の真似をして、奴らも体操して対抗意識を燃やしているんだぜ」と囁《ささや》いた。
そういえば、今までインディアンが早朝体操したり、駆け足するのを、見たことがない。やっとる、やっとると、思わず微笑が出てきた。彼らインディアンにとっては、捕虜とはいえ、日本兵は恐るべき相手だったのである。

インド兵は、朝になると、当番らしいのが毎日、ホットケーキ様のチャパティーを焼く。なかなか巧みだ。ひょっとすると、彼は炊事軍曹かもしれない。焼けた鉄板に種を流して焼き、裏返して両面を焼く。それを二、三十枚重ねて、別にカレー様のもので煮た豆を置き、二つ折りにして手摑みで食べる。別に肉なども入っていないようだ。戦勝国の兵にしてはいささか侘《わび》しい。どんな味がするのか試してみたかったが、気心がわからないので、言いだしかねた。

夕刻になると、インディアンは三々五々、どこかに出かけて行く。帰りには何か、ぶら下げている兵もいる。兵の話によると、現地人と仲がよくないので、あまり遇《も》てないらしい。しかし、ときどき鶏などをぶら下げて帰るときは、いささか羨ましい。

戦時中はわれわれにも自由があり、暇のときはよく遊びに行ったが、今はその自由もあたえられない。「集落には女の子がいるだろうな」と思ったら、無性に行ってみたくなる。行けたら腹いっぱい飯が食べられるんだが！　自由を奪われた者の悲哀だ。

いつまでもジャングルに〃雉撃ち〃に行くのも、やりきれないので、テントより五十メートル離れたところに便所を造った。

だれも蚊帳を持っていないので、防蚊対策はマラリア予防のため、緊急な問題の一つだ。慣れたようなものの、蚊に食われては安眠できない。蚊は日陰に住むので、下草を刈ることにした。キャンプの周囲五十メートルばかりを刈り取ったが、何の効果もなかった。蚊の行動半径は三百メートルと聞いていたが、やはり相当遠くまで動くのだろう。

ボウフラのわく池に硫酸銅を流して殺したり、油を流してボウフラが水面で空気が吸えないようにして殺す方法はいろいろあるが、何もない今はどうにもならない。マラリアも心配だ。いつかのような発作が起きては今度は、もたないかもしれない。

いつまで労役がつづくか知らないが、何とか生きて帰りたいものだ。五年、十年と労役がつづくと、悪疫の猖獗《しょうけつ》する土地だから、全員ビルマの土になるかも知れない。ジェントルマン面をしているから、直接手をおろして殺すことはあるまいが、「泰緬国境の仇討ちとしてわれわれは、死ぬまでこき使われるかもしれない」という漠然とした不安は絶えず、われわれの上に覆いかぶさっていた。できれば、故郷の山川をもう一度眺めて死にたいものだ。

インディアン兵は二名ずつ不寝番をたてて、勤務していた。ある夜、突然パンパンと銃声がして、ヒューン、ヒューンと、テントの上を銃弾が飛んで行く。近い。百メートルもないだろう。「出るな！　静かに寝ていろ！　起きるとやられるぞ！」とだれか囁いた。

近い。いざと言うときは戦わなければならないが、武器がない。「はて、どうしたものか」と考えるのだが名案がない。ビルマ人が、インド兵を襲って武器を盗りに来たのだろう。彼らは独立のために英軍と戦っているのだ。

固唾を呑んで寝ている。ただ「戦時中の日本軍の勇猛振りを知っているビルマ人は、日本軍のいるキャンプには入って来ないだろう」というのが唯一の頼りだ。

兵のキャンプが急に騒がしくなり、「あっちへ行け！　ジャイカ、ジャイカ（行け行け）」という声が聞こえる。「静かにしろ！」という声も聞こえる。注意するのだが、なかなか止まない。銃声は三十分で終わった。なかなか寝つけない。翌日、キャンプで起こった騒動の原因が分かった。

襲撃された衛兵は、驚いて日本兵のテントの中に逃げ込み、携天の下に潜り込んで動かないので、キャンプに攻め込まれてはかなわないので、「出て行け！　ジャイカ！」と怒鳴ったのだそうだ。「イングリの奴、携天に潜り込んで、ブルブル震えているんだから！」と兵は大笑いする。翌日も労役に駆り出された兵は、こんな弱虫の兵に使われるのが、バカバカシクなるとともに、何だか人間的な身近さが感じられた。同じ仕事をしていても、気が楽になった。

昼どきになると、「隊長に」と田中少尉のところに、豆の入ったチャパティーを持って来た。飯が少ないので有り難くいただいた。豆にはカレーが利いて、気だるかった体がシャンとするような気がする。やはり、気候風土によって食物が違う理由が、分かったような気がした。「不思議なことがあるものだ」と思っていたら、日本兵に「歩哨にたってくれ」と言ってきた。

「とうとう来たか」と思った。田中少尉は、鉄砲がないから駄目だと言うのだが、インド兵は承知しない。われわれは夜中に起こされるのが嫌なのだが、インド兵にとっては命に関する問題なので、しつこい。これ以上拒んだら、命令違反になっては困るので、承知することになった。

鉄砲がないので、杖《つえ》のような棒を持って、インド兵の衛兵の前へ立つことになった。この前の襲撃で、銃を五、六丁盗《と》られたのだそうだ。現地人は銃が欲しいのだ。

翌日より、インド兵との共同立哨について、いろいろ土産話で賑わう。彼らは立哨ばかりでなく、時間おきに巡察にも行くらしくて、本隊より離れたところを、こわごわ歩く。日本兵が棍棒を振り回しながらさっさと歩き出すと、「ビルマ人が来るから、危ない。向こうの木陰にいるかも知れないから、近づくな！」とこまごま注意する。

日本兵は呑気なもので、現地人を友だちくらいにしか思っていない。インド兵が怖がるのが、おかしくて、得意になって、ジャングルに入る。鉄砲を持ったインド兵が止めるのを振り切って、ジャングルへ入るのは、戦勝国民になった気分だったらしい。

茂みに入ると、ビルマ人が潜んでいた。何をしているのか尋ねると、「インディアンをやっつけようと思って来ているんだ」と話す。「うん、そうか。やっつけてもよいぞ！　お前たちが来れば、俺たち日本兵は逃げるから、ケサン、ムシブ（心配ない）。俺たちは日本に帰りたいから英軍に従っているだけで、奴らがやられても、何ともないんだ」と説明すると、うん、うんとうなずく。

インド兵が心配して、しきりに呼ぶので、適当に引き上げたら、「木陰にビルマがいるから危ない」と心配してくれるので、困った。この人の良いインド兵を騙《だま》したような、後ろめたいものを感じたと言う。

「棍棒一つ持った日本兵が、わが物顔にジャングルを闊歩し、武器を持ったインド兵が木陰にも入れず、ビクビクしているんだから」と、兵は得意になって報告する。

昼過ぎになると、兵が嬉しそうに三、四十センチメートルの乾魚を、五、六枚抱えて帰って来た。労役をしていたらビルマ人が来て、「マスターたちが歩哨に立つと、インド兵をやっつけられないので、歩哨を止めてくれ」と、この乾魚を持って、お願いに来たと言う。われわれ将校もその分け前にあずかることになった。久し振りの乾魚は、身に付くほどにうまかった。

インド兵はインド兵で、昼食の時、ケーキ様の食事を一食分、隊長用に持って来るようになった。欠食児童なみの空き腹を抱えたわれわれには好都合だが、いささか後ろめたい。ニヤリと顔を見合わせて、くれるというものは喜んでもらったのである。

両側から食べ物を貰って、ニヤニヤしていたが、ビルマはなかなか攻めて来ない。二、三日すると、また労役中にビルマ青年がやって来て、「やはりマスターが立哨していると、インド兵をヤッツケにくいので」と、手土産を置いていった。

わが方も、「いつでも来い！　いつでも逃げるから」と言うと、納得したように、「うん、うん」とうなずくのだが、やはり、やって来ない。

ビルマ人にとっては、日本兵は神の化身のように強く思われるのかもしれない。インド兵が武器を持たない日本兵に庇護されて安心している気持ちも分かるような気もする。

昨日の敵だったインド兵に頼りにされるのは、嬉しいような、困ったような複雑な気持ちだ。日本人の誇りを取り戻すと同時に、蝙蝠《こうもり》のような遣り方に、いささか引け目を感じていたのである。われわれの行動は、万国捕虜協定に反して、少量の飯しかあたえない英国に対するささやかな抵抗だったのである。

湧いてきた帰国の希望

歩哨明けにM軍曹がニヤニヤしながら、やって来た。歩哨に立っていると、急に尻がモゾモゾする。振り返ると、インド兵が大きな一物を押しつけていた。さすがの彼も驚いたが、泰然として「駄目だ」と言った。インド兵はそれでも懲《こ》りず、「煙草をやるから、させろ！」と言った。「幾つだ？」と聞くと、「一個しかない」と答えた。「それでは駄目だ。十個でないと、いけない」と言ってやった、とニヤニヤしながら報告した。

後でそれを聞いた雀どもは、「あんなことを言っているが、奴のことだ。十個せしめたのと違うか？」と笑っている。一体、どうなっていることやら。日本軍も落ちたものだ。インド兵から見たら、日本兵は小さいし、ことにM軍曹の顔は下ぶくれで、女のように見えたのかも知れない。

それにしても、これだけ元気なインド兵なら、集落の娘にチョッカイをかけて報復攻撃をかけられたのかも知れない。そうだとすれば、そのトバッチリで歩哨をさせられた日本兵は、ピエロのようなものだ。

そう言えば、いつかチャウタンの病院にいたころ、肛門を牛の角で刺されたと言って来た兵がいたが、肛門に傷はないし、変だと思ったが、同様のことがあったに違いない。いずれの世界にも、性錯誤者はいるらしい。

田中少尉は俳句が得意らしく、暇さえあれば、しきりに句を捻っている。私にも句を作るように奨《すす》めるのだが、自分には自信がない。句会には入らないが、できたら批評を頼むことにした。彼は兵にも句を作ることを奨励して、紙をくばり、書かせて回収したら、こんな句があったと、取り出した。

薪取り　薪を取らずに　マンゴー取り

「これでも字数は合っているんだ」と、感心したように頭を振っていた。

キャンプより三、四キロメートルのところに労役に行く。そのジャングルの中に、真っ白のパゴダ（仏塔）があった。二、三十坪ばかりの囲いの中に静かに立っていた。若いメマが跪《ひざまず》いて手を合わせている。後ろ姿が美しい。この姿を壊すのが惜しいように思えて、黙って見つめる中を、そっと立ち去った。

パゴダに近寄って見ると、囲いは煉瓦でできていて、漆喰《しっくい》で固めてあり、動物の彫刻がある。人里離れたところのジャングルに、こんなパゴダを建て、拝みに来て、掃除をする人もあったのだ。貧しい住民の心の拠りどころなのか、何か空しい。灼熱の太陽が輝いていた。

兵が腹が痛いというので、診断すると、虫垂炎だった。投薬し、水で冷やしたが、好転しない。仕方がないので、入院させることにした。白人の軍曹が来たので、話しかけたが、まったく通じない。アッペンジチス（虫垂炎）は駄目、アッペンタイチスも通用しない。シックと言ったとき、そばにいた兵が、ホスピタルと言ったら、うなずいてジープに飛び乗った。やはり、英国は人命尊重の国らしい。

そこまではよかったが、私に早く乗れと言う。私が病気と間違えているらしい。慌てているうちに、兵が患者をジープに連れ込んだ。付いて行こうとしたら、「ノー、ノー」と言うので、患者だけ乗せた。「病院に行き、手術すると言われたら、手術してもらうんだぞ」と教えているうちに、自動車は出て行った。こちらの言うことが通じたかどうか分からないが、後は何とかなるだろう。

深紅の絹の褌をしている者が沢山いる。「えらく豪勢な褌《ふんどし》じゃないか？」と聞いてみたら、英軍の落下傘で造ったのだそうだ。見た目はよいが、行軍して汗をかくと、股擦《ず》れができて痛くて困るのだそうだ。それにしても、落下傘と褌とは何かおかしな組み合わせだ。

布は絹ではなくて、人造繊維、ナイロンだそうだ。彼らはこんなものも発明していたのだ。

ある日、一人テントで休んでいると、突然、地の底から唸るような音が聞こえて来た。地鳴りというのか、地震でも接近して来るような、ゴーゴーという不気味な音が伝わってきた。一陣の風が吹いたかと思うと、沛然と大粒の雨が降り出した。篠つく雨と言いたいが、そんな生易しいものではない。叩きつけるような雨だ。テントに当たる雨の音で、人の叫び声も聞こえない。雨が真っ白にしぶいている。こんな酷い雨は初めてだ。

驚いて見ているると、急にテントが崩れかかった。慌てて柱を摑まえると、テントがバタバタとはためく。飛び出してみたら、テントの杭がみんな抜けてしまっていた。乾期に打ちつけた杭が、雨のために緩んだのだろう。

兵は皆、雨の中を飛び出して、杭打ちを行なった。終わったときは、全員、水に飛び込んだように、ずぶ濡れになっていた。濡れたシャツを絞りながら、少年のころ、「大粒の雨をデンジャク」というんだと、二つ上の兄に教えられたことを、懐かしく思い出した。

初めから溝を造り、雨の用意をしていたからよかったが、用意がなかったら、今ごろは水浸しで、寝るところもなかったろう。最初のゴーゴーッという地の底から響き、風が吹き始めたときは、龍でも出て来るのではないかと思われるほどの迫力があったのである。地鳴りとはこんなのをいうのだろう。

どこからともなく、インセン道路建設中の工兵隊を除き、シッタン以東、テナセリューム地区、およびモールメン周辺の者は近々、乗船のはこびになった……という噂が流れてきた。私も退院時、兵站《へいたん》病院に転属していたら、復員のため、乗船準備を始めたころかもしれない。本隊も乗船準備中だろう。タトンのラバチャンで転属していた一野病にいたら、乗船のチャンスに恵まれていたかも知れない。

戦時中は幸運に恵まれ、危ないところにも行かなかったが、終戦後はツキが落ちたらしい。それにしても、いつかは帰れる希望ができただけでも、先は明るい。

今まで気がつかなかったが、よく見れば、われわれのいるところはジャングルかと思っていたら、荒れ果てているが、立派なゴム林だ。そう思えば、一抱えもある大木が規則正しく並んでいる。その若葉を通して、緑の光が美しい。

何だか気が楽になり、ビールビンの破片で無精髭《ひげ》を剃りながら、内地に帰れたら、故郷の母に会えるし、今まで思い出しもしなかったが、兄弟は生きているやら？　女房、子供は無事だろうか？　などと、遠い夢のような思いが胸を掠める。帰国の希望が湧いただけで、昨日とは違って世の中が明るく見える。

古林軍医と共に

早くトラックに乗れと言うので、集まったら、トラックから見知らぬ兵が降りて来た。勤務交替らしい。慌てて身支度して、トラックに乗った。どこかへ連れて行かれるのかと思ったら、またパヤジに連れて帰られた。

帰ってみると、空き間もなく建てられた家々には、ほとんど人の気配もなく、ひっそりとしている。みんな、マンダレーやラングーンに連れて行かれて、労役をしているのだろう。

どんどん奥まったところに案内され、着いたところは前と違い、粗末だが竹を編んだ床もあり、天上も高く、明かりさえある家だった。そこに〇三部隊、克部隊生え抜きの軍医古林少尉と一緒に住むことになった。彼は朝鮮の京城医専出身とかで、なかなか面白い人だ。まだ若いらしく、することがないと、何か喋っている。

「俺はインチキが一番好きなんだ」と自慢するだけあって、遣ること為すこと一々変わっている。彼も落とし話を集めていて、いろいろと教えてくれる。

英軍から貰った落とし紙は、固くて用を達しにくいが、メモ用紙としてはちょうど良いので、自分の知っているかぎり書きはじめたら、彼は同志と認めたのか、方々から集めて、教えてくれた。

戦時中、食うものがなく、下宿でゴロゴロしていたが、食べることが唯一の楽しみだった。下宿の叔母さんの料理の献立が何か、二階にいても匂いで分かるようになった。うん、豪気だぞ！　今日は焼き蛤《はまぐり》だ！　しばらくして叔母さんの呼び声に降りて見たら、焼き蛤がない。おかしいな……と思ってふと見ると、下宿の叔母さんが、股火鉢をしていた。

など、つぎつぎ集まるのだが、集めるだけでは飽きたらず、創作することになった。彼は本気で作るつもりらしい。

「どうだ。サックで一つ良いのができそうじゃないか」と言うので、「腹の子がお父ちゃん、いらっしゃい」とするか。いや、あれがよい。こうがよい、と言っているうちに、上出来ではないが、一つできた。

双子の兄弟が、母さんの腹の中で、話し合っていた。

兄「もうだいぶ大きくなったから、そろそろ生まれなきゃならんな」

弟「うん、同じ生まれるなら、日本晴れのよい天気にしたいな！」

兄「じゃあ、雨が降っているから、当分、生まれられないな」

弟「なぜ？」

兄「だって、夕べ、父ちゃんがカッパを着て覗《のぞ》いたじゃないか」

彼の提出した案は、「蛤が潮を吹いている」だった。「女の子の小便」がうまく落ちにならないか……と言うのだ。ただの蛤では駄目で、どうしても潮を吹かないと面白くない、と頑張る。

美人が潮干狩りに行って……水鏡に映って……蛤……潮を吹く……立ち小便。いろいろ案を練ったがついに物にならなかった。二人とも落第生だ。

次第に数が増えたので、一応纏《まと》めなければ忘れてしまうかもしれない。紙が手に入ったので、ノートを一冊作り、これを纏めることにした。題は「千夜一夜物語」にちなんで、「ラバチャン夜話」にした。ラバチャンとは、ビルマ語でゴム林だ。「夜の侘しさを紛らわすために、ゴム林で焚き火に当たりながら語り合った話」という意味だ。「折り焚く柴の戸」では高尚すぎてビルマにはふさわしくない。その「ラバチャン夜話」も、次第に内容が充実していった。

古林少尉は、星座についても、なかなか詳しい。獅子座、御車座、アンドロメダ星雲、乙女座、南十字星、偽十字まで、じつによく知っていた。望遠鏡は高くて買えないので、レンズを買って来て、自分で組み立てて、楽しんだのだそうだ。道理でわれわれとはだいぶ違う。

私は成蹊学園のころ、夏の学校、千葉県の房総の海岸で、自然科学の一端として講義を受けたものの、忘れてしまっていたが、輸送船の中で兵と話し合って覚えた天文学だったのだ。

しかし、彼の天文学も、何だか少しインチキ臭い。星座は覚えて楽しむだけ。アンドロメダが銀河系とは違う別の宇宙であることも、シリュースが二つ星でも、またブラックホールの謎、反陽子の世界の有無、星の運動と光の波長の関係、宇宙塵、その他諸々の天体のことは、彼には無縁の話だ。といって、彼はロマンチストでもない。何と評してよいか、じつに面白い変わった人物だ。

よく聞いてみると、彼は朝鮮生まれで、そこで育ったが、今、岡山の高陽村にいるのだそうだ。

それなら、家も近い。内地に帰っても、また会う機会もあるだろう……と思うと、次第に親近感も沸いて来る。

それでいて、彼の星に対する情熱は激しいもので、終戦後、興味を持っていた隊長と家の付近の大木を伐って、星を眺めたのだそうだ。戦争中は敵の飛行機に見つけられ、爆撃されるので伐れなかったが、終戦後、念願叶ってやっと木が伐れたのだという。

「興味を持ったというより、彼がいろいろ話して、興味を持たした」というのが本当らしい。隣りの中隊長の中尉も同志らしく、ときどきやって来て、「新知識！　新知識！　○○星座を覚えたから来い！」とわれわれを誘うのである。ストレス解消に、何でも興味の対象になる。星を眺めて、ギリシャ神話の時代と相通ずるロマンに浸ることで、毎日のヒモジサも忘れ、望郷の悩みも忘れるひとときなのである。

パヤジに帰ると診断医官を命ぜられた。古林医官と交代で、○三の病人を診断することになった。毎日三十人くらいで少数だが、暑いので並み大抵のことではない。診断が終わるころには、疲れ切っている。

ある日、診断が終わって宿舎に帰って来たら、聴診器を忘れていた。慌てて引き返したら、もうなかった。酷いものだ。多分、聴診器のない軍医がいて、兵が軍医のために持ち逃げしたのだろう。お陰で、こちらは聴診器なしの軍医になってしまった。格好のつかないことおびただしい。鉄砲のない兵隊と同じだ。

兵科の者は毎日労役に行くのだが、労役に行けるかどうか診断するのが、軍医の任務の一つになった。英軍の方は、「○○パーセント労役に出せ」と言うのだが、患者が多くて、向こうの思う通りにはならない。すると英軍から、イチャモンがつく。「病人は休まなければならないが、○○パーセント出さなければならない」と言うらしい。

「英軍の言う通りにするには、軽症患者も入院させなければならない」と高級医官は迫るのだが、いざ入院させるとなると、みんな軽症で、病院がキャンセルしたら、軍医の面目丸潰れだ。部隊としては、生死を共にした戦友と離れるのは、まことに辛いのだ。そんな微妙な立場にありながら、呑気にやっていたのである。

夜寝ていると、兵が引き付けを起こしたと、衛生兵が報告に来た。急いで行ってみると、兵が両手を広げて引き付けている。今日、マラリアで退院したばかりだという。聴診器も盗られ、なくなっているので、診断の仕様もない。悪性マラリアなら、こんな症状も起こるかも知れない。念のために聞いてみると、今まで引き付けたことはないとのこと。仕方がないので、強心剤のビタカンを注射して、担架で隣りの兵站病院に入院させた。診断名はマラリアだ。

克部隊にはE准尉がいた。彼は苦労人らしく、軍隊のことは何も分からない自分にも、何くれとなく気を使ってくれる。彼の話によると、隣りの兵站病院に、二人の看護婦がいるが、准尉がプロームの病院に入院していたとき、いた看護婦らしい。できたら会って話がしたいので、入院患者見舞いの口実で、連れて行ってもらいたい、と言う。

准尉の話によると、プロームの兵站病院は、不意に襲撃されて全滅、散り散りになり、総婦長は看護婦十名と共に転進中、不意に機関銃攻撃を受け、三叉路だったので、二手に分かれてしまった。二人は婦長の組と分かれ、つぎつぎとやられ、二人になったところを捕まったのだそうだ。その後、ペグーに連れて来られ、このパヤジの病院の看護婦として勤務させられた。その当時、この病院は、日本軍の捕虜を収容した病院だったそうだ。

彼女らは昼間は看護婦として働き、夜は特別に二人で家一軒をあたえられ、インド兵が不寝番に立つことになっていたが、そのインディアン兵が、夜ごと忍び込んで寝かせない。二人は毎晩抱き合って泣き明かしたそうだ。戦後、この病院が日本軍の手に渡った現在も、彼女たちは引きつづき勤務しているとのことだった。

彼女らは、用事以外は兵隊とは決して口を利かないらしい。准尉の説によると、置いてけぼりして、こんな目に合わせた日本軍を恨んでいるのだと言う。彼女たちは、日本軍に移ってから、腹の手術をしたので、相当弱っているとのことだ。この噂は事実とまったく違うことが、後年明らかになった。

この話を聞いて、数日の後、それまで行けなかったが、見舞いに行くことが、許可されたので、准尉と共に、先日の虫垂炎の患者と、引き付けを起こした患者の様子を見に行くことにした。誘った准尉も彼女たちを一目見たいという下心があったのは否めない。私としても、収容所に入れられて初めての外出だ。嬉しくて仕方がない。

病院の受付で、マラリア病棟の○○上等兵と言うのだが、そんな人はいないという。書類を調べたら、一般病棟の欄に、心臓脚気として記載されていた。

部隊の兵は気がつかなかったらしいが、大変な診断違いだ。穴があったら、入りたい思いだったが、見舞いに行くと、「お陰で、こんなに元気になりました」と心から喜んでくれた。ビタミンを注射したら、すぐ治ったそうだ。虫垂炎の患者も、元気で喜んでいた。

准尉が「あれですよ」と言うので見ると、目鼻立ちの整った青白い看護婦が、にこりともせず、立っていた。「プロームで御厄介になりました」と、話しかける准尉を避けるようにして立ち去った。彼女はやはり、心の痛手に耐えかねて、知った人を避けているのだろう。暗然として、帰りながら慰めてやることもできない自分の立場が、いささかわびしい。

准尉は歩きながら、あれはプロームに入院したとき、お世話になった看護婦に違いない、と譫言《うわごと》のように、繰り返し繰り返し話していた。

確かに、日本看護婦史の一頁を飾る出来事に違いない。彼女は頑《かたく》なに心を閉ざしているらしい。われわれは暗然として、彼女の心を思いやるだけだ。

モールメンの兵站病院に入院していたころ、ペグーに日本人の女が二人いる……と現地人が話していたそうだが、彼女たちのことだったのだろう。われわれはまさか看護婦とは思わなかったが、ひょっとすると、シビリアンが残っていたのかも知れないと、気になっていたのである。

日本の兵隊さん

田中少尉は、相変わらず兵を集めて句会を開いている。自分にも参加するように勧めるのだが、大恥をかきそうで、参加する気になれない。字を書いたものは持ち帰れないという噂があったが、俳句なら持って帰れるかも知れないと気づき、今まであったことを忘れないように五七五に纏めて持ち帰れば、内地に帰り、心の記録ができるかも知れない……と思いあたった。

そこで句にならないかも知れないが、作ることにした。ただし、季には特にこだわらないことにした。田中少尉は、自分を句友と認めたのか、しきりに自分に句を見せる。

夜のまとい　南十字の　傾ぐまで
炎熱の　弾痕縫うて　蟻の列

国境　見渡す限り　花野かな

など、ときには私のノートの句を、いただきますと言って、自分のノートに写すこともあった。

彼の部下に、小川軍曹がいた。彼も田中少尉と同じ高知の出身で、特に親しくしていた。チャウタンの弾薬庫跡で労役していたころは、特に世話になったが、彼も炊事軍曹として転出することになった。今後、彼のところに行けば、御馳走してくれるだろうが、自分だけよいことをする気になれないので、以後、彼には会えないことになった。

高知には山桃が沢山あり、ことに園芸用の改良種もあって、大粒でうまい。その季節になると、山桃売りが来る。これを盆に盛り、塩をかけて揺すりながら食べる。この味は忘れられない、と口々に話していた。

山桃は取って一日経つと変色して、味が落ちて不味《まず》くなる。取り立てのを、塩にまぶして食べるのがコツだそうだ。改良種には白いものもあるが、味は赤い方がよいとか。その売り声を真似していた。やはり、山桃売りの声は、土佐の国の風物詩なのだろう。こんな話などをしていた小川軍曹も、炊事軍曹として去っていった。

俳句もでき、古武士の風格もあり、指導力もある。その田中少尉にも、ウィークポイントはあった。俳句には興味のなさそうな兵が、自分の耳に囁いたのである。

彼は兵七名を指揮して将校斥候に出たが、翌早朝、帰って来たときはただ一人だったという。彼の言うところによると、敵陣近しと見て兵を残し、自分一人、敵情偵察に行った。しばらくすると、後方で銃声がするので、慌てて帰って見たが、兵の姿はない。しばらく待っていたが、自分を残して帰っているのではないかと思って帰って来た……と言ったのだそうだ。

噂によると、敵の大部隊に攻撃されたとき、兵に死守を命じ、時を稼がせて、自分一人逃げて帰ったのだと言う。その証拠に、彼の同期生はみんな中尉になったのに、彼だけは、ああして少尉なのは変だとは思いませんか？　と穿《うが》った話をした。

ついでに彼は、人の悪口ばかり言う人間ではないことを示した。

それに反して、隣りの小隊長は、「将校がみんな戦死したので、第一中隊長になっていた」このL中尉は、ヒョロッとして背も高く、童顔で、いつもニコニコしているので、とても戦争などできそうもないように見えるが、「ああ見えても、イザとなったら凄いんですよ。真っ先に敵陣に飛び込み、敵を三人まで、叩き斬ったんですからね。私は彼のすぐ後から、敵の壕に突入し、彼が斬ったのを見たのだから、間違いありません」と証言した。

そのL中尉は、九州の指宿辺りの民謡の拍子だとか言って、指を弾いたり、肘を叩き、腹を打って、拍子を取りながら、「もしもし亀よ、亀さんよ」とか、桃太郎の歌を歌っている気のよい青年だった。童顔の美青年で、とても歴戦の勇士とは見えないのである。

兵がどこからか、未熟の小さいマンゴーを拾って来た。作業場に、数本のマンゴーの木があり、樹下に落ちていたのだそうだ。乾燥し切った暑い現在、顔をシカメルほど酸っぱい未熟のマンゴーは、血が新鮮になるほど貴重なものだった。キャンプに閉じ込められた私には、労役に行く連中すら、羨ましかったのである。

埃っぽい狭苦しいキャンプには、座るべき草叢もない鉄条網に囲まれた、暑苦しいキャンプから見れば、外は緑につつまれた楽園に見える。せめて向こうに見える草叢に腰を降ろしてみたいものだ。幽閉されて初めて、自由の有り難さが分かった。空にはわが物顔に鳶だか、禿鷹だかが飛んでいるし、ときどき現地人が柵の彼方を歩いているのが見える。

若者特有の抵抗精神が、むらむらと頭をもたげる。われわれはなぜ幽閉されなければならないのか？　われわれは局地戦では負けたが、まだ英領ビルマで戦っていたのだ。知性のある兵は、この戦い、メイクテーラの戦いは鉄と肉の戦いだった、と話していたが、言い得て妙である。

兵はせめて日本の戦車が敵と伯仲に戦っていたら、また飛行機だけでも敵と対等に戦ってくれたら、負けてはいなかったんだ！　と悔やしがっている。勝てば官軍、負ければ賊軍は現実だった。

労役開始のころはトラックに乗せられ、労役に行くとき、インディアンが「ジャパンクーリー（苦力）」と怒鳴って石を投げつけたと、悔やしがる兵もいた。だが、ビルマ人は、自分の国で戦い、損害も多かったが、露骨な嫌がらせは、まったくなかったらしい。やはり民族性なのだろう。

狼兵団でも劇団を作ることになったので、「労役に行って、化粧用具でもあったら貰って来るように」との、指令が回ってきた。

そのうち、〇三部隊でも劇団を作る空気が湧いてきた。「女形のできそうな者がいたら、申告せよ」という回状が、回ってきた。「〇三の兵に、そんなのがいるはずがない」と言っていたら、「何なら貴方がいい、推薦しましょうか？」とL中尉に言われて、恐れをなして、下らんことは言わないことにした。女形にでもさせられたら大変だ。

しばらくすると、各連隊に劇団ができ、練習が始まったのである。この劇団は、ただ面白半分に作られたのではなく、これを通じて何か人間らしさを取りもどす一環として、御偉方の考えついた苦肉の策だったのである。

転進以来、あまり髭を剃っていないので、髭が伸びて指で抓《つま》めるほどになっていた。剃刀がないので、ビールビンを割って、そのかけらで髭を剃ったが、カリカリ引っ掛かって、痛くて仕方がない。しまいには血が滲《にじ》んでくる。

兵が安全剃刀の刃を持って、髭を剃っていた。「器用なことをする」と感心すると、兵は「インディアンは、みんなこうしていますよ」と答えた。「軍医殿も、一つやって見ませんか？」というので、「やってみるのはよいが、刃がないのでな」答えると、「そのうち何とか都合をつけましょうか」と言っていたが、二、三日すると、ちょっと錆《さ》びていたが、一枚届けてくれた。

怪我でもしないかと、こわごわ剃って見ると、案外よく切れる。これならビールビンよりはるかにましだ。部下を持たないサスライの下級将校は辛いものだ。まさか兵のようにゴミ溜めをあさるわけにもいかず、といってボンヤリしていては、何一つ手に入らないのだから始末が悪い。

夜になると、毎日ニッパ椰子の屋根に、ポツポツと雨の降る音がする。起きてみると、不思議に星空だ。それなのに、雨の降る音がつづいている。不思議に思い、夜、便所に立ったとき、よく見ると、兵舎の横に黒々と茂っているノンコ（ナンガ、波羅蜜、ジャックフルーツ）の木から、夜露が雨のように落ちているのだった。

そんなある日、野草集めの命が下った。「英軍が支給する給与だけではとても足りないので、野草を取って食事の足しにしよう」というのだ。

初めのうちは黙っていたが、兵に聞くと、二、三キロメートル離れたところに竹林があり、筍《たけのこ》を採りに行くのだそうだ。沢山あるし、あまり疲れることもないというので、自分も行くことにした。

二キロメートルばかり行くと、竹林があった。例のジャングル竹だ。株になって絡み合って生えているが、株と株の間は簡単に通れる。グルグル回って捜すが、筍は思ったほど集まらず、一時間歩いて、十本しか集まらなかった。

探し回っていると、竹藪の湿ったところに、大きな亀が一匹歩いていた。日本のものとまったく変わらない。甲の長さは約三十センチメートル。兵に「持って帰ろう」と言うのだが、気乗りしないらしいので、止めにした。兵はこんな如何物《いかもの》は食ったことがないのかも知れない。

私は中国山地の上下で生まれたので、子供のころに山窩《さんか》がよく亀の肉を売りに来たので、味噌で特有の臭いを消して食べたことがある。結構いけるのである。部下のいない、借りて来た猫のような軍医では、兵に料理を押しつけるわけにいかなかったのだ。

薪がなくなったのか、薪集めが始まった。毎日曜日、全員集合して薪を取りに行く、早朝、キャンプを出て北へ二キロメートル行ったところにジャングルがある。パヤジのキャンプを出るころは霧がかかって、十メートル先が見えない。霧の中で小鳥も鳴いている。労役というより、ピクニックにでも行くような気分だ。道の両側に並ぶ大合歓《ねむ》の花が美しい。一抱え半から二抱えもある大きな木だ。ときどき、ノア（瘤牛）が濃い霧の中から大きな体を現わし、草を捜していた。

薪を取りに森に行くと、大きな山帰来《さんきらい》（菝葜《さるとりいばら》の俗称）があった。太さは剣道の竹刀《しない》大、木に寄りかかって高さは四、五メートル、葉は直径三、四十センチメートル。持ち帰って、だれかに見せてやりたくて、蔓を斬って杖にした。太さは杖にしては太めだし、刺が一杯ついていた。これを取っては価値がなくなるので、持ちにくいことオビタダシイ。持ち所を変えると、刺に刺されてしまう。それでも兵舎に持ち帰り、部屋の一隅に置いていたのである。

「おい、もう煙草を拾うのは止めようぜ！」と兵が話し合っていた。一体、何事かと思ったら、掲示板につぎのような貼り紙がしてあった。

ペグーの街角で、労役していたが、そのとき、十メートルばかり離れたところに十二、三歳のメカレ（少女）が来てしきりに合図している。英軍の監督下、現地人と話すことを禁じられているので、知らん顔していると、道の上に何か置いて去っていった。後からそっと行ってみると、煙草が数箱置いてあり、その下に置き手紙があった。これがその手紙です、とそのそばに手紙が張り付けてあった。

日本の兵隊さん、私は日本語学校で習った者ですが、私の尊敬している日本の兵隊さんが、道端に落ちている煙草を拾って吸っているのを見るのが、哀しいです。どうかそんなことをしないで下さい。

この煙草は、私のこづかいで買った煙草で、少ししかありませんが、どうぞ吸って下さい。私の好きな兵隊さん、どうか、もう煙草を拾わないで下さい。お願いします。

〇〇〇

日本の兵隊さん

ペグー飛行場にて

ペグー飛行場に一ヵ月、労役に行ったことがあった。そのとき、兵《つわもの》兵団の兵器勤務隊の兵と一緒になった。

所用で一人、飛行場を歩いていたら、数十人の兵がノロノロと仕事をしていたが、監督のインド兵が鞭でビシビシ叩いていた。傍《そば》を通る私に気づいて、インド兵は私にシガレットを一本くれた。戦争中の捕虜との最初の出会いだった。

兵器勤務隊の兵が元戦友だった捕虜にあい、事情を聞くと、転進中に倒れて目が覚めてみたら大平原で、敵中にいてそのまま捕まったらしい。あまり汚い服を着ていたので、衣類を一着やったが、翌日も古い服を着ていた。不思議に思ってよく尋ねたら、ボスに捧げたら内部の待遇も普通になったと喜んでいたそうだ。

　捕虜の中では権勢順序はなくなり、将校も兵も同等で腕力のある者が弱者から物資を貢がせ、厚遇するが、貢ぎ物のないものは、殴られ蹴飛ばされ、ろくに飯も与えられない。貰《もら》った衣類のおかげで飯が貰えるようになったと涙を流して喜んだのだった。しかし、やる衣類もないので、ほどこす術もなかった。彼ら捕虜は仕事にもならないせいか、間もなくインドに送られ、ついで内地に送還されたという噂がながれてきた。モールメンから隊長たちが帰還した頃のことである。

　同じ捕虜でもイロイロあり、雨期のシッタン河の濁流を渡るとき、半数は濁流に呑まれると予測されていたが、三分の一ですんだが、その数、数千人に及んだ。意識朦朧として入江に漂っているのを引き上げられ、気がついた時は英軍の病院のベッドの上だった。アリャ、これは生きているじゃないか、と言って、土の上を引きずられたのを何となく覚えていた。

　ペグー飛行場では、隊長の兵部隊の病馬厰の中尉のキャンプで寝ることになった。罐詰の空き罐に灯油を入れ、灯芯に火をつける古来の明かりをつけたキャンプは画期的なものだったが、虫が沢山集まり、その大部分が蜂だったのには驚いた。刺されても日本の蜜蜂程度であまり痛くなかったが、常時五、六匹飛んでいては心地よいものではなかった。

　中尉は拳大の黒い鼻糞を丸めたような物を取り出して、煙草に入れて吸っている。何かと思ったらアヘンだそうだ。転進中、兵が食物をあさっているとき見つけたのだそうだ。

「お前もどうか。頭がスーとするぜ」と言うのだが食指は動いたが、願い下げにした。彼はインチキ競馬の名人だったが、アヘンの密輸に手を出し、仲間は捕まり、逃げ出した自分も復員したら裁判になるんだと、悠々と娑婆を楽しんでいたのだった。ビルマのような酷しい戦いでは、こんな図太い連中でないと生き残れなかったらしい。

同様に帰る噂がでると、ショボンとして元気がなくなった兵がいた。何事かとよく聞いてみたら、友だち五人で女性を待ち伏せして手足を抑えて輪姦したら、捕まって取り調べ中に召集令状が来て、兵隊の方が優先することになって、戦地に来たから、帰ったらさっそく監獄に入らねばならないと、ショボンとしていたのだった。その兵は、女の方から据え膳して待つほどの美男子で、女に不自由しないと思えるのだが、思わず笑いが込み上げてきた。

狼師団の朝鮮人は頭脳、体力共に抜群のより抜きの者が志願して来たので、誰に聞いても勇猛果敢、日本兵以上の活躍した者も多々あったと話していた。その後にしかしが付いた。彼らは負傷すると、「アイゴー、アイゴー」と号泣して、酷いのになると、「チョケッター（死んだ）」までつく。日本兵なら苦痛を堪えて呻《うめ》くだけだが、敵と接近しているので、大声を上げると敵に所在を知られるから、やられる恐れがあり、困ったらしい。ジャングル戦では、先に敵を見つけた方が勝つと言う鉄則があったのだ。

終戦になると、我々と一緒に朝鮮人も収容されたが、現地人が自転車を貸してくれると言うので脱柵したが、貸せないと言うので帰って来たと、ケロッとしていた。出ても帰っても、そのたびに我々は全員一日の食料の補給を停止され、栄養失調がますます酷くなったのである。彼らは自転車で朝鮮に帰るつもりだったと言うのだ。また、歩いて帰ったのは、汽車で出発して雲南近くまで行ったが、民情が北に進むに連れて悪くなり身に危険を感じて引き返し、キャンプに帰ったのもいた。そのたびに我々は食事停止で情けない思いをしたのである。

ペグー飛行場から帰った頃、彼らは別の収容所に入れられ、バレーなどして遊んでいたが、いつの間にか、いなくなった。終戦後一年くらい経った頃だった。

第四章——冷厳なる運命

狼兵団の初公演

キャンプ内を歩いていると、崩れかけた兵舎に、一節で杖のできるほど長い竹が使ってあった。「持って帰って杖にしようか」と思ったが、節が長く若干弱いのか、少し捻じれていたので止めにした。小刀一本持っていなかったので、杖が造れなかったのである。

その代わりに、普通より少し節の長い二節の丈夫な杖を造った。何をするわけでもないのだが、刀を取り上げられたから、何か物足りないので、杖を造ったのだ。

いつの日か、万国赤十字協定で守られているはずの軍医である私も、いつのまにか毎日、労役に引っ張り出されるようになった。

行く先別に区別され、トラックに乗せられて、勤務先に待っている英人やインディアンの命のまま兵を指揮して仕事をしなければならない。大体そんなことに慣れない私には大仕事、兵一日どれだけの仕事ができるのやら、請け負わされた仕事が多すぎるのか少ないのか、それすら見当がつかないので、どぎまぎすることが多い。

シッタン河以東は、工兵隊が中心に集められ、インセン道路建設が始められた。ビルマは大東亜戦争以前の領土に復帰し、ビルマよりマレー北西部に通ずる道の建設である。私の入院していたモールメン・ムドンの兵站病院も、帰国準備をしているそうだし、「タトン郊外のラバチャンで、転属したことのある狼兵団の第一野戦病院も帰国した」という噂が流れて来た。

私は「帰るチャンスを巧みにはずして来た」ような気がした。わが狼四野病も、工兵隊と共にマレー海岸に通ずるインセン道路建設を命ぜられ、従事しているのかもしれない。

インセン道路は八メートル道路で、数十キロメートルの道だそうだ。これが仕上がったら、帰国できるという条件で、必死に建設に取りかかったそうだ。しかし、この道路は簡単なものではなく、工兵隊でも三、四年かかる工事量であり、栄養失調で慢性のマラリア患者やアメーバ赤痢患者で衰弱した兵では、五年かかるか、十年かかるか、見当もつかない仕事量だそうだ。

いずれにしても、「完成したころには生き残った兵はほとんどいなかった」ということになりかねない。われわれ虚弱になった兵では、重労働に耐えられるとは思えないし、今あたえられているわずかな食糧では身体がつづくとは思えない。

「自動車の運転手、機関車の運転者、電気、大工、その他何でも技術者は、申し出るように」という通達が出た。インド兵もビルマ人も技術者の程度が低いので、仕事にならず、英軍も技術者不足で、日本人に頼らざるを得ないらしい。「日本兵とすれば、その技術の必要なところに回されるから、一般労役より楽だ」ということらしい。

「今申し出たら、帰国のとき、技術者不足になるから、とくに残されるかもしれない。ここは考えものだ！」という兵もあり、何が何だか分からないが、次第に労役は本格化することになった。

中隊長の中尉は、よく聞いてみると私の生家の隣村、吉野村の出身とかで、准尉上がりだそうだ。准尉から少尉になるとき、少し給料が下がるが、上級将校を目指して踏み切ったらしい。准尉上がりは、まず少佐より上には上がれないと言われている。

軍隊では准尉は神様だ。軍隊生活が長く、兵より叩き上げられているし、甘いも辛いも、裏も表も知り尽くしているし、人事権を握っているので、何も知らない少、中尉では歯が立たない。

それから上がった中尉だから、神様以上。夜になると、連隊中の准尉が集合し、尺八を習ったり、雑談している。いうなれば、彼は悪者ではないが、夜の大統領アル・カポネのような存在だったのである。

各部隊に劇団を組織する動きが活発になってきた。〇三《れいさん》も女形に適した者はいないかと、募集が始まったと思ったら、どこかの中尉の指揮下に兵が集まって練習が始まった。やさ男の上等兵が女形にされ、練習を始めたが、うまくいかない。会話が、本を読むように一本調子になるのはまだしも、熱帯ボケのせいか、台詞《せりふ》もさっぱり覚えられないらしい。

二週間後に公開されたが、服装も駄目だし、台詞も忘れて出て来ない。女形も女らしい声を出そうと無理したのか、豚の悲鳴のような声になる。見物人は一人去り、二人去り、とうとう数人の関係者だけになった。

ほかの部隊の公開演劇も大同小異、旅芸人崩れの指導者の股旅物はいかにも大時代で、大見得を切って見せるのだが、映画を見慣れた世代には馴染《なじ》めない。その中に各兵団を纏めて一つの劇団を造ることになった。劇団員は労役にいかないので、兵の労働過重となって、跳ね返ったからだ。それに選りすぐれば、人材も揃い、小道具も揃いやすいという面もあったらしい。

「化粧品や鬘《かつら》の材料など劇団に必要なものがあったら持ち帰れ」という通達も流れた。背広はドンゴロスだそうだが、本職の仕立屋が仕立てたもので、ランプの光では立派なホームスパンに見えるし、白粉は白墨を水に溶いたものであり、肌が荒れて困ると嘆いていたそうだ。ルージュは外傷に使う赤チンが必要でも、女性のいない軍隊では、目の醒めるような美人に映ったのである。

狼兵団の初公演には、現代劇が始まった。真理ちゃんと称する可愛い少女が現われたが、どう見ても、これが男とは思えない。俄然、狼兵団のアイドルになってしまった。「真理ちゃんが出るんだ！」と劇が始まる前から、みんな集まって来る。「真理ちゃんがああした、こうした」と噂し合った。

ある日、当番の兵長が自分に話しかけた。「○○部隊の兵が、真理ちゃんのところに夜這いに行ったそうだ」と複雑な顔をした。ベッドに潜り込んだのはよいが、それから一体、どうしたのだろう、と二人は顔を見合わせた。

女形になると、股に紙をはさんで、これが落ちないように歩く練習をするのだそうだ。これができて初めて女性らしい歩き方になるらしい。「女形は女性以上に色気があるのが当たり前だ」などと兵は話していた。

策集団より劇の招待があったとかで、隣りのキャンプに出かけることになった。とても真理ちゃんに及ぶ女形はいないだろうが、それでも初めての劇団への期待もあり、三々五々出発した。劇はかつて日本で人気を呼んだ滝の白糸だった。

幕が上がった途端、われわれは目を疑った。日本髪を結ったヒロインは、絶世の美女だった。「うーん」と言ったまま息を飲んだ。入江たか子ばりの鼻筋の通った顔形は、今まで見たこともないほど美しい。

ボンヤリ顔ばかり見ているうちに、いつのまにか劇は終わってしまった。「よくもよくも、こんな美女？　がいたものだ！」「これでは真理ちゃんも遠く及ばないが、それでも真理ちゃんは真理ちゃんのよさがある」などと思いながら帰って来ると、当番の兵長は、「あれは烈の軍曹で、いつもは髭達磨で、とてもあんなに綺麗ではない」と教えてくれた。

だれでも女装すれば、案外、美人になるのだろう。逆に言えば、美女でも、兵隊の服装をさせたら、大したことはないのかもしれない。

復員後、玉野病院勤務のころ、記念祭のとき、仮装行列で看護婦の白衣を借りてルージュを唇につけ、「当選御礼、ミス療養所」のプラカードを掲げて歩いたら、見に来た小学生が母親に、「本当に当選したのかしら？」と尋ねたが、母親の答はなかった。おかしくて仕方がなかったが、周囲には美人看護婦に見えたらしい。

劇も終わるころ、風が吹き出し、雲行きが怪しくなり、雲が二方向直角に流れて行く。不思議な雲だ。上層と下層の風の方向が違うのだろうが、何となく薄気味悪い。何か不吉の前兆ではないかと、つまらないことが気になる。急いでキャンプに帰ったが、何事も起こらなかった。

ある日の夕刻、将校集合があったので、外に出ると突然、日の光が黄色になり、なにもかも黄色に見える。兵と共に「変な天気だなあ」と話し合ったが、天変地異でも起こる前兆のようで不安になる。世の末が来るのかも！　というような気がして、なかなか落ち着かない。あちこち歩き回って夜になったが、ついに何も起こらなかった。

インドのデリーでは、ときどき赤い霧がながれると聞いているが、ところにより異変が起こることもあるらしい。

何か珍しいものはないかと、キャンプ中を歩き回っていると、原爆のような不気味な茸雲が西空に拡がっていた。赤紫のその夕焼け雲は、何だか嫌らしいことでも起こりそうな気がする。音のない原爆でも落ちたのだろうか、などと妙な胸騒ぎがする。じっと見つめていると、広島の原爆でやられた人々の怨念が、呪い騒いでいるように見える。何度見返しても、嫌な雲だった。

パヤジのキャンプでも、ときどきちり紙が配給になる。茶色の十二、センチメートル角の紙だ。私はまだ罫紙などを若干持っていたので、それを便所紙に使うこととし、配給の紙は、植物誌を作ることにした。

キャンプ内に生えている植物を取って来て写生する。字を書いたものの持ち帰りは禁止だという話だが、絵なら大丈夫だろう。植物誌でもあれば、何かの思い出になるだろう。しかし、いざ捜すとなると、南方らしいものや綺麗な花の咲く植物はなかなか見つからない。季節が違うのか、美しい花はなかった。一、二の茸、火炎樹の花が咲いているだけだった。

絵を画くと言っても、ボケた頭で、三、四センチの小さい鉛筆をナメナメ画く絵は、大仕事だった。炎熱の中で画くのは、大変な克己心も必要だったのである。

○三部隊の古林軍医と親しくなり、彼の言うインチキを習うことにした。彼は手品の名手だったのである。紐を括《くく》ったり、解いたりする紐を使った手品。火の点《つ》いた煙草を呑んだり、出したりする煙草の手品など、いろいろやってみたが、不器用でもできるし、一番手軽なのが、トランプの手品だ。高等学校時代に習ったものを元手にして、教えたり教わったりして、次第にレパートリーを広げる。

兵の中でも、トランプの手品が流行しはじめた。トランプなど手に入るはずもない。英軍の煙草の箱を集めてこれで作る。ネイビーカットで作った兵が多い。

手品を練習するのは、やはり自分のトランプが要《い》るので、ライオンの絵の入ったインド兵用の低級煙草の箱を拾って、毎日毎日、絵を書いて全部作ってしまった。赤は赤チン、黒はマラカイトグリーンである。ともに衛生材料の中にある外用薬だ。汚くならないように、蠟燭を溶かして、これに漬けて蠟漬けにした。

自分の知っている手品を教えてやり、代わりに珍しい手品を教わり、つぎからつぎへとレパートリーを広げて、トランプの手品なら、大体のものはできると自負するまでになった。たとえば、知らないものでも、原則はほぼ同じだから、見ていれば大抵、種は分かるようになり、得意になっていた。

そのころ、兵二人が必死になって、トランプ奇術に熱中していた。熱が入ると思ったら、二人とも香具師《やし》で兵隊に来るまでは街頭でやっていたのだそうだ。

彼らは生活がかかっているので、自分で考案した手品を示して競争して、腕を鍛えていた。並べて置いて向こうを向き、「さあ、どれでも取れ！　当てて見せる！」と大見栄を切る。たびたびやるのだが、そばで見ているわれわれにも分からない。二日も三日も考えた挙句、ついにシャッポを脱ぎ、教わってみたら、普通の手品の種を三つも組み合わせた複雑なものだった。

熱さのため、われわれはビルマボケで思考が衰えているのに、よくぞ考えついたものだと感心した。内地に帰ったときの心構えは、趣味として習うわれわれとは違って、生活がかかっていたのである。

古林軍医と話しているうちに、長い労役で内地にいる医師から取り残されたような気がして寂しく、その焦りから勉強しようという古林軍医の提言を容れ、いろいろ考えたが、よいものがない。マラリアの統計などとっくに調べられているし、血液検査もできないので、統計にもならない。栄養失調はよいテーマだが、血液の検査もできないので話にならない。アメーバ赤痢もあるが、顕微鏡検査のない統計は意味がない。

いろいろ考えた末、思いついたのが、性関係のデータを集めることだった。鳩首《きゅうしゅ》協議の末、結婚前に何人の素人女と関係したか、調べることになった。相手の女性の職業、年齢、男の職業、年齢、童貞を破ったときの年齢、その場所、その季節、月などを克明に調べて、統計を取ろうというのだ。なかなか難事業に違いない。

考えていただけでは仕方がない。当たって砕けろだ。そこで、そっと兵一名を呼び込み、二人がかりで、事情を話し、協力を頼んだ。

「じつはわれわれもこのビルマに来て何か勉強したいと思ったが、本もないし、統計を取ろうにも、検査もできないので、それも無理だ。そこで思いついて、これから始めることにしたが、これはただの思いつきやフザケているのではない。もし協力してくれる意志があるなら、話してくれ！　嘘を言うなら、初めから嫌と言ってくれ！」と前置きして、質問に入った。

兵も二人の真剣さに打たれたのか、つぎつぎと質問に答えてくれた。

「この統計は発表する予定だが、個々の人の名前は絶対に出さないから、その点は安心してくれ」と話すと、まじめに話してくれた。

古林軍医の部隊だから、彼の親しい兵から、つぎからつぎへとデータが集まって来た。しまいには百例を越す数になった。

最高は素人女性三十名を越す人と関係した者もいた。付近の紡績工場の女工が相手になったらしい。話した兵は少し足りないような男だから、このデータは捨てようかと思ったが、組し易しと女性から誘ったのではないか……という説が出て、これも取り上げることにした。彼は女工の性欲の捌《は》け口にされたものと見なしたのである。

中には、千人斬りを目指して頑張った船員もいた。港々で違った女を買ったから、よく出入りする港では四、五十人は関係しているので、合計二、三百人はしているが、みんな玄人で、素人となるとただの二人しか……と頭を掻くものもいた。

全然ない。決して嘘ではないと言い切った者は、百人のうち、ただの二人だけだった。貴重な存在だったのである。

平均してみたら、結婚前に六人の素人女と関係を持ったという結果になった。驚いて兵に聞くと、「そんなものでしょう」とケロッとしていた。北九州の久留米師団の兵で、地方により、多少の違いがあるのかも知れない。学校の行き帰りしか知らない自分の甲斐性のなさが、少々、阿呆らしくなってきた。

関係した月は三月ごろが最低、四、五月と上昇して、七、八月がピークとなる。九、十月と下がって十一月より昇りはじめ、十二、一月と小さい山ができる。
十二、一月は炬燵の中でできるとして、六月に下がるのが分からない。これが説明できないと、このデータは完全に失敗だ。
古林軍医と協議していると、例の知能指数の低い男が、「それは梅雨ですよ」というので、やっと気がついた。七、八月のピークは農家の子弟が多いので、野外での関係、つまり青姦が一番多いという結果になった。

相手の職業は農家の娘が大部分、家庭の主婦から学校の先生、看護婦から教師の娘などである。なかなか面白い統計ができて嬉しかった。少々気が引けるが、この際、仕方がない。内地に帰ったら発表するつもりで、ノートに書き留めたのである。だが、残念ながらこのデータは、復員後、呉港で誰かに持ち去られてしまった。終戦後、キンゼイ報告書として有名になったアメリカの性の報告書を先取りしたものだったのである。

将校が少ないので、労役の指揮官がないから、軍医も診断医官以外は労役に行ってもらう、ということで、私も正式に労役に引っ張り出されることになった。

パヤジのキャンプに整列して出ると、師団司令部の前に四尺ぐらいの高さの竹籠の中に、ペグー飛行場で威張っていた通訳の曹長が入れられて、大きな目をギラギラさせながら、ふてぶてしく寝そべっていた。労役の途中だから、理由を聞く由もなかったが、あまり勝手な行動が多かったので、重営倉（軍隊の刑罰）の代わりに入れられたのだろう。

それにしても、鶏でもあるまいし、竹籠に入れられている姿がいかにもおかしくて、気の毒とは思いながら、笑いが込み上がって困ったのである。

労役も大変だった。七時ごろに列を組み、キャンプ前の広場に集合、七時半にはトラックに乗せられ、いずこともなく連れられて行く。指揮官の私にも、目的地に着くまでどこに行くやら分からない。

トラックはガタガタ道を百キロも出して行くので、荷台に乗ったわれわれは持つところがないので、危なくて仕方がない。ちょっと油断すると放り出されそうで危険だ。インド兵は運転が雑で、曲がり角でも速度を落とさないので、トラックの縁に縋《すが》りつかないと振り落とされる。トラック自身もヒックリ返りそうになり、片車輪で進んだりする。

ことに近ごろ雨季に入ったのか、雨が降り、身体が濡れているので、スピードを出されると蒸発熱を奪われるのか、暑いビルマでも寒くて、唇は紫になり、ガタガタ震える。しかし、服はたちまち乾いて快適になる。大体われわれ日本兵は、戦争中に雨具を捨てたので、雨に濡れっ放しで、いつも濡れた服を着ていたのだ。

トラックを降ろされると、英人かインド兵が待っている。そこで仕事を聞き、兵を割り当てる。

英軍の乾燥野菜は、じつによくできている。馬鈴薯の乾燥野菜はまるで煎餅のようで、そのまま炒《い》ってパリパリ食べると、立派な間食になる。煮て食べてもうまい。キャベツなどは緑色が少し残っている。日本の黒褐色のと違い、色も白く柔らかい。トマトは炊くと少々酸っぱくて奇妙な味だが、蕪の乾燥したのも悪くない。

奴らはこんなものを食べていたから強かったんだ、などと話し合って、馬鈴薯を煎《い》って食べた。しかし、毎日となれば、喜んでばかりはいられない。馬鈴薯も煮物に出されるようになると、次第にこの臭いが鼻につくようになった。

日本軍の骨のある野菜にくらべると万全だが、人間の口というものは贅沢なもので、これが当り前のような気がしてきた。毎日の飯は十オンス（一オンスは二十五グラム）しかないので、カロリーが足らず、仕事をしないでも足りないのに、労役してはますます不足する。

体がだるく、動く元気がなくなってくる。「せめて腹いっぱい飯を食べてみたい」というささやかな願いもなくなってしまった。それでも野草採取の許可が出たので、生の筍《たけのこ》などの野草が加わったから幾分救われるような気がする。

雨のぬかるみの中を、トラックを待っていると、不意にシューシューシューという音がする。驚いて見上げると、鴨が頭上をかすめて飛んでいった。

兵はわれわれの出征よりわずか前に成立したプロ野球の話に熱中している者が沢山いた。青田がどうのこうのと話し合っているのだが、野球に無関心の私には、何の興味もない。

竹の柵に、赤蜻蛉《とんぼ》が止まっていた。日本の赤蜻蛉と同じだ。私の故郷は広島の山奥の上下で、少年のころ、こんな蜻蛉をたびたび取ったものだが、ビルマくらいになると、昔蜻蛉以上の貴重なものもいるかも知れない。

トラックに乗ると、大抵ペグーの方に出発する。途中に入り組んだ池があり、島ができている。池には浮き草の布袋草が一面に生えて、紺色の美しい花を一面に咲かせている。付近にある小山は、金持ちでもいて大平原に池を掘り、付近に高く積み上げて小山にしたのかも知れない。平和なときにハイキングなどに来たのなら、じつに楽しかろうに、どんな労役が待っているのか、口の中で「ストレイシープ（迷える小羊）、ストレイシープ」と呟きながら通り過ぎる。

ペグーの物資集積所の労役は、ジャージャー降りの雨の中だった。積み上げられた竹材をトラックに乗せて、どこかに運ぶ。われわれの組は、トラックに乗せるまでの仕事だ。七トン車につぎつぎと乗せ切ったときには、もうつぎのトラックが待っている。

篠つくような雨のときは木陰に入れるが、少々のことでは休ませてもらえない。暑くてもビショ濡れになっては、よい気持ちではない。時に小休止があっても、どこも濡れていて腰を降ろすところもない。惨めなものだ。

板を積み重ねたところに水溜まりがあり、中に茶色の物がウネウネしていた。蛇かと思ってよく見ると、茶色の鰻《うなぎ》だった。捕まえようとしたが、材木の中に逃げ込んでしまった。よくこんなところに鰻が居た。付近には川も池もないのに、どこから来たのか見当もつかない。

帰りのトラックでは、疲労と空腹と寒さに震えながら、今日も無事だったという安堵だけで、塒《ねぐら》に帰っても、濡れた服の着替えすらないので、濡れたまま寝ることになる。

英軍も、日本兵が彼らに害を加えないことが分かったのか、要求に応じて魚釣りのための外出が許可になった。蛋白質不足を理由に英軍に交渉したのが、功を奏したらしい。キャンプにあるジャングル竹の枝を切り取り、竿を作り、飯を少し残して、餌として魚釣りに出る。

幅四メートルの流れに、釣り天狗が十四、五人も竿をならべている。ただ面白くての釣りではなく、蛋白源を釣るのだから切実だ。おまけに自由にキャンプを離れられることは、たまらない解放感だ。嬉しくて嬉しくて、自由を貪《むさぼ》るような気持ちで魚釣りを始めたのである。

腹が空いて一口に食べたいのを我慢して残した御飯粒も、針に付けて水に浸けると、すぐ取れて、なかなか釣れない。それでもじつによく引く。ケッケに似た、体の透き通った小さい魚が五、六匹釣れた。上手な奴は十五、六匹は釣っているようだった。骨や内蔵が透き通っているので、兵はレントゲンと称していた。じつによく名づけたものだ。和名はグラスフィッシュ。水族館でときどき見かける熱帯魚だ。

一寸（約三センチ）ばかりの小さい河豚が二、三匹泳いでいる。緑色で背中にエックスと黒で書かれていた。釣ろうと思うのだが、餌を取るのが上手で、ちっとも釣れない。じつに綺麗な魚だ。食べ残した御飯の大半を取られ、疲れてキャンプに帰る。

レントゲンは、持ち帰って焼くと、一口で二、三匹も入ってしまうほどに縮まってしまった。がっかりである。しかし、この魚釣りの醍醐味は忘れられない。労役のない日は、毎日出かけることにした。少なくとも、魚を釣っている間は捕虜の身を忘れさせる自由があった。

橋の所から覗くと、十三、四センチメートルの河メバルが泳いでいる。ヘルマンヘッセの『車輪の下』に出て来る、あの河メバルだ。一心に釣り糸を垂れるのだが、なかなか食わない。十二、三分してやっと釣り上げると、大きく見えたのに十センチメートルしかなかったので、がっかりした。

中国で昔から尊ばれる魚に、鯉、白魚、ケツ魚がある。このケツ魚がこの河メバルなのではないか……という気がしてならない。しかし、あまり小さかったので、賞味するほどの肉もなく、がっかりだった。雷魚は十二、三センチメートルのも釣れた。大河に七、八十センチメートルのが流れて行くのを見た。河に飛び込んで手摑みにしたいという衝動に駆られたが、取れるわけがないので止めにした。残念。

現地人の若い男が、濁った沼の浅瀬にジャブジャブ入っていき、三、四十センチメートルの竿に糸針をつけて、沼につきたてると、岸へ上がって、「魚が食うと糸がグイグイ引かれるから、そのとき上げればよい」という。餌は特別な蚯蚓《みみず》か何かがつけてあり、大きな雷魚でも食うのを待っているのだろう。だが、餌のないわれわれにはとうてい真似のできないことで、カタン糸では大きな魚でも食いつかれては糸が切れるので、困ることだったのだ。

雨の翌日、濁流の淀みで釣っていたら、木の枝の浮きがピクピク動くので、竿を合わせると強い手応えがする。嬉しくてグイグイ引き上げると、糸が切れないか、急に心配になってくる。針金もナカナカ手に入らない現時点で、針を取られたら、当分、魚釣りもできないことになる。

やっと釣り上げたら、大きな四十センチメートルもある鮃《ひらめ》のような白い魚だった。兵は〝牛の舌〟だと教えてくれた。変なことを言うやつだと思っていたら、そんな名の魚がいるのだそうだ。

同じところで二匹釣れたが、大きい魚なのに、身が薄くて肉が少ないので、ガッカリした。それにしても、牛の舌は海の魚だそうだが、この川は海より四十キロメートルくらい上流で、海水の入るところではない。やはり、南国には南国らしい変わったことがあるのだろう。

毎日同じところで釣ったので、場所を変えようと、違うところに行った。当番と二人で、キャンプから四、五百メートル離れた幅四、五メートルの川岸に糸を垂れていた。深さ一・五メートルもの深さだから、大きいのが釣れるかも知れないと、固唾を呑んでいると、手応えがあって三、四十センチメートルの蛇のような魚が釣れた。よく見ると、平ぺったい砂泥鰌《どじょう》のような泥鰌だ。口の回りに口髭も蓄《たくわ》えている。さすがは南国の泥鰌は大きいと感心した。

つぎに七、八センチメートルの鯰《なまず》のような魚が釣れた。見れば見るほど奇妙な形をしている。白い方が背中なのか、黒い方が背中なのか、どう見てもよく分からない。学生時代、学校の標本室にホルマリン漬けになっていた魚にそっくりなのを思い出した。あまり奇妙な形の魚なので、印象が残っていたのだ。エジプトのナイル河に腹を上にして泳ぐ鯰がいると聞いていたが、この魚がそれかも知れない。

当番は朝鮮育ちで、「雷魚はこんなにして釣るんだ」と得意になって、河の水苔の間にある穴のようなところに餌を持って行くのだが、ちっとも食わない。「朝鮮の魚とはだいぶ違うんだな」とからかうと、「変だな！　変だな！」としきりに首を捻る。だが、雷魚は一匹も食わなかった。

現地人が河に入って、しきりに何かしている。よく見ると、小さい竹籠を河底から引き上げていた。中に十二、三センチメートルの大きな海老が、二、三匹ずつ入っている。彼らは竹籠を川底に沈めておいて、適当なときに水に入り、引き上げるらしい。

それにしても面白い漁を考えたものだ。この川岸を捜して歩いたら、こんな仕掛けが沢山あるのかもしれない。ちょっと潜ってみたいと思ったが、飯は食わねど高楊枝、そんなハシタナイことはできないので止めにした。いずれにしても、腹が空いてかなわないこの日ごろ、海老などの高級品はわれわれの口に入らない高嶺の花だったのである。

新しい漁場を探し回ったが、よいところがないので、一人で川の途中の大きな池で釣ることにした。腰を降ろすと、向こうに黒い木の実が見える、どう見ても山葡萄のようだ。試しに一粒食べてみると、やはり葡萄だった。小さい房が二つだった。ビルマの地にも、野生の葡萄がみのっていたのである。

前々から行こうと思っていた念願の池だった。池はわりと深く、一メートル以上はある。灌木の茂みに潜り込んで、ねばっていたら、赤い刺のある鯰《なまず》が釣れた。故郷ではテンキリと言うのだが、和名は知らない。

十二、三センチメートルのを三匹ばかり釣りあげたが、針をはずすときに刺されてしまった。飛び上がるほど痛いが、せっかく釣った魚、コレシキのことで逃がすわけにいかない。テンキリには二通りあるらしい。針の短い奴がよく刺すことに気がついた。ひょっとすると、「雄と雌で形が違う」とも思えたが、確かめる方法もない。

昨日の獲物に気をよくして、同じ池に座り込んだ。池には亀が泳いでいたが、たちまち泳ぎ去った。がっかりしたが、それでも……と釣り糸を垂れていると、手応えがあって、ナカナカ上がらない。

大きいぞ……と思っていたら、水面に来ると、ピョンと空に舞い上がった。木の株のようなものがついていた。ガッカリしながら落ちて来るのを見たら、ボチャンと水と岸の境に落ちた。

見ると、スッポンだ！　しまった逃がしたか！　と思ったら、スッポンは首を竦《すく》めて動かない。怖くて手掴みできない。仕方がないので竿の根本で跳ね上げ、シャツを脱いで、これで包む。もう一つ釣ろうと思ったが、とうとう釣れなかった。

嬉しくて嬉しくて仕方がない。思わず頬が緩む。大威張りで、半裸のまま帰る。落ちた亀が泳いだら、危なくておそらく取れなかったことだろう。

持ち帰り、皆で食べるつもりだったが、隊長と二人だけについでくれたので、立派な吸い物ができた。油ぎったつゆは、何ものにもましてうまい。甲羅はコリコリしてじつにうまい。隊長も喜んでくれたが、兵たちに分けるほどもなかったのが残念だった。その後、何とかもう一匹と、同じところで頑張ってみたが、とうとう釣れなかった。

橋の辺りを歩いていると、兜虫くらいの大きさの甲虫が道端にいた。糞転がしだ。日ごろから念掛けていたので拾い上げたが、強くてしっかり捕まえていないと逃げてしまいそうだ。エジプトのツタンカーメンの秘宝の中に、守り神の一つとしてこれが造られていたという。

嬉しくなってしばらく持ち歩いたが、このスカラベを形を変えずに殺す方法がないので、困っていたが、よく考えて見ると、内地に帰るときが来るかどうかも分からないのに……と思うと、急に寂しくなって、そのまま逃がしてやった。

当番の四、五人の兵と一緒に、遠くの沼に陣取った。もっとも深そうなところを選び、釣り竿を垂れたが、当たりはあるが、さっぱり釣れない。仕方がないので竿を置き、雑談していたら、浮きが動きだした。慌てて竿を摑もうとすると、「蛇だ！」と言う。よく見るが、それらしいものはない。

「脅かすな！」と手を出そうとすると、また当番の加藤が「蛇だ！　青い蛇だ！」と怒鳴った。

「それ、そこに！」と言うので、よく見ると、鮮緑色の四、五十センチメートルの蛇が竿を跨《また》いで横になっていた。

冗談にしては真剣な兵の声にたじろいだが、お陰で命拾いした。今さらながら背筋が冷たくなった。慌てて竿を持ち上げたら、蛇はちょうど自分の顔に、まともにブッツかる位置にあったのである。

緑色の蛇は猛毒で、咬まれたら百歩歩かない間に倒れるので、百歩蛇というらしい。脅した罰に蛇は叩き殺し、頭からズルズルと皮を剝《は》いだ。ぶくぶくした肉がうまそうだったが、そのまま捨ててしまった。帰り道になって、やっと実感が湧いた。よく考えてみたら、当番に命を助けられたようなものだ。改めて背筋がゾクゾクしてくる。

蛋白源だから、こんなことでは釣りは止められない。労役の休みには、かならず釣りに行く。一人で川端に急いでいたら、雨蛙のような蛙が、物凄い勢いで飛んで来た。この蛙を捕まえて魚を釣ったら、大きいのがかかるかも知れない。一飛びが一メートルもあり、凄い超スピードだ。ハッとして振り返ると、四、五十センチの細い蛇が矢のように追って来た。内地の蛇のようにウネウネなどしていない。ほとんど一直線に飛ぶように走り抜けた。われわれが走っても、追いつけるかどうか分からないほどのスピードだ。こんな早さで、飛びかかられては、とても防ぎようはないだろう。改めて蛇の恐ろしさを知らされた。

この蛇は、顎が小さく無毒らしかったが、アフリカで猛威を振るうといわれるマンバは、こんな素早いやつに違いない。南方は暖かいので、爬虫類の王国だとは思っていたが、こんなに元気だとは思わなかった。冬籠もりもせずにいられる気候が、彼らにこの力をあたえたのだろう。

魚釣りに川辺を歩いていたら、突然、下腿に激痛が走った。しまった、蛇にやられたと思った。事実を知るのが怖くて、しばらくそのまま堪えたが、そっと足を見たら、付近に蛇の姿はなかった。足を見たが、咬まれた跡もない。

しかし、激痛は継続するので、不思議に思ってよく見ると、粟粒くらいの黒いものがついていた。まさか、こんなものが原因とは思えないが？　とよく見ると、それは極小の蟻だった。

捻り潰したが、痛みはまったく変わらず、赤く腫れ上がり、疼痛は四、五日つづいた。日本の蜂をはるかに越す毒力を持っていたのである。ビルマでは、日本では思いもよらないことが起こるのである。

薄幸の母と子

毎日毎日、労役に行くようになった。日曜日以外は、休みはもらえないのである。学生時代に柔道、剣道で鍛えたとはいえ、農家の子弟や労働者とは違う。労役が終わって、キャンプに帰り着くころには、手足が火照《ほて》るようにだるく、腹は空くし、動く元気もない。雨に濡れて帰るときは、「いつまで体が持つやら」と思うと、「ふたたび日本に帰れないかも知れない」と、少々心細くさえなる。

そのようなある日、高級部員の大尉が呼ぶので行ってみると、「じつは君と古林君を、交代で労役にやることにしたんだが、もうソロソロ交代の時期と思うが、どうだろう?」と話しかけた。よく考えてみると、「古林少尉は年配で、ただ診断室でじっとしているだけでも、フラフラしている。とても労役に耐えられる身体ではない」と考えたので、「自分はまだ元気ですから、当分、労役は自分がやります。自分が倒れそうになったら、交代願います」と断わってしまった。

変なもので、いつでも交代できると分かったら、急に元気が出て、あまり疲れなくなった。人間とは妙なものだ。酷しい労役でフラフラになって帰って来た私を摑まえて、古林軍医はニヤニヤ笑った。

「どうだい、日ごろ行いがよいから、俺は診断医官になったんだ。お前は若いんだ。苦労するのもよいさ！　わっはっは！」と笑い飛ばしたのには、いささかムッとしたが、彼は何も知らないのだから、何も言わず許すことにした。人生とはこんなものだろう。

労役のトラックはペグーを過ぎ、チャウタンの方に行く。自分たちのいたところは、どうなっているのだろう。

懐かしさに胸を膨らましていると、われわれのいた森に入って行った。確かに見覚えのある道だったが、連れて行かれたところは、まったく見覚えはなかった。

作業は日本兵舎の取り壊し作業だった。まず木の棒で屋根の縁を突き上げると、面白いように壊れていく。それが面白くて、ドンドン壊していったが、暇がなくて自分の住んでいた将校宿舎や外科病棟は捜せなかった。

不眠不休で診療した日々が、つい昨日のように懐かしく、このような形で、またふたたび来ようとは……。運命に操られているような気がして、あちこち見回したが、ついに見覚えのあるところはなかった。

ある日の労役に、ペグーの町に連れて行かれた。戦時中は人通りはなかったが、今は賑わって人通りも激しい。ペグーの中心街、煉瓦造りのマーケットは、英軍の爆撃で焼けたと聞いていたが、綺麗に修復され、活気に満ちていた。玉葱《たまねぎ》や大蒜《にんにく》の山を、メマたちが買いあさっていた。

だれか知った人に会ったら、捕虜の身が気恥ずかしい。そのくせ、だれかに会ってみたいような妙な気持ちで、街頭に佇《たたず》んでいたら、二、三歳の女の子を連れた婦人が人待ち顔に立っていた。その子がじつに可愛い。日本人そっくりの姿に思わず座り込み、「アテ、ベラウレ（年は幾つか？）ナメ、ワーレ（名は何と言う？）」と話しながら、ふと見ると、母親らしい女がいない。この子を置いて行ってしまったらしい。

「しまった！　まさか捕虜の身で、子供の世話もできないし。どうしよう？」とヤキモキしていると、紙包みを持った女が帰って来た。差し出したのは菓子だった。子供にやるために買ったのかと思ったら、自分にやると言う。

不思議に思って聞き糺《ただ》すと、「この子の父親は日本の兵隊で、どこかに行ってしまった。この子の母も、二、三週間前に亡くなったので、今、自分が世話している。日本人の貴方がこの子を可愛がってくれるので、嬉しくなって菓子を買って来たから、食べてくれ」と話した。

私はあまりのことに驚いて、この薄幸な子の親代わりになろうという母親の妹だという娘さんを見比べながら、「うんうん、カウネー、カウネー（良い、良い）」とうなずくだけだった。

この哀れな子に、何一つしてやれない自分が恨めしい。気恥ずかしいような気がする。親切な村人に守られて、この子も力強く、大きくなってくれ！　と心から祈らずにはいられなかった。彼女はその子の手を引いて、うなずきながら去って行った。

「そうだ、貰った菓子は、子供にやるんだった」と気がついたとき、兵が捜しに来たので、親子を追うわけにはいかず、新たな労役につかざるを得なかった。

後日にラングーンの波止場で労役していたとき、小綺麗な若い子供を抱いたビルマ婦人がだれかを捜している様子なので、そばに寄ると、彼女は私に話しかけた。

「私は宝部隊の久保田中尉の奥さんです。中尉はどこにいますか？」とタドタドしい日本語で話しかけられたのには、「えっ！」と言ったまま絶句した。

付近にいた兵に、「宝部隊を知っているか？」と聞くと、兵は「宝部隊は菊の野戦倉庫でしょう。菊はモールメンから帰ったはずですよ」と相手にしない。酷いようだが、今さら嘘を言っても仕方がない。

「久保田中尉は知らないが、菊の宝部隊は、モールメンから日本に帰ったはずだから、多分、ビルマにはいないだろう。捜すのなら、モールメンに行きなさい」と言ったが、その女は納得できなかったのか、半狂乱になって兵に聞き回っていた。

久保田中尉も、とんだ罪作りをしたものだ！　野戦倉庫だから物資も沢山あり、女性を所有するユトリもあったのだろう。男なら、一度でもこんな美人にこんなに慕われてみたいものだ。と、少々妬《ねた》ましくなる。

後でいろいろ話したのだが、現地人に言わせると、ビルマに日本人との合の子が五万人いるという。英人との合の子が五百人だそうだから、英国がビルマを支配してから百年近くなるだろうから、日本人の精力は大したものだ。話半分として、日本人の合の子が千人としても、わずか四、五年の間に、よくも作ったものだ。

英人が幾らビルマ人に恨まれていたにせよ、差が大きいのは、やはり同じ皮膚の色が近親感を抱かせるのかもしれない。

今まで不可能と思われていた白人を叩きつけた日本に憧れを抱いたか、日本人の分け隔てのない態度に好感を持ったせいか、いずれにしても、よく作ったものだ。よく考えてみると、これだけ沢山の兵が参加した子供作りに、私は少しも協力していないのは、我ながらダラしがないような気がしてくるから妙だ。

パヤジの魚釣りの土手に、赤い透かし百合のような蔓性の百合、グロリオサがあるのを見つけた。奇妙な美しい花である。戦後、優雅な生花の一つとして、ときどき見かけるようになった。私の好きな花の一つである。

英霊の箱

毎日毎日、雨が降りつづく。竹の柱に白布につつまれた英霊箱がかかっている。この中隊のものだが、二個しかない。

兵の話によると、「これだけしかないんです。戦友が亡くなったとき、小指や髪を切るのだが、遺骨を持った兵が殪《たお》れ、その遺骨を持った兵がまたやられる。結局、残ったのがこれだけです」とケロッとして話した。

「ただ心配なのは、英軍が遺骨の持ち帰りを禁止しているので、持ち帰るときは手分けして、ポケットにでも忍ばせて持ち帰るよりほかにないでしょう」と話していた。

その英霊のかかった竹の柱に、いつのまにか新芽が出て、次第に大きくなって来る。「竹の挿し木なんて聞いたことがない。遺骨のせいだろうか？」などと、ヒソヒソ話し合っていた。そんなことはナンセンスだと考えるのだが、少々気にかかる。

「そんなに気になれば、枝を千切ったら？」と言うと、彼らは顔を見合わせていたが、「命を止めるんですか？」と答えた。兵には何となく戦友が会いに来ているような気がして、薄気味悪くてたまらないらしい。テレ笑いを残して逃げていった。

こんなある日、「各自二個ずつ位牌を造れ」という命令がくだった。〇三部隊は歩兵連隊ゆえ約三千人いたのが、ペグーに到着したときには四百五十人になっていたのだった。各自、思い出の木で造れとのことだったが、剣もなにもかも取り上げられた今は、刃物一つないので、どうしようもない。それを汐に、シミジミ戦友の話をするようになった。

しばらくすると、薄いマンゴーの板が配付された。戦時中はこの部隊と行動を共にしたこともない私も、「見たこともない戦友のために、位牌の一つも作ってやりたい」という気持ちになっていた。

霊とか神とかあまり信じない私も、さすがにシンミリして残留日、労役に行く兵の小刀を借りて、一心にマンゴーの板を削りはじめた。手は赤く腫れ上がり、大きな豆ができてしまった。それでも、まだ見ぬ亡き戦友のために冥福を祈りながら、削りに削って、どうやら位牌らしいものができあがった。あまり上等ではないが、十日間、心血を込めた成果である。

内地にいたころ、英霊の箱を開けてみたら、小石が入っていたとか、蜜柑の皮が入っていたとかで、怒った人もいたそうだが、今初めてその真相が分かったような気がする。われわれのように遺骨を持ち帰れなかった兵が、現地の小石を入れ、また戦友の好きだった現地の蜜柑を入れたが、腐ってはイケナイので、皮だけを入れた兵たちの気持ちがシミジミと分かってくる。

キャンプの後には鉄条網の柵があり、その向こうに隣りの病院で死んだ兵が埋められている。休日に集合がかかったので、行ってみると、「この墓の掃除だ」とのことだった。雑草も生えない剝き出しの赤土に、杭が一本立ち、凹凸の木肌に官氏名が書かれていたが、ほとんど読めないほど傷んでいた。

この地にいつまでも眠る兵も、鑑別もできないようになるし、またわれわれが復員すれば、まもなく訪ねる人もなくなり、永劫の時が待っているのだろう。

暑く気だるく、せっかくの休みにワザワザ作業しなくともと、心の中でブツブツ言いながら、仕事に取りかかると、兵たちは日ごろの労役とは変わって真剣に作業に取り組んでいる。それを見ると、私も気恥ずかしくなり、懸命に作業をはじめた。自分たちの手掛けた墓が、一番綺麗になるように、互いに競争のようになり、以後は労役に行っても、煉瓦でもあったら拾って来て、自分たちの墓を飾り立てた。

しばらくして、休日に全員墓所清掃の集合がかかったので、行ってみると、今までバラバラに無秩序に立っていた墓は、升目正しく、立つことになった。遺体はそのまま、その上の墓だけを整然と並べた。いかにも軍隊らしいケジメだが、遺体の上が道になっていたり、墓が横に寄っていたりで、なんとも割り切れないものが胸に残ったのである。

われわれが去ったら、この地もふたたびジャングルに戻ることだろうが、この百数拾体の遺体は、いつまでもいつまでも、この地に眠ることだろう。耐え難い哀愁が胸を締めつける。

戦いから終戦へ、そして労役。あまりの環境の変化に、いつしか感情も擦り切れたが、毎日の労役に疲れはするが、心も落ち着いて、人間らしい感情も生まれて来たらしい。

○三部隊のだれかれと話しているうちに、彼らの戦闘のあらましが大体、分かってきた。彼らは昭和十八年ごろ、ビルマのプローム付近のエナンジョン油田の警備に当たっていたが、敗戦が色濃くなり、敵の大部隊が南下して来て、西海岸で戦っていた「兵」兵団を主力とする兵団約三万が後方遮断されそうになったので、急遽、命を受け、敵の大部隊を要撃する任務を持って出撃した。つまり、兵兵団の転進援護作戦の命を受けたのだった。

彼らは連隊ながら、克部隊を名乗っていたのである。兵の話だから、どこまで本当なのか分からないが、南下した敵は三個師団約三万。これに先制攻撃をかけ、逃げる敵を追うこと約二十里（約百八十五キロ）。レッセまで来たが、敵の堅塁を抜き得ず、損害が激しく、攻撃続行不可能となり、対峙の形となった。攻撃があまりに凄まじいので、敵も克部隊を大部隊と誤認したらしく、仕掛けて来ず、約一ヵ月、対峙した。

その間に兵兵団も後退し、転進のためアラカン山脈に逃げ込んだ。その後一週間、転進命令が下ったので、夕刻より偽装攻撃を仕掛け、夜陰に乗じて撤収して、各自一週間の糧秣を持ってアラカン山脈に入った。

時あたかも雨期、アラカン山脈は歩いて渡ると約一ヵ月かかる。これをわずか一週間の食料を持って入ったのだから、飢えと疲労のため、兵もだいぶ殪《たお》れたらしい。

これを越え、ペグー山脈の出口で約一ヵ月待機して、後続の部隊が集合するのを待ち、泥濘《でいねい》のペグー平原を渉《わた》り、敵の支配下のマンダレー街道を横切り、増水したシッタン河を筏で渉り、兵力の三分の一を失い、トングー付近より山に入って東進、南下して、ビリンに入ったときにはすでに戦いは終わっていたのだそうだ。

死の前の心の灯火

手も足も、もぎ取られて満州、朝鮮、台湾などにいた日本人がすべて帰ったら、日本は一体、どうなるんだろう。それでなくても、食料不足だった内地なのだ。

女代議士が「外地にいる日本兵は当分、帰さないで欲しい」と議会で演説したというが、日本の食料事情は、そんなに逼迫《ひっぱく》しているのだろうか？　妻子は一体、どうなっているのだろうか。嫌な予感が胸に広がり、次第に物憂くなってくる。

朝鮮の人は日本人に対して底知れぬ憎しみを持っていた。彼らの持っていた土地は、わずかの借金のかたに、いつのまにか日本人の手に移ってしまい、その荒れ地が立派な田畑に生まれ変わったころ、その持ち主は小作人として働かなければならないようになっていたのである。

朝鮮の家は土でできた小さい家で、金持ちでも吹けば飛ぶような家に住んでいた。植民地として搾取されつづけた彼らは、金があっても外見は、少しも金がある様子は見せない。金があると見られて、税をかけられることを極度に恐れたらしい。これも植民地に生まれた身を守るための生活の知恵だったのである。

小さくて窓もない土の家は、夏になると暑くて、家の中には寝られない。夏になると、大家でも戸外で寝る習慣になっていたらしい。

古老の話によると、朝鮮に初めて鉄道が設かれたとき、彼らは鉄が冷たくて心地よかったのか、鉄道のレールを枕に寝て、汽車に頭を潰されてしまい、汽車が通るたびに、残された家族は恨んで石を投げたそうだ。

初めて聞く話だが、西暦三百年ごろ、日本は南を支配し、北朝鮮の高句麗と覇を争っていた。その後、南朝鮮に新羅、百済が国を造り、次第に日本は領土を狭められ、ついには任那《みまな》一国となり、それすらも南海に追い落とされてしまったのだ。もともと北と南は民族が違うのだ。太古の歴史から言えば、南はもともと日本の一部だったのだから……、と当番の加藤は言うのだ。

局所に毛がないと聞いていたが、「一体、どうしたのだろう……」と聞いてみたら、「毛抜きで一本一本抜くんですよ」という返事が帰って来た。習慣とは言え、ずいぶん痛いだろう。良家の子女はどうなっているのかは聞き漏らした。毛抜きでと彼は言ったが、実際は二本の糸を、局所の毛の上で捻《ねじ》って、上手に抜くのだそうだ。

N少尉は私よりも遅くビルマに入り、まもなく終戦になったという新品少尉だ。彼は得意になって、歌を歌って聞かせる。

月夜になると、タイでは子供が輪になって歌って踊る。踊り終わったら、だれかを指名する。指名された人がつぎに踊らなければならない。日本兵も子供に混じって輪を作ると、子供は面白がって兵を指名する。仕方がないので、兵は勝手な踊りを自作自演する。

そのときの歌をそばにいた十四、五歳の少女、スワニーちゃんに尋ねたら、「家に帰ってよく考えて教えて上げる」と翌日、手帳の端切れにアルファベットで書いてくれたんだ——と見せてくれた紙切れに、たどたどしいアルファベットで書いた詩のはしに、スワニーと書いてあった。彼は大事に手帳に挟んで持っていたのである。スワニーちゃんの思い出のために、せめて死の前に一点の灯火として残して置きたかったのである。

少しさかのぼるが、朝鮮兵のいたころ、彼らに朝鮮の歌を習うことにした。トラジ、トラジ……なかなかよいメロディーだが、少々難しい。おまけに兵の調子が少し狂っているようだ。あの兵、この兵、つぎつぎに習っているうちに、ある兵の歌は奇妙な節だ。ところによって、節が違うのかもしれないと思って、自分の習ったように歌ってみせたら、彼は頭を搔いて恐れ入ってしまった。彼は完全な音痴だったのだ。付近にいた日本兵に揶《から》揄《か》われ、見るも哀れな恥ずかしがりかたで、こちらも気の毒なくらいだった。

終戦になって、クアラルンプールから追求して来た兵に会った。彼の話によると、駅前に爆弾が落ちて、建物にも若干損害があったそうだ。敵機が来る前に日本機がしきりにアクロバット様の飛行をやり、居なくなると敵機が来る。日本兵を見ると、現地人は「日本の飛行機は敵機が来ると、逃げてしまう」と言い、さっぱり人気がなくなってしまった……とのことだった。あれだけわれわれに親切だった彼らも、負け目になった日本軍から人心は離れていったのだろう。

インド兵の自動車の運転の凄まじいことは前にも触れた。七、八十キロでトラックを飛ばし、曲がり角へ来ても、少しも速度を緩めない。トラックに乗せられたわれわれは、角へ来るたびに車の片側が浮き上がりヒヤヒヤしたが、ときにはひっくり返り、死亡した兵も続出するようになった。

また列車も時間が定まらず、一時間、二時間待つのは当たり前という有様。向こうに行けば食料は用意してあるというので、信用して行くと断食させられる。その連絡の悪さに、怒る元気もなく、呆れ返っていたのである。そのころ、英軍に交渉し、日本兵の技術者の腕を利用することになり、安心してトラックに乗れるようになった。そして、あれほど酷かった列車の時間も十分も狂うことはなくなった。

そんなある日、停車場司令部の隊長、英人の大尉に、その下に勤務していた兵が得意になって話しかけた。

「どうです、大尉さん。少しの狂いもなく列車を動かせる日本が、あれだけズサンな英軍に負けたのが不思議で仕方がない」と皮肉混じりに言ったら、その将校は怒ると思いきや、「いや、もっともだ。こんな優秀な兵隊に、どうして勝てたか分からない」と答えたと言う。

それほどその将校は日本兵の優秀性を認めていたのである。また同時に、敗戦国日本兵にこんなに言われても、真実を語る度量を持っていたのである。自分たちの技術を得意になっている日本兵と、その力を十分に活用する英軍将校と、果たしてどちらに軍配が上がるのだろうか。

各兵団が解散されるとかで、狼兵団で最後の閲兵をすることになり、私も第四野戦病院長代理となって分列行進に加わり、軍刀もないので挙手の礼をすることになった。軍隊で初めての分列行進で少し心配だった。場所は墓地横の広場だった。

師団長が壇上に立ち、私も一隊の指揮をとり、「頭《かしら》、右」と号令をかけたら、学校時代の指揮と同様、みんな頭右をした。安堵と共に、大仕事をしたような満足感に浸ったのである。学校時代の訓練は、みごと兵科の将校に見劣りすることなく立派にできたのだった。

第五章——燃える陽炎

ミンガラドン・キャンプ

パヤジ駅にて乗車。汽車に揺られてラングーン駅に到着。トラックに乗り換え、ミンガラドンに着いた。ミンガラドンはラングーン飛行場のあるところだが、キャンプは少し離れたところにあった。

広いキャンプは鉄条網に囲まれ、無数のテントが整然と並んでいた。碁盤の目のように道があり、その一角に案内された。今までは歩兵〇三部隊にいたのだが、案内されたのは師団司令部だった。いささか驚いたが、間もなく慣れて一緒にいた軍医少尉とも親しくなった。

第四野戦病院にいて、石割り作業に出されていた二十人ばかりの者がいた。一週間もすると、この連中と一緒に住むことになった。そして一週間たつと、師団司令部には将校が多くて当番兵の数が足りないから、四野病の兵を師団司令部に入れ、将校の当番にする。今後は帰国するときは、かならず一緒に連れて帰るという条件だった。

四野病の先任者は私だったからか、私はもとのように〇三部隊にもどされた。軍隊の御偉いさんは勝手なものだ。われわれ階級の低い者はガラクタ同然で、自分たちの都合により、犬、猫同然、ボロ屑のように扱われるのである。

テントは二重になっていて、日本のもののように糸目は潰れていない。テントの周囲には深さ五十センチメートルの溝が掘ってあり、土はテントの内側に盛り上げられて、水が中に入るのを防ぐようになっていた。このお陰で、雨期になっても、テントの中に水はまったく入って来なかった。テントにも作り方が大切なことがよく分かった。

キャンプより三、四百メートル離れたところ一帯は、緑に覆われた、なだらかな起伏のある草原だった。

英軍もビルマ政府との遣り取りで、次第にやりにくくなって、このミンガラドンに軍司令部を移すことになったのだそうだ。

日本兵が四、五百人集まって鍬《くわ》を振るい、モッコを担いで労役をしていた。すぐそばでブルドーザーが二台動いていたが、仕事は目に見えてはかどるのに、日本兵の仕事は、四、五百人いるのにあまり目立たない。

あまりに際立った両者の仕事ぶりに、驚きかつ呆れて見まもったが、これでは少々、飛行場を爆撃してもすぐ直るわけだ。こんなところにも、日本軍の敗戦の原因があったのだろう。

かつて小学校のころ、「アメリカでは土木機械が発達していて、道路など機械が簡単に造るんだ」と聞き、「なぜ、日本でも研究して造らないのか?」と、不思議に思って大人に尋ねたら、「日本では小作人に仕事をあたえないと、彼らが生活に困るから、そんな便利な物があっては困るんだ」と教えてくれた。時の政府の御偉方が反対したのだそうだ。

そんな話を聞いて「少し変だ」と反論したが、「俺にそんなことを言っても駄目だ、偉い政治家が言うのだから仕方がないんだ」との返事が返ってきた。

十四、五人の兵を連れて、トラックに砂を載せる作業をさせられる。四、五人を降ろす作業に回し、後の十人は積み込み作業をしたのだ。

トラックは十トン車で、車輪が十個もついている大きいやつだ。車が大きいせいか、背も高く、自分の丈よりも高い。シャベルで砂を跳ね上げるのだが、ちょっと疲れると砂は途中で落ちてしまい、掬《すく》った砂の三分の一しか積めない。

汗は流れる。腰は痛い。体はヘトヘトと疲れてどうにもならない。この調子では、自分の体もいつまで続くか……と少々心細くなってくる。

せめて死ぬ前に一回、内地に帰りたい。父母はどうしているかしら？　もし生きて帰れたら、女房の奴を力いっぱい抱いてやるんだが。それも遠く夢の夢。この調子なら、アラカン山脈鉄道建設に駆り出されて、死ぬどころか、この身体は一、二年しか持たないかもしれない。

やっと七、八回も積んだころ終了した。トラックに乗り、降ろし作業の方に行ってみると、跳ね落とすだけだから仕事は楽だ。至極、のんびりやっていた。降ろし作業は二、三人でよかったらしい。医師の哀しさ、仕事量が分からなかったのだ。

ミンガラドン飛行場に作業に行く。滑走路の建設作業だ。永久使用でなく、仮設滑走路の建設作業だ。まずピッターと称する長いドンゴロスにコールタールを塗り、巻物のように巻いてある。一抱え以上もある昆布巻きのようなものだ。幅百二十センチメートルのロールを解いて、滑走路に敷く。縁を少し重ねて敷き、その部分に石油を流し火をつけて張りつけ、消火すると、ピッタリ着いて広いタールの滑走路になる。その上にエス・ピーという穴の開いた鉄板を並べて繋《つな》ぎ合わす仕事だ。

水筒に入れた水は、その鉄板の上に置いておくと、お湯になる。沸騰するほどではないが、どうにかお茶として飲める程度だ。

飛行場にはモウモウと陽炎《かげろう》が燃えて、彼方のジャングルは幽霊のように脚部が見えない。空間にジャングルが浮いているように見える。日本を爆撃したB29は五、六十メートル離れたら、車輪も見えないほどに陽炎が燃えている。

体は慢性栄養失調で、だるくて動く気がしない。仕事を命じられても、ボツボツとしか動けない。何をしてもトロいビルマ人の気持ちが分かるような気がする。

豪州兵は、赤鬼のように真っ赤に日焼けした奴が大声で怒鳴りつける。少し手間取れば突き飛ばし、酷いときには、大きな腕で頭を殴りつけた。何でもないと思っているのだろうが、同僚がそんな目に遭《あ》うと、自分がやられているような屈辱感を覚える。

身体が鈍くなり、頭もボンヤリして動く気もしないのだが、豪州兵はしきりに、「カムオン、カムオン」と怒鳴る。カムオンだから来いと言うのだろうと思って近寄ったら、変な顔をされてしまった。

どうやら、ドンドン仕事をしろということらしい。「仕事をしろ」と怒鳴っているのに、寄って来て、ボンヤリ立たれたのでは、変な顔をするのも当たり前、とわれながらおかしくなる。

兵を怒鳴り、突き飛ばし、豪州兵は怒鳴るのだが、日本兵はかえってボンヤリと立ち尽くすだけで本気になれない。大体、日本兵の心を知らないのだ。おだててチューインガム一個でも、煙草の一箱でもあたえられたら、感激して一生懸命働くものを。

日本兵は彼のことを赤鬼と言い、キャンプに帰ると、「豪州兵は程度が悪い。腕には彫り物をしてあるし、大体教養がない」と言い募《つの》る。一、二人の兵の態度で、ニュージーランドに対する反感を招き、そんな兵に遭遇した不運をかこち合った。

乾期のミンガラドン飛行場は熱い。英軍の監督は暑いので、色素の少ない白人にとっては耐え難い暑さだったのだろう。三十分もすると、自動車に乗っていなくなる。

物見高い私は、その間に飛行場のあちこちを見て回る。何か面白いことはないかと、歩き回っていると、兵がドラム罐の林立している中に潜り込んだ。何をするのかと思ってついて行ったら、罐の蓋を開こうとするのだが、開かない。キャンプの灯火をつけるため、ガソリンを持ち帰るんだ、と水筒一本、持っていた。

「そんなことをしても開くものか」と言ったら、持っていた十字鍬をドラム罐に打ち込んだ。ガソリンがドッと噴出した。兵は水筒いっぱい取ったが、後は勝手に流れていった。付近一面に流れるので、「英軍に見つかったら、大変なことになるぞ」と思ったが、今さら仕方がない。「この炎熱だ。まもなく蒸発してしまうさ」と、英人の来ないうちに立ち去った。

暇を見て、もとのところに来てみたら、少しも減ったように見えない。もとのままで、ガソリンの池ができていた。「南方のことだから、あっというまに、ガソリンは乾いてしまう」と思っていたが、多量になると、そう簡単にはいかないらしい。

水筒一本のガソリンのために、ドラム罐一本、流してしまった。この贅沢な使用ぶりは、いつもこき使われる英軍に対するささやかな抵抗精神だったのだ。日ごろ胸につかえていた固まりが融けたようにサッパリした気持ちでキャンプに辿り着いた。

ミンガラドン飛行場は灼熱の太陽に、焼き尽くすような熱さだった。英軍は不思議な国民で、捕虜のわれわれにも、一時間に十五分の休憩時間をくれた。飛行場が高いところに在るので、遥か彼方が見渡せる。

日陰もない飛行場の広場に腰を降ろすと、はるか彼方に見覚えのない大きな湖が見える。ジャングルの中に確かに、湖が見える。兵に聞いても、「こんな湖が在ったような気がしない」との答だった。

初めて見るのだが、これが蜃気楼というものだろう。見飽きるほど見詰めたが、確かにそこに湖が在る。

時間が来たので、作業に取りかかった。その湖が、その後どうなったか分からない。兵は私の心の中も知らないで、ペグーでは、あれと同じ池で魚を釣った話をしていたが、ひょっとしたら、その湖かも知れない。

ワアッと言う兵の叫び声に見ると、着陸の飛行機が、滑走路を越えてガタガタの平地に飛び出したところだった。

「ざまをみろ!……ジャングルの中に落ちてしまえ! もう少し、もう少し」と励ましたが、飛行機は崖の寸前で止まってしまった。ヤレヤレもう少しだったのに……と残念がっていたら、全員集合がかかった。「飛行機を滑走路まで押して行け」というのだった。

エッサエッサと大きな飛行機を押しながら、「こんなことなら応援なんか、しなければよかった」と思ったが後の祭り。炎熱の中を大汗をかき、空き腹を抱えて、押しながらボヤいたが、余計な仕事が増えただけだった。

飛行機は小型機だったが、近寄ってみると、車輪だって、われわれの体より大きく、押そうにも、車輪にだけしかかかれないので、車輪に縄をつけて、エッサエッサと引っ張ったら、案外、スルスルと動き出した。

昼食後、また探索癖を発揮して、飛行場をあちこち見回った。数人の女が、石垣の上に並んでしゃがみ、喋《しゃべ》りまくっている。一体、何をしているのかと近寄ると、「駄目、駄目」と手を振る。ポカンとしていたら、ビルマ人の男がやって来て、手を引いて物陰に連れ込んだ。よく尋ねてみたら、列を組んで石垣の上から用便中だったのである。

この真昼の太陽の中で、物陰とてない飛行場の一角で、「ヨクモヨクモできるものだ」と感心する。それも仲良く並んで喋っているのだから、大らかなものだ。

兵長が大きなガラスを持ち歩いていた。よく聞いてみたら、B29の窓に使ってあるガラス代わりのプラスチックを盗《と》って来たのだそうだ。それにしても、二階くらいも高いところに、よくのぼれたものだ。

英国では現行犯が罰せられるので、どこまでも追求されることはないらしい。「英軍に咎められたら、拾ったと答え、捨てればよい」とケロッとしている。労役の帰りに堂々と列の中に入り、担いで帰ったのにはさすがに驚いた。

そう言えば、石油の配給もないのに、毎日罐詰の罐に灯芯を立てて明かりにしているし、兵隊も最近は綺麗な身なりをしている。英軍がたびたび新しい服を配給してくれるわけがない。兵が英軍の衣料倉庫で着替えて帰ったのだった。

このプラスチックで、タバコのケースを作って売ることが流行しているらしい。インド兵ならタバコの箱六、七個、白人兵なら十二、三個で交換できるのだそうだ。

兵の話によると、湯に浸けると曲がりやすくなり、細工しやすいのだそうだ。形ができると、画家にエナメルで絵を書いてもらえば、価値はますます上がる。中には図案を彫り込んだ念の入ったものもあったが、インディアンには、エナメルで極彩色に書いたものに人気があるのだと言う。

「追求されたら、どうするつもりか」そっと尋ねたら、「プラスチックは拾って作ったと言えば、現行犯でないから大丈夫ですよ」と平然としていた。

インド兵の方では、ジャパン兵製のプラスチックのタバコケースがブームになっていたらしく、日本兵を見ると、「シガレットケース、シガレットケース」と聞いて歩くインド兵も出て来る始末。日本兵ならだれでも作ると思っているらしく、自分もインド兵にぜひ持って来いとシツコク粘られて、断わるのに大汗をかいた。言葉も通じないので、手真似だからますます困るのである。

しばらくすると、「プラスチックのシガレットケースは売ってはいけない」という達示が出た。飛行場に作業に行った兵長がケースを高く売ろうとして、ウインドコマンダーのところに売りに行ったのだそうだ。

黒人より白人、兵より将校の方が高く売れるため、彼は偉い人を捜して飛行場周辺の官舎を歩き回り、飛行場司令官ウインドコマンダーに売りつけようとして失敗。さんざん油を絞られたが、その日のうちに帰された。

キャンプに帰ったら、日本軍の御偉方にまた油を絞られ、同僚からは「非常識なやつだ。そんな偉い人に見せれば、飛行機を壊したのがバレてしまうではないか？」とさんざん毒づかれ、「お前、肩章を見ずに売りつけたのか？」などと皮肉を言われて、さすがの心臓マンもシュンとしていたが、一、二日すると、もう普通にノンビリやっていた。そんなことは、彼の太い神経にはあまり堪《こた》えないらしい。

キャンプの中には、いつのまにか売店が出るようになった。ミンガラドン銀座と言い、日用品は何でも売っている便利な店が立ち並んでいるのである。もちろん、兵隊の内職で労役に行ったとき、あちこちで掠めた奴を売り捌《さば》く。いわば泥棒市だ。

普通の店と違うのは、売り物は決して店先へ並べていない。そして、お金の代わりに煙草が用いられていることだ。終戦後は通貨がないので、兵隊間では、もっぱら煙草が通貨代わりをしていたのだ。

シャツ、ズボン、針、糸、米など日用品なら何でもある。ネービーカット（煙草の名称）何箱と交換……というふうになるらしい。また逆も可ということになるらしい。交換物資一つ持たない私には、銀座通りも無縁の存在だった。さしくること一つできない私には、通貨代わりの煙草一つなかったのである。

ミンガラドンに着いて間もなしに、師団司令部の大尉さんを中心に野球部が編成され、試合もたびたび行なわれた。

若い者がぶらぶらしていてはいけない。野球をして元気を出さなければ駄目だ、と生ゴムを丸めて作ったボール、テントの切れっ端で作ったグローブ、ミットを持って張り切っている。平気な顔で飛び回っている彼らを見ると、ひもじさを知らない異質の人のような気がする。興味はないが日曜日はすることもないので、何となく野球を眺めていた。

銀紙に包んだ菓子

御正月がくるというので、餅が五、六個配給になった。先年、森士官とペグーの森で食べた雑煮の味を思い出しながら、出しては眺め、眺めしているうちに青黴《かび》が生え、皹《ひび》割れてきた。貰《もら》って喜んだものの、火もないし、薪もないので、どうにもならない。仕方なく固いのを少しずつ齧《かじ》っているうちになくなってしまった。

せっかくの餅だ。雑煮にでもできたら、どんなにうまかったことだろうと思いながら、労役中の正月を迎えた。真夏のように熱い正月に、半裸になった体を擦《こす》れば、たちまち小指大の垢の塊ができる。大体、もう一年以上も風呂に入っていない。水浴したのはいつだったか？　今ごろは慣れたせいか、水浴したいという意欲すらなくなってきた。

乗船だという噂が流れ、兵は身の回りの整理を始めたが、自分にはとても、そんなはずがないような気がしてパヤジの駅に到着したが、予定の時刻に汽車は来ない。一時間、一時間半も過ぎて、やっと乗車。この汽車は英軍が運転していたらしい。

「こんな御粗末なやつに、よくもよくも負けたものだ」などとぼやいて鬱憤を晴らしながら、しばらく南下して降ろされたのがミンガラドン・キャンプだったのだが、パヤジのキャンプに比べ、一周り大きなこのキャンプは、英総軍の膝元らしく、厳重な鉄条網に囲まれ、布製の六人用のテントがぎっしり並んでいた。

われわれのキャンプは、もっとも奥まったところにあり、鉄条網越しに道往く人の姿も見え、近くの集落には三抱えも四抱えもある巨大な木が立ち並び、平凡社の美術全集の絵の中にオイローパが白牛に化身したゼウスに攫《さら》われる絵があったが、その幻想的な絵と同じ構図になっていた。大平原と巨木の対照がじつに美しい。「平原にただ一回でもよいから、腰を降ろしてみたい」と心から思う。

自由になったら、あの緑の草原に、心ゆくまで寝てみたい。ふと気がつくと、身は荒れ果てた緑の草一本生えていない、鉄条網に囲まれた埃だらけの敷地の中に、ぼんやり立っている自分に気づいた。味気ない労役に日々を送る身だったのだ。

美しいメマが深紅のロンジーを着て、格好良いお尻を振りながら行くのを見ると、声をかけたいような衝動に駆られるのは、どうしたものか？「俺も少々、焼きが回ったな」と思いながらも、心楽しくなるのは男の性であろうか？　ケンジーやマッサーミは、どうしているのだろうか？　けだるく狂おしい日々が続く。

日々の労役に疲れ切り、腹の空いてけだるい体を引き摺《ず》るようにして働く日々がつづいた。そんなある日、兵の加藤が食パンを齧《かじ》っていた。「もし食べられれば、上げます」と一切れ分けてくれた。

英軍の作業場にパンの製造機械があり、ミンガラドン地区のパンを、みんな焼いているのだそうだ。古く少しでも黴が生えると、容赦なく捨てるらしい。よいのをあさっていたら、英兵が「こんなものを拾っては駄目だ」と捨てさせてしまったが、彼が行ってしまってから、またこっそり拾ったのだそうだ。

ある日、作業場を歩いていると、枕形の食パンが数十個捨てられていた。ごみ捨てといっても、綺麗なコンクリートの囲いの中に食パンだけが捨ててあるだけで、ごみ一つついていない。よく見れば、青黴がわずかに生えていたが、これくらいなら、家庭でも抵抗なく食べられる程度のものだ。沢山あったので食傷したような気になり、将校だというプライドも手伝って拾う気がしなかった。腹は空いても、兵でなければ拾えないものらしい。先日、兵に貰ったパンは、ここで拾ったのだそうだ。

ラングーンのインセンにトラックに乗せられて行く。着いたのはインセン駅だった。貨車に乗せてあるセメントを倉庫に運ぶ作業だ。五、六十キロのセメントの袋を半裸の背に乗せて運ぶ熱暑の作業だ。倉庫の中は埃がモウモウとたち、煙っているように見える。よくもよくも、こんな酷い環境の仕事があるものだ、と思うような作業だった。

私もやろうと思ったが、「軍医殿にできるもんですか！　どいた、どいた」と押し出されてしまった。悪いような、有り難いような、複雑な気持ちだ。

監督かたがたぼんやり眺めていたら、昼食の時間がきた。兵の誘いで、集落に水を貰いに行く。小さい集落だった。古びた家に入って行った。「この家ですよ。この間の菓子を貰った家は」と教えてくれた。「えっ！」しばらく考えて思い出した。問題の少女の顔を一目でも見たかったが、見当たらなかった。

先日「どうです」と、兵が銀紙に包んだ菓子を一個くれた。驚いて顔を見たら、にっこりとして、その菓子の由来を話してくれた。「これは若い女の子がくれてね！」と話しはじめた。「何だ！　惚《のろ》気《け》を言うために菓子をくれたのか？」と顔を見なおした。

彼は慌てて、「いや、そんなんじゃないんです。その女の子は日本の兵隊が好きでして……いや、そうじゃなくて、好意を持っているんです。インセンの大地主の娘で、この付近の田畑はほとんど彼女の家のもので、家には旋盤もあるし、一流の家だが、どうしたものか、日本兵に好意を持っていて、彼女の家に来る兵に、菓子や食物をあたえて慰めるんです。そのため、彼女の指を飾っていた指輪も何もかも売り払って、餓えに悩んでいる日本兵を慰めているんです」ということだそうだ。

菓子は期待に反して、ただのクッキーだったが、彼女の好意をいつまでも忘れないために、銀紙はそっとノートの間に差し挟んだ。この銀紙は大事に家に持ち帰ったが、今はどうなったかよく分からない。

帰り道、トラックの中より眺めたが、彼女の姿は見えなかった。今度またインセンに来るときがあったら、一日会いたいものだと思ったが、ついにその機会はなかった。

押し拉《ひし》がれて

労役に木材置き場に行く。材木をトラックに載せる仕事が主だ。ときには材木の置き換えもある。「兵はここは受け取り作業なんだ」と割り切っている。英軍も「そうだ」と言うのだ。兵はアッというまに仕事をすませて、三々五々、材木の間に隠れてしまった。

ふと気がつくと、沢山いた雀も暑いのか、材木の木陰を歩き回っていて、決して日の当たるところに出ない。兵が木陰に入るのももっともだ、などと思っていると、ベンジャベン（春しゃ菊）の草陰より蛇の目蝶が出て来た。これは、日本でも木陰にいるはずだから、当たり前かも知れないなどとボンヤリ考えていたら、また英兵が来て、つぎの仕事を持って来た。

困ったことになった……と思ったが、仕方がない。兵を捜したが、まったくいない。やっと島根県出身の兵を見つけたが、二人ではどうにもならない。英兵はしきりに催促するが、どうにもならない。うろうろしているうちに、ついに時間がきた。集合の合図をすると、どこに隠れていたのか、ゾロゾロと兵が集まって来た。見ると、一名の欠員もない。見事なものだ。呆れ果てて、物も言えなかったが、それにしても要領のよい、優秀な兵に違いない。

作業場に連れて行かれる。兵十四、五人を連れて行ったのだが、ダー（現地刀）と長い竿二、三十本をあたえられただけで、「家を建てろ」というのである。材料がない。釘、金槌、巻尺、鋸などまったくないのである。大体、整地をするシャベルすらない。

「これでは何もできない」と、兵は炎熱の中に座り込んでしまった。監督のインド人にすれば、そんなことはまったく頭にないのだろう。優秀な日本兵に任せれば、家など、たちまちできると思っているのだろうが、こちらは腹は空くし、体はダルイし、暑くて、おまけに材料道具もない。まったく「お手上げ」だ。

インド人は「早くしろ」と急き立てるのだが、働きようがない。八ヵ所に穴を掘って、中に竹の棒を立てて座り込んでしまった。インド人の監督がいくら催促しても、「木がない。鋸がない」と答えるだけ。

責任者の私は、何か処罰を受ける口実をあたえるのではないか？　といろいろ悩むのだが、兵は平然として座り込んで、呑気に雑談に耽《ふけ》っている。監督のインド人はブツブツ言いながら夕刻帰って来ると、定刻には、別に咎めることもなく帰してくれた。要らぬ心配をして、バカバカしいという気持ちと、安堵感と交錯した奇妙な気持ちでキャンプに帰り着いた。

炎熱のある日、トラックに載せられて連れて来られたのは焼却場だった。付近一帯、埃屑の山。数基の焼却炉があり、その炉で紙屑を焼く仕事だ。ラングーン周辺の英軍の紙屑を、みんな集めて焼くことになっているらしい。

付近は噎《む》せるような悪臭に、ムンムンと押し迫るような熱さ、その紙屑の上に、無数の蠅が止まっていた。

だるい身体を引き摺るようにして、フォークで紙屑を掬《すく》って炉に入れるのだが、ボロボロ落ちてなかなか掬えない。そんな中を、兵は紙屑の中からあれこれと綺麗な写真や、何か珍しいものはないかと、気を配りながら作業をしていた。

「山下閣下の記事だ！」と言うので、覗いてみると、雑誌の一部らしい綺麗な紙に、山下奉文が絞首刑になったことが英文で書いてあった。自分の学力でやっと拾い読みできるのに、日ごろ物の数とも思わなかった兵に、無数の紙屑からこの記事を撚《よ》り出す学力があったのだ。思わず兵を見直し、いささか自信を失い、ガックリした。

それにしても、日本の代表的武将の彼すらも絞首刑になるとは……。フィリピンのマニラで、颯爽と自動車の黄旗を翻して、兵たちの信頼を一身に集めたのは、つい先日のことのように思い出された。自分たちもいつ帰れるか分からない状態だし、食も満足にあたえられず、牛馬のように扱《こ》き使われている現状に引き比べ、日本の置かれた現実に突き当たらざるを得なかった。

私は少なくとも天皇陛下の御為に出征したような気はまったくなかった。命を投げ出す決心ができたのは、父母兄弟の安寧を祈ってからのことだった。私の出陣のときは、すでにとても勝機はない戦況だったのである。私はこの年まで育《はぐく》んでくれた父母が、敗戦の憂き目を見るのが一分一秒でも遅くなることを願って、自分の命を賭けることにしたのだ。

ビルマへ来ては、ビルマ独立の確保のために、東洋から白人支配を脱却させるために、命をはった、と言う気になっていたのだ。ビルマの独立も、インドネシア、フィリピン、マレー、すべて独立を確保したらしいが、肝腎の日本は一体、どうなるのだろうか。

聞くところによると、朝鮮も台湾、樺太もすべて盗られて、日本人は小さい島国に閉じ込められる。将来の人口増加対策として満州に進出したと聞いていたが、本州、四国、九州、北海道だけとなると、もし故郷へ帰ることがあっても、満足に飯が食べられるときが来るかどうか、疑わしい。情けない世の中になったものだ。もし家族に生きている者がいたら、どんな暮らしをしているやら……と考えながら、紙屑を焼いていると、ギャッという悲鳴が聞こえた。

何事かと行ってみると、原爆に焼かれた長崎の航空写真だった。九州の兵ばかりだったので、「この辺りが〇〇だから、この辺りがどこどこ」と話し合っている。

何も彼も焼き尽くされた跡に、崩れ残った鉄筋の建物の残骸がある。マッチ箱の大きさの原子力で、富士山をブッ飛ばすことができるはずだ……と聞いていたので、原子爆弾の話を聞いたときも、「来るものが来た！」と思っただけであり、厳粛な思いだけが残った。

南方ボケ、兵隊ボケと言うが、感情も何もかも擦り切れた心にも、さすがに原爆の威力に押し拉《ひし》がれて、黙って画面を見つめるだけだった。何にかかわらず、日本の情報に飢えていたので、貪るように眺めた。兵は長崎の者が何人かいるので、「持ち帰って見せてやるんだ」とポケットに捩《ね》じ込んだ。

食事の時間となり、飯盒を開くと、途端に数十匹の蠅が飯の上に集まって、追っても追っても離れない。ウッカリすれば、口の中に入りかねない。仕方なく百メートルも離れたところに行くと、さすがに蠅も少なくなったが、なお二、三十匹の蠅がワンワン集まって来る。手を振り回すが、数匹の蠅は飯に着いたまま口に入る。それでも少しはましだ。病気にでもならなければよいが！　と思いながら食べた。

飯を口の中に入れても、なお蠅は逃げない。早く口を閉じると、蠅まで食べかねないのでゆっくり閉じたら、蠅はやっと逃げる。手間をかけて食事をすませ、ホッとして兵たちのところに帰ってみると、兵も避難してなかなか帰って来なかった。

たとえ蠅が集まろうと、これを食べねば、とても身がもたない。今あたえられている食料では、基礎代謝を維持するのがやっとで、重労働に耐えられる食料はあたえられていない。

食物が身体に入ると不思議なもので、腹に入ったらすぐエネルギーになるわけでもあるまいに、すぐ元気が出る。一日の作業の終わったときには、一つしかない服に悪臭が着いて離れない。当分、臭気と離れられないと思えばウンザリだ。

長崎の原爆写真

キャンプに帰ると、兵は夕食の支度をはじめた。突然、アア、ア……と兵が奇声を上げた。何事かと思ったら、傍《かたわ》らにいた中隊長の中尉に、兵が耳打ちした。「あれはR兵長で、長崎の原爆の写真を見たんです」と言った。怪訝《けげん》な顔をする中尉に、「原爆の中心地の川に橋が架かっていて、その袂《たもと》に彼の家があったのです。その辺りは焼野が原となっていたが、そこに彼の妻子がいたはずです」と教えた。

中尉にも彼の胸の内が分かったのか、顔を見合わせたまま、黙ってしまった。こんなに激しい打撃は、口先で慰められるものではない。口にすると、それは白々しい嘘になるに違いない。そっとして置いてやるのが思いやりというものだ。兵たちも心得て、「気でも違わなければよいが」と気を使っていたのである。

彼の本職は的屋で、重量物を高所に運んだりするのが、仕事だそうだ。日ごろ力自慢の気のよい男だったが、思えば悲しい星のもとに生まれた人に違いない。今は人のことだが、ひょっとすると、自分の家族も全滅しているかも知れないのだ。とても人ごととは思えない。身につまされて、身の引き締まる思いだった。

兵が変な機械を持ち歩いているので、傍らの兵に尋ねたら、英軍の無線機だそうだ。真空管を見せてくれる。兵の説明によると、母指頭大の小さい金属製のものが、大きい真空管と同じ働きをするのだそうだ。そのためか、この無線は弁当ぐらいの大きさで、われわれの見た陸軍の師団通信の持っていた無線は、千両箱ぐらいの大きさの重いものだ。

英軍のこの無線の能力は、日本のものとほぼ同じだそうだ。これではてんで相撲にならない。日本の負けた原因の一つになったのだろう。

兵の話によると、日本でもこんな小型の真空管を造ることに腐心し、なかなかできなかったが、大東亜戦争も半ばにいたってやっと成功し、横浜で造りはじめたが、空襲でやられて、今はできていないのだそうだ。こんなものすらできない日本が、よく世界を相手に大博打をはじめたものだ！ちょっと情けなくなると同時に、徒手空拳で今までよく戦えたものだ……。さすがは日本という誇らしい気持ちになる。

この兵は、この無線機の真空管を集めて、ラジオを造るのだそうだ。うまくいけば、日本の放送も聞けるのだ……と張り切っていた。そして、ポケットから真空管を取り出して、自分のも造るんだ、とニッコリした。

彼の話によると、無線のものもラジオのも真空管は同じだが、違う真空管をどこかで見つけなくてはラジオはできない、とにやりと笑ってみせた。この兵はその道ではエキスパートなのだ。この兵がこんなことを知っていようとは夢にも思わなかった。何も知らない私は、取り残されたような惨めな気持ちになった。「自分には医学がある」と、自分の心に言い聞かすには、まだ経験不足は否めない。

ラングーンの町に労役に行く。付近は二、三階の煉瓦造りのビルがつづいている。回りの生け垣の代わりに植えてあるジャングル竹を切り取る作業だ。刺《とげ》が絡み合っているので、一本、二本と切って引っ張っても、とてもはずれない。つぎつぎに切るのだが、枝が刺のようになっていて、痛くて中に潜り込めず作業が進まない。切った竹を三、四人でエッサエッサと引っ張ってみるが、この炎熱で、空き腹では、込み合った枝をはずすことはできない。

半日かかっても、ほとんど作業は進まない。こんなことでは、もし英軍が来たら、何と返事をしたらよいか？　と少々心配になる。この作業の責任者は私なので、いささか気が揉める。汗まみれになってする作業は、遅々として進まない。兵はのんびりとやっている。どうにでもなれと思っているうちに昼休みになった。

涙ぐましい作業

乾期に集落に入ると、付近には川もないのに舟が何隻も置いてあって、頭を傾げたこともあったが、雨期になると集落の周囲一面は泥沼と化し、舟で交通することになるらしい。

石油罐の水汲みによる魚取りも、良い場所で二、三回やると、石油罐に半分以上取れることも稀ではない。

石油罐を持って水換えのできる漁場を捜しに行く途中、橋を通りかかると、三尺（約九十センチ）を越える大鯰がふらふらしているので、捕らえて罐に入れたら、体の三分の二ははみだす大きさだった。持ち帰って腹を裂くと、一尺に近い大きなテンキリ（赤い刺す鯰）二匹を飲み込んでいた。

この魚が腹の中で暴れるとチクチク刺されて、弱ってフラフラしていたのだろう。それにしても、こんな大きな魚を飲み込んだものだと感心した。

パヤジ集落の中の池の水換えをしようと思い立ち、兵と共に三十分ばかり必死に頑張ったが、水は少しも減小しない。兵の話によると、この池にはいつも魚が沢山いるそうだが、ドンドン水が湧くらしく、ついに無駄骨に終わってしまった。

慢性飢餓を少しでも満たそうと、空腹を抱えての労働だったが、駄目だと分かったときにはガッカリして、力が抜け座り込んで、しばらく動く気がしなかった。魚は一匹も取れなかったのである。

パヤジの北、一里のところにパヤガレーが在る。カレーとは子供のことだからパヤジの子供、つまりパヤジの分村という意味だろう。このパヤガレー駅から五、六十メートル離れたところに労役で連れて行かされた。物凄いほどの炎天だった。

付近に小さい小川があり、大部分干上がり、ところどころに水溜まりがある。飯盒の昼飯を食べながら、半坪ばかりの水溜まりを覗いてみると、二、三センチメートルの魚が数匹泳いでいた。太古にいたという魚と同じく、犀のように固い殻に覆われている。

ひょっとすると、これは生きた化石かも知れない。新発見だったら、自分の名が学名につくかもしれない。「○○○○ミシマイ」となるかも知れない……と空想しながら、やっと二、三匹捕って石の上に乾かしておいた。

苦しい労役が終わって、帰りのトラックの上で、魚を置いて来たのを思い出したが、すでに遅かった。捕虜の身で単独行動は許されない。どう考えてみても残念だ。今度行くことがあったら、持ち帰ろう……と心に決めたが、その後ふたたびパヤガレーに行く機会はなかった。

私の当番は三十四、五歳の頑丈な男だった。名は加藤。昔から朝鮮に住んでいたのだそうだ。彼に言わせると、朝鮮はもと田も畑も荒れ果てて、ロクなものはなかった。灌漑施設も、昔は完備されたこともあったらしいが、洪水などで壊れても修理しないので、荒廃してしまったのである。それを改善し、水利をよくし、灌漑をよくし、田畑が稔《みの》るようにしたのはみんな日本人だ。「奴らが大きな顔をして、われわれが整備し上げた土地を取り上げるなんて、メチャメチャだ。いけずうずうしい」と鬱憤を漏らしていた。

いつのまにか噂が伝わって、日本は解体されて樺太、千島はソ連に取り上げられ、朝鮮は独立、台湾は中国に取られ、沖縄も米国に取られ、日本は本土だけになってしまった、という噂が流れていたのである。

それにしても毎日毎日、朝、昼、晩、同じものを食べるのは拷問に等しい苦痛だ。それも乾燥野菜に魚の罐詰で味つけしたものだ。初めのうちはこの乾燥野菜を食べて戦った英軍が羨ましかったが、同じ物を食べはじめて一週間もすると、何となくその臭いが鼻についてくる。

二週間もすると嫌気がする。三週間もすると、胸がムカムカして嘔吐をもよおす。一ヵ月すると深呼吸を二、三回しておいて息を止め、お采を掻き込み、呑み込んでから息をしないと食べられない。

ある日、労役中、タイミングを間違えて食事中に匂いを嗅いだら、嘔吐してしまった。食料が少ないので、これを捨てたら身体がもたないので、飯盒の蓋に吐いた。吐物は固い大便と同じ形で、白く表面に粘液がついてネトネトと光っていた。日ごろ水分摂取が少ないので、体液が少なく、胃液も出ないのである。

嫌になってよほど捨てようかと思ったが、これを捨てたら、とても体がもたない。これを食べても、なおカロリーが足りないのに……と思い返して少し食べてみると、ネトネトして少し酸っぱい。

何とも言えない気持ちの悪さだ。それでも我慢して食べる。臭いを嗅いだら戻すので、横を向き、飯盒を横にやり、二、三回深呼吸し、息を止めて一口、二口食べ、また横を向き、しばらく息を整え、また食べる。

そうした涙ぐましい作業を繰り返して、とうとう食べ切った。我ながらあさましいことになったものだと自嘲したくなる。

少々、気持ち悪かったが、戻すこともなく腹に納まった。以来、嗅ぐと嘔吐しそうになるので、息を止めて食べ、横を向いて呼吸する作業を繰り返して食べる。いつまでこんなことがつづくのか、情けなくなる。

「食物は身体を養うためにあるので、こんな臭いなどどうでもよいことだ」と、食事のたびに自分の心に言い聞かせるうちに、その臭いもあまり気にならなくなった。そして、味も気にかからなくなった。自分に暗示をかけ、二、三ヵ月したら旨《うま》い不味《まず》いなど、味すらも気にかからなくなった。味など食物の好悪は人間の心の持ち方で、どうにでもなるらしい。

もっとも蛋白質不足、カロリー不足のときには、必要なものが欲しくなる。本能だけは失っていないようだ。

雨降りの作業だった。ラングーンの高級将校の官邸に付属したテニスコートの網の修理作業だ。網はメチャメチャに破れている。これを取りはずして新しいのをつけろと言うのだが、雨が猛烈に降り出し、仕事にならない。監督のビルマ人は、レインコートを着て、指図するのだが、兵は見向きもしない。

こちらは着たきり雀で、濡れたら帰っても着替えはなく、濡れたまま寝なければならないのだ。初め威張っていた現地人監督も、自分の責任を問われるのか、「偉い人に言いつけるぞ」とか、「早くやれ」と威嚇《いかく》するようなことを言っていたが、誰も相手にしないので、仕舞いにはその作業場の長である私に、自分の着ていたレインコートを貸すから、仕事をしてくれと哀願する始末。

少々気の毒になり、「何とかしないと、夜になっても帰さないと言われても困るが」と兵に持ちかけたが、「こんなもの始めたらすぐ終わりますよ」と少しも動じない。三時を過ぎると、私も少々心配になり、イライラしてきた。気を揉んでいたら、四時過ぎになって、やっと雨が止んだ。「それ、やるか」と、兵が飛び出して行った、と思ったら、十二、三分のうちに綺麗にできあがった。

そんなに早くできるとは思っていなかったが、喜んだのは監督の現地人。大ニコニコで、すぐ帰りの自動車を呼んでくれた。

兵は得意になって、「遣《や》る気になれば、こんなもの、わけないいんだ」と威張り散らす。できあったのがよほど嬉しかったのか、監督は喜びを全身に現わしていた。

こんな優秀な兵がいる日本は、戦いに敗れても、まだまだ現地人とは桁が違うのだ、と何となく誇らしくなる。

「もしわれわれが遣らなかったら、無能と思われてクビになるのが怖かったので、とても偉い人に訴える元気はないいんです」と高笑いしたのにはいささか驚いた。その心臓の強さに驚くと同時に、頼もしい奴らだと改めて思い直した。

CRE（木工場）に作業に行く。ここは時間いっぱい仕事をさせる作業場だから、兵の人気はよくない。材木の運搬や、荷物の積み換え、掃除などさんざん使われ、この仕事をすれば、帰してやる……と受け取り作業となり、必死に仕事をして、帰る支度をしていたら、つぎの仕事を持って来た。兵隊は怒って座り込んでしまった。

隊長は〇三の主計大尉だ。係のインド兵三、四人で怒っても怒鳴っても、約三十人の兵の手を引っ張って起こし、次の兵を引き起こしにかかると、前の兵は座り込んでしまう。とうとう手に負えなくなり、主計大尉を連れて来たが、彼も兵の剣幕を見て、「手が付けられない」のを知り、頭を抱えた。

インド兵は、何とかこの仕事をしないと英軍将校に叱られるらしく、終わりにはジュースを大尉のところに持って来て、大尉に飲ませようとするのだが、大尉もうっかり飲んで、責任を取らされては大変と大慌てで、手を振り振り断わった。

労役の時間五時はとっくに過ぎているのに帰さない。とうとう英軍将校がやって来て、この仕事をしなければ、いつになっても、帰さないと伝言してまた出て行った。

暗くなり、午前三時ごろになると、キャンプの監督将校の英人大尉が来た。大変なことになったと思ったら、迎えに来てくれたのだった。CRE作業場の白人少佐のところに掛け合いに来てくれたのだ。「帰ってよろしい」ということになり、帰ろうとすると、また待ったがかかる。また大尉が来てくれる。

とうとう前後三回目に本番となり、キャンプに帰り着いたときは、夜も明け、朝の五時を過ぎていた。

しかし、われわれの意思も押し通すことができ、溜飲が下がった思いだった。だがその間、英軍の出方が心配で、ヒヤヒヤしたので、心身ともに疲れ果てた。

それにしても、時間が過ぎたとはいえ、捕虜が反抗しているのを真夜中に迎えに来るなんて、日本では考えられないことだし、身分が自分より上の人に交渉してくれたことが嬉しく、英国人の大きさに、頭の下がる思いがしていたのである。

戦友への手向けの花

ある夜、寝ていると、パチパチと銃声が聞こえてきた。次第に激しくなり、近寄って来る。われわれ日本兵も銃がないので、追い払うわけにいかない。しかし、われわれには貴重なものは何もないので、その点は安心だが、流れ弾に当たっては元も子もない。日本兵の強さを信じている現地人だから、「われわれのところまでは来ない」という自信はあったが、何だか落ち着かない。

同じキャンプの兵も、じっとして動かない。高い姿勢になると、流れ弾に当たりやすいのだ。それにしても、銃声はすぐそばに来て、パリパリとやっている。どうやらこのキャンプと隣り合わせの英軍の靴倉庫が襲われているらしい。現地人がインド兵を脅して、銃を巻き上げようということらしい。

トバッチリを受けて、今ごろになって命を落とすのは、いかにも馬鹿馬鹿しい。しばらくすると、銃声は次第に疎《まば》らになり、消えていった。夜中じゅうの銃声ゆえ、寝られなかったので、体がだるい。だからといって、労役に行かないわけにいかない。これこそ、とんだトバッチリだ。

CREの作業場に行くと、付近に在ったニセアカシアの木に、黄色の花が咲いていた。マニラやラングーンの町中に、紅色の花が咲いたのを見たことがあるが、黄色なのは初めてだ。兵に聞くと、「ゴールデンシャワーですよ」と教えてくれた。植物に関しては自信があったのだが、その自分よりよく知っているやつがいるとは、上には上があるものだと感心した。じつに綺麗な黄色だ。

復員して、ゴールデンシャワーを調べてみたら、アカシアのことで、いわゆるミモザのことだった。少し違ったが、そんな言葉を知っていただけでも、大したものだと思う。

キャンプに寝ていると、ドカンと猛烈な爆発音がした。「大砲だ！　戦争だ」ドキンとして身を竦《すく》めていると、飛び出していった兵が「火事だ！　ざまあ見やがれ！」ＣＲＥに行くたびに油を絞られたので、とても好感は持てない。それにしても、火事なら早く消しに行かなければ……と思ったら、兵は動こうとはしない。「ざまあみろ！」と哄笑する。

それに、あの爆発音は、ドラム罐の音より遙かに大きいから、きっとあれは酸素ボンベの爆発に違いない。「あんなところに行くと危険だから、行ってはいけないんだ」ともっともらしいことを言う兵もいて、結局、だれも火を消しに出動した者はいなかった。私も良心に駆られながら、「あれは英軍の財産だ。昨日まで敵として戦った仲だ。今送る船がないからと、勝手な口実を設けて、労働力を得るためにわれわれを残しているんだ。ざまあみろだ！」

おまけに「われわれの食っている食料はそのうち請求書が日本に突きつけられる」という噂もある。われわれは労働に耐えられるほどのカロリーの食料はあたえられていない。噂によると、国際法の規定により、「捕虜であるわれわれに十分食料をあたえ、もし労働させるのなら、それに対する手当も出さなければならないはずだ」と英軍に申し込んだら、「戦いは終わったのだし、おまえたちは戦いが終わってから降参したのだから、捕虜ではなく、囚人だ。したがって、報酬はあたえる必要はない」と答えたそうだ。

われわれは英軍に不利になることならなんでもしようと、心に誓っていたのである。これが戦いで亡くなった戦友へのせめてもの手向けの花だ、と胸に言い聞かせていた矢先のことだったのだ。パチパチ、ドカン……という音に、心の隅で良心の呵責《かしゃく》を感じながらも、手を下さずして英軍の敵討ができることに快哉を叫んだのである。

十二、三人の兵を連れて割り当てられたのは、マンホールだった。幅二メートル、長さ十四、五メートル、深さ四、五メートルの穴だ。これではまったく出口がないので、滑車を付けて汲み出すようになっているらしい。底に泥が溜まってその上に綺麗な水が溜まり、三十センチメートルの雷魚がたくさん泳いでいた。インド兵の指揮下に入り、この中のものを汲み出せというのだ。

滑車にバケツをつけてソロソロ降ろし、水を汲んで引き上げる。一人が持っていた木の棒で、それをひっくり返して、外に流す。一人でもできるが、沢山兵がいるので、二人で縄を引き、一人が棒を持つと、後の人は待機するよりほかない。ノンビリ上水を汲みあげていると、インディアンは英語で、「中に入って泥を汲み出せ」と言う。

私としてはまさか兵に、「マンホールに入って泥を汲みあげろ」とはとても言えないし、言ったところで、兵が言うことを聞くはずもない。このマンホールは、どうせビルマ人の排泄物が入っていたに違いない。まさかの時には、自分が入るしか方法がないかもしれない。出来る限り粘るよりほかにないと、とっさに覚悟を決めた。

インド兵はしきりに、「誰か中に入って、泥を汲み出せ」と言っているのだが、こちらは言っていることが分からないような顔をして、「うんうん、分かった。ケサン、ムシブ。ナーレレ、ナーレレ（心配ない。分かった。分かった）」と言いながら、釣瓶を降ろして、中の水を汲み上げる。

監督のインド人は、「ノー、ノー。中に入って泥を汲み出せ」と英語で繰り返すが、こちらも「分かった、分かった」と言いながら相変わらず、上水を汲み出す。

英語が分からないような顔をして、澄ましていると、彼も戦法を変えた。

「マスター、この中に大きな魚がいるから、入って取ったらよい」とうまいことを言う。腹の空き切っている、自分たちにはこの魚でも人がいなかったら、取って持ち帰ったかもしれない。インディアンの前では、まさかマンホールの魚をとって食べたでは、日本兵の誇りが許さない。

彼はまた戦法を変え、「どうしても入らなければ、偉い人を呼んで来るぞ」と脅しにかかった。もし英軍に言われると、命令違反でやられるかも知れない。帰還が遅れるのが怖いのである。しかし、兵をマンホールに入れるわけにいかないし、自分が入ってもよいのだが、落ちぶれたりとも、日本の将校がインディアンのマンホールに入ったと言われては、日本の名折れだ。英軍をよんでも仕方がない。彼らが来ても、そのときはそのとき、と覚悟を決めた。

彼はどうしても入らないと見きわめたのか、出て行った。心配していると、彼が連れて来たのは、日本軍の大尉さんだった。まったく知らない将校だ。

「おまえたち！　中に入って泥を汲めと言っているぞ！　早くせんか！　何をしているんだ！」と居丈高に怒鳴った。上官の命は朕の命と思え！　と教えられたが、この際、自分にはどうしようもない。私は知らん顔をして横を向いた。身体は小さいし、兵と同じ服を着ていて、肩章も古びて、兵と見分けがつきにくい。しかし、とうとう見つけられてしまった。

「おい！　命ぜられたことはやらにゃならんじゃないか！」と難詰した。私も上官の命は守らなければならないことくらい知っているが、日本兵にマンホールに入れなどとは言えない。仕方なく、私はソッポを向いた。彼は前へ回って責めるので、また横へ向く。彼はまた前に回る。また横を向くと、繰り返すうちに、兵の援護射撃が始まった。

「入りたいなら、あんたが入ったらどうだ」「入ったら日本の名折れだろう」「おまえは誇りを忘れたのか！」「どこのどいつか知らんが、大きな顔をするな！」

見知らぬよその部隊の大尉だから、兵も向こう息が荒い。その言葉に励まされ、私も粘りに粘った。形勢不利と見た大尉は、ついにインディアンと協議を始めた。

「どんな条件なら入るんだ？　全然入らんわけにはいかんだろう？」とだいぶ軟化した。それでも黙っていると、「インディアンと交代に入るということではどうだ」と言ってきた。

私が返答を躊躇していると、兵が「それなら仕方がないが、インド人が先でないと駄目だ！」と言うと、インド人は喜んでパンツ一つになり、釣瓶を伝ってマンホールに入って行った。彼は一心に釣瓶代わりのバケツで泥を汲むと、兵三人がかりで引き上げ、一人が木の棒でヒックリ返して泥を捨てる。残りの兵は、ノンビリ座り込んで雑談している。

一体どうなるのか、三十分交代という条件だがと心配したが、大尉が去ると、兵は「あれはインディアンにやらしておけばよいですよ」と平気である。

一時間もすると、インディアンはしきりに何か言っている。「早く交代しろ」と言っているらしいが、知らぬ顔をして作業をつづけた。

インディアンは上に上がりたいらしいが、上がる手掛かりがない。大声で何か言っているが、われわれには意味が通じない。交代の時間はとっくに過ぎているので、上がって来たら、どうなるのかまた心配になる。困っていると、兵は何を思ったか、マンホールを覗き込んで「わあっ」と怒鳴っている。こちらはハラハラしているのに、呑気なものだ。その兵は、「何とインディアンは、あんなところに入って歌を歌っているんですよ」と感心している。

呆れて兵の顔を見ると、本気らしい。兵の勘違いの酷さに思わず苦笑する。マンホールのコンクリートの壁に反響して、中で怒鳴っているのが、歌に聞こえたらしい。

みんなで交代に昼食を食べるが、インディアンはそのまま。大きな声で怒鳴っているが、上がって来たバケツにはちゃんと泥を汲み込んでいる。彼は交代もないまま昼食は抜きだ。

三時ごろになると、彼は釣瓶を伝って上がってしまった。たまりかねたのだろう。「しまった！英軍に言いつけられたら大変だ！」と一瞬、ドキンとしたが。インディアンは疲れ果てたのか、「マスター、タイマ、タイマ（休め、休め）」と言ったまま、草叢《くさむら》に倒れ込んだ。「おまえたちも休め」と言うので、一緒に草叢に横になって、五時の仕事じまいまで休みになった。帰途、兵は快哉を叫び、自分も何となく嬉しくなって、意気揚々と帰途に着く。

当番の加藤は、「軍医さんは、自分から飛び込んで仕事をするのかと思ったが、こんなにうまくいくとは思わなかった」と褒《ほ》めてくれた。

一ヵ月後、兵の語るところによると、あの作業場に行った部隊の将校は、白人将校にマンホールに突き落とされ、今は仕方なく、日本兵がマンホールに入って仕事をしているとのことだった。ヤレヤレである。

ジョンブル気質

受け取り作業で有名な作業場があった。コンクリートの煉瓦を造る作業だ。最初この作業場で受け取り作業をして、一時間で帰った。つぎのときは仕事が増量されて、二時間かかった。兵たちはわずかでも早くキャンプで休みたいので、受け取り作業となると、必死に働くのだ。

だが、敵もさる者、作業量を次第に増していったのだ。しばらくすると、午前中ではとても終わらない作業量となり、自分がこの作業場に行ったときは、必死に作業しても、午後五時ごろまでかかる量を割り当てられていたのだった。

それでも作業量が増えるのを承知で、早く帰りたいばかりに、懲《こ》りもせず受け取り作業をつづけていたのである。その間に作業量は倍増をつづけていたのだ。こうなったら仕方がない。受け取り作業は中止だ。五時まで仕事をして帰るよりほか方法がない。しかし、腹黒い作業場の英人将校とのトラブルは避けられないと覚悟した。ここは大人数で、三百人の兵が少佐を指揮官として来ていたのだった。少尉の私は責任がないので、呑気に仕事をしていたが、ここはそれでも厳しい作業だった。

五時がきたが、あたえられた仕事の三分の二くらいしか、できなかった。英軍は「あたえられた仕事をしなかったら、帰さない」と言い出した。しかし、兵も「時間が過ぎてから、仕事ができるか！」と、全員座り込んでしまった。

高級将校は慌《あわ》ただしく、行ったり来たりして交渉に当たったが、座り込んだ日本兵は、微動だにしない。英軍も譲らず、ついにストに突入した。この調子では夜が明けても帰してもらえないかもしれない。腹は空くし、身体はだるいし、人がみんな苛立って歩き回っているのに、一人座ってもいられない。兵が一杯いるので、座る場所もない。

日が暮れ、星が輝き出したが、紛争は解決の目処《めど》も立たない。いっそ明日まで、新記録のストをやるか……と妙に冷静になる。

一～二時ごろになった頃、何か騒々しくなった。兵の話によると、キャンプ司令の中尉が、われわれの貰いに来てくれたとのことだ。集合がかかったので、集まったら、キャンプ司令が帰ったので、仕事場の奴に留められてしまった。

「こうなれば、明日まで頑張るさ」とふて腐れて、兵の中に混じって、立ったり座ったりしていた。

またキャンプ司令が来て、やっと解決された。キャンプにいた者から「おむすび」の差し入れがあり、一つしか渡らなかったが、戦友の心が身に滲《し》みて有り難かった。

星空を頂いて約二キロメートルの道を歩いて帰り着き、テントの中に横になったときには、もう夜が明けていた。こんなことならば、頑張って夜明けまでいた方が、いっそ気持ちがよかったのに……と負け惜しみが頭を持ち上げる。

それにしても、同じ英軍でも責任とはいえ、日本兵のために忠実に守るジョンブル気質にはいささか頭が下がる。日本軍なら捕虜を貰い下げるため、真夜中にストの兵を貰い下げに来てくれるかどうか。ことによれば、一緒に捕虜を糾弾したかもしれない。

お蔭で翌日は、いつもの時間に起床、だるい身体を引き摺るようにして労役に出発した。溜飲を下げただけで、少しも益はなかったのである。

トラックに乗せられると、兵がそっと自分に話しかけた。「今日の〇〇フィールドは、厳しいので有名なところで、徹底的に鍛えられるんで、兵隊の人気のないところですよ」と言う。「グルカの部隊か？」と尋ねると、そうではなく、インド兵だとのこと。

グルカ兵なら朝鮮人に似た民族で、戦いも強いが、イギリスに忠実で、われわれは英国の番犬と称してきたが、英人の将校に命じられた通りに実行するので、われわれ囚人にはゴマカスこともできず、サボルることも難しい苦手の部隊だったのだ。

しかし、「相手がインド兵なら何とかなる」とやや安心した。だが、本日は英軍のラングーン入城記念日で半ドンの予定だが、「早く帰れるかどうかが、本日の山場となる」と覚悟した。「今までは本科の将校が指揮官で、英語が下手で駄目だったが、今日は軍医さんだから、みんな当てにしているんですよ」と気安く話す。私は今まで、自分なりに仕事量を少なくするよう努力してきたが、そんなに期待されていようとは夢にも思わなかった。

兵のニコニコして語る顔を見ると、その買いかぶりに少々辟易《へきえき》したが、それでもそんなに信頼されるのは満ざら悪い気はしないが、信頼に答える自信はない。

ともかく、兵と共に〇〇フィールドに着く。各部署に兵を分け、一番人数の多いところについて行く。溝掘りだ。深さ八十センチメートル、幅六十センチメートル、長さ五メートルの溝を掘れ！とのこと。計算してみると、一人辺り四メートルの溝掘りだ。日本の土だったら、これくらい一、二時間もあれば何とかなるだろうが、ビルマの土は、まるで煉瓦を掘るようにツルハシで掘っても、ナカナカ掘れない。こんなことでは、昼前に終わらないかも知れない。

先ほど煽てられたばかりだから、「このインディアンを少しごまかしてやれ」と監督のサージャント（軍曹）にイチャモンをつけてみた。「こんなに長い溝が掘れるものか。考えてみろ」と交渉に入ると、彼はさっそく手帳を持ち出して、「一日分の仕事量は一人頭〇〇立法メートル」と計算してみせた。得意になってニヤニヤしながらだ。まさかインド兵がここまで計算しているとは、思いもよらず、知っていての交渉だから、頭を掻いて引き下がった。

日本の将校をやっつけたのが嬉しいのか、大ニコニコである。そこでインド兵に、「じゃ、この仕事が終わったら、帰してくれるな」と、念を押して作業に取りかかった。

土は固く、なかなか掘れない。自分も一緒に掘る。汗が流れる。暑い。それでも必死に働く。自分は将校だから、自分の割り当て量はないが、少しでも兵の労働を少なくするために働いていた。「将校は仕事を兵に押しつけて働かない」という兵の不平を軽減して、連帯感を持たせるために、私も率先して働いていたのである。軍隊の教えにも、率先垂範という言葉もある。大体、作業の目処がついたので、他の作業の様子を見に出かけた。

道を歩いていると、「軍医さん、これを見てください!」と言う声に立ち止まると、鉄砲の弾を地面に並べている。日本兵は一名。それにインド兵の少佐、大尉、中尉の三名が突っ立っていた。兵はニヤニヤしながら、「兵器の員数検査をしているんですが、こんなに並べてやっても、数えられないいんです」と言う。それも百個ずつ、それも縦に十横に十、キチンと並べ、残りも分かりやすく並べてあるのだが、インド兵は一つ一つ数えなければ承知できないらしい。兵はニヤニヤしながら説明するのだが、どうにも納得できないらしい。中尉が早朝から今まで計算しているが、百二、三十のところで分からなくなる。

私が見ていることを意識したのか、今度は大尉が計算することになった。彼はそれでも三百四、五十までは数えられるが、それ以上は無理で、何回繰り返しても終わりまでいかない。昼近くになって、ついに少佐殿がシャシャリ出て、員数計算することになった。

並べてあるのを一つずつ数えて、ついに最後まで数えた。「どうだ?」と日本兵に質《ただ》すと兵は、「ノーノー」と答えた。「じゃーもう一度」と数え直し、兵に質したら、「そうだ」と答えた。少佐は得意満面、大ニコニコで、中尉、大尉の顔を見比べながら、肩をいからして、踏んぞり返った。思わず、兵と共に吹き出してしまった。あまり笑ったら怒るかもしれないので逃げ出してしまった。

検査に携わっていた兵は、学校の教師だから、分かりやすく並べることができたらしい。五、六百の銃の弾を数えるのに、午前中かかったのだから、あまり威張ったことではない。そこへ行くと、日本兵はじつに頼もしい。何だか自分まで偉くなったような気がして、心から楽しくなってくる。

帰って来ると、兵は集合して帰る準備をして待っていた。そこへまたインディアン軍曹が来て、「この付近一帯を掃除しろ」と言う。仕事は受け取り作業だったので、われわれの仕事は終わったはずである。

「この仕事は受け取り作業だと念を押したはずだ」と言うのだが、通用しない。「ここは俺の持ち場だから働け。働かないと帰さない」と頑として譲らない。

兵も気を悪くしてしまった。兵は音に聞く北九州の荒くれ、ただではすまない。「俺たちはこれ以上働かない」と座り込んでしまった。「掃除するなら二、三十分で終わるが、どうする?」と聞くと、「こうなったら、意地です」と本格的にストライキの覚悟を決めてしまった。「それなら、俺もそのつもりでストだ」と、私も座り込んでしまった。

大体、この〇三の兵は、「菊」と同じ久留米師団の兵で気が荒く、言いだしたら絶対に後に引かない連中で、説得しても無駄なのだ。

インドの軍曹が座っている兵の腕を執って立たせ、箒《ほうき》をもたせるが動かない。仕方なく他の兵を立たせにかかると、先に立たせた兵は座り込む、と言う方法で、兵が粘って軍曹と対決している間に、私はそっと抜け出して、白人の将校を捜しに行った。

百四、五十メートル離れた官舎から英軍の大尉が出て来るのを見つけ、「今日はラングーン入城記念日で、半ドンか?」と聞くと、「うん」とうなずいた。「してやったり」と、意気揚々と帰って来た。

「おーいみんな! 帰るぞ!」と集合をかけると、たちまち整列した。サージャントは慌てて、「ここは俺の仕事場だから、俺が命令する。たとえ英人将校でも駄目だ」と頑張る。

えい、こうなったら、白人大尉のところへ連れて行き、対決するより方法がない。いきなりインディアンの手を摑み、「一緒に大尉のところへ行こう」と嫌がるインド兵を二、三十メートル引き摺ったら、ついに折れて帰還の許可を出した。兵は歓声をあげ、飛び上がらんばかりに喜んだ。

トラックが待っていたので、飛び乗って三、四十メートル行くと、トラックを止められた。その道に塵の山ができていた。「これでは仕事がすんだとは言えまい。あの始末をしなければ駄目だ」と、インディアンは鬼の首でも取ったように、満面に笑みを浮かべて喜んだ。先ほどの仇を取ったのだろう。一部の兵が掃除をさせられ、乗車命令が出たので、塵を残して慌てて乗車したのだろう。これでは口実が見当たらない。

頭を抱えて困っていると、「これは自分たちが悪いんだから、自分が始末します」と、軍曹以下二、三人がトラックから降りて始末したので、事なきを得た。

少し時間は過ぎたが、「今までたびたび時間に食い込んで、暗くなるまで働かされたのだから、これくらい上等の方だ」と兵も上機嫌だし、自分も気疲れで、ぐったりした。だが、「兵の期待に答え得た」ことと、いつも使いまくられているインド兵に一矢報いることができたので、日ごろの鬱憤も晴れ、口笛でも吹きたいような気持ちで、キャンプに辿り着いた。

炎熱の中を、インド兵に急き立てられて作業中、他の仕事を見回る。えも言われぬ芳香に、ふと足を止めると、丈三メートルの木に、百合のような花を一面につけた多肉植物があった。炎熱の作業中だったが、立ち止まって匂いを香ぐ。この花のあるニッパハウスが何となく、ゆかしく感じられる。何となく心の休まりを覚えた。桃源郷とは、こんなところかもしれない。

そばにいた島根県出身の兵に聞くと、「こんな木は、故郷の山にいくらでもあります」と言う。まさかこんな植物が！　と思ったが、彼は本当にそう思っているらしく、大真面目だった。「一枝折って、挿し木にしたら……」と思ったが、いつ移動があるか分からないし、水を得るにも困難だ。とても守り切れるとは思えない。

この芳しい花を折り取ることは、自然に対する冒瀆のような気がして、持ち帰るのを断念したのである。

第六章——労役の日々

泰緬国境の敵討ち

毎日毎日の労役、炎熱、疲労、おまけに食料も充分にはあたえられない。英軍は容赦なく苛酷な労働を強《し》いるし、兵は故国に帰りたいばかりに、これに耐えて行かなければならない。そんな力仕事に、慣れない私にはいつまで耐えられるか、自信もなくなってしまった。

毎朝六時ごろに全員起床、身体はだるいし、眠いのをやっと我慢して起き上がる。剣道や柔道、そして水泳など学生時代に相当鍛えたはずだったが、やはりまだ鍛えが足りなかったのかも、知れない。そのころになると、飯上げより帰った兵が、各自の飯を飯盒によそってくれる。あたえられた量の食事をすますと、兵はただちに弁当を詰める。兵はよく、こんなに動けるものだ……と感心していると、労役の集合がかかる。

だるい身体を引き摺るようにして集まる。日はまだ早いので、影法師は長く三、四メートルもある。子供のころ、月夜に「影踏み」などをして遊んだことを思い出しながら、出るところが決まるのを待つ。行くところが決まると、それぞれトラックが待っている。それに乗せられて、どこともなく連れられて行く。

まるで籠に揺られて売られて行く、お軽ではないか。今日はどんな作業が待っているのかしら？今日は英軍とのトラブルに陥るのではないか？　体はもつかしら？　下手をすると、獄につながれるかもしれない。

ある将校は、インド兵とふざけていて、エンゲイジリングを得意になって見せるインド兵を、「ちぇっ、ふざけやがって」と軽く靴を蹴飛ばしたら、急に怒り出し、ついにその将校は獄につながれる身になってしまった。習慣の違いだろう。

将校にすれば、冗談のつもりだったと聞いている。その将校の名は知らないが、ときどき労役で一緒になった、小さく小太りの若い将校だったらしい。

英語ができたばかりに、獄につながれたやつもいた。あまり苛酷な労役だったので、「そんな酷い仕事はしない」と英語で喋《しゃべ》ったばかりに、監獄に入った将校もいた、と聞かされた。このごろは悪い情報ばかり入る。仕事が出来ないのなら仕方がないが、「しない」と言う意志が入ったら、抗命罪が成立するのだそうだ。仕事をできるだけ少なくして、兵たちの負担を少なくやるのは、われわれ下級将校の任務の一つと心得ていたが、そんなことになってはたまらない。

幸い、私は英語が堪能でないので、そんな難しいことは言えない。ただ単語を並べているだけだから、何とか無事に過ごせたのだが、いつ年貢の納め時が来るか分からない。やり切れないものが覆いかぶさってくる。

獄の様子もつぎつぎに伝わってくる。獄に入ると、そのまま一ヵ月放置され、大した罪でなかったら、「嗚呼《ああ》、そうか。では、キャンプに帰ってよい」ということになる。

獄中では、一日三オンスの米があたえられるだけ。カロリーは基礎代謝にも足りない量だ。一日中寝ていても、絶対量が足りないのだから、次第に痩せていく。適当に痩せると、米を少し増量する。病気でないのだから、みるみる太る。太ったら、また元の一日三オンスに戻り、痩せて行く、という案配だそうだ。

豚や犬でもあるまいし、と嘆いても始まらない。という次第で、ただ一回の入獄で、ふたたび反抗する気がなくなるのだそうだ。

獄中でも炊事当番があるが、若い者は競って志願するので、競争は厳しい。みんな見ているので、あまり役得はないが、冬瓜を炊けば、その種がある。これが役得になる、ということだそうだ。

われわれは十オンスの米ですら体がだるくて、困っているのに、獄中では一日中寝ていられるが、こんなに量が少ないと、体がもたない。体力のなくなった、今の自分では、獄に入れられたら、ふたたび出て来られるかどうか自信がない。

労役に出るときは、今日は無事、帰れるだろうか?……と祈るような気持ちで、キャンプを出る。労役に疲れ果てて、キャンプに辿り着くと、テントに倒れ込んで、二、三十分、身動きすらできない状態が、毎日つづいていたのだ。

当番の加藤は、「たまには体を洗いに行ったらどうですか。もっとも当番なのに、水を持って来ない自分が悪いんだが」と心配してくれるのだが、とてもそんな元気はない。

「こんなに体がえらいのなら、いっそ死んだ方が、楽かもしれない」と、ふと思うこともある。日本の勝利を信じて、戦死した戦友が羨ましいこのごろだったのである。いつ帰れるやら分からない。泰緬国境の敵討ちに、このまま使い殺すつもりかもしれないと疑いたくなる。底意地の悪い英人のことだ。これくらいのことはあるかも知れないと思えるのである。当てもない労役の日々であった。

「女といえども、将校には敬礼をしなければならない」と言う命令が出た。われわれは看護婦にしろ、その他の兵にしろ、英人女性はすべて将校なので、何となくバツが悪く、横を向いて擦れ違っていたのである。戦勝国人とはいえ、「女に敬礼しなければならない」というのは、われわれ男尊女卑の国に育った日本兵のプライドが許さなかったのだ。

ところが、男性からチヤホヤされることに慣れている白人女性には、この日本兵の態度が頭に来たのだろう。総司令部を通じて、「日本兵は以後、女性将校に敬礼せよ」との通達が届いたのだった。

仕方がない。それなら、女が向こうから来たら、道を逸《そ》れて横道に入ることにした。しばらくすると、また通達があった。「女性将校と見れば、横道に逸れる者があるが、以後、そのようなことのないように」という注意だった。

こんなことをしていたのは、私一人ではなかったらしい。こうなったら仕方がない。一体、どうしてくれようか？　と四、五人の兵隊と話していたら、迷案を出してくれた。

「右手の背部でコツンと額を叩き、ようと言うのだ。白人女性将校は、こんな敬礼をしていたので、ただこれに「よう」を加えたのである。さっそく実行してみたら、女性将校は、頭を横に捻って、頭をチョットしゃくり、通り過ぎて行った。以来「よお」と額を叩くことにしたのである。

労役中、女の声がするので、ふと見ると、煉瓦建ての家の窓に全裸の白人女性数名が見えた。呆然として見ていると、女はいきなり窓に寄って来て、手を振り上げ、金切り声を上げた。慌てて逃げ出した。何ということだ。通行人の見えるところで裸になっているのが悪いんだ！「こら！　出歯亀！」とか何とか言ったのだろうが、そんな英語の悪態は、コチトラには通用しない。

日本の女性なら、「キャ！」とか何とか言って慌てて隠れるところだが、大きなオッパイを振り振り、窓際に飛んで来て、腕を振り上げて怒鳴るなんざあ、色気を感じるより、何か異様なモンスターに襲われたような感じだった。後でまた、英軍より抗議でも来るかと心配したが、何事も起こらなかった。文句を言うには幾分、気が引けたに違いない。

白人には、この熱暑は耐え難いほどのものだったのだろう。労役から帰ると、「今日は酷い目にあった」と、兵が得意そうに笑みを浮かべて、つぎのように語った。

労役に行くと、四、五人の兵が、英軍の看護婦の宿舎に連れられて行った。何をするのかと思ったら、看護婦の下着の洗濯だった。

「ゴシゴシ洗ったんだが、パンティーまである。大きいの何のって、お尻が二つくらい入りそうなやつで……」

日本兵がこんな事までしなければならないとは、ちょっと情けなくなってくる。だが、兵はこんな楽な仕事はあまりないので、楽でよいし……とニヤッとした。

そばにいた兵が「そりゃ、よかったな！　女の代わりにパンティーでも抱いてみたか？」「匂いはどうだった？」「そんなことはしなかったが」と弁解するのへ、「情けないやら、嬉しいやらか」とからかう。

「それからまた、便所掃除をやらされたんだが……」「それで何か変わった形でもしていたか？」と聞くのへ、「いや、特別の格好はなかったが、便所の回りにコンドームが、一杯捨ててあったんだ」とニヤニヤした。

「えっ！　そりゃ、本当に看護婦宿舎だったのか？　軍のピー屋と違うか？」と質《ただ》したが、「英軍にはピー屋はないし、確かに看護婦宿舎に違いない」と兵は言い張った。

よく考えてみると、英軍に、ピー屋があると言う話は聞いたことがない。やはり、看護婦宿舎なのかもしれない。そうすると、そのゴム製品は、一体、どう説明したらよいのか大問題になった。「看護婦がピーを兼任しているのかもしれない」「いや、しかし将校ピーなんて聞いたことがない」喧々囂々《けんけんごうごう》、議論が戦わされた。

結果は、個人主義の御国柄だから、プライバシーは完全に守られる。したがって、私的な恋愛も干渉されない……という結論に達した。「そんなにフリーセックスの御国柄なら、こちらにも少しお裾分けに預かりたいものだ」とちょっと羨ましくなる。

月のキャンプ

労役より帰ると、彼方のお寺に赤々と火が燃えていた。兵に聞くと、「今日は火祭りですよ」と答えた。火祭りには夜になるとお寺の庭で篝火《かがりび》を焚き、晴れ着に身を飾った女たちが御参りして、じつに綺麗な祭りだそうだ。

私は今までビルマにいて、一度も火祭りを見たことがない。遙かに燃える炎の色を見ていたら、ビルマ乙女の赤いロンジー（スカート）が目先にチラつくような錯覚に陥る。

サンエンもマッケンジーもマッイーチャイやマッサーミ姉妹も、今日はどこかのお寺に御参りしているに違いない。いつまでも、いつまでもパゴダの火を見つめているうちに、夜は次第に更《ふ》けていった。

鉄条網に囲まれたわれわれには、どこに行く自由も許されなかったのだ。火の明かりを見ていると、故郷のことが思い出され、すぐ近所の分家の当主は、今どこの戦場にいるのだろう。いつかお宅の家族の世話は、自分一人では背負い切れないと、親族会議をして他家の援助を乞うたのも、ツイ昨日のことのように思い出される。かく言う私も、もう援助どころか、このビルマで命が尽きるかもしれない。

下の弟六郎君は結核にかかっていたが、今、どうしているのだろう。元気でいればよいが！　医師でありながら、何一つ力になってやれない自分が哀しく、しんみりと遙かな火祭りの火を眺める。復員後、末弟の六郎君がこのころ亡くなったことを知った。

トラックに乗せられてラングーンの町に入ると、いつもと違って人通りが多い。現地人青年三、四人が、通行人に水をかけていた。何をしているのかと思ったら、兵の話によると「水祭り」だった。

今日は人に幾ら水をかけてもよい日だそうだ。トラックに水を満載していて、二、三人の男がその水をかけていたのだ。こんなに大袈裟になると、邪道のような気もする。付近にいた日本兵も水をかけられ、逃げていった。

晴れ着の乙女をどこまでも追っかけて行く。三人連れの正装したメマ（女）が、頭からザンブリ水をかけられた。美しく着飾ったエンジーやロンジーが体にぴったり着いて、思わず息を飲むような曲線美が目の保養になった。

水祭りに水をかけられると幸運が訪れると聞いていたが、晴れ着に水をかけられた女連れは、案に相違して、怒ったように顔を顰《しか》め、何か大声で叫んでいた。

水も柄杓《ひしゃく》でかけるのなら、嬉しいかも知れないが、頭のテッペンからビショ濡れにされては、怒るのも無理からぬことかも知れない。

四、五歳の少女が、小さい器に水を入れて、こぼしこぼし、かけようとして人を追うが、少しもかからない。その可愛い仕種が微笑を誘う。日本兵も、嬉しそうにニコニコしながら逃げて行く。トラックに乗せられたわれわれ日本兵は、局外者なのか、だれも水をかけようとしない。隣りにあったトラックは止められて、乗っていた満載の現地人は、ホースで頭から水を浴びせられ、キャッキャッと叫んでいる。祭りだもの！　思い出に少しくらい水をかけられてもよいのに！　と少し寂しいような気もする。水だからあまりぞっとしないが、「日本にも水祭り、火祭り、花祭りなどがあったら、さぞ楽しいことだろう」とちょっと羨ましい。

ビルマでは、家の周囲の木はほとんどすべて果物の木だ。日陰樹にもなるし、果物は実るし、ときには美しい花の咲く果樹もある。花の咲くだけの木などは、よほど美しい花木がときどき植えてあるだけ。それもめったにない。

もし日本に帰れたら、このマンゴー、ノンコ、ドリヤン、ライチーなど果物の種を持ち帰って植えようと、終戦前より持ち歩いているのだが、果たして芽が出るやら、少し心細い。帰ったら、ビルマのように家の周囲の木はすべて果物の木にして、そのときどきの実を食べる。桃なら花も美しい。いや、桃は作りにくいから、山桃もじつは綺麗なはずだ。杏、季、桜んぼ、ゆすら梅も綺麗なはずだ。そんなものを植えたら、綺麗な庭ができるだろう。

松や楓を植えるのもよいが、負け戦《いくさ》で生産性の低いものでは生きていけないだろう。松を植えるなら、実も食べられる朝鮮松がよい。いつ帰れるか分からない現実からの逃避かもしれないが、将来への夢もまた心の支えだ。

内地から郵便物が届いたからと、兵がわずかの便りを持って来た。どうせ自分には来るはずがない、と兵と雑談をしていたら、葉書を渡された。女房からだ。

しばらく文字というものを目にしない日がつづいたせいか、目がチラチラして読みづらい。視神経が弱っているのかもしれない。読んでいるうちに、急にほのぼのと暖かいものが胸に溢れてくる。「家の者はみんな無事で、息子の正明も丈夫に育っている。田辺家では兄弟六人がみんな兵隊に行ったが、帰らないのは貴方だけ。分家の長男がニューギニアで戦死した」との便りだった。人目につかないように、そっと出しては読み出しては読む。いかにも女房らしく、一文字一文字、丁寧に書き連ねてあった。

この激烈な戦いだ。兄弟のうち三、四人は死に、自分は辛くも生き残ったが、兄弟みんな死んでも、不思議もない時節だった。私の家、三島家だって、郊外だとはいえ倉敷市だ。多分、大丈夫だと思うが、確信はなかったのだ。心配しただけ損したような、それでも胸を撫で下ろした。

しかし、分家の義兄の戦死は、人ごとではないように胸を打つ。小さいとき父を失い、母に育てられた彼だった。生きて帰れたら、この叔母と小さい子供の養育を背負わなければならない、将来は暗澹たるものだったに違いない。

彼の死はすべて私の背にかかって来ることになる公算が多い。戦死した分家の長子が戦地より帰って来たときは、親族会議まで開かせ、「他の親族からも援助して欲しい」と願い、彼も涙を流していたのが、つい昨日のように思い出される。

戦死するのなら、あんなことを言うのではなかったと思っているうちに、急に胸が切なくなって、目が潤んでくる。無情というか、無量の哀感に胸を引き締められて、月のキャンプにいつまでもいつまでも立ち尽くした。

もし帰ることができたとしても、俺は一体、どうすればよいのだ。女房に子供。義母、そのうえに叔母と小学校に通う二人の子供の面倒を見切れるかどうか、心もとない。上海にいる次男が帰ってくれれば何とかなるかもしれないが、これも当てにならない。

自分には内地に帰れても、自立できるかどうか自信はない。一体どうなるんだろう。分家の当主よ！　なぜ死んだのだ！　と一人取り残されたような空虚な気持ちで、立ち尽くした。

翌日から大事な手紙をポケットに入れたり、雑嚢に入れたり、傷まないようにするのは大変だ。胸に抱けば何だか胸が暖まる気がして雑嚢に入れておけないし、といってポケットに入れておけば、破れてしまいそうで、処置に困る。もし家に帰る日が来たら大事にしよう、と思いながら、人目を忍んで繰り返し繰り返し、家内の葉書を読みつづけた。それは内地を出て初めての便りだった。

念願の叶う日

兵が何を思ったか、食塩の錠剤を一瓶くれた。食塩などどうしようもない。それに毒薬なんかだったら大変だ、と思ったら、兵は意を察したようにニッコリして、「自分も食べてみたが大丈夫ですよ。食べれば元気が出ますから、やってご覧なさい」というので、騙《だま》されたつもりで食べてみると、じつにうまい。

不思議なことに食塩が、田舎饅頭のように甘い。よく考えて見ると、食塩欠乏症になっていたらしい。毎日労役で汗をかいているために、身体に塩類が欠乏していたのだろう。

一度に多量に飲むのもよいが、それでは芸がない。そこで毎日一錠ずつ嘗《な》めることにした。一瓶五、六百錠はあるだろう。その減るたびに内地に帰る日が近づくように思えたからだ。何だかこの錠剤がなくなったら、内地に帰れるような気がしたのである。菓子のドロップのように毎日一錠、嘗めた。その食塩は甘かったのである。

〇三部隊の自分の当番兵、加藤は、転進中、つぎのような経験を持っている。

彼は部隊について転進中、次第に足が重くなり、つぎつぎと追い抜かれ、ついに置き去りにされてしまった。動けなくなったのだ。今日は確かいつもより沢山食べたはずなのに、どうしても足が前に進まない。仕方なく道端に横になり覚悟を決めた。雲は悠々と流れて行く。これで俺も終わりか！　と思うが、何の感慨も湧かない。

戦友たちはとっくに行ってしまった。ただ一人見る大空は、一点の雲があるのみで、晴れ上がっていた。ふと胸のポケットに、一塊のガピー（塩辛）があるのを思い出した。「死での思い出に」と嘗《な》めてみた。「死ぬときに嘗めよう」と大事にとってあったのだ。

ぼんやり寝ていると、四肢に力が溢れ、何だか歩けそうな気がして、立ち上がり、歩いてみると歩ける。さっきまでの動けなかったのが、嘘のような気がする。これなら死ぬことはない。ドンドン歩いたら、たちまち戦友に追いついた。やはり、体に食塩が不足すると、甘く感じるのは確かである。

「おい、今日はよいものがあるぞ！」と、兵がおもむろにポケットに手を突っ込み、にっこりした。取り出したのは二、三個の玉葱《たまねぎ》だった。胡桃《くるみ》大の小さいやつだ。英軍の手伝いで二、三個ポケットに忍ばせて帰ったのだった。

小さいその皮を、一枚ずつ剝して分けてくれる。じつにうまい！　日本の物より辛みも少ない。生野菜を取ったことのないわれわれには、血が新鮮になるような鮮烈な味だった。そのシャリッシャリッという歯応え、生き返るような気持ちだった。わずかに二枚の皮の味は、何物にも代え難い味だったが、たちまちなくなってしまった。こんなものがあっても見向きもしなかった在りし日のことが思い出され、また何とかして玉葱を入手したい、と願う。残った小指大の玉葱の芯は、葉を食べるために、大事に土中に埋めてしまった。

何もかも忘れた頃、「今日はよいものを飲まして上げる！」と兵はお湯を沸かし、塩汁を作った。そして各自の飯盒の蓋に入れた。どうするのかと思っていたら、大事そうに割り箸の半分くらいの大きさの葱を取り出した。先日埋めた玉葱の芯より生えたのだそうだ。二本の葱を一センチメートルくらいに千切って、各自二個ずつ配った。これを塩汁に入れて、すすろうというのだ。

じつにうまい！　葱の香りだ！　目を細めてその塩湯を飲んだのだった。早く飲んだ兵が、葱だけ残し、お代わりをしたら、われもわれもお代わりの塩湯を飲む。これが葱の香りなんだ！　妻の刻んでいた俎の葱を懐かしく思い浮かべながら飲むその味は、血を蘇らせるほど新鮮な味だった。

ビルマの兵は終戦以来、乾燥野菜のキャベツ、馬鈴薯、ときどきはトマトおよび魚の罐詰だけで、過ごしていたのである。

食事に小さいコロッケのような物が二個ついた。珍しいことがあるものだ。軍隊に入って以来、初めてのことだ。目を輝かして食べたら、中身はなんと粉ミルクだった。

先日より毎日ミルクがついていたが、食料の米が間にあわなかったので、カロリーを合わせるために粉ミルクの団子を配給されたのだ。ミルクは水ばかりで腹の足しにならないので、考えついた傑作がこの粉ミルクの団子の油揚げだったのである。

コイツは行けるぞ……と喜んで食べた。前菜だと思ったら、胡桃《くるみ》大の団子二個だけで、後は何も出なかった。しばらくすると、つぎつぎと兵は便所に通いはじめた。団子がいけなかったらしい。兵たちはともかく、自分だけは大丈夫だと思っていたが、次第に腹具合がおかしくなってきた。

慌てて便所に駆けつけると、便所には十四、五人の兵が並んで順番を待っていた。便所は四、五十人に五、六個しかない。鉄条網が張りめぐらされているので、野外に出るわけに行かない。しぶる腹を抑えて、今にも出ようとするのを必死に我慢する。いくら待っても、なかなか兵の列は短くならない。

「恥も外聞もない。いっそそこでやってしまおうか」と思うが、そうもいかない。ズボンの中に出たらどうしよう。泣きたいどころの騒ぎではない。今にも出そうになるのを堪えながら、ふと気がつくと、口の中で「早く早く」と自分で、御題目のように唱えていた。

次第に列が短くなり、自分の番が近づくと、とても我慢できず、「今のうちにズボンをはずしておこうか」と思ったが、そこはプライドが許さない。お尻をグッと絞めて手で抑えたくなる。今にも出そうになったとき、やっと便所の戸が開いた。

兵の出るのも、もどかしく飛び込み、ズボンをはずすかはずさないかに、シャーと水のように出てしまった。よく見ると、ズボンは汚れていない。ホッとしたが、腹は渋ってなかなか出切らないが、後には順番を待つ兵の列があると思うと、おちおち入っているわけにいかない。

適当にすまして外に出ると、五、六歩も行かないうちに、もう腹が渋って来る。見ると、もう二、三十名の兵の列ができている。仕方がないので、その最後について順番を待つ。終わったら後に付き、また後に付き、四、五回繰り返しているうちに、どうやら腹も治まってきた。やれやれと思ったときには、もう夕方になっていた。いやはやどうも、とても人に見せられるような図ではない。

私はちょうど籤《くじ》外れで、労役の休みの日だったのである。

「今日は腹いっぱい飯を食わせてくれたので、力いっぱい仕事をしてやった」と、御機嫌で帰って来た兵がいた。インディアンにも頭がよいのがいて、空き腹を抱えて働く元気のないのを見越して、仕事の前にまず飯を食わせて、仕事に取りかからせる、という新手を使うところができたのだ。

彼らから言えば、どうせ自分たちの腹が痛むわけではないし、日本兵も空き腹を抱えての重労働なので、能率が上がるわけがない。「せめて、一回でも腹いっぱい飯を食ってみたい」という日ごろの念願を果たしてくれるのだから、感激して必死に働くわけだ。「人生意気に感ず、功名いずくんぞ、また論ぜん」というわけだ。「なかなか頭のよいやつがいてね」と、自分たちが釣られるのを承知で感激していたのだった。

「俺も腹いっぱい食べてみたい」と思っていたら、ついに念願の叶う日が来た。トラックより下りると、飯が待っていた。飯盒の蓋いっぱいの飯にカレーがかけてある。インド兵も一緒に食べていた。同じインド兵でも、所により違うのか、彼らは日本のように米にカレーをかけ、支那料理に使うスプーンで食べていた。

私は一口食べて、飛び上がった。頭のてっぺんに突き抜けるようなその辛さ、現地人の食べる辛い食事にも慣れ、どうやら味が分かるようになり、辛いものには驚かないつもりだったが、上には上があったのだ。味も何も分からない。ただ辛いだけだ。

見ると、インド兵も辛いのか、しきりに水を飲んでいる。さっそく私も水を飲むと、辛さがスッと消える。一口食べては水を飲み、水を飲んではまた食べる。苦心惨憺の末、みんな食べてしまった。

日本でもカレーライスのときはかならず一緒に水を出すが、何のためにつくのか分からなかったが、辛さを消す作用があると初めて分かった。食事の後、紅茶が出た。真っ黒だ。日本のは赤く、紅茶だが、英語ではブラックティー（黒茶）だ。「英人はこの黒いのを、いつも飲んでいるのか」と合点する。砂糖は入っていなかった。ひょっとすると、インディアンに、下級の「黒い」のを給与されているのかな？　とちょっと考えてみる。

その日、われわれは久し振りに腹いっぱい食べて、元気いっぱい仕事に取りかかった。日本兵は食物に弱いのだ！

エンジニアとドクター

インド兵は、何か見たことのある機械を肩にして、キャンプを出て行く。よく考えてみたら、測量の機械だ。高等学校時代に物理実験に使ったことのある機械だった。私以下六、七人の兵は、その仕事の手伝いというわけだ。思い出の機械を発見して急に嬉しくなり、インディアンに、「測量機械だろう？　一体、何の測量をするのか？」と尋ねると、「自分はエンジニアだが、ここに水道を敷設《ふせつ》するための測量をするんだ」と、得意そうに胸を張る。

「俺はエンジニアだが、おまえは何だ？」と、よほどエンジニアが得意らしい。「俺はドクターだ」と言うのだが、まったく信用しない。「ドクターは将校だ。ドクターは労役しなくても良いはずだ。だから、おまえはドクターではない」と。兵もドクターだと証言するのだが、どうしても信用しない。

測量が始まった。兵に目盛りの棒を持たせ、「あちらに行け。こちらに行け」と言い、目盛りを読むのだが、鈍くてサッパリ仕事にならない。日陰のない炎天の暑さは、じりじり焼け付くようだ。しかし、灌木の林をあちこち歩きまわるのだから、まるでピクニックに行くような気持ちだ。どこまで測量するのか尋ねると、五時までだとの返事が返ってきた。

「昼食の時間は、彼方の独立家屋の辺りだ」というので、「そんなら、俺に機械をよこせ！　おまえはここで休んでおれ！」とばかり測量機械を巻き上げた。呆れてウロウロしているインド兵を尻目に、測量を始めた。目盛り棒の兵を立たせて測量し、その位置を外の兵に確認させ、同時に移動させるのだから、時間は二分の一でよいし、観測時間も記入もテキパキやる。

「日本の兵隊はエンジニアか！」としきりに聞く。兵は得意になって、「違う」と言うのだが、「俺は測量ができるからエンジニアだ。日本兵も測量ができるから、エンジニアに違いない」と感心している。この測量は、ラングーンに水道を造るためのものだった。

家に達すると、すぐ昼食をとる。兵と共にさっそく家に行き、水を求めると、十六、七歳の可愛い女の子が出てきて、欠けた茶碗で水を恵んでくれた。ビルマの家庭で焼き物などを持っている家庭は珍しい。おまけに磁器だ。輸入品で、この家の貴重品に違いない。何だか久し振りに見るインド人の可愛い女の子に心和《なご》み、「何か話しかけようか」と思っているうちに、どこかに行ってしまった。

それでも何か、今までの苦しい労役の中にも、何か心の和む思いだった。仕事も終わり、帰途は何だか今日一日ピクニックにでも行ったような、またたれでもインドの技術者よりも優秀だということをインドのエンジニアに知らしめ、日本民族の株を一段と上げたような楽しさに、胸を膨らませて帰って来た。

「女の子の顔を見るだけで、こんなに心が和むものかな？」とわれながらおかしくなる。心の中に「内地に帰れたら、妻があのようにして、お茶をくれるかもしれない」という潜在意識があったのだろう。キャンプに帰ったときには、何となく故郷に帰れるのは、遠くないような気分になっていた。

労役を終わり集合をかけると、兵が真っ黒い兎を一匹ぶら下げて来た。付近の草叢で捕まえたのだそうだ。日本の兎と違ったところはないかと観察したが、違いは小型で、耳が少し短く、色が黒かった。兵は耳を持ってぶら下げていたが、暴れるふうもなく、おとなしいらしい。

「俺も一匹、捕まえたい」と見回したが、どこにも兎の姿はなかった。少し羨ましくなったが、そのままトラックに乗せられてしまった。この兎はビルマ産の野兎に違いない。

判明した犯人

炊事用の薪を都合するように通達が出た。ジャングルもないので、「労役に行った者は週に一回、労役場より薪を拾って帰るように」という達しである。労役に疲れ切ったわれわれは、そんなことは思い出しもしないが、兵たちは律義なもので、チャンと木や竹を束《たば》ねて持ち帰る。中にはせっかく纏《まと》めたものを捨てさせるところもあるが、大抵のところは許可になる。

「兵たちもよくやるな！」と思っていたら、それでもいろいろのことがあるらしい。ふと薪の束を作るのを覗いたら、倉庫にあった衣類をその中に入れ、外から見えないように束ねていた。あの手、この手いろいろあるものだ。

「万国捕虜規定により、食料を充分与えない以上、英軍の倉庫より持ち出す権利がある」と勝手な理論づけをしていたので、兵が倉庫より持ち出すと、見えないように余所《よそ》を向くことにした。もし見つかったら、兵はどんな処罰を受けるか分からないし、指揮者の自分も処罰をまぬかれないので「どうか見つからないでくれ！」と祈るような気持ちで見まもっていたのである。

労役中、現地人が慌てて英兵のところに何か訴えて来た。何事かと思っていたら、日本兵全員集合がかかった。「倉庫の中で衣類を盗んだ兵がいる」というのだ。「間抜けなやつもいたものだ！」と、少し腹立たしくなる。

全員集合させられ、身体検査が始まったが、いつまでたっても埒があかない。飯盒の蓋を取らせたが、その中にもない。

日本軍の指揮官は見知らぬ司令部の中尉だったが、いきなり自分のところへ来て、私の飯盒を引ったくった。もちろん入っているわけがない。「同じ日本の将校を疑うとは失礼なやつだ！」と、いささか腹に据えかねたが、相手が中尉なので、黙っていた。

しばらくすると、またその現地人が来て英人に耳打ちした。彼らは帰る用意のできているトラックのところに来た。私たちもぞろぞろついて行くと、帰りのトラックの中に荷造りして、しまい込んであった。

たちまち犯人は判明した。一瞬、蒼白になった伍長に、ツカツカと近寄った中尉はいきなり力いっぱい頬を引っ叩いた。嫌な中尉だ！「英軍の罰する前に、こちらが、引っ叩いて、誠意のあるところを示し、罰の軽減を狙う」という手もあるが、この中尉に限り、そんな殊勝の人柄とは思えない。へどを吐きたくなるほど嫌になった。

英兵は犯人を挙げたことで満足したのか、「おって処置は通達する」と告げ、そのまま帰還させた。トラックに乗り込むと、兵たちは遠慮会釈なしに、犯人の兵をやっつけた。「何だい！　あのざまは！」伍長も形なしだったが、彼は一言の返答もしなかった。以後、別に処罰は受けなかったらしいが、一、二日はしょんぼりしていた。二、三日経つと、その兵は何事もなかったように振舞っていた。

現地人と一切交渉を禁じられ、監視の目が光っているのに、兵は私物の米を持っていたり、乾魚を持っていたりする。「一体、どうするのか？」と尋ねたら、「交換ですわ」といとも簡単に答えた。もちろん、英軍の倉庫より持ち出したものと交換することは分かっているが、その方法について尋ねると、彼は得意になって、ニヤニヤしながら教えてくれた。

「あの手、この手がありましてね」と、水汲み場での交換方法を教えてくれた。井戸はキャンプの外にあり、兵も水汲みだけは自由に外出できたのだ。現地人もこの水を汲みに来るが、そこで大っぴらに交換でもすると、たちまちバレてしまう。そこで並んで水汲みの順番を待っている間に、何食わぬ顔をして物々交換の交渉する。

水汲み道具は、日本兵も現地人も石油罐に把手《とって》をつけたガンガンだから、つぎに来るとき何食わぬ顔をして、物資を入れたガンガンを水汲み場に置く。現地人も打ち合わせた物資を入れたガンガンを置く。ボンヤリ待っているふうを装いながら、相手の内容を確かめ、そ知らぬ顔をして、相手のガンガンを持ち帰るのだそうだ。

外から見るだけでは、よほど注意して見ない限り、分からないわけだ。よく考えたものだ。兵隊というやつは、いつ、何をするやら、わけの分からない連中だったのである。

キャンプの三方は、四、五メートルもある太い金網で囲まれている。普通の鉄条網になっているのは、われわれのキャンプの前だけだった。こんなに厳重にしなくても、と話していたら、古参の兵が口を出した。

「最初、このキャンプができたころは、この四隅の櫓《やぐら》に機関銃を据え、四六時中構えていた」のだそうだ。日本軍が暴れる意志がないと見て、止めたらしい。

今はときどき、インド兵が網の外を、パトロールするだけだ。もちろん出入口には絶えず二人のインド兵が立っている。「しかし、以前に比べればまだよい方ですよ」とのことだった。なるほど、機関銃をいつも突きつけられていては、気詰まりに違いない。いろいろ話し合ったが、結局、「捕虜だから仕方がないんだ」ということになった。

「労役中に負傷したら、その場の英軍の責任者に、『負傷した』という証明書を貰《もら》え」という達しが届いた。もし手足が動かなくなったとき、証明書があったら、英国か日本政府が保証してくれるかもしれない、と言うのだ。

そんなある日、労役中に兵が手に二、三センチメートルの小さい怪我をした。そこでその場の責任者の白人兵に証明書を書くよう要求したが、言を左右して書かない。仕方がないので、その兵より紙を貰い、苦心惨憺して、英語、ドイツ語ゴチャ混ぜの証明書を書いた。

「この手の傷は、仕事中に負傷したものである。昭和二十二年〇月〇日」と書いて署名を求めたが、彼は書こうとしない。

よく聞いてみたら、「字を知らないから、署名できない」と言うのだ。仕方がないので、その兵の名を聞き、適当に代わりに自分でサインした。日本兵の自分が書いたものでは三文にもなるまいが、兵は喜んでポケットにしまった。少々気が引けたが、仕方がない。

それにしても、英軍に自分の名が書けないやつがいようとは、夢にも思わなかった。「以後、先進国面をするな！」と言いたかった。

日本兵で、自分の名が書けない者は、私の知る限りでは、一人もいない。「戦いに負けたといえ、プライドを持ってよいのかも知れない」と思う。

煮ても焼いても……

日本兵がジープを売りに行って英軍憲兵に捕まったという噂が流れた。兵の話によると、ミンガラドン・キャンプより五、六百メートル離れたところに、数百台の壊れたジープが並べてあった。戦争中、日本軍と戦って壊れたのだろう。

戦友に金をやり、自分に代わって病兵を労役に行かせ、自分は労役に行く格好をして、みんなと共に衛門を出る。

ジープ群の中で、よいのを捜して修理する。英兵に見つかっても、あまり堂々とやるので、労役中の兵と勘違いするらしく、かえって疑われない。あちこちのジープから部品を集めて、ジープを修理する。戦友に水筒を渡し、飛行場よりガソリンを盗って来させ、ジープを満タンにする。前もって現地人と交渉し、ジープに乗って売りに行ったのだった。そのころ、自動車はたいてい日本兵が運転していたので、別に怪しまれることもなかったらしい。

ところが、運悪く酒でも飲んだのか、現地人の垣根を壊し、金を請求された。「修理賃五十ドルよこせ！」と言うのを、「二十ドルにまけろ！」と交渉中に英軍憲兵に怪しまれ、不審尋問されて、ついにバレてしまったのだそうだ。

大きなことをするやつもいたもんだ！　と感心したが、「その値段が縫い針五百本と交換する予定だった」と聞いて呆れてしまった。いくら何でもジープと縫い針では違いすぎると思ったが、工業用品一切を外国に仰いでいたビルマは戦争になったので、日用品がまったく途絶え、極度に不足していたから、縫い針は異常に高値を示していたのだった。何もかもバランスの崩れたビルマの世情は、こんなものかもしれない、と納得した。

英軍のジープを売り飛ばすやつがいるなんて、さすがは日本兵！　とその大胆さに呆れていたら、「いや、この程度はコマイですよ、イングリ（英兵のことを、インド兵はこのように呼ぶ）のやることは、桁違いに大きいですよ！」と兵は答えた。

兵の語るところによると、「早朝、貨物廠に行ったとき、監視人のいないときに、早く積め、早く積めと急き立てることがあるでしょう。あれは、イングリのコヅカイ稼ぎですよ！」と言う。なるほど、そういえば思いあたる節がある。

早朝、トラック十七、八台にチーク材を積ませて、華僑の製材所などに行き、長い間待たされるのだが、そのそばに降ろさせることがときどきある。トタン板トラック二台分を、現地人の庭に降ろしたことがあり、「変なことをさせるものだ」と訝《いぶか》ったのを思い出した。

こんなことがつづき、日本兵も次第に図々しくなり、これは怪しいと思ったら、衛門を潜るとき、「マスター！　シガレット」と手を出した。一本くれたら、「いや、一箱だ！」と手を差し出す。「ない」といえば「衛兵に言いつけるぞ！」と脅す。上下が逆転、まるで暴力団のようなものだ。

見ていたら、シガレットをくれない白人兵がいた。トラックが衛門を出るとき、実際に門衛に言いつけた。指揮官の白人兵は門衛に捕まり、ちょっと青い顔をしたが、悪びれもせず、「ノーグッド！」と言って連れて行かれた。少し可哀そうになった。

煮ても焼いても食えないやつというのは、日本兵のためにあるのかもしれない。こんな連中が揃っていたから、日本兵は強かったのだろう。

荷を積むとき、「マスター、シガレット」。衛門を出るときも、「マスター、シガレット」。荷物を降ろすときも、「シガレット」。兵を指揮する私は、いつもハラハラさせられることになる。

大体のことは素振りで分かるようなものの、もし本当の労役だったら、どうしよう、とそのたびに気を揉まされるのだが、ときにはそのお裾わけにあずかり、煙草を吸わない私は、ネービーカットが七個集まった。これが兵の造った腹巻に変身。御陰で労役で雨に濡れてビショビショの服を着たまま寝るときも、腹だけは暖かい日々が送れるようになった。

労役はきつかった。ときどき、ふと変なことが頭に浮かぶ。私は昔から乗り物に縁が深い。田舎から東京の杉並第四小学校に転校して、中央線で電車通学。中学、高等学校は成蹊学園で同じく電車通学。岡山医大は二年ばかり寄宿舎にいたが、結婚して以来、汽車通学。卒業しても大学、市民病院も汽車通勤。出征してから船に乗せられ、シンガポール、ついで汽車でビルマのペグーまで列車で行く。そして今、捕虜として毎日トラックに乗せられて労役に行く。私の人生は、よほど乗り物に縁があるのだろうなどと、奇妙なことが頭に浮かぶのである。

労役に、組み立て住宅建設の作業に駆り出された。組み立て住宅の梱包、これは大きく真四角になっているが、重くて十人ばかり一緒で、やっと持ち上がるほどの重さだ。

空き腹なので大体、力も入らない。一、二、三、と拍子をとって降ろすとき、タイミングを間違えたのか、見知らぬ軍曹の靴の上に落ちた。荷を取り除け、みんな心配そうに覗き込むと、彼は泰然として大丈夫、大丈夫と言いながら靴を脱ぎ、おもむろに靴下を脱いだ途端、アッと言ったままヘナヘナと尻餅をついてしまった。

驚いて見ると、両足の指全部が伸し烏賊《いか》のようにペシャンコになっていた。血も出ていない。ひどいことになったものだ。あまりに強力に押し潰されたので、痛みを感じる前に神経が挫滅され、痛みを感じなかったのだろう。

労役また労役

英軍の航空輸送部隊に労役に行く。広い部屋で荷造りした荷物を、送り先に応じて運ぶだけだ。人数に比べれば、比較的楽な仕事だった。おまけにほとんどが衣料なので軽く、気楽に仕事をしていた。

部屋の壁に爆撃機B29の車輪のチューブが立てかけてある。太さ一抱え半もある大きなチューブの内径は、自分の丈よりも大きいし、外径は一丈（約三メートル）以上あろう。飛行場にあるときは、何となく見過ごしているが、近寄ってみれば、なるほど大きなものだ。

荷物の山の中でゴソゴソ音がするので上がってみると、日本兵数人が梱包を解いて、中のシャツを出して着替えている。アッと驚いたが、兵は悠然と着替え終わって出て来た。労役に来たときはボロボロの服を着ていたのに、どれもこれも新品を着て、おまけに欲の深いのはこの暑さに、二枚も三枚も着ている。

ハラハラしたが、英兵はそんなことにはいっこうに関心がないのか、知って知らぬ顔をしていたのか、一切咎《とが》めだてしなかった。

昼食も過ぎ、ノロノロ仕事をしていたら、「ワアッ、ワアッ」という奇声に驚いて飛んで行くと、英兵が窓の外を指してしきりに何か言っている。何事かと見ると、三、四十メートル離れた建物の脇に、現地人が集まっている。

よく見ると、日本兵が壊した石炭箱から罐詰を出して、集まったビルマ人に売っているのだった。倉庫は食料品倉庫で、日本兵はその品物を持ち出して、その脇で売っているらしい。

伝え聞くのか、ビルマ人が次から次へと蟻のように集まり、たちまち売り切れてしまった。兵は石炭箱はそのままにして、さっさと立ち去った。まさにアレヨアレヨという間の出来事だった。英兵もすぐ平常に帰り、そのまま仕事を続行した。

帰り道、「英兵は個人に徹しているから、いかなる場合でも、人の仕事に口をださないんだ」と兵は知ったかぶりで言うのだが、私にはどうも納得いかない。日本兵なら飛び出して行き、たちまち袋叩きにするところだ。やはり国民性なのか、それとも、あまりのことに唖然として飛び出して行くのを忘れていたのか、いずれにしても、納得のいかない英兵の行動だったのである。

ラングーンの町中に労役に行く。途中、降ろされた辻のロータリーにパゴダがあった。一人残されたのを幸いに、そばに寄ってみる。真ん中に大きいパゴダ。それを中心に仏像が多数祭ってあって、かなり大きなロータリーを埋め尽くしている。それだけを確かめて、英兵の来るのを待つ。立派なパゴダだが、名も書いてない。

後で兵に聞いたが、ついに名は分からなかった。はっきりしないものの、私はスールパゴダではないかと思う。ロータリーにパゴダができているなんて、洒落《しゃれ》ている。交通地獄の日本のロータリーに、仏様なり神様があったら、交通事故で死んだ人の冥福を祈るよすがになるかもしれない。

半裸の男がビルマ人の担ぐ頭陀《ずだ》袋を担いで入って来た。兵の話によると、ミンガラドン銀座の主人格の男で、病兵に金をやり、自分は頭陀袋を担いで商売に出かけるのだそうだ。身代わりの病兵は仕事場に行くと、そのまま寝ていても無理に仕事はさせられない、という寸法だ。この点は英軍のよいところだ。

道をてくてく歩いていると検問にかかり、かえって疑われるので、堂々とバスに乗る。話をすればバレルので、口を聞けないということで押し通し、手真似、足真似で毎日ラングーンを歩き回り、商売しているらしい。

そういえば、その焼け具合や体の格好から、カチン族そっくりにできている。さすがは日本兵。桁外れのやつもいるものだ。

こんなやつがいる以上、日本もまだまだ復興する見込みがある。まるで恐竜のように凄い生活力は、とてもわれわれには真似はできないが、いくら儲《もう》けても、日本に持ち帰るのは至難の技に違いない。英軍に見つけられない以上、こんな生き方もあってよいと思う。

ビルマには雀が沢山いる。日本の雀と少しも変わらない。木材置き場に行くと、そこの雀は少しも高く飛ぼうとしない。不思議に思って見ていると、材木の影ばかり飛び回っている。やはり、雀でも直射日光は熱いのかもしれない、と微笑《ほほえ》ましくなる。

よく中国戦線の土産話に、南京の夏は非常に暑くて、屋根の雀が、焼き鳥になって落ちて来るなどとまことしやかに話す人もあったが、ビルマの雀の行動も無理もない。現地のビルマ人ですら、日中は仕事を休んで昼寝しているのに、日中重労働を強いる英軍は、捕虜虐待以外の何ものでもないなどと、馬鹿げたことを考える。

そういえば、蛇の目蝶は、ベンジャベンの花の茂みを飛んでいるが、この蝶も材木の影を選んで飛んでいる。もっとも日本の蛇の目蝶も木陰を選んで住んでいるので、当然のことなのだろう。

材木集積場では、受け取り作業が流行していた。私が行ったときは、材木の積み換えだった。兵は指揮官の私をそっちのけにして、受け取りかどうか確かめ、「そうだ」となると、日ごろのだらだら仕事はどこへやら、一気呵成にやっつけてしまった。普通だったら、一日かかる仕事が、一、二時間で終わってしまったのだ。

驚き呆れているうちに、アッという間に兵はどこへやらいなくなった。いつまでたっても帰って来ないので、みんな、どうしているのかと、あちこち歩いてみたが、だれ一人いない。みんな帰ってしまったとなると、後で困ったことが起こるかもしれない。少々心細くなる。ぼんやりしていると、英兵が新しい仕事を持ってやって来た。

材木の置き換えだ。ちょうど居合わせた私に、「兵を指揮して、やれ！」と言う。兵は受け取り作業が終わったので、どこかに行って、材木の影で昼寝でもしているのだろう。「居場所がまったく分からない」と言うのだが、英兵は承知しない。

あちこち捜し歩いていると、私の部下で、島根県出身の兵がぼさっと立っていた。二、三人の兵を捜し出したようなものの、この人数では、どうにもならない。

手もつかずぼんやりしていたら、みんな逃げてしまい、彼だけになった。彼はよほど素朴な人柄なのだろう。山陰の片田舎から出て来たに違いなく、逃げもしない。

英兵はサッパリ埒があかないので、文句を言っていたが、ついに日本の将校を連れて来た。「指揮官として、兵を掌握できないのはまったく面目ないが」と事情を説明したが、「早く捜し出して仕事をしろ！」と怒鳴られてしまった。

大体、軍医に労役をさせることが間違っているなどと勝手なことを考えながらボンヤリしていたら作業終了の笛が鳴った。すると、どこからともなく兵士が集まり、たちまち全員集合した。あれほど捜したのにどこにも居なかったが？　と聞いてみたら、各自、材木の間に潜り込み、昼寝をしていたのだそうだ。

この作業場には、意地の悪い英兵はいなかったと見えて、時間が終了したら、快く兵を帰してくれた。

よく考えてみれば、私も材木の間に潜り込んでいたら、文句を言われずにすんでいたのである。われながら要領の悪さに呆れ返り、今後はうまく立ち回るよう心に言い聞かせた。

第七章——独立の嵐

精いっぱいの抵抗

　ある作業場に行くと、セメント袋の置き換え整理の仕事を言いつけられた。あたえられた兵三十名。東北の兵十名、岡山兵庫の兵十名、九州菊師団の兵十名、都合、三十名だった。そこで各出身別に同量の作業量をあたえて、仕事をはじめた。

　いったいどこの兵が一番先にすませるか？　と固唾を飲んで見つめていると、兵もやはり自分の部隊の名誉にかけて負けられないと思ったのか、必死に仕事をはじめた。最初、一番仕事がはかどったのは、九州勢、ついで小差で岡山がつづく。東北兵は競争心はまったくないように黙々と作業をしていく。さすがは九州男児と思っていたら、次第に苛立って来た岡山勢は、何が何でも負けられないと、滅茶苦茶に積みはじめた。その方が早くすむのである。

「おい駄目だ！　駄目だ！」と言うのだが、「大丈夫。大丈夫、うまくやりますから」と、いい加減に放り投げ、みるみる九州勢を追い抜いて、積み荷は高くなった。

それを見ていた九州勢も、初めは躊躇していたが、追い抜かれては黙っていられない。それならこちらも……とこれも無茶苦茶に積み、一番外側だけまともに積んで作業を終了した。岡山勢もほぼ同時に終了した。東北の兵は相当遅れたが、黙々として言いつけられた通り積み重ね、約三十分遅れてできあがった。

検査に来たインド兵は、あちこち透かし見て、「積み荷の間が透かして見えないので、積み方が悪い！」としきりに言うのだが、兵は「大丈夫。大丈夫」と取り合わないので、インド兵もあきらめてしまった。もしばれて、積み直しにでもなったら一大事だ。ヒヤヒヤしていたが、事なきを得た。

それにしても、九州、岡山、東北の地方気質をここの作業場で、まざまざと見せられる結果になった。九州兵は負けず嫌いで、大ざっぱ。いざとなると、火のように燃え上がり、強引にやってのける。岡山になるとうまくやると思ってちょっと目を離すと、たちまちインチキをやってのけ、じつに要領がよい。大宅壮一が言ったように、岡山は日本のユダヤだ！　東北になると、言われた通りに黙々とやる。要領は悪いが、もっとも頼り甲斐がある連中なのである。この作業場で、はからずも九州、岡山、東北気質を丸出しにして見せてくれたのである。

次第に労役に慣れて来ると、インド兵の知能指数の程度が分かってきた。

作業の休憩時間、兵たちが腰を下ろして話していると、インド兵がニヤニヤしながら割り込んで来た。何とか休憩時間を延期してやろうとてぐすね引いて、待っていた兵は、「どうぞ。どうぞ」と迎え入れた。

インド兵が懐中より、おもむろに取り出した紙切れに、実に下手くその鉛筆書きの裸体が描いてあった。「インディアンのやつ、下手糞だな！」と思っていたら、「日本兵に描いてもらった」と、いかにも大事そうに見せびらかして悦に入っている。何と程度の低いやつらだと、驚き呆れながらも、そんな話題は悪くない。あれやこれや、ワイワイ、ガヤガヤ話している間に、仕事始めの時間が来た。

日本兵もさるもの、時間がきてから、一つ上手に描いてやろうと、座り込んで描きはじめたが、英兵に叱られるのが怖《こわ》いのか、インディアンはそれどころではなく、早く、早くと急き立て、わずか数分、時間に食い込んだだけで、仕事に駆り出されてしまった。せっかくの名案も、わずかに数分間の得をしただけで、終わってしまったのである。

例によって、インディアンを怒らせないように、そして上手に休もう……という知能犯が横行していた。私も一丁やってやれ！　と乗り出した。

「おまえもインド人なら、なぜ英軍のために働くんだ！　おまえの国は英人に盗られたんじゃないか。その英軍のために一生懸命に働くなんて、おかしいではないか。インド人としては、むしろ仕事のじゃまをするのが、おまえたちにあたえられた任務だと思うが……と持ちかけたのである。インド兵は脅えたように小さくなりながら、「そんなことでもしたら、故郷に残した妻子がやられるから駄目だ」と言う。

「そんな無茶なことがあるか。もし罪があるとすればおまえで、妻子に罪はないはずだが」と元気づけたが、「今までにもそんなことがあったが、実際に家族がやられたんだ」とのことだ。

では、何と言ったらよいか、考えていたら、「それならイングリ（英人）に分からないようにやったらよいではないか」と、兵が援護射撃をしてくれた。

「もしイングリが来たら、見張りを出して合図するから、そのときは皆いっせいに仕事をし、やつらが出て行ったら、また休めばよい。まあまかせておけ」と、兵はさっそくモッコに半分土を入れ、途中のモッコには土をいっぱい入れ、棒をさしていつでも担げるように置いてある。という具合に細工をして、見張りの兵を立たせた。

不安がるインド兵を宥《なだ》めすかして、一緒に昼寝していると、「ピーッピーッ」と、合図の口笛が鳴った。

「すわ英軍だ！」と、ただちに持ち場に付き、モッコを担ぐやつ、円匙《えんぴ》で土を掘る者、大車輪で仕事をはじめた。宿舎からジープで見回りに来たイングリは、二、三十分いたが、暑くてかなわないのか、ジープで帰って行った。

「おーい、帰ったぞ」と言うと、道具はその場にそのまま置きっ放しにして、ただちに休みにした。もちろん、歩哨は指名してある。
一、二時間すると、イングリがまたやって来るが、日本兵は必死に働いているのに、仕事は少しもはかどっていない。彼もさすがに変に思ったのか、しきりに頭を振り振り考えていたが、だれに聞くわけにもいかず、そのまま帰って行く。
そうなれば、こちらは昼寝。インド兵も大ニコニコ。日陰のない炎天だったが、日ごろ苛《いじ》められるイングリの鼻を明かしたという満足感だったのだろう。インド兵を誑《たぶら》かして休んだ快感、ただ一人だがインド兵に反英思想を植えつけてやったという喜びに、一日張り切ったのである。

労役の休憩時間中、インド兵を囲んで話し込んでいた。たまたま戦争の話になり、そのインド兵は、「日本兵は強い！　日本兵は強い！」というので、こちらも気分をよくして、いろいろ聞いているうちに、彼が沖縄戦に参加したことが分かってきた。

彼の口の重さがもどかしく、乗り出すようにして、口々にその戦況を尋ねた。何と言っても、日本の最後の決戦場だったところであり、われわれは出陣以来、まったく内地の様子も知らず、その知識に飢えていたのである。

彼は沖縄侵攻第一陣として、上陸を企図したが、つぎつぎと上陸した兵はすべて撃滅され、一人も生きている者はいなかった。彼は上陸用舟艇に乗せられ、岸に下りると同時に、猛烈な銃撃を受け、前進どころか、岸辺の泥に齧《かじ》りついて銃撃の止むのを待った。ふと気がつくと、自分と一緒に上陸した戦友は、一人も残らず死んでしまった。

必死に大地にしがみついているうちに、第二陣、第三陣とつぎつぎに上陸し、殪《たお》れていったが、しばらくすると、生き残った友軍の数も次第に多くなり、日本軍もいつの間にか退いていった。

「そうか！　そうか！　そうだろう！　そうだろう！」と、身を乗り出して聞き入った。「それから？」と尋ねると、しばらく考えて……。日本の女はよい！　色は白いし、穴は小さくて、ジクジクと……と言いだした。

話が変わったので、何のことかと思ったが、内容が分かるにつれて次第に怒りが込み上げてきた。「このインド兵を叩き殺そう」という衝撃が、全身を駆け巡った。殺すわけにいかないとしたら、どうしたらよいか？　判断に迷っていると、取り囲んでいた一人の兵が、大声で叫んだ。

「インド人のメマカウンデー！（インド人の女がよい！）」「そうだ！　そうだ！　穴は小さいし！　インドの女性はよい！」と、他の兵も口々に大声を上げた。兵の胸にも、私と同じような怒りの炎が燃えていたのだ。こいつが日本の女性を犯したのかと思った途端、自分が犯されたような腹立たしさを覚え、我慢ならなかったのだ。

殴り飛ばし、蹴飛ばしても、なお胸が納まらない何者かが全身を駆け巡っていたのだ。インディアンは何事が起こったのか判断に迷った様子だったが、急に怒り出した。手を振り、体を振り、全身で怒鳴ったが、兵はいっこうに止めない。

「カウネー！　カウネー！　インディアン、メマ、カウネー！」と興奮して胸を振り回すのを囃《はや》し立てて、治まらない胸の怒りを癒《いや》したのである。もしインド兵に手を出したら、英軍に反抗した罪に問われることは必定だったので、これがわれわれに残された精いっぱいの抵抗だったのである。

しかしよく考えてみると、このビルマの地に、日本人の子供が沢山いる以上、日本兵も同じようなことをしたに違いない。自分の感情は身勝手だとは思うものの、踏み躙《にじ》られたような感情は、どうしようもなかった。

今まで沖縄で激戦があったことしか考えなかったが、現実にはこのビルマの地で日本軍が行なったようなことがすべて起こっていたに違いない。

改めて女子供が受けたその残虐な行為の惨《むご》たらしさに、身につまされて背筋が冷たくなる思いがしてきたのである。われわれは地団太踏んで悔やしがるインド兵を囲んで、快哉を叫び、気をよくしたのである。

機械の凄さ

われわれのいるミンガラドン・キャンプは、小さいうねりはあるが、広々とした草原の真ん中にあったが、数日前より大きな戦車のような機械が来て整地をはじめた。土木機械をあまり知らない私は、トラクターだと思っていたが、兵の話によるとブルドーザーだとのこと。

わずか二台の機械がみるみるうちに、台地の凹凸を整地し、均《なら》していく。おまけに人は数人に過ぎない。こんな機械があったら、爆撃された飛行場もたちまち修復されたことだろうし、一事が万事この調子で、この技術差が敗戦を導いたのだ。改めて日本の敗戦の理由が分かった思いだった。

日本の武装解除のとき、「ブルドーザーは何台あるか?」と聞かれ、何のことか分からず、「ない」と答えたら、「飛行場は一体、何で造ったのか?」というので、自分たちの腕で造ったと肩をいからしたとき、英軍将校が呆れたという話が残っているが、これが現実のブルドーザーだったのだ。

数日後、日本兵五百人が投入され、ブルドーザーと一緒にモッコを担ぎ、シャベルをもって作業したが、まるで蟻が集まって仕事をしているようで、その能率の悪さは見ていられない。もっともユックリ、ユックリ仕事をするせいもあるが、この二台のブルドーザーと日本兵五百人の仕事がほぼ同じ能率だったのだ。

われわれは改めてこの魔物のような機械の凄さを、身を持って感じざるを得なかった。われわれは戦車、飛行機など兵器ばかりでなく、土木機械にも負けていたのである。

私が子供の頃、「アメリカには道を造る良い機械があるが、農民の仕事を取るので、輸入が許可にならず、その研究にも圧力がかかっている」と言う話を聞き、無茶な話だと思ったことがあるが、この考えが日米の格差を縮めなかったのだろう。

炎熱の日、キャンプのすぐそばに、煉瓦の山ができていた。この煉瓦を壊す仕事を言いつかった。この地方では小石がないので、煉瓦を壊してセメントに混ぜるのだそうだ。日本では思いもよらないことだ。手間がかかるが、これも土地柄なのだろう。

金槌で叩いて壊すのだが、頭がくらくらするようなこの炎熱の中で、朝から晩まで金槌を振るうのは容易なことではない。

暑い、暑いと思い出すと、無性に熱くなり、息苦しくさえなる。ふらふらしながら単調な仕事をしていると、疲労と空腹のため、ときどき意識が薄れる。そんなことではならじと、心を引き締めて金槌を振るう。そのとき手元が狂って、煉瓦を支えていた自分の左の拇指《おやゆび》の爪を力いっぱい叩いてしまった。

アッと言ったがもう遅い。指はペシャンコになっていた。自業自得、呆然としていたが、兵の勧めでキャンプに帰り、診断を受けることになった。今までは人のことだと思って適当にやって来たが、自分が診断を受ける身になろうとは夢にも思わなかった。

二、三十人の患者の列の最後尾についた。その旨を述べれば、軍医仲間だから、早く見てもらうこともできたはずだが、怖さも手伝って順番を待つことにした。

ついに順番が来て、自分でそっとガーゼを剝《は》がす。軍医は一目見るなり、「爪を抜かねばいけませんな!」と言う。私も覚悟していたので、「ハアー!」と答えると、あまりに平気な返事に、何事か分からないで生返事しているとでも思ったのか、二、三回念を押した。

手術は診断が終わるまで、四、五十分待たされた後、始まった。「よいですか? 麻酔しますよ!」と指に伝達麻酔をはじめた。注射器でプロカインを注射する。注射液が指に入るのは、じつに気持ちが悪い。消毒は十分できているのかしら? 不潔だったら蜂窩織炎《ほうかしきえん》になるかもしれない、と不安になってくる。

あちこちに針を刺されるので、やりきれない。上手にやれば、二ヵ所でよいはずなんだがと不平満々。それでも黙って我慢する。今までビクビクする人には、「なんだビクビクして! 男じゃないか! しっかりしろ!」と怒鳴りつけていたが、これからは患者には親切にしようとつくづく思う。

大体、麻酔が利いてきたので、イヨイヨ手術。爪の下にメスをチクリと刺すのが、横を向いていても感触で分かる。局所麻酔は、痛覚はなくなるが、知覚はあるのである。思わず手を引く。「痛いですか！」「いや」軍医は呆れて変な顔をしている。衛生兵が手を抑えた。ガリガリ、ゴリゴリ、やっと手術が終わってホッとした。

衛生兵に包帯を巻いてもらっているとき、軍医が頭を掻き掻きやって来た。「外科の軍医さんだそうですね。自分は耳鼻科でして……」と照れくさそうに言いわけした。感じのよい軍医さんだ。指先だけのことで、労役を休むわけにいくまい。当分は痛いのを我慢して労役だ、と憂鬱になっていると、練兵休にしてくれた。

初めのうちは指がザクザクして痛かったが、後にはガーゼ交換のとき、痛いのが頭痛の種。十日ばかり休ませてもらった。お陰で体も休まり、追いつめられたような焦燥感もなくなり、冷静に現実を眺める余裕ができて来た。これからまた労役で鍛えられるかと思えば、少々不安だが、これがニコヨンなどの日常の生活かも知れないと思いいたった。自分の生活が恵まれすぎていたのだと思えるようになってきた。

「これがこれからの俺の生活なんだ」と運命を素直に受け取れるように思えた途端、今まで地獄だ！　虐待だ！　と思っていた現象が、少々疲れはするが、普通の生活のような気がして、何となく心も落ち着いて来たのである。

兵の物資調達にはいろいろの方法があった。まず一番普通の方法は、被服廠に行くと、敵さんの目を掠めてシャツ、ズボン、靴下を二、三着て帰る方法で、心臓の弱い向きには、靴のあるところに行ったとき、できるだけ大きいインド兵用靴に履き代える。いつか被服廠に行ったとき、靴下など二、三個入れて帰る。

兵はこの大きい靴を〃輸送機〃と称して重宝したのだった。弁当箱代わりの飯盒の中に、入れて帰ることもあった。しかし、ばれて以来、これの使用は困難になった。だが、頭のよいのになると、蓋を外したまま、飯盒の中に何食わぬ顔をして持ち帰るが、その下に物資を入れているという知能犯もいたらしい。

物資をトラックに乗せるとき、ことに罐詰や被服のときには張り切った。ドンドン積み込み、指示の数量より一、二個多く梱包を積み込む。

インド兵が数えようとすると、「大丈夫、大丈夫」とさえぎったときは大抵このケースである。もしバレたら、頭を抱えていかにも失敗したような顔をすれば、大抵は大丈夫なのである。トラックに乗せたら、しめたもの。ジャングルに差しかかったとき、余分な梱包を密林の中に放り込む。仕事が終わると、「トラックで送ろう」と言うのを断わり、キャンプまで歩き、途中で梱包を拾うのである。

これがスリル満点の大掛かりな窃盗術だ。しかし、われわれに良心の呵責はない。必要なカロリーもあたえず労役に駆り立てる不足分の一部を個人的に調達しているだけである。あくまで個人の調達だから、われわれには何の利益ももたらさない。

新しい靴を見せて、嬉しそうにニコニコしている軍曹がいた。キャンプの隣りにある皮革廠に行ったとき、仕事中、マンホールにそっと靴の梱包を数個投げ込み、労役後、キャンプに帰ってから、マンホール伝いにその梱包を拾いに行ったのだそうだ。

泥水の中を、四つん這いになり、暗黒のマンホールを手探りで歩いて行く。次第に心細くなり、「来なければよかった！　どこまで行ったらよいんだ！　もう止めようか！　もう止めようか！」と思いながらも、欲と得に引っ張られて、ついに梱包に辿り着いたが、また帰りが大変だった。

四つん這いになったまま、重い梱包を押して帰るのは困難をきわめた。欲も得もなくなり、いっそ捨てて帰ろうかと思ったが、ついに持ち帰った。その苦労話を、得々と話していた。

新品の時計を見せて、得意になっている兵がいた。私の時計は昭和十七年の結婚のときに買ったもので、五十円もしたのに、サックに入れて大事にしていたが、もう駄目になった。羨ましく聞いてみたら、英軍の貴重品倉庫より持ち出したのだそうだ。貴重品倉庫は荷物集積所の中にあり、この中に入るときには褌《ふんどし》一つで入れられる。盗難予防のためだ。

部屋の一角に大きな箱があり、その中に時計が一杯はいっている。作業は、この中から七十個を他の箱に移すことだったが、その間に素早くやったのだそうだ。

裸で入ったのだから、せっかく盗んでも、持ち出せない。口に入れたら、口が開けなくなってしまう。髪に入れてもすぐ分かるだろうし、褌だって駄目だ。女ならともかく、どのようにして時計を入手したのか、さっぱり分からない。いろいろ尋ねた末に、やっと聞き出したのが、つぎの方法だった。

裸で倉庫に入れられると、しきりに咳払いをし、鼻を咬むような格好をして、「ペイパー、ペイパー」と英兵に鼻紙をもらい、チューンと鼻を咬み、ポイと窓の外に捨てる。前もってチューンを合図に、窓の下に待っていた相棒がキャッチし、知らぬ顔をして立ち去る。もちろん鼻紙の中に時計が入っていたのである。

成功の秘訣は、英兵から鼻紙をもらうことだそうだ。自前の紙だったら、英兵の注意を引き、失敗の公算が多いのだそうだ。

同じ倉庫から拳銃を数個持ち出したやつがいたそうだが、その方法はついに教えてもらえなかった。反英運動、内乱、物情騒然たるとき、警官すら信じられず、自分を守るのは自分だけ、集落単位で警邏している。当今は現地人に売れば、拳銃は捨て値でも五、六十ドルだったのである。

オンサンの死

「オンサンが暗殺されたそうだ」という噂が流れた。英軍がビルマを奪回するとき、ビルマ独立のため日本軍についていたオンサンは、日本の旗色が悪いと見て、独立を条件に英軍に寝返ったが、終戦となっても独立を認めようとしない英軍に対し、抵抗していると聞いていた。

このビルマの実力者は日本で教育された。義勇軍の隊長だった青年将校オンサンだが、ビルマでは「長老でないと上に立てない」という習慣から、ウーヌーが主席である。戦争中首相だったバーモは、どうなっているのか、われわれの耳には入らない。オンサンと共に日本に留学していた戦友が、白旗共産党と称して反乱を起こしているとか。

流言飛語が入り乱れ、ビルマはまさに維新前夜のような様相を示していた。首都のラングーンですら、毎日銃声が響いていたのである。

ビルマでもやっと国会が開かれ、オンサンは、その会より帰る途中、妻と共に議会の二階より機関銃で射撃されて死んだらしい。政敵にやられたという推定だそうだ。ビルマ独立に一生を捧げた一代の英雄も、雄図むなしく死んでいったのだ。

風雲児にふさわしい死に方だった。政敵にやられたのだ！　いやその政敵を操っていたのは、英軍だ！　つぎからつぎへと噂は流れる。ビルマは今、物情騒然としていたのである。

数日後、労役に行ったところ、ビルマの大工がそっと囁《ささや》いた。

「オンサンを殺したのは日本の逃亡兵だと英軍が言っているが、本当ですか？」

「冗談ではない！　いくら何でも、日本兵が国会議事堂に潜めるわけがない。大体、日本兵がオンサンを殺す理由がない」と否定したが、よく考えてみると、日本兵が反オンサン派に属して活躍しているのがいるとすると、事実かもしれない。ビルマ人は、「うんうん、そうでしょう。……変だと思った」と答えた。

日本兵が殺したという噂は、英軍が殺した責任を日本兵に擦りつけるために流した流言に違いない。これを明らかにすることがビルマに生き残ったわれわれの使命であり、戦友を殺され、辛酸をなめさせた英軍に対してできる、せめてもの抵抗のように思えた。ここはいかなることがあっても、名誉挽回しなければならない、と思ったが、われわれには外出の自由もないので、犯人は日本兵でないように祈るのみだった。

南方ぼけか兵隊ぼけか知らないが、頭がボンヤリして、何をする気もしない。ときどき整理整頓をするように言われるので、みんな、いっせいに整頓するのだが、いくらやっても綺麗にできない。隣りを見ると、持ち物が重箱のようにキチンとしている。自分のはやや見劣りするが、仕方がないか！　と思っていたら、「これはだれのだ！　整頓しなければ駄目じゃないか！」と叱られてしまった。

隣りにいた軍医少尉はニヤニヤしながら、「この人は整頓中枢が壊れているらしい」と言ったので、大笑いになってしまった。照れ隠しに頭を抱えたものの、以来、公認になってしまった。そのため少々整頓が乱れていても、文句を言われなくなって助かった。

労役に行ったとき見たビルマ人の大工について、議論が重ねられた。ビルマ人の大工は、二、三回鉋《かんな》をかけるとしばらく休み、あっちをいじくり、こちらを突き、また一、二回、鉋をかけるという調子で、仕事をしているのか、遊んでいるのか見当がつかない。

これで飯が食えるのだから、ビルマは住み易いところに違いない。日本では日曜大工でも、こんなにトロトロやれと言われても、できることではない。

「大工仕事に慣れない自分でも、ビルマの本職の大工の二、三倍はできる！」と話すと、「日本の兵隊なら、大工でなくても、五人分の仕事は固いですよ！」と兵は力むのである。

「そう言えば、最近、排日運動が盛んになりましてね……」と兵は話し出した。「ラングーンの街なんか酷《ひど》いですよ。女の子を先頭に腕を振り挙げて、大声で排日デモをやっていますよ！」

「えっ！　まさか！」あれほど親日だったビルマ民衆が、わずか一、二ヵ月の間に排日運動をするなんて、思いもよらないことだった。

兵の説明によると、日本の捕虜が英軍の仕事を一手に引き受けてやるので、飯が食えなくなり、「日本軍を早く帰還させせよ！」という排日運動なのだそうだ。

「それはよい傾向じゃないか！」もっけの幸い、こちらもできることがあったら、この運動を盛り上げるよう、助けなければならない。

普通、ビルマ人なら、「ムカンブー（良くない）」と呟《つぶや》いているだけだから、こんなことを思いつくはずがない。おそらく、日本兵がどこかで糸を引いているのだろう。

そう言えば、道路工事などでビルマ女性がよく仕事をしているが、石を運ぶのに笊《ざる》を持ち、握り拳ぐらいの大きさの石を三、四個ずつ頭に載っけたり、脇に抱えるようにして運んでいるのを見かける。

一回運ぶと、その場に座り込み、ペチャクシャと駄べり、疲れると思い出したようにわずかの石を運ぶという具合。笊に石を入れるのも専門の人がいて、ノロノロやっているので、列を組んで、立ったり座ったり待っているという調子だ。

集落の仕事にでも駆り出され、いやいや無料奉仕でもしているのかと思っていたが、これが賃仕事だったら大変だ。ノラクラ働いていても、彼女らの四、五倍、あるいはそれ以上の仕事をする日本兵数万が無料で確実な仕事をしていては、ビルマ人の仕事がなくなるのは当然だ。ビルマ人に換算すれば、二、三十万人に相当するだろう。

思わず苦笑したが、よく考えてみれば、彼らにすれば大問題に違いない。大いに排日運動をやってくれ！　やればやるほど、われわれの帰還は早くなるはずだ。どうせ使い殺されると思っていたが、突然、目の前が明るくなって来た。

先日、トラクターで整地したところに組み立て家屋を建設することになった。説明書が英語で書いてあるので、辞書もないし、どうしてよいかなかなか分からなかった。

まず溝を掘り、三、四ヵ所、基礎工事をした。つぎの日は二十名で組み立て家屋を一軒建てる。それでも床もあり、壁はベニヤだが、何だか文明の香りがする。

つぎの回は二軒でき、次第に能率が上がっていった。兵の話によると、英軍の総司令部がここに移転して来るのだそうだ。何でもビルマ政府の圧迫で、ラングーンを追い出されてここに来ることになったらしい。

一体、ビルマはどんなになっているのか、さっぱり分からない。この兵舎の周囲にも、ビルマ人の襲撃に備えて溝を造るのだという。そうなれば、英軍が撤退するのは時間の問題だし、ビルマの完全独立も間近ということになる。しかしわれわれ日本兵は早く帰してもらわなければ、武器を持たされ、独立軍と戦わされる羽目になる恐れもある。もうごめんだ。そう考えると、胸がイライラしてくる。

「ビルマが独立すれば、戦友の死も、われわれの苦労も報われた」というべきかもしれない。ビルマが、いや東洋が白人の支配から脱却するのは間近らしい。ビルマ人でも、インド兵にしても、口を開けば英人の陰口で、お陰で日本も敵意を持たれずにすんだということになる。

日本は戦いには負けたが、望みは達成されたのだ。、皮肉なことにその日本軍がふたたび立ち上がれないほど叩きのめされたが、歴史の歯車はわれわれに勝利の栄冠を捧げるかも知れない。それは未来の歴史に委ねることになるだろう。これが草蒸す屍《かばね》、水漬《みづ》く屍となった戦友への手向けの花というべきだろう。

独立運動の火

P大尉が診断しているとき、インド兵がやって来た。何しろ日本軍は、日本最良の薬を持ち出しているので、薬はよいし、英軍はインド兵に冷たく当たるらしい。罐詰、たばこ、衣類などを持って、大尉を訪ねて来た。

彼は、「俺たちは今、大運動に参加しているんだ」と得意になって、つぎのように語っていた。

「戦犯も初期はほとんど有無をいわせず所断されたが、現段階では相当審議されるようになったので、以前のように軽々しく銃殺もなくなり、ビルマ方面軍の憲兵隊長ですら、七年の刑罰が言い渡されただけだ。

近頃はビルマ人やインド兵が、日本人のために証人台に立って、有利になるように言ってくれるので、刑が軽くなっている。そこでわれわれはほんの一人でも、二人でも、日本に好意を抱く人を造ることが大事なんだ。五万の日本兵が一人ずつ味方に抱き込めば五万、二人なら十万人ということになる。これが戦犯の罪の軽減に反映することになるんだ。

戦犯たちはビルマ独立のため、白人の支配から東洋を守るために戦ってきた。不幸にして敗れたが、一生懸命戦った人たちが戦犯になったのだ。おまえたちはこれを黙って眺めているのか！　戦友たちにも話して、できるだけ刑が軽くなるように努力するのが、おまえの義務ではないか」と熱を込めて話していた。

こんな運動に生き甲斐を感じて活動しているインド人もいたのだった。その話を聞くにつけ、「自分も戦友のためにいっそうの力を貸さなければならない」と心に誓い、機会を待つことにした。何の関係もないインド人が一心に活動しているのに、同じ戦場で戦った自分が黙って見過ごすことはできないはずだ。

ある兵が労役より帰るなり、興奮して話しはじめた。インド兵と話していたら、彼らは突然、インパール作戦の話をはじめた。

あるインド兵は、日本軍がインパールを攻撃したとき、われわれは危殆に瀕し、明日にも退却しようとトラックに荷物を積んで寝ていたら、暁になると日本軍は、突然、潮のようにいっせいに退いて行ったので、われわれはそのまま追撃戦に移ったが、あのときもう一押しされたら、われわれは完全に負けていた！　と話していた。

他のインド兵はつぎのように話す。われわれインド兵部隊は、隊長のイングリ（英国将校）を殺して、日本軍に投降する用意をし、実行に移すばかりになったとき、突然、日本軍は退いていった。

なぜあのときもう少し頑張ってくれなかったのか、あのとき、もう少し頑張ってくれたら、独立もできたろうに！　今となっては独立も夢の夢。はじめから独立運動としてやりなおさなければならない。その目的を達成できるかどうか……と涙を流し、腕を振り、地団太踏んで嘆き悲しんでいたと言う。

「まるで俺が悪いことをしたような気がしてね」と兵は言うのだが、インパールにもそんな場面もあったかもしれない。しかし、そのころ、日本軍は蒸発してしまっていたのである。

こんな言葉が出るほど、アジアの各地で燎原の火のように独立運動は燃え盛っていたのである。「黄色民族は白人には勝てない」というタブーは、日本によって破られたのである。独立運動は、いやが上に盛り上がっているらしい。

われわれのやったことは、まんざら徒労に終わってはいなかったのだ。生き生きと目に見えて盛り上がっていたのである。

作業に出ようとキャンプの門衛に向かう途中、司令部のキャンプのところに六、七十人の兵が並んでいる。英軍将校と数人の現地人がその前を歩き、一人一人、丹念に検査している。何か異様な重苦しい空気が流れている。兵の話によると、これがいわゆる首実検で、泰緬国境で英軍捕虜の虐待のかどで、その人物を捜しているのだそうだ。

今までたびたび首実検が行なわれたが、英人から見ると、どれもこれもノッペリして卵に目鼻に見えるらしく、現地人は日当を貰って来ているので、悪者を見つけなければ具合が悪いだろうし、身に覚えのない兵が上げられることもたびたびあった。

そこで現地とは縁もゆかりもない兵を交えて首実検したら、その兵が挙げられるなど、たびたびミスがあり、英軍に抗議中だとのことだ。「無実の罪で獄につながれ、あるいは命を失った人は運がなかった」といえばそれまでだが、ひょっとすると、私も同じ運命にならないとも限らない。実際、人ごとではないのだ！

嫌な感じがして、見ていられない。顔をそむけて通り過ぎたが、背筋に冷たいものが通り過ぎる思いだった。人は人を裁かず……どころか、日当目当てに挙げられる日本兵こそよい迷惑だ。まさか現地人がこんなことをするとは思っていなかったので、裏切られたような腹立たしいような想いを断ち切れなかった。

勝てば官軍、負ければ賊軍どころか、子供のころどれにしようか思い悩み、目を瞑《つむ》って手を二、三回回して、「えいっ」と摑まえたように、手当たり次第に捕まっては、かなわない。せっかく生き残ったのに、ここでまた篩《ふる》いにかけられるのかと、ウンザリしたが、首実検は三、四回見ただけで終わってしまった。三日たっても、五日たっても、ついにわれわれの番は来なかった。

喉の乾きに負ける

次第に労役に慣れて来ると、ときには水浴にも行くようになった。労役より帰ると、カンカンを持ってキャンプ中央の水浴場に行くと、七、八坪（約二十三～二十七平方メートル）、深さ一メートルくらいの池がある。底はピッターで覆ってあるので、水漏れしないらしい。ピッターにも、いろいろの利用法があるものだ、と感心する。

裸になって、この水を二、三回かぶって万事終わり。大体、石鹼などというものを持っている者はほとんどいない。自分は手拭すらないので、はいていた褌を水洗いして、それで体を拭くと言う簡便さだったのである。

この暑さでも、長い間、水浴の習慣を忘れていたせいか、少し冷たい。そこで水いっぱい浴びるだけにしていたのである。

次第に慣れてくると、心に余裕ができて、ときには演劇も見に行けるようになった。美しい衣装を着た女人の姿を見ると、それだけで心が和み、明日への希望へとつながっていったのである。

インド兵が「日本の女を世話しろ！」とキャンプにやって来て、困ったという話を聞いたのもこのころのことだった。

インド兵も分からぬなりに演劇を見に来て、「舞台に出た女を世話しろ！」ということになったらしい。「あれは男だ」と言っても、どうしても承知しなかったそうだ。笑えない実話だったのである。

この女形も、次第に洗練され、日夜練習に励み、昔流に紙を股に挟んで落とさないように歩く法を毎日練習しているのだとか。

「俺はあの玉ちゃんが好きだ。だれだれがよい」だとか、まるで歌舞伎のファンのように彼らをもて囃《はや》す。兵にはこの演劇が唯一の楽しみだったのである。

演劇場の横にはいつのまにか莧《ひゆ》が生え、野菜の畑ができていた。現地では立派な野菜だったのだ。子供のころ、よく母がこの野菜の葉を取って来て、「おじや」を作ってくれたのを覚えているが、ここでは太い茎も一緒に切って炊き、または油でいためて食べる。貴重な野菜だったので、われわれの口には、めったに入ることもなかった。

航空郵便が支給された。切手はないが、これに書けば内地に送り届けられるのだそうだ。女房に出そうか、生家の父母にだそうか、あれこれ考えた末、父あてに書くことにした。私の生死を一番気遣ってくれるのは、父母であると思えたからである。

元気でビルマの首都ラングーンで捕虜生活を送っていること。そのうち帰る日もあるだろう、という意味のことを書き送った。

しばらくすると、手紙運動という運動が始まった。「内地に住む知名の知人に手紙を書き、帰還運動を頼め」と言うのだ。いろいろの人がいた。香川県の代議士の息子もいたそうだ。そのほか有力者に関係のある人も多々あったらしい。

ありとあらゆることを考えて、一刻も早く帰還するために、何でもすぐ実行するという藁をも掴む軍隊式試みだったのである。

インド兵と親しくなり、いろいろ面白いことが分かってきた。彼らが日本軍に診断を受けるには理由があったのだ。

彼らには性病が多い。少佐、中佐の佐官から尉官、兵にいたるまであらゆる階層にあるらしく、日本軍医の大尉が診断していたのもほとんどが性病で、高級将校も混じっていたのである。もし英人の軍医に見せれば、降等（軍隊の階級を下げること）になるのは必至だったのである。普通一、二階級下がるのが普通だそうだ。

大尉なら中尉または少尉。少尉なら下士官という具合だ。現地の医師に見てもらえば、目が飛び出すほど金を取られ、少々の月給ではやりきれない。そこで目を付けたのが日本の軍医ということだったらしい。少々の日用品を贈れば、日本の軍医は大喜びで、診断に応じたので、もっとも都合がよかったのである。

「水道の水を飲んではいけない」と常に言われていた。ビルマの水道はほとんど滅菌されていないので、いかなる病原菌がいるかもしれない。ことにアメーバ赤痢などが多いので、生で飲むといつ感染するか分からない。

毎日、水筒に入れる水はたちまち飲んでしまい、病気が怖いので我慢したが、重労働を強いられ、大汗をかいたときは我慢し切れず、病気の恐れがあると知りながら、飲むこともあったのである。身体から水分がなくなり、渇きに耐えなかったのだ。われわれは医師であり、アメーバ赤痢の怖さを分かっているのだが、喉の乾きに負けたのである。

「○○分隊の兵が蛇に咬まれて入院しているので見舞いに行く」と語る兵がいた。大きな斑点が全身にでき、身体が腫れ上がっていたが、もう二週間たったからよくなるかもしれない。血清もないのに、蛇に咬まれてよく助かったものだ。

「この蛇に咬まれると、この蛇の身体の斑紋と同じ斑紋が身体にできるらしい」と、この兵は気持ち悪がっていたが、「咬まれると、蛇の精が身体に入り、蛇身になるらしい」とでも言いたげな、兵の話を聞いていると、こちらまでその気になるから妙なものだ。草刈りをしていて手を咬まれたのだそうだが、助かればよいがと心から思う。

スマトラから将校がビルマに連絡に来て、スマトラの状況を話した。捕虜の身分で、なぜビルマまで来ることができたのか見当がつかないが、ともかく、現実に来たのである。

われわれは手のあいた者全員が集まり、車座になって彼の話を聞いた。

あれだけ激しかった闘いも終わり、ビルマは今、泰平ムードで労役に服していたが、大して戦争もなかったスマトラでは、上を下への大騒ぎだったのである。終戦までは事実、何事もなかったが、終戦と同時にオランダ軍がふたたび帰って来て、インドネシアを支配しようとしたが、インドネシアでは独立の嵐が吹き荒れていたのである。

「日本軍の武器は、独立義勇軍に渡してはならない！」とオランダ軍に命ぜられたが、日本兵のほとんどが独立軍に好意を持ち、密かに脱走し、義勇軍に加わる者もあった。また、武器をこっそり現地人にあたえる者もありで、状況はますます逼迫《ひっぱく》し、中には堂々と日本軍に、「武器をよこさねば、武力に訴える」と脅し、事実攻撃を受けることもあった。

数少ないオランダ軍では、独立軍の攻撃を防ぎ切れなくなり、日本軍に出動を命じて来る。日本軍はオランダのために戦いたくないし、「そのために死んだら、犬死にだ」と思うが、残留日本兵は日常の米もなく、粥をすすっていて、以後、どんなことになるか分からない状況だった。オランダも弱小国で、頼りにならない。

全員餓死するより、死中に活を求める方法をとることになった。反乱を起こせば、ふたたび日本に帰ることはできなくなる。仕方がない。

「今まで以上に米を〇〇グラム追加せよ！　そうすれば、救援に行くが、どうか。諾とあらば、ただちに出陣だ」

日本軍が守らされているオランダ軍陣地全面に、現地軍が殺到して来る。内部では、「物資をもう少しよこせ！」「ないものは出せない」と、「交渉中に全滅に瀕している友軍よ、もう少し頑張ってくれ！　我慢してくれ！」と、心の中で手を合わせながらの交渉なのである。

「それではわれわれは体がもたないので、とても救援に行けない」と頑張っているうちに、〇〇小隊〇〇人負傷！　〇〇少尉戦死！　とつぎからつぎへと情報が入るのを聞きながら、断腸の思いで交渉を続行する。前線が敗れれば、オランダ軍も全滅はまぬがれない……と知ってのうえでのことだ。

交渉妥結となったら、「日本軍はいっせいに進出して、敵を追い散らす」という状況が各地に起こり、この一、二ヵ月、急速に死傷者が増えているのだそうだ。そんな状況でありながら、インドネシア独立に共鳴する者が多く、自分たち日本軍に向けられる銃と知りながら横流しする者が多いので、ますます騒ぎが大きくなり、蜂の巣をつついたような騒ぎになっているとのことだ。

風雲急を告げているのはビルマだけではなく、インドネシアでも維新前夜を迎えていたのだった。自分もビルマ人だったら、この機を摑んで独立運動に身を挺したろうに……とちょっと羨ましいような感じさえ抱いていたのである。

歴史の歯車は、ビルマのみでなく、インドネシアでもジリジリと回転しているのだ、と思うと若い血が滾《たぎ》って来るのをどうしようもなかった。

パヤジのキャンプで労役しているころ、ペグー郊外に労役に行ったことがある。そのとき、高さ二十メートルの土塁が延々とつづいているのに気づいた。昔はペグーにも城壁が築かれていたのだろう。土塁に上がってみると、幅五メートルの平坦な道のようになっていた。

どこまで続くのか歩いてみたが、尽きる様子もない。しばらく歩いていると、野球のボール大の石の仏像の頭が転んでいた。捜してみたが、付近にはチャウン（寺）もないし、仏像らしいものもない。拾ってみたが、失礼があってはいけないし、と言って捨てるわけにもいかない。仕方がないので、ポケットに入れてキャンプに持ち帰って、雑囊に保管した。

仏像の顔は鼻が少し痛んでいたが、まことに親しみのあるよい顔をしていたので、付近にいた兵に、煙草の入っていた罐を貰い受け、綿に包んでその中に保管した。

手を合わすこともなかったが、ときどき出してしみじみと眺めた。砂岩だかセメント造りだかよく分からなかったが、見るたびに心が和むのである。雑囊に入れていたので、なくなることもなく、持ち歩いた。

乗船のとき、所持品検査があり、変わったものが英軍に見つかると、乗船できなくなるとの達しがあったので、仕方なく、泣く泣くシェダゴンパゴダの見えるキャンプに穴を掘って埋めた。埋めた後、何だかこの仏像もビルマの地を離れずにすんだことを喜んでいるように思えた。同じ埋めるなら、もっとよいところに埋めてあげたかったと、思い出すたびに思うのである。

第八章——南溟の山河

四野病残留部隊集合

「原隊に復帰を命ぜられましたから」と言うので、兵に案内されて行くと、テント五、六コ目のところに、四野病の兵のキャンプがあった。寺田曹長をはじめ西岡軍曹、行李に班長の軍曹ら、二十五名が迎えてくれた。

今まであちこちの部隊を転々として来たが、やはり自分の部隊がよい。彼らは心から自分を迎えてくれた。本当の身内として扱ってくれたのである。

兵長はわざわざ一、二丁離れたところより水を汲んで来て、「体を洗いなさい」と差し出した。こんなことはペグーチャウタン病院以来のことだった。暖かい心に、思わず目頭が熱くなる思いだったのである。しばらくすると、雨が降りだした。テントの緑に埋めたドラム罐にテントの水が溜まり、わざわざ水浴に行く必要がなくなった。

兵のこもごも語るところによると、彼らは鉱山の仕事に駆り出され、由来、本隊と連絡が取れず、取り残されてしまったらしい。「部隊長のやつ、俺たちを置いてけぼりにしやがって！　何も俺たちばかり残さずとも……」と強い不満を抱いていることを感じ取ることができた。

彼らはよい人ばかりだったが、やはり人の子、運命を享受する気持ちになれなかったらしい。何だか彼らと多少の隔たりを感じ、寂しい思いを禁じ得なかった。

兵長には二人の子供があるらしく、子供を語るときには、にこにこしながら話すところをみると、彼も家に帰ると、よきパパに違いない。こんな人たちが、なぜビルマに残されなければならなかったのか！　何もかも運命の悪戯《いたずら》だと思えるのである。

泰井大尉もいつの間にかいなくなり、将校は私一人だったので、当然、自分が隊長となり、みんなの運命を担うことになった。責任は重大である。しかし、私にはまったくその力はない。

また帰国の噂が流れはじめると、帰国順位を決める話が噂に上りはじめた。点数で決めるのだそうだ。一人一人の兵役年数、一年が一点、悪条件の作戦に参加したときは一点、という具合に、作戦の難易により点数が違う。その総合点数の多い順に、帰還順位を決定すると言うのだ。

よく考えてみると、わが四野病はやっと作戦に参加したばかりで、作戦らしい作戦に参加していない。軍隊生活の長い下士官は曹長、軍曹らは四、五人いるが、ほとんどは私と同じく初めて召集された連中ばかり。自分たちは最後だと覚悟を決めた。

兵は、「帰国するときは師団司令部と一緒に連れて帰ってやる」という当番兵になった時のことを信じていた。「師団司令部は偉い人ばかりで、兵も古参ばかりだし」と、約束を守ってくれるものと信じて喜んでいた。

こんな非常のときに、約束など守られるはずがない。約束した人はそのつもりでも、われわれ点数の少ない者を多数連れて帰るとなると、帰還順序がずっと下がる。部下たちはそんなことが我慢できる筈《はず》がない、と思ったが、こんな発言をすると、どんなことが起こるか分からないので、黙って兵の喜ぶ姿を眺めていた。

軍隊の大きな組織の中で、われわれ下級将校にはいかんともし難い大きな壁であった。そのときが来て、思惑がはずれたと分かったら、「彼らはどんなに落胆することだろうか？」と暗澹たる思いに打ち沈む日々だったのである。

大尉の話によると、今、インドにも激しい独立運動の嵐が吹き捲《まく》っているらしい。シンガポールで日本軍の捕虜になったインド兵は、チャンドラボースに従ってインド独立のために立ち上がり、インパール作戦に参加したが、日本の敗戦により、雄図空しく挫折せざるを得なかった。彼ら独立義勇軍は英軍に捕まり、インドに連行され、ニューデリーの獄につながれた。

彼らは獄の中で腕をつなぎ、肩を組んで独立歌を歌い、いくら制しても、蹴っても、殴っても、食事を与えずとも、まったく言うことを聞かず、独立歌が獄中を渦巻いているという。インドの独立を認めざるを得ないほど、凄まじい勢いで英国を追いつめているらしい、と彼は不審の面持ちで語った。嘘じゃないんだ。本当らしいんだ。あの純朴というか、何か一本抜けたような彼らにも、そんな情熱があるのだろうか？　もし日本人だったら、果たしてそんなことができるだろうか？と考え込まざるを得ない。

彼らは単純なるがゆえに、そんなことができるのだろうか？　それとも哲学、宗教のようなものに支えられての行動なのだろうか。いつもの彼らには想像もできない行動に、不思議な思いを打ち消すことはできない。

彼らには輪廻の思想がある。「よいことをして死ねば、来世にはよい身分に生まれ変わる」と信じているので、度胸を決めたら、何が起きても少しも動じない精神の持ち合わせもあるのかもしれない。

それにしても、ビルマ、インドネシア、インドなどに澎湃《ほうはい》として独立の気運が盛り上がってきた。われわれは闘いには負けた。しかし、闘いの目的の一つとして、民族の独立があったはずである。すなわち日本は戦いには負けたが、目的は果たしたことになる。かつて世界に君臨した英国も、植民地が独立すれば、将来は二流国に転落するのは必至だ。日本は戦いには負けたが、英国を二流国に追いやるきっかけを造るに違いない。

ビルマよ頑張れ！　インドネシアよ張り切れ！　インドよ、その調子！　彼らはわれわれに代わって英国とたたかっているので、何となく仇を取ってくれたような気がして、嬉しさが込み上げてくる。

最近になり食料問題に絡み、インドではつぎつぎに餓死者が出る様子なので、インド兵に産児制限について問題を提起すると、彼らは一様に不思議そうな顔をして、「なぜか？」と反問するそうだ。ヒンズー教の教えにより、餓死者が出ても、彼らはあまり気にしない。「今の世界は、自分には具合が悪かったので、次の世に生まれ変わるときは、巧く出直すのだ」としか考えないらしい。餓死は普通、経済の問題だが、彼らには哲学または宗教の範疇に属するらしい、と何かに書いてあったような気がする。何かそんなことになるのかもしれない。

狼師団の劇団の司会者だった山本が、曹長になって帰って来た。これで四野病の曹長は二名になった。入隊のときは確か兵長だったのに、わずか三年ばかりで曹長になったのだから、異常な昇級だったに違いない。劇団の功績が認められたのだろう。

文筆の才能があるのが自慢で、「文壇の大御所○○と、同時に○○に当選したが、自分は戦場にいたためにいまだに駄目だが、やつはあんなに偉くなりやがって！」と悔やしがる彼だった。

――父は女房には恵まれなかった。父の勧めで妻を貰ったが、暴力団が暴れ込み、俺の女を盗《と》ったと因縁をつけて連れ去ってしまった。女はしょんぼりと黙って去っていったが、可愛そうになって、貯金、三百円を持たせてやった。そこで親父は平謝りに謝り、友人を訪ね回って、今度こそ……とよい娘を連れて来た。

結婚して子供が生まれたので、喜んでいたら、友だちに言われて、勘定してみたら七ヵ月で丈夫な子供が生まれたことになる。まさかと思ったが、問い詰めたら、彼女には恋人がいて、父母の勧めで、打ち明けることもできず、そのまま結婚してしまったとのこと。あれやこれやで結局、離婚になってしまった。

さすがの親父も、「俺はもう自信がなくなった」というので、新聞に広告を出した。一日に七、八人も来たが、みんな陰気で自信のなさそうな人ばかり。駄目かな！　と思っていたら、二、三日後に好もしい女がやって来た。よく聞いてみたら、広告を出した新聞社の娘だった。広告の文面が面白いので、どんな人か見に来たのだった。そこでとんとん拍子に話がととのい、結婚したのが、今の女房で、お華、茶を教えているので、生活は困らないらしい。

出征のとき門口で「抱いてくれ」と言うので、そっと抱いてやった、と適当にのろけも忘れないやつだった。満州で苦労して来た父親が、子供のために雑草のように強い女をと思ったのが仇となり、暴力団との出入りとなり、それでは……と箱入り娘と思ったのが腹に子を宿していたり、裏目と出たのだ。

彼の結婚も幸い良い配偶者を得ることができたが、そののろけ話を聞きながら、家に残した妻のことがしきりに思い出された。昭和十七年に結婚して新婚旅行もなく生活していたが、自分が兵隊にとられたら……と裏の小さい畑で鍬の持ち方から教えようとしたが、まったくその気がなく、無理に働かそうとして恨まれてしまったのを思い出す。

この激動の世に、生活力もない者が生き抜くための最低の仕事だと思ってしたことだったのである。先日の便りによると、畑でいろいろ作っているとのこと、きっと鍬を使っているのだろう。また会えるのはいつのことか？　と山本の話に、妻のことを懐かしく思い出したのである。

戦いのはざまで

労役より帰って、ふと思い出して、首に下げた認識票を出そうと捜したが、見当たらなかった。いつか紐が傷んでいたので、なくならないように首に下げたまま、胸のポケットに入れるように心がけていたが、何分、南方惚けで思うようにいかず、気がついてみると、大切な認識票がなくなっていたのである。どこに落としたのか、見当もつかない。

認識票は姫路で入隊したとき、「これは死んだとき、だれか分からなくなるので、首にかけているると、彫ってある数字はこれ一つだけだから、だれか分かるようになっている」と知らされた。

どこかのジャングルで、野戦病院勤務の軍医である自分が戦死するときは負け戦《いくさ》で、とても死体を収容できる状態ではないはずだから、この認識票は小さいけれど、私の墓標となるはずだった。

認識票はステンレス様《よう》の銀色の質のよい金属だったが、数字の見分けがつかなくなっても、永遠にその地に眠ることになる。考えれば考えるほど、身震いするほど寂しくなったものだ。

終戦後は負けたから、従軍徽章《きしょう》も貰《もら》えないだろう。大東亜戦争に出陣した印として、これに越したものはないと思い定めていたのである。一時は雑嚢にしまって置こうかとも思ったが、突然、移動を命ぜられて、また置き忘れるかもしれないと、首につけておいたのが敗因だった。この認識票は、私の戦場で肌身離さず胸にしまって苦労を共にした戦友のようなものだったのである。

四野病の兵と共に、キャンプに落ち着けるものと思っていたら、まもなく診断医官を命ぜられ、衛門脇のキャンプに移動することになった。そこには狼〇四《れいよん》部隊の軍医少尉が当番と一緒にいた。私の当番は、モールメンの兵站《へいたん》病院に一緒に入院した三宅だった。

また新しい生活が始まった。少尉は人のよい男で、「父は北九州の炭坑地帯の大工だったが、自分を医師にしてくれたんだ」とか、身の上話をあれこれと話す。話を聞くうちに、だんだん心が和み、人心地がついたのか、犬ころのようにあちこち追い回される身がつくづく情けなくなって来る。やはり、部隊と離れたら、ろくなことはない。これから一体、どうなるのだろう？　と不安はあったが、医療に専念できることは何となく嬉しいような気もするのだった。

R軍医少尉は召集を受け、朝鮮の大邱で訓練を受けて軍艦「武蔵」に乗せられて、サイゴンに上陸したのだそうだが、「武蔵」の偉容にまず驚いたらしい。何しろ大きいのなんの、乗ったのはよいが、一個連隊が前甲板に軽く納まり、なお余裕があったというのだから、その大きさが知れようと言うもの。それに、高射機関銃が針鼠のように装備してあった。

洗濯、水汲みに船倉に入ると、階段もまるで高層ビルの屋上から、地上に下りるように下りなければならず、暑いからとアイスクリームのサービスがあったが、これも艦内で作ったものだと聞かされ、まるでホテルにでもいるような気持ちだったという。それに大きいので、動いている感じもないし、演習しながら、一週間でサイゴンに着いたそうだ。

彼らが泰緬国境に向かってメコン河を遡上したとき、国境には蛍がネオンサインのように同時に明滅していた。ビルマに着くと、ただちに北上して菊師団の苦戦している雲南へ重い荷物を担いで、山を越え谷を渡って進んでいった。

谷間の集落に着くと、人の首には大きな瘤《こぶ》がぶら下がり、二個も三個もある人もある。医学書に、「沃度の摂取が少ない地方では、甲状腺腫ができることがある」と書いてあったので、この地方には沃度が少ないのだろう。

敵と遭遇し激戦を繰り返したので、先輩の「菊」もよい相棒と思ったらしい。彼に言わせると、前線では北九州の久留米師団の「菊」と京都の「安」とは犬猿の仲だった。

安部隊は戦えば負け、攻めれば敗れる。仕方がないので、「菊」が前線に出て敵を追い払い、「安」に守備を任せて前進すれば、アッという間に敵に取られてしまう。おまけに、負傷兵を「安」の野戦病院に預けておくと、あっさり患者を置いて退却するので、「菊」の患者もみんな自殺に追いやられてしまう。患者の戦友だった「菊」の兵士たちは、「安」部隊を親の仇くらいに思っていたらしい。「安」はいつも何もかも捨てて逃げてばかりいるので、いつのまにかトラックもなくなった。ときどき見かけるトラックに便乗を頼むと、トラックの主はほとんどが菊師団の持ち物で、「菊」や「狼」の者なら喜んで乗せてくれるが、負傷兵でも「安」と分かると断わられるので、「狼部隊だ。〇〇部隊だ」と部隊名を偽って乗せてもらう兵もあったのだそうだ。

敵は飛行機から物資を落下傘で降ろすので、充分の補給があるが、友軍は肩で担いでいったものだけだったので、補給の差はそのまま戦力の差となって現われてきた。

敵の補給落下傘が両軍陣地の間に落ちると、命を掛けて物資の争奪戦が始まる。敵落下傘の赤いナイロンで褌を作って履《は》いた兵もたくさんいたのである。

敵を追い払い、物資補給所に行くと、ただジャングルを切り開いた開豁地だったので、その大掛かりな遣り方に驚いたこともあった。

遙か前方で戦っているので、当分、大丈夫と衛生兵と一緒に昼寝して目覚めてみると、敵の真っ只中にいることに気づいた。慌てて敵の目をかすめて小山に駆け登るその早さ……と、彼は笑うのである。

戦いに敗れてバラバラに下る雲南の景色は雄大で、じつに素晴らしい。美しい小鳥が人怖《お》じせず二、三メートルのところに平気で遊んでいる。まるでこの世の楽園のようなところだった。食料もなく、ぐったりして座り込んだ林には、この世のものとも思えぬ小鳥のコーラスがあり、物怖じしないで寄って来る小鳥に、戦いが現実に行なわれているとは思えないような別天地だったのである。

当番兵の話によると、椎《しい》の木のあるところは、またどこまでも椎の木ばかりで、入院中……と、いっても名ばかりで、食物すらも支給にならないから、毎日、山に入り、椎の実を拾って来る。二、三十分もすると、二、三升は軽く拾える。これを飯盒で炒《い》って食べるのが、日課だったとか。

方面軍の感状を貰った太郎山の攻撃のとき、彼も参加した。彼我の銃弾が入りまじり、一歩も前進できなくなったが、友軍の榴弾、山砲の援護射撃を得て攻撃を行なった。彼も兵と共に弾痕に飛び込み、敵弾を避けて進撃していったのだそうだ。日本の榴弾砲の弾痕は、ちょうど人間一人が隠れる程度の威力を持っていたのである。

彼は龍兵団と菊兵団と間違えているらしい。「狼」の〇四が救援に行ったのは北ビルマで、〇四が名声を上げた太郎山は、「龍」の退路を阻む敵陣だったのである。

当番の三宅兵長は、チャウタン病院では外科に属し、士官の当番で顔馴染《なじ》みだったし、モールメンに後送されたときも一緒だった。朴訥《ぼくとつ》な青年で、彼の言葉はあけすけであり、取り引きも誇張もない、額面通り信じてよい好青年だったが、よく縁があったと見えてここの治療室でも一緒になったのである。

彼はパヤジより二野病に着いてマンダレーに行っていたが、また二野病と共にミンガラドンに来ていたのである。風采はいっこうに上がらず、悪気がないので、何でも気軽に喋《しゃべ》れる男だった。生家は農業とばかり思っていたが、彼は播州の鍛冶屋で、鎌や鋸などを造っていたのだそうだ。

男ばかりの殺伐たる空気の中、話題にのぼるのは女性のこと。性交の時間をみんな得意になって披露したが、問い詰められて彼は三十分と答えた。「いつかピー屋へ行ったとき三十分だったから」と、オズオズ答える彼の言葉に偽りはなさそうだし、大体、人を担げるような人柄ではないので、ノンビリした顔立ちだが、その方も悠長なのかも知れない。ちょっと羨ましいような気もする。暇なのでいろいろと話が弾《はず》む。彼の話に出て来る女性は電話の交換手だけ。「そんなじゃないんですよ」と打ち消す彼だったが、よく出て来るところをみると、プラトニッククラブというものかも知れない。彼の困っている態度が面白く、親しみ易い人柄と共に、ツイツイからかってみたくなるのである。

手術の明け暮れ

治療は毎日、三百人くらい来る。まず、自分で包帯を取らして順番に並ばせる。衛生兵がガーゼを取り、軍医の自分の前をつぎつぎと傷を示して通過する。

傷の具合を見て、A、B、Cに分ける。Aは練兵休。Bは内務班の仕事。Cは治療だけで、労役より帰ってから治療に通う。

通過する患者の傷を見てA、B、Cと判定すると、下士官がそれを記録する。特別の治療を要する者は後回しにして、最後まで待たせる。

第一関門が終わると、古参兵が傷を拭き薬をつける。つぎに回るとガーゼを置き、つぎの兵が包帯を渡す。患者は自分で包帯を巻くのが普通。とくに難しいのは衛生兵が巻いてやる。まったくの流れ作業だ。約三百人の患者の治療が大体四十分。いとも簡単にやっつけてしまう。

キャンプで休んでいると、衛生兵が兵を連れて恐る恐るやって来た。何事かと思ったら、「昼寝をしていたら、突然、睾丸が痛くなり、みるみる膨れてきた」と言う。見ると、片方の睾丸が鶏卵大になっていて、しきりに疼痛を訴える。先ほどまで何ともなかったと言うのだから、話が分からない。

こちらも初めてのことだが、驚いてばかりはいられない。湿布薬をやり、冷やすように命じて、鎮痛剤をあたえて様子を見ることにした。

翌日になると、睾丸もやや柔らかくなり、疼痛も軽減したのでホッとした。内地に帰ってから専門家に聞くと、睾丸の捻転症だろうとのことだった。

泰緬国境にいた部隊がやって来た。二、三十人の兵のどれもこれも、みんな鶏卵大の睾丸をぶら下げている。固くてわずかに圧痛もあるらしいが、内地に帰ってからの夫婦生活のことが心配になるらしく、つぎからつぎへと詰めかけて来る。たぶん、フィラリアだろうが、診療所には何の薬もない。スルファミン剤をあたえてお茶を濁す。片方ならよいが、両方の者が子供を造ることはむずかしいだろう。

「自分も泰緬国境に長くいなくてよかった」と、大睾丸を見ながらつくづく思うのである。そして

「俺はまだ大丈夫」と、フト妻の顔を思うのだ。

キャンプを散歩していたら、衛生兵に連れられて兵が来た。「息子に塊ができたから見てくれ」とのこと。診断時間でもないのに……と思ったが、快く診断に応じ、その場で診察をはじめた。男ばかりのこと、何の遠慮なく道端で診察した。陰茎の中ほど、尿道の部位に中指大の固まりがあった。朝方、痛いので見ると、こんなものができていて……とのこと。これでは小便も出ない。はてどうしたものか？　尿道に石が詰まっているらしいのだ。

ちょうど病院の軍医が通りかかったので、頼み込んで入院させることにした。膀胱結石が下りて来たのだろう。専門違いのため、めったに見ない病気だ。よい経験だった。尿道を切って出すのは易いが、瘻孔《ろうこう》ができて塞がりにくいので、一応、膀胱に押し込んで、膀胱を切って取り出すのが常道だそうだ。

当番兵も、仕える医師の腕がよいと嬉しいのか、「軍医が胸膜炎の患者を発見し、プンクチオンをしたら、注射器に水が出て来た」と嬉しそうに、軍医の自慢をしているのを聞くと、自分まで楽しくなる。

彼はもてるのか、よく西瓜やラッションを手に入れて、お裾分けしてくれるので、どうやら自分たちも人間らしい生活が楽しめるようになってきた。診断医官だから、労役は免除され、精神的にも、肉体的にも楽だったのである。

毎日毎日、弾丸摘出と包茎の手術で明け暮れするようになった。北緬に、アラカンに戦って腕や足、胸に敵弾を受け、多いのになると、十数個も傷を受けているのもいる。それがこのころになると、みんな皮下に移動して浮いてくるのか、外から触れるようになるらしい。帰国できるらしいとの噂が流れはじめると、摘出を希望してやって来る。「今のうちに摘出して、心残りなくサッパリして帰国したい」という気持ちなのだろう。

切れないメスで、ゴリゴリ切って弾を取り出すのは簡単だが、数が多いので大変だ。灼熱の日中に流れる汗をそのままに、手術をするのは大変だ。衛生兵は汗を拭ってくれるほど気の利く者はいないし、自分で拭うと、清潔にしている手が不潔になり、手術創に黴菌《ばいきん》が入って化膿し、手術も成功しない。そのため汗は流れるままで、酷いときには汗が傷に滴《た》れそうになる。夢中で手術をしているようなものの、命には関係ないとは言っても、酷熱の手術は過酷をきわめる。

包茎の方も、手術が次第に増えて来た。「男女関係も包茎ではうまくいかない」という伝説がまことしやかに流れているらしい。お陰で形もいろいろあることに気がついた。大男の軍曹の持ち物は、わずかに三センチメートルしかないが、小男の兵長のは雄大だ。

恥ずかしいのか、包茎手術のときはラッションだとか、いろいろなものを持って頼みに来る。お陰で物資にあまり困らなくなった。集まった煙草で、腹巻きも手に入れた。兵の間では、煙草は金の代わりに流通していたのである。

包茎とは、男性陰部の先が子供のように皮をかぶったままになっているものだ。外部との摩擦がないので、過敏になっていて、たちまち完了して早漏になることが多く、包皮の内側に垢のようなものが溜まり、不潔になって、癌の元になるといわれている。

戦後、内地に帰ってからいろいろ話していたら、支那派遣軍にいた軍医は、面白い話をしていた。手術のとき、切り取るはずの皮を丸めて残し、膣を刺激するから女性が喜ぶという瘤《こぶ》を造ってやったとか。陰茎の皮を切り取って、縫合のとき九十度回して縫いつけ、捩じ棒を造って女に奉仕するため涙ぐましい努力をしたとか、笑いたくなるような話が残っている。

男性ばかりの軍隊に長年いれば、性に対する思いは異常なほど凄まじいものなのである。陰茎の皮下にたくさん玉を埋めるなど女性の膣を刺激して喜ぶのは、普通では刺激が少なくて面白くなくなった商売女ではともかく、一般の女性では何の効果もないといわれている。つまり、涙ぐましい努力も何の効果もないということである。

勤務交替により、〇四の軍医は林兵団の中尉と交代した。彼もよい人で、ときどき貰い物があればお裾分けにあずかったり、上げたりしていたが、包茎の手術の御礼にラッションを貰った。だが、化膿したので、せっかく贈られたラッションも食べにくく、二、三日キープしたが、とうとう三宅に命じて返すことにした。

三宅は、「それがよいですよ」と変なことを言うので、理由を問い質《ただ》すと、中尉の当番が「ここではみんなで分けることになっているのに、独り占めにするなんて、けしからん！」と言っていたのだそうだ。

驚いて、いつからそんなことになったのか聞いてみたが、彼も知らなかった。林兵団くらいになると、兵も偉くなり、立派な口を利くようになっていたのだ。「今後はよく気をつけなければ、反動を回される恐れがある」とつくづく思う。

運命の女神は微笑んで

ある日、高級軍医がこそこそやって来て、「練兵休を多くされると、労役のヤリクリがむずかしくなるので、注意して欲しい」と頼みに来た。

「しかし、相当厳重にやっているつもりですが」と答えると、「そうだな……」と手帳を見ていたが、「それにしても、中尉はどうかな?」と言う。中尉はしばしば診断に来たが、「師団司令部の帰還準備のため、病気として残されている」と聞いていたし、下腿潰瘍があったので、それを理由に、しばらくAとしていたのである。

あまり長びくので先日、「あまり長くなるから、これくらいでBにしてもらいたいのだが……」と申し出たところ、「ええ、よいですよ」とあっさりした返事が返ってきたが、以来、顔を見せなかった。その中尉さんのことだったのである。

そう言いながら手帳を繰っていた高級軍医は、「ああ、ここではBになっているのか?」とブツブツ言いながら帰っていった。よく聞いてみると、この中尉さんは中耳炎、下腿潰瘍、虫垂切除後遺症など数種類の病気を持って、交代に病気を使い分け、ずっと労役を休みつづけていたのだった。

以前、長い間いた「狼」の○三部隊の兵も、ときどき診断に来る。靴擦《ず》れで豆が潰れてやって来た。新しい靴をせしめたが、靴擦れになったのだ。先日、高級軍医から注意を受けたばかりだし、○三部隊に長い間厄介になっていたから、依怙贔屓《えこひいき》したと思われては具合が悪いので、Bとした。

翌日の夕刻、列を作って帰って来る兵の中で、大声で喚いている兵がいる。見ると彼だった。裸足で靴を片手に、「オーイ、オーイ」とニヤニヤしながら、しきりに手を振っていた。「悪いことをしたな!」と思ったが、今さらどうにもならない。「よく知った親しい人だったので、特別に甘くしてはいけない」と思ったのが裏目に出た一幕だった。

その彼が、インディアン娘にもてて、もててと兵たちは羨ましがる。彼は得意そうに胸を張ってニヤニヤしていたが、そう言えばノッペリして髭も生えず、「金と力はなかりけり」と言いたいような男だった。

二、三日して彼はみんなに嗾《けし》かけられ、とうとう手を握ったが、同じ民族でなければ駄目だ、と撥《は》ねつけられてしまった。彼はみんなに囃《はや》され、艶福家を気取ってニヤニヤしながら、「だいぶ自信があったのに……」と、それでも手を握っただけ得をしたとニヤニヤしていたのである。

〇三の兵がときどき、やって来る。彼が以前戦っていたころ、狂犬に咬まれたのである。彼は戦友四人と腰を降ろして休んでいたら、突然、異様な気配の犬が涎《よだれ》を垂らしながら現われ、四人の足をつぎつぎに咬んで立ち去った。兵たちは異様な気配に驚いて、立ち上がろうとしたが、逃げる暇もなく咬まれてしまったのだ。

三、四日の後、兵の一人は突然、興奮してバタバタ暴れながら病院に担ぎ込まれ、まもなく死亡、つぎの日にもう一名が病院に担ぎ込まれ死亡。一週間後に三人目の兵が同じ症状で死亡した。残ったのがこの兵で、一番端にいて、最後に咬まれた男だったのである。

つぎつぎ咬まれて犬の牙がズボンで拭われ、狂犬病のビールスを拭い去ったのだろう。彼だけはもう三年たったのに、発病しなかった。彼はときどき心配になると、やって来て、「もう狂犬病は大丈夫だろうか?」と尋ねる。

私はいつもつぎのように答える。「狂犬病は普通一、二週間で発病する。長くても二、三ヵ月すれば、発病しないと思ってよいはずだ。それが三年たったのだから、絶対大丈夫だ。ただし今、医学書がないので、証拠は見せられないが」と。

彼は納得したのかどうか分からないが、何となく気分が治まるらしく、一しきり話をして帰って行く。その兵は以前、蛸壷で生き埋めになって、九死に一生を得た兵だったのだ。運命の女神は、彼に微笑んでいたのである。

ある日、私のところにインド兵が診断に来た。耳が痛いというので覗いてみたら、鼓膜らしいものが見えない。おかしいぞ！　とよく見たら、薄黒い鼓膜が見えた。人間の鼓膜は白いものと思っていたのが敗因だった。ちゃんと見ていながら、見えないと思いこみ、耳の穴をいじくり回していたのである。

そう言えば、耳鼻科の時間、鼓膜は三層になっていて、外側は表皮と一緒だと習ったような気がする。そうだとすれば、皮膚の黒いインド人の鼓膜に、黒い色素が沈着しても不思議はなかったのだ。

マンダレーから引き上げて来た兵が、肩に栗鼠を乗せてやって来た。掌に米粒を乗せると、チョロチョロ下りて来て食べる。茶色がかった灰色で、あまり風采は上がらないが、目が赤く尾の大きいやつだった。何かあたえてみたかったたが、自分の食物にも事欠く始末。生きたまま上野の動物園にでも持って行けば、貴重な動物が一つ増えることになるだろう……と思いながら眺めたのである。

兵の話によると、軍医は労役免除だが、労役の指揮をとる兵科の将校が足りないので労働過重になるため、診断医官でない軍医は、日本軍が勝手に労役に割り当てているのだそうだ。それならそれで、ときには休ませてくれてもよさそうに……と愚痴をこぼしたくなる。大体指揮することに不慣れな軍医には、兵を指揮して労役するのは非常に荷重だった。

診断医官になると、労役に行かないでよいので、いささか退屈になってきた。雑嚢を探っていると、モールメンで病友に貰った墨が出て来た。紙はチリ紙代わりに支給された紙があったので、絵を書くことにした。

「字を書いたものは、一切持ち帰りが禁止されるらしい」との噂も流れていたので、持ち帰れないときは、思い出の場所でも書き留めておけば、これなら大丈夫だと思ったのである。煙草罐の蓋を硯《すずり》代わりに墨をすり、同室の軍医中尉の使い捨てたマッチの軸を噛み潰して筆にして絵を書くことにした。

ペグーの無頭のパコダ、チャウタンの杜《もり》の手術室、ビリンの山々、チッタゴンの集落のメマの水浴など思い出の数々を書き留めた。それを見て、当番の三宅が沃チン用の筆を持ってきてくれたので、作業は一段と早く進行した。

赤は赤チン、黄色はリバノール、緑はマラカイトグリーンなどの薬物も動員したが、色彩感覚もない自分にはうまく書けない。それでも真面目に書き集めたのである。

それは絵のための絵ではなく、思い出のための絵だったから、一枚一枚、溜まるのが何より楽しみになる。兵には本職の画家もいるらしく、その絵も二、三枚もらったが、立派なものだ。とても真似はできない。

師団司令部では、初めて絵を書いたという兵の絵が評判になっていた。奇抜な構図、原色の色彩が持て囃《はや》され、こんなのを天才と言うのだろうとのことだった。見せてもらった。何とも言えない奇怪な絵だが、南国のビルマにふさわしい色彩は、真似もできない奇想天外のものだった。

自分の絵は一枚一枚、ビルマでの生活の記録だったし、故郷に帰る日が来たら、この絵を見ながら、妻子にビルマを語る日を夢見ていたのである。

軍医中尉と当番兵は人のよい人だが、インパール作戦に参加し、ずいぶん苦労したらしい。一番苦しかったのは転進中、チンドウィン河に追い詰められ、弾も手榴弾もなくなり、ついには石を投げ合ったが、撃って撃って撃ちまくられ、友軍はバタバタと殪《たお》れていった。やっと彼らの目を逃れたが、こんな酷い戦いはインパールでもなかった、と言葉少なに語る軍医さんだった。

チンドウィン河を渡河するとき、奇怪なことがあって……と口を切ったのは、当番兵の方だった。渡河しようとしたが、船がないので、あちこち捜したが見当たらない。敵も間近に迫ったので、仕方なく真昼だったが、泳いで渡ることになった。

ときどき敵機が来るので、合間を見ての渡河だった。大河なので、合間を見るといっても時間がかかるので、運が悪ければ敵機の攻撃を受けることになる。

戦友と一緒に泳ぎ出したが、あと四、五メートルで河岸に辿り着くとき、爆音がしたので、必死に岸に泳ぎ着いた。相棒は！　と振り向くと、あと十メートルのところを必死に泳いでいた。早く！　早く！　と怒鳴ったとき、バリバリバリッと敵機の機銃掃射。弾は彼の周りを、しぶきを上げて通り過ぎた。

「しまった！」と思ったが、彼は自分のところに泳ぎつき、がっちりと肩につかまった。二人は飛行機の通り過ぎるまでじっとしていたが、ふと見ると、水が真っ赤に染まっていた。アッ！　と思って戦友を見ると、肩に縋《すが》っている戦友の首がなかった。

彼は七、八メートル彼方で銃撃を受けたのだから、首が飛んで、少なくとも五、六メートル泳いで自分の肩にすがりついたことになる。思わずゾッと背筋が冷たくなり、今さらのように人間の執念に震え上がった。「これが現代の怪談ですよ」エッヘッへと、妙な薄笑いを浮かべた。

後になったが、師団司令部を追い出され、四野病の残留部隊と一緒になる直前、マンダレーから桜井徳太郎中将に率いられた部隊が、ミンガラドン・キャンプに集結した。港である首都ラングーンに帰還準備のために集結したというので、いよいよ待望の復員も近いと心楽しくなる。

桜井中将は兵《つわもの》兵団の師団長で、特有の作戦指導をして敵を殲滅《せんめつ》する偉功を立てた名将だそうだ。彼の得意の戦術は、敵前線の間隙を見つけ、その間隙から敵に見つからないようにそっと抜け出し、敵の後方に展開して後ろから攻撃するという意表を衝いたものだ。

帰還のとき、門のところに待ちかまえて四野病の兵が帰って来るのを待っていて、中将に会ったが、白い山羊髭を蓄えた小柄な痩せぎすの見すぼらしい老人だった。勇名を馳せた名将とは、とても思えない風貌だった。

マンダレーの事情

つぎつぎと入って来る兵の中に、モールメンのムドンの兵站病院で一緒に入院し、「狼」の二野病がマンダレーに出発するとき、私は残されたが、二野病について行った衛生兵の三宅や藤井も一緒に帰って来た。

また、シッタンの石切り場で働いていた寺岡曹長、西岡軍曹などの衛生兵。行李の分隊長の軍曹、河田伍長らがいたのである。これに私を加えたのが四野病の残留部隊である。泰井中尉は、いつのまに内地に帰ったのか、いなくなっていた。

帰ると同時に藤井兵長は、マンダレー・キャンプの様子をつぎのように報告した。

彼のキャンプの近くに、不思議なことが起こった。やっと設営したキャンプに身を寄せ合って寝ていると、突然、ギャッと悲鳴を上げて飛び起きた兵がいた。何事かと、みんな驚いて飛び起きたが、事情を聞いてバカバカしくなり、そのまま寝てしまった。その兵も決まりが悪くなったのか、寝たものの、しばらくすると、また跳ね起きた。あまりのことに周囲の兵も怒り出した。

隣りの兵は、つぎのような話した。

彼が寝に就《つ》いたと思うと、目の前に霞のようなものが立ちこめ、それが次第に凝集して人間らしいものになった。いつの間にか、痩せ細った若い女の人になった。女は黙ってうつむいていたが、「私は日本人です。私の生まれは福岡県三井郡三井村です。日本に帰りたい！　日本に帰りたい！」とサメザメと泣く。その姿を見て、思わず冷水を浴びたようにゾッとして、大声を上げたら目が覚めた、と言うのである。

翌日は元気に労役に行ったが、夜になると、何かに脅えて座り込んで寝ようとしない。仕方がないので隣りの兵が入れ替わって寝ることになった。

深夜になると、飛び起きたのは交代して寝た隣りの兵だった。やはり女が出て来て、泣いて訴えた。その文句も同じだったと言う。まさか！　と言うので、他の兵が場所を代わって寝たが、結果は同じだった。

その噂がつぎつぎと伝わり、われこそは！　と言う兵がぞくぞくと名乗りを上げたが、結果は同じだった。同じ夢を見て不思議がって、去って行ったのである。

マンダレー・キャンプの炊事に大相撲の十両まで行ったモサクレがいた。彼はとんでもないモサクレで、「英軍の労役なんかオカシクテできるか！」と放言していた。

「日ごろの言動から、労役に行かせたら、飛んでもないことになる」というので、炊事軍曹をやらせていた。上官など屁とも思っていない桁はずれの男で、腹に巻いたさらしに、いつもドスを呑んでいるというモサクレ中のモサクレだった。

その彼が、噂を聞いて乗り出したのである。一体、どうなるのかと、兵たちは固唾を呑んで結果を待っていた。

寝ていた彼は、ガバと飛び起きたと思ったら、いきなり吊ってあった蚊帳に抱きつき、引き抜いたドスを、狂気のように何度も何度も突き刺した。周囲の兵は息を呑んで、声も出なかった。

やっと正常に戻った彼に聞いて見ると、やはり若い女が出て来て、「故郷に帰りたい！ 帰りたい！」と泣く女を、さては妖怪と、引っ捕まえてドスを突き刺したのだが……と、しきりに首を傾《かし》げていた。

その噂がパッとキャンプに広がり、ついにキャンプ司令のところに達し、その場所を掘ってみろということになり、掘ると、その場所から人骨が出てきた。仕方がないので、その場所にお宮を建てて骨を祭ったら、幽霊の噂も消えてしまった。

キャンプを撤収するにあたり、彼女の言った三井村の隣村の兵がいて、「連れて帰ってやる」と荷造りして持って出たそうだ。彼女の言った福岡県三井郡三井村は実在だそうだ。「これこそ現代の怪談ですよ」と語る藤井の顔は、大真面目だったのである。

藤井の話によると、敵軍がマンダレーに迫ったとき、日本守備軍はわずかしかいなかった。彼らは死力を尽くして戦ったが、ほとんどやられてしまった。

マンダレー城外の堀を掃除させられたとき、つぎつぎと出て来る死体を担ぎ上げたのだが、この辺りが激戦地で兵がバタバタとやられたのだと思うと、鬼気迫る思いだったそうだ。中には女の死体も混じっていた。マンダレーに進出していた日本女性が、兵と共に死んだのだろう。敵の重囲を破って脱出できたのは、ほんのわずかしかいなかったという。

彼は最初、ビルマの別荘地帯メイミョウに連れて行かれたが、むしろ寒いくらいで、柵も何もないので、現地人との接触も容易で、楽しかったそうだ。英国の総軍の膝元のラングーンにいた自分は、厳しい監視下に在り、労役も酷く、油を絞られ通したのである。

マンダレー周辺には逃亡兵の集団があり、民衆の支持を得ているので食料にも困らず、月に一回はマンダレー城内を砲撃することにしているのだそうだ。英軍も討伐隊を繰り出すが、早期に情報が入るので、来たときには日本兵は、裳《も》抜けの殻《から》。汽車や自動車を襲って、痛快な作戦が行なわれているという。

マンダレー兵舎は、ときどき参謀肩章をつけた将校が入って来て逃亡を勧誘するという。つい最近も軍医を求めて来ていたが、ある独身の軍医が求めに応じて出て行ったという。

話十分の一としても、負けた日本兵の心意気としてまことに痛快だ。われわれが労役させられているのを尻目に、太く短く堂々と生き抜こうとする精神は壮としなければならない。

そういえば、トングーの市長の娘婿は日本の将校だという話だし、われわれが渡河に困ったワウの市長も、やはり日本将校だという噂が流れていた。われわれの知らない舞台裏で活躍している日本人は、まだまだ沢山いるのかもしれない。

マンダレー・キャンプは軍規が相当乱れていたらしく、兵の語るところによると、いつも英軍の言いなりになり、兵をこき使う将校は、夜になると兵に呼び出され、袋叩きにされて、ヒイヒイ悲鳴を上げていたと言う。二野病の将校も、ときどきやられていたそうだ。体力に自信を失った自分がそんな目に会ったら、とても持たないかも知れない。今までいろいろ苦労してきたが、それでも殴られるよりましかも知れない……と思うのである。

マンダレーは案外、自由な行動ができ、ときには夜になると十四、五人で英軍の衣服倉庫を襲撃し、インド兵を追い払って、堂々と荷物を担ぎ出すことは珍しくなかった。

インド兵なんか銃を持っていても、飛び込んで行くと、驚いて逃げてしまい、遙か彼方から銃撃するが、「闇夜に鉄砲といって、遙か上空をピューンピューンと飛ぶばかりで、当たりはしません」と平気で語る彼だった。

現地人に物資を売り、二百ドル、三百ドルを持っている兵は珍しくなかったそうだ。今これだけしかないけれど、とポケットを探った彼は、二、三十ドルの札を掴み出したのである。微に入り細に渡って語る彼も、その仲間だったのかもしれない。

兵は次第にズーズーしくなり、鉄砲なんか当たるもんか、と虚勢を張り、銃撃中にワザワザ塀の上に上り、煙草を吸いながら歩いていて射殺された兵もあり、足をやられた奴もいた。煙草の火は小さくても、二、三丁離れたところから見えるから、決して吸ってはならないらしい。

それにしても、終戦後、英軍倉庫襲撃で死んだのではあまり名誉にもならない。待っている家族にとっては大変なことに違いない。終戦後のことだが、戦病死ということになったのだろうが、食べる物もろくにあたえず、命を的にこんなことをするまでに追い込んだ英軍に対する反感が、頭を持ち上げる。本人にしても、帰還を目の前にして残念だったろう。

死んだ兵のポケットを探ったら、百五十ドルの札があったというから、ずいぶん活躍したのだろう。われわれ持たない者にくらべれば、百五十ドルは天文学的数字だったのである。

「その心根は分かりかねる」という者もいるのだが、日本軍は敗れるし、戦友は殺されるし、日々の労役でこき使われるしで、英軍の鼻を明かせて快感を貪《むさぼ》っていたのかも知れない。

酷いのになると、夜トラックで英軍倉庫に乗りつけ、倉庫の荷物を積んで持ち出した大掛かりなものもあったそうだ。まるでアラビアンナイトのバクダットの盗賊を思い出させるような御伽噺《おとぎばなし》のような話だった。われわれミンガラドンの輸送機など、「おかしくって！」というところだったらしい。

一番傑作だったのは、まだ夜にならないのに、隣りのインディアン倉庫を数人で襲撃したのがいた。そこまではよかったが、発見されて、慌てて鉄条網を越えて逃げ帰ったが、一人逃げ遅れて倉庫の回りをグルグル回って逃げていた。敵さんは銃を撃ちながら追いかける。こちらのキャンプでは、それを見つけて総出で応援した。

早く早くと、手に汗して力いっぱい応援するが、鉄条網を飛び越える暇がない。気の利いたやつがいて、鉄条網に毛布をかけたらそれに飛びついた。そばにいた連中が腕をとって引き摺《ず》り込み、知らぬ顔をしていたら、インド兵が追って来た。

彼らは大声で何か叫んでいたが、後の祭り。英軍は現行犯でないと犯罪にならないらしく、それ以上は追及しなかった。「何しろ命懸けの運動会のようなもので、スリル満点でしたよ」と語るのだが、確かにスリルとサスペンスは闘牛よりも力が入ったに違いない。

マンダレーで日本の兵隊がデタラメができたのは、英軍の司令官が元東京の外国語学校の教授だったとかで、日本、日本人をよく知っていて、好意を持っていたからだ。

「日本兵には、食物さえ充分にあたえておけば、悪いことをするはずがない。倉庫を襲撃するのは現地人だろう」と、兵の報告を取り上げなかった。「日本兵の行動を大目に見てくれたらしい」というのが彼の結論だった。

メイミョウはビルマの軽井沢といわれ、英軍高官の保養地になっていた。マンダレーからメイミョウに通ずる鉄道に、大きな陸橋がかかっていた。退却中の日本軍は、敵の追尾を妨げて、時間を稼ぐためにこれを壊すことになった。

爆破では修理も簡単だし、その暇もなかったので、鉄橋上に数台の機関車を同時に走らせた。鉄橋は大きく揺らぎ、ぐらっと傾ぎ、橋脚と共に横倒しになってしまった。敵の進出をしばらく食い止め、つぎの作戦の準備をととのえることができたのだそうだ。

終戦後、この陸橋を改めて造ることになり、日本軍捕虜に建設命令が下った。彼は熱を入れて語りつづけた。「この仕事が終わったら、内地に返してやる」との口約束もできた。しかし、この事業は大変な仕事だった。この鉄道を造ったとき、英人技師がときの技術を結集して七年もかかった曰くつきの鉄橋だったのである。

鉄道九連隊、鉄道五連隊を中核とした日本軍も、立派な技術集団だったが、如何せん、機械器具とてない徒手空拳で、果たしてできるかどうかさえ危ぶまれたのである。

英軍の計算では、「いくら何でも、日本の技術では九年はかかるだろう」との予想だったが、「そんなつもりなら、意地でも二、三年のうちにやり遂げて見せる」とこの難事業に取り組んだのである。

われわれはビルマに入って一体、何をしたか？　殺人と破壊に終始し、ついにビルマのために何一つ残すことができなかった。せめてこの鉄橋一つでも立派に造って、ビルマに残そうではないか！　と全軍一致団結して、事に当たった。

力仕事に慣れない兵も、危ない足場にもかかわらず、すすんで鉄材を運んだ。運搬車もないので、すべて臂力搬送だった。汗みどろになって働いた彼らも食料不足で、エネルギー不足はまぬがれなかった。シャツもズボンも、みんな食料に代わり、褌一丁になって働く彼らの心情は悲壮だった。一日も早く仕上げて、故郷に待つ妻子に会うために必死だった。

夜が明けると同時に出て来て、星を戴《いただ》いて帰る日がつづいた。「日本人の名誉にかけて、技量の優秀さをここに示そうではないか！」を合言葉に、作業は進められた。兵たちの巧みな技術と人業を越えた気力と人海戦術で、ついに二年間で難事業を完了した。

それは頭脳の勝利であり、傲慢な英軍技術者に対する無言の解答だったのだ。その完成のときは、手を取り合って泣いて喜んだ。「英軍もその労をねぎらい、約束通り帰国のためにラングーン集結へとつながった」と、胸を張って語ったのである。

ビルマの果てで

架橋工事中、夕刻になると自由にキャンプに帰った。そこには鉄条網も何も拘束するものはなかったのである。そして、現地人との交流もほとんど自由だった。いつしか、若いビルマ女性が来て、何くれとなく日本兵の世話をするようになった。

彼女はビルマ人だというのだが、その所作が、何となく日本人のような気がしてならなかった。兵たちは何かにつけて訊ねるのだが、彼女は何かに事寄せてはぐらかしてしまう。おかしい！　なんとなく変だ！　と話し合っていたが、橋梁の工事も終わり、明日は乗船のためラングーンに出発という夕、兵たちは酒を都合して打ち上げの宴を開いた。

彼女も兵の勧めにしたがって出席し、名残りを惜しんだ。楽しい宴も終わるころ、兵はしんみりと彼女に話しかけた。「われわれには、どうしても貴女がビルマ人とは思えないんだが」と話すのだが、答は同じだった。

いよいよ宴も終わるころ、隊長が、片隅に呼び寄せ、そっと訊ねた。

「ここに来て以来、いつも貴女に御世話をかけて何か恩返しをしたいのだが、捕虜の身では何の御礼もできない。もし貴女が日本人なら、われわれは何としてでも日本に連れて帰る労を取ります！」と心を込めて話すと、いつもは笑って打ち消す彼女も、黙ってうつむいていたが、意を決したように、おもむろに語りはじめた。

「私は看護婦です。プロームの兵站病院に勤務していましたが、転進中、英軍に急襲され、婦長と共にいたがチリヂリになり、私はただ独りになって歩くうちに、食べるものもなく、力尽きて倒れてしまった。気がついたら、現地人の家に寝ていました。家の者の話では、家の庭に倒れていたとのことでしたが、どこに行ったらよいかも分からず、しばらく家にいるうちに助けてくれた主人と結ばれ、子供まで生まれました。父母に会いたいのはヤマヤマですが、こんな体になり、子供まで生んだ今、とても父母に会わす顔がありません。邦人の人に顔向けもできませんし、とても帰れません」と涙を流した。

「もし帰られたら、世の中には、こんな女もいた……ということを、日本の皆様にお話し下さい」と言って、名も告げずに立ち去った、と言う。彼女は今、どうしていることやら……と柄になくしんみりと話す藤井だった。

これを聞いて、すぐにでも助けに行きたいと立ち上がったが、身動きもできない捕虜の身だったことを思い出し、黙って座り直したのだ。遠いビルマの果てに望郷の念を胸に生きつづけている薄幸の女性がいることを、故国の人に語り伝えなければならない、としみじみ思うのである。

復員後、医師として各地を転々と歩き、ちょうど国立鳥取療養所に勤務中、昭和五十四、五年だったか、厚生省の医学会で福岡に出張した。街を歩いていたら、本屋が目に止まり、何となく入ってみると、ビルマ従軍看護婦の手記があった。よいものがあったと、さっそく買い求めて持ち帰ったが、いざ読もうと思ったら、あの無残な戦いに死んで行った戦友たちのことを思い出すことが、重く心にわだかまり、そのまま本棚に納めてしまった。

やっと読む気になったのは半年の後のことだった。

和歌山日赤の看護婦がプロームの兵站病院に勤務したが、戦い利あらず転身命令が出たときは、すでに方面軍は壊滅して、敵軍は主要街道を封鎖し、後方遮断は完了していたのである。

彼女たちは牛車に乗り出発したが、時すでに遅く、シッタン河付近で敵に急襲され、軍医たちは軍刀をかざして敵機関銃座に突撃していったが、残った看護婦に対しても激しい銃撃がつづいた。

みんなつぎつぎに負傷し、彼女もやられて心細く隣りに伏していた婦長さんに「婦長さん、助けて！」と叫ぶと、婦長さんの「自分のことは自分でしなさい」という細く弱々しい声が帰ってきた。婦長さんは瀕死の重傷を受けていたのだ。

しばらくすると、「天皇陛下万歳」という微かな声が聞こえた。婦長さんの声だった。そばでだれか婦長さんを激励する声が聞こえたが、返事はなかった。戦死されたに違いない。「もう駄目だ！」と思っているうちに意識が薄れていった。気がついてみると、現地人の家に寝ていて、わきに現地人の兵隊が団扇《うちわ》であおいでくれていた。現地兵は、「看護婦さんが看護衣を草木の汁で染めていなかったら、撃つんではなかったのに！」と涙を流しながらあおいでいたという。

非戦闘員の赤十字の看護婦を攻撃し、傷を負わせた負い目でもあったのか、英軍は親切で、軍の病院に入院させ、手術までしてくれたが、うまくいかず、インドのニューデリーの軍病院に送られ再手術して一応全快したが、疼痛は現在もつづいているそうだ。

同僚は大部分は戦死し、三人は著者と一緒にニューデリーまで行き、よくなったが、一人だけ攻撃を受けたとき逃げたのか行方不明で、もし知っている人がいたら教えてもらいたい、と結んであった。

これを読んで我慢ならず、生まれて初めて投書した。看護婦の住所が書いてなかったので、著者に当てた投書だった。反応はすぐ現われ、著者から、「貴方の便りを受け取りました。便りを見て一晩眠れず、翌日ただちに看護婦さんのところに便りを郵送しました」との便りをもらった。

ついで看護婦さんの下北さんより、もっと詳しい事情を教えて欲しいとの便りがあり、だれに聞いた話か忘れていたので、三宅、田中、西岡、大久保らに電話して藤井だと知った。だが、その藤井の住所が分からず難渋していると、下北さんはすでに住所を突き止めていたが、彼はビルマのことはまったく忘れて何も覚えていないので困っていると、電話連絡があった。

しばらくすると、高野のビルマ寺で狼部隊の〇二《れいに》連隊を中心とするビルマ戦死者の慰霊祭のとき、「みんなの前で私の便りを読み上げて、それについて知っている人を捜した」との便りが来た。また下北さんは、ビルマの参謀だった人の集会にも出席し、友だちの消息を求めた、との知らせがあった。そのつてで、ビルマ軍の顧問をしている元参謀に連絡をとり、ビルマ全軍に私の葉書をビルマ語に翻訳し、配布した、との連絡が来た。その後、ビルマの留学生に連絡が取れたとかで、その地区を実地調査してもらったが、消息は分からなかった、と言ってきた。

定年が来たので、国立鳥取療養所退職の挨拶に米子や三朝に行き、帰って来たのは九時過ぎだった。そのとき、事務所から電話がかかった。朝十時頃、吉岡温泉より「下北という人から電話がありました。『三島所長は明日退職になるので、挨拶回りに出て今、いない』と返事しておきましたが、下北さんは、電話した相手が所長だとは知らなかったようです。『三島さんはいらっしゃいますか?』と言うので、はてな、三島という人がいるかな? と思ったら、所長さんを思い出し、『所長さんですか?』と聞いたら、向こうも驚いていたようです」と不審そうに話していた。

さっそく下北さんのいる吉岡温泉に行こうかと思ったが、夜も遅いので電話すると、「昨日、吉岡温泉に来ましたが、明日早く帰る予定です。温泉の人に聞いたら、湖山池の対岸の小山に療養所があると聞き、眺めているところです」とのことで、会うことはできなかった。

因島造船所の産業医として勤務中、「投書の葉書について詳しく聞きたいので、高野山のビルマ寺で戦死者の法要がある。そのとき、看護婦さんも来られるから、貴方も来てもらいたい」との便りをもらい、さっそく出かけ、三人の看護婦に会ったが、私もそれ以上のことも知らず、成果はなかった。

下北さんもすでに六十に近く、ニューデリーでの手術もうまく行かなかったのか、疼痛が酷くて座ることができず、今も腰掛けの生活を強いられているのだそうだ。彼女たちにはまだ戦争の傷跡が生々しく残っていたのである。そして、その傷害を振り払うためか、友だちの救出作戦が生き甲斐らしい。彼女にはまだ戦後は来ていないのである。

留学生や軍隊からの便りはかばかしくないが、熱意は少しも衰えず、〇二部隊の慰霊祭を、ビルマの古戦場で行なわれた時ついて行って、戦死した看護婦の墓に花を捧げ、遺骨を持ち帰って家族のもとに帰した、との便りも私のもとに届いた。

以前から、〇二の古戦場で、いつのころか、若い日本女性がきて泣いていたそうだが、二、三年前、現地人に撲殺されたという話も伝わっていたが、これが彼女だとは信じたくないのか、よい話を求めていたのである。

ビルマでは、まだ反政府ゲリラの活動が活発で、ゲリラの基地には、政府軍も立ち入ることもできないところもあり、ここに彼女らしい人がいるとの情報もあり、連絡をとる方法もできたので、間もなく朗報が来るだろう、との話が出たが、以後、話がないので、駄目だったのだろう。これで捜査を終わると言いながら、いつまでもつづくところを見ると、彼女たちの戦いは終生つづくのだろう。

看護婦さんの要請で、高野のビルマ寺に泊まったとき、同室者は金田班長、田中ら三、四人の四野病の者だけだったが、人数の手違いがあったとかで、受付をしていた幹事が一緒に寝ることになった。夜遅くなり、寝ながらいろいろ話がはずんだ。

彼は歩兵中尉で〇二連隊に属していたが、元は〇四で雲南で龍師団救援作戦に参加し、〇二に転属した直後、メイクテーラ会戦が始まり壊滅したのだそうだ。彼は奈良の教育長だが、この時期になるとウズウズしてじっとしていられず、一週間の休暇を取ることにしている。「いつものことだから、だれもまた始まったと笑っていますよ」と話した。

彼が〇四と聞いて、飛行場で聞いた小山、香川ら四人で、数千の敵兵を相手に山裾にいて、交代で山上で鉄砲を撃って牽制し、守り通した話をしたら、「それは違いますよ」との返事だった。

よく聞くと、「事実は貴方の言う通りでしょうが、彼らの置かれた立場は、貴方の思っていることとはまったく違うはずです。一個中隊がたちまち四人になったのも本当でしょう。それは認めますが、残った兵隊が勇猛果敢ですごい連中だったかどうかは疑問だと言っているのです」と。

普通、将校は後ろにいて機関銃を撃ち、手榴弾を投げて戦うのは兵隊だというのは昔の話で、ビルマのように苦戦しているところでは、兵は物陰に隠れて頭を抱えていて、いくら呼んでも出て来ない。

機関銃を撃つのも手榴弾を投げるのも将校、それでも気が引けるのか、下士官が這い這いしながら後ろから弾や手榴弾をそっと渡してくれるだけ。その時、兵士は隠れていて、最後まで生き残った連中に違いない、と言っていたのである。

彼にしてみれば、必死に戦闘し散っていった将校たちの苦闘が認められず、逃げ回って助かった連中が称賛されるのが許せなかったのである。

責任を負わされた将校がまず死ぬので幾ら補給しても間に合わず、終戦時も不足だったから終戦後の労役に軍医の私も出ていたのだった。

ところで、野良犬がこんなに沢山いるなんて、一体どうしたことかと思っていたら、兵の話によると、飼い主の兵が出て行ったので、主を失った犬が、さ迷っているのだとのこと。連れて帰れないのなら、いっそ飼わなければよかったものを……可哀そうなことをしたものだ。

ビルマでは、日本のように残飯があるわけではなし、野鼠でも取って食べる以外に生きる方法はない。われわれは今、こうして生きて行けるだけの食料があたえられているが、内地に帰ると、この犬のように彷徨《さまよ》うことになるかもしれない。何か未来を象徴しているような気がして、惨めな思いに駆られる。

鼠と言えば、〇三部隊の兵が、うっかり乾パンの蓋を開けたままにしていたら、大きな鼠が入って食べていた。日ごろ食物を荒らされて怒っていた矢先、こん畜生とばかりに追ったら、たちまちいなくなった。

探し回っていたら、自分たちの座っている地面に敷いた天幕の下に大きな穴があった。呆れて見ていると、ずうずうしくも大鼠は、穴から顔を出してこちらを窺《うかが》っている。子猫ほどもある大物だ。小癪《こしゃく》なやつだと棒を持って待っていると、二、三分もすると、大丈夫と思ったのか、ノコノコ出て来たので力いっぱい頭を叩いた。

一発で倒れると思ったら、思いのほか強くヨロヨロと歩いていた。それでも頭がぼんやりしたのか、穴にも入れずマゴマゴしていたので、二撃、三撃とめった打ちにして、ついに仕留めてしまった。「しぶといやつでね。食物の恨みは恐ろしいですよ！」と、兵はにやにや笑うのである。

天幕の跡を歩いていると、野鼠が一匹、チョロチョロと出て来た。付近にあった竹の棒を拾って追いかける。日ごろ早いと思っていた鼠も、大平原を力いっぱい走るとなると、とても自分の比ではなかった。追いかけてピシピシと叩くが、ナカナカ当たらない。息が切れたが、二、三分たったころやっと仕留めてしまった。

労役中ならエネルギー不足で、体もだるく、追いかける気力もなかっただろうが、病院勤務となった今、見つかったのが運の尽きだった。宮本武蔵にでもなったように、意気揚々と引き上げたのである。

アーロン収容所

全部隊の去ったミンガラドン・キャンプに、「アーロン（?）キャンプの防疫要員として、五名出せ」という命令が下った。

「今さら五名も出せとは何だ！　最後の最後まで使うつもりか」と言いたかったが、命令となれば仕方がない。寺岡曹長の選抜で五名を選んだが、その中に三宅もいた。彼は人がよいので、何かと言えば使われる運の悪いやつだ。この中に多木曹長を隊長として入れるように命じた。本人もいやがり、寺岡曹長も遠慮するのだが、「〇〇キャンプの情勢をキャッチし、自分のところに報告し得るのは彼を置いてほかにない」と見込んでいたのだ。

師団司令部は、われわれを裏切り、約束を反古《ほご》にし、われわれを残して早く帰るのは必至と見ていたのだ。この情勢下で、四野病のために帰還順序が少しでも遅れることは我慢できないことに違いない、と感じていたのである。それを寺岡や多木曹長に話すと、大騒動になりかねないので、何も言わず強硬に彼を送りこんだのだ。

あの木陰、この山裾に殪《たお》れていった無数の戦友が、眼前に浮かんで来る。故国に向かって挙手の礼をする戦友に、出征時の閲兵の面影がダブって目頭が熱くなるのを覚えた。

百六兵站《へいたん》病院は、帰還準備のため、シェダゴンパゴダの見えるアーロン収容所（?）に行くことになった。そこで狼第四十九師団第四野戦病院、つまりわが部隊がその後を受けて、患者治療に当たることになった。彼らはそそくさと用意して、申し送りもせず立ち去った。いくら相手がボッダム少尉だとしても、失礼千番なやつらだ！

〇三《れいさん》部隊も、アーロンキャンプに移動準備を始めた。楽しそうにキャッキャッと言いながら、キャンプを畳む。だれか会いに来てくれるかと思ったら、だれも来てくれなかった。あちらもこちらもキャンプが撤収され、無数にあったキャンプも、またたくまになくなってしまった。

〇三の中隊長の中尉が会いに来てくれた。小刀その他の持ち物を置いていこうといってくれたが、今さら貰っても仕方がない。彼は隣村の青年で、自分の生家を知っているとのことだった。そしてお互いの健康を祝して別れた。

残ったのは病院のバラックと患者だけ。鉄条網に囲まれた広いキャンプ跡は、昔日の賑わいの面影もなく、寂寥とした廃墟を、烈日のもとに曝《さら》していた。全キャンプを取り払われた、ガランとした廃墟はじつに侘しい。キャンプの跡がどこまでもつづいている。

キャンプ指令の英人将校が、キャンプの視察に来たので案内した。こんなことは初めてのことで、内心オロオロしながら誘導していると、顔見知りの狂気の兵がやって来た。変なことをしなければよいがと、心配していたら、「マスター、シガレット」と、英軍将校に手を差し出した。しまったと思ったが、もう遅い。彼は精神異常者だから仕方がない。

英人は怒るかと思ってヒャッとしたが、彼は当惑したように私の顔を見た。咄嗟のこととて何を言おうかと戸惑っていると、そばにいた兵が、頭のテッペンで手をクルクル、パーとやって見せた。彼もすぐ分かったらしく、ニッコリ笑って煙草をくれてやったので、自分もやっと胸を撫で下ろす。クルクル、パーは日本語かと思ったら、世界共通語だったらしい。

キャンプの中に、十数匹の犬が集団になって駆け回っている。現地人は犬を大切にする。いつだったか、雨の降り出した夕方、白犬を連れた兵がやって来た。ビルマの犬はたいてい赤か黒だから、これは輸入犬かも知れない。臭気が酷い。兵は蚤がいるといって、DDTを振り掛けると、犬はクンクンと悲しそうに泣きながら、ブルブル震え、弱っていくように見えた。DDTは、犬にはよくないのかも知れない。

別に大事にもならず、元のように元気になった。兵の話によると、この犬は鼠取りの名人？だとかで、毎日数匹、取るそうだ。ビルマでは鼠が大きいので猫は用を為さず、その仕事にはもっぱら犬が当たり、猫はもっぱら愛玩用だそうだ。

われわれは何の通達もないが、つぎつぎと乗船の順番が決まり始めたらしい。すぐ近所にいる輜《し》重《ちょう》隊の隊長の大佐のキャンプを、兵が取り囲んで何か談じ込んでいる。みんな、血相を変えているところを見ると、乗船順位の問題らしい。

「うちの兵は、師団司令部に連れて帰ってもらう」と呑気に構えているのだが、案に相違したら、大騒動になるに違いない、と秘かに心を痛めていたのである。

「狼」の二野病の一部も、病院船で患者護送を命ぜられたため、「今さら部隊が二分されるのは耐え難い！」と朝から、病院長のところに押しかけ、さすがの少佐も困り果てていた。

帰還問題となると、みんな血相を変えて右往左往している。帰還できるなら、十日や二十日は大した問題ではなさそうに思うのだが？　しかし、いつも騙《だま》されつづけているので、乗船してしまわないと安心できないのだ。それは分かるのだが、直接私に関係ないので、この騒動は余所《よそ》ごとのような気がして、人ごとのように眺めていたのである。

「どうせ、自分たちの乗船は最後だから、冷静に見ていられるのかも知れない」と、自己判断してみる今日このごろだった。みんな、こんなに騒いでいるが、本当に帰国できるのか？ 今までのように、また噂だけに終わらないよう願うだけである。

帰国も間近になったせいか、戦没将兵の慰霊祭が行なわれることになった。思えば、数万の将兵の戦死者があったが、今まで弔うこともなく何となく過ごしたが、よく考えてみると、戦争、捕虜、そして労役と、生きていることに精一杯で、戦没将兵の霊を慰めるなど思いもつかないほど殺伐たる気分だった。

だが、帰る日も近いとの噂がでると、心も和み、戦没者のことを思い出す余裕がでてきたのである。

東に向かって整列。自分も四野病院長代理として部隊の中央に立ち、号令と共に東に向かい挙手の礼をする。刀を取り上げられた捕虜の身、ささやかな挙手の礼だった。

山河に眠る英霊よ！ 来たり聞け！ 貴様たちの死も空しく、われわれは敗戦の身を晒《さら》すことになったが、内地に帰り、国造りの礎になる。われわれは新たな任務を持って帰還しようとしている。

おそらく内地も灰塵に帰していることだろう。

敗戦前の状態に戻るのは、二十年先か三十年先か？ 台湾、朝鮮、樺太も失った今、ふたたび元の隆盛を取り戻すことは不可能かもしれない。前欧州大戦のドイツの戦例から見ても、白人であるドイツ人でも、過酷な扱いを受けて酷い生活を強いられたが、日本人は黄色人種ゆえ、もっと厳しい扱いを受けるに違いない。ドイツでもインフレに悩まされたが、われわれはこの茨の道に突入して行かなければならないのだ。

日本の必勝を信じて死んでいった君たちが幸せか、茨の道を踏み越えて行く我々が幸せか、それは神のみぞ知ることである。五年、十年たっても、百年、千年たっても、未来永劫、風雨に曝《さら》され、この南溟の地に人知れず残る君たちの胸の内を察するとき、冷風が背筋を吹き抜けるような寂しさを感じる。君たちを慰める手段は何もない。せめての手向けは君たちの祖国日本、父母の住む日本を、昔通りにするため、君たちの分まで全力を尽くすことを誓う。英霊よ、静かに眠れ！

防疫要員として出した多木曹長から連絡があるが、そのたびに「みんな元気だから安心してくれ」とことづけてきた。案外、よい部下だったのである。しかし、早く情勢をキャッチしても、われわれ低級将校にはまったく打つ手はなかったのだ。一番身分の低い弱者に皺寄せがくるのは、軍隊の習いだった。「自分もいよいよ大詰めを迎えなければならない」と覚悟を決めたのである。

初めて炊事の状況を見に行く。軍曹をはじめとして大久保、河本班長ら行李の連中が受け持っていた。釜がないので、相変わらずドラム罐を切ったもので飯を炊いていた。座り込んで話し込んで、いろいろ尋ねてみると、「このドラム罐釜は普通の釜と違い、飯を炊くときにはできかかったとき、何回だかまぜなければ、ゴッチン飯ができる」と説明していた。

大体、飯炊きはかき回すと、ゴッチン飯ができると聞いていたが、ドラム罐には角があるので普通の通りにはならないのだろう。それとも、大きい釜では掻き回さなければならないのかも知れない。

「蟻が来る」と言いながら、兵はしきりに薬を噴霧している。例によってＤＤＴかと思っていたら、蟻の嫌う薬なのだそうだ。

日本では普通虫除けには除虫菊が用いられるが、英軍はこの代わりに、よりいっそうよく利くＤ

DTを合成し得て日常用いているし、南方には蟻が多いと知り、蟻の嫌う薬を用意していたのだろう。

工事にはブルドーザーを用意し、武器では日本の錆《さび》銃と違い、彼らは銃に錆ができないようにシリコン製剤が塗ってあるそうだ。大体、日本がこんな科学の発達した国を相手に戦争を巻き起こしたことが間違いだったのだ、と思えるようになった。

三宅がニコニコしてやって来た。「今日は隣りのキャンプで牛肉をもらったので、料理中です。楽しみに待っていて下さい」という。

今ごろ牛肉など手に入るわけがない。「その牛は天井裏で、チューチュー鳴いたんだろう」とまぜ返したら、彼はニヤニヤしながら、「本当の牛ですよ」と言いながら出て行った。

しばらくして、彼はすき焼きを飯盒にいっぱい持って来た。どこで手に入れたのか、ジャングル野菜まで入っていた。

「こんなものを食べると、声までチューチューいうようになるんじゃないか?」と冗談を言いながら食べると、何だか鼠の糞の臭いがする。

「おい、これは本当の鼠と違うか?」と問い質すと、三宅は、「知っていたんじゃないですか?」と戸惑ったような顔をした。

好意を無にするわけにもいかず、「いや、じつは知らなかったんだが?」と言いながら、みんな食べてしまった。学生時代、寄宿舎で焼き鳥だといって鼠の漬け焼きを喰わされたことがあったが、鼠のすき焼きはこれが始めてだった。

蛋白質に飢えていたので、まことに結構だった。有り難かった。しかし、鼠は臭気が激しいから、以後、鼠を食べることがあったら、焼いて食べるに限る、と思いいたった。

事態収拾の大芝居

のんびり治療に従事していたら、食料を運んで来たトラックから、多木曹長が這い出して来た。「師団司令部が、われわれを残して先に帰ることに決定した」と探知して、急遽《きゆうきよ》、トラックに便乗してやって来たのだ。もちろん不法移動だ。英軍に見つかったら、処分はまぬがれない。それを覚悟でやって来たのだ。

こうなっては、やむを得ない。ともかく、一緒に行こうと、寺岡曹長と三人で帰りのトラックに乗って、アーロンキャンプに向かった。もちろん行ってみても無駄と分かり切っていたが、こうなったら何か行動に移らなければ、兵たちは納得しないだろう。

自分の予感が当たってしまった。それも最悪の事態だ！　内偵に当たらせた多木曹長が、果たしてアンテナの役を果たしてくれたのだ。たとえいかなる事態になろうとも、身体を張って事態を収拾しなければならない。行き着くところまで突き進み、難局を突破するだけだ、と決心すると、次第に心が落ち着いてきた。

アーロンキャンプに着くと、道端で相談し、まず師団の軍医部長のところに行くことにした。軍医少佐だ。

われわれがキャンプに辿り着くと、普段の豪巌な態度とは裏腹に、いとも慇懃《いんぎん》に、どうぞどうぞと座を勧めてくれた。まず敬礼して官姓名を名乗り、おもむろに本題に取りかかった。

「第四野戦病院が患者を収容して、半年先に来ることになっている英軍の病院船で、患者護送に当たるという噂を聞いたんですが、まさかそういうことはないしょうね」と単刀直入に切り出した。

「じつは二野病に……という話が出たのだが、二野病の内部に、今さら別々に帰るのは耐え難い――という抗議があり、どうにもならない」と言って口籠もる。

この間から、二野病がごたごたしていたのは知っている。軍医部長としての苦衷も分からぬでもない。理由も納得できる。人数のちょうどよい四野病に押しつける理由も納得できる。師団司令部としても、一緒に帰るとなると帰還順序が遅れるので、反対が起き、これを理由に四野病に押しつけるのも当然の成り行きだ。しかし、これで怯《ひる》んでは、兵たちが何を仕出かすか分からないし、これを静める自信もない。帰ることを唯一の念願として苦労してきた兵のために、無駄とは知りながら、屁理屈でも並べなければならない。

自分は理性が優位なのか、全体の成り行きを冷静に眺めているのに気づいた。このようになるのは、我々にあたえられた運命なのだ。自分がいかに努力しても無駄だということを、兵たちに示し、あきらめさせなければならない。

ここまで来ては、軍医部長でも如何ともし難いことも分かり切っている。軍医部長には悪いが、言わせてもらうことにした。「師団司令部は、四野病を一緒に連れて帰ってやる」と確約したと聞いていたので、これを持ち出すことにした。

「今まで師団司令部は、われわれを一緒に連れて帰ると確約されたので、今まで当番として苦労して来ましたが、それは嘘だったのですか？」と切り出した。彼は目を伏せ、「嘘というわけではないが……こうなってしまって……」といかにもすまなそうに答えた。

「貴方の命令で、何とでもなるはずですが……」と言うと、「すまん！　すまん！」と目に涙さえ浮かべた。まさかわれわれごときチンピラの文句は聞き捨てると思っていたので、こちらの方が慌てた。

「いや、そんなに言われても困るんですが……」ここで折れたら、今後、収拾できない混乱に陥る恐れがある、と怯《ひる》む心を励ましてなお追求した。

「軍医部長として約束されたことを、今になって取り消そうと言われるのですか？　男の一言ではなかったんですか？　貴方は男ではなかったんですか？」と畳みかけて必死に粘る。

「まことにすまんが、俺も残るから、君たちも残ってくれ！　俺の力では、どうにもならんのだ！すまん！」と膝を直して頭を下げた。

ここまで言われてはどうにもならない。はて、何と言おうか？　と思ったら、寺岡曹長が後ろから服を引っぱった。

「残って貰《もら》ってはいけませんよ！　世話するのが大変ですから」と耳打ちした。なるほど、そんな考え方もあるのか……と改めて感心した。私とすれば、上官がいてくれれば心強いのに……とちらっと考えたが、兵のために思い直し、言葉を改めて言った。

「その気持ちは感謝しますが、軍医殿に残ってもらっても、われわれが早く帰れるわけではありませんので、その必要はありません。今一度、方面軍の軍医部長に紹介してもらえませんか？」と言うと、彼の顔が急に明るくなり、気軽に下駄を突っかけて歩き出した。

私はほんの少し頑張ったつもりだったが、外はもう薄暗くなっていた。方面軍の軍医部長のところに案内された。いたのはデップリ太った赤ら顔の大佐だった。少佐は、「四野病が患者護送をはずして欲しいとの申し出があったものですから……」と紹介した。

方面軍軍医部長は、温顔を綻《ほころ》ばせながら、呼び入れてくれた。

「俺も残ることにしているので、まあ一緒にやろうじゃないか。ともかく、しっかりやってくれ！」と語る彼の顔を見ているうちに、思い詰めた心も解けて、何となく気分も落ち着いてきた。うやむやの中にキャンプを出て行った。

貫禄の違いと言うものか、まったく歯が立たなかった。一応キャンプに帰って対策を練って……と、四野病のキャンプに入ったが、何となくまだ胸のわだかまりが取れない。座っていると、多木曹長が突然、大声を上げた。

「師団副官、きゃつだ！　悪いのはきゃつだ！　日ごろから酷いやつだから、一言いわねば気がすまん！」と言いだした。

たちまち衆議一決し、師団副官のところに押しかけた。騎虎の勢い、行き着くところまで行かねば治まらない。毒を呑んだら、皿までもというやつだ。

多木曹長の案内で副官のキャンプに入ると、暗闇から「だれだ！」と咎められた。こちらもそんなことで怯むわけにいかない。第四野戦病院付き、陸軍軍医少尉三島四郎と名乗ると、急に言葉を改めて、「おう！　そうか！　そうか！」と少々、慌てて手製のランプに灯りを点《つ》けた。

慌てるのは当然。すでに十二時を過ぎ、暗闇から二人の大男を従えて入って来たのである。袋叩きに遭うのは当然、下手をすれば叩き殺される可能性すらあったのである。

「四野病が最後まで残り、病院船で患者護送に当たるというのは本当ですか？」ときめつけると、「おう！　そういうことになってなあ、まあ座れ！」という。態度が大きいのである。相手は大尉だが、このまま小さくなっていたら、兵たちにやられる可能性がある。

ようし、そういう態度なら、こちらも只ではすまされない。今までは同じ軍医仲間で親しみもあり、気心も分かり、心からすまないという態度が滲《にじ》み出ていたので、こちらも気を使ったが、こうなったら行けるところまで行け！　と決心した。振り返ると、二人の大男の曹長が両側に控えて、無言の威圧を加えている。

「夜分に押しかけて来てすみませんが、我々を一緒に帰していただきたいんです。明日は師団司令部が帰るという話ですが、我々も一緒に連れて帰ってもらいたいんですが！」

「いや。そのことよ！　じつは二野病にと思ったが……どうしても一緒に帰りたいと大騒ぎになり、どうにもならないもので……」

こんなことで納得したのでは、どうにもならない。

「師団司令部が一緒に連れて帰ってやるから……と約束されたのは、副官殿ではなかったですか？」

「いや！　そう言ったが……」

「それなら、連れて帰って下さい」

今まで思いもよらないほどドスの利いた声が出た。われながら、こんな凄まじい声が出ようとは思いもよらなかった。交渉しながら、俺は医者になるより芝居で大見栄をきったら、さぞ上手にできるだろうと思いながらの交渉だった。切られ与三郎が、畳にドスを突き刺して尻を捲くって座り込み、「いやさ、お富」と大見栄を切っているような気分になって来る。

兵は黙って控えている。真っ暗な闇に、灯火が一つだけユラユラと揺れている。凄い威圧だ。彼は急に卑屈な態度に変身した。

「いやまったく！　聞いてくれ！　いろいろ事情があって、大騒ぎになり、とうとう四野病に回ってしまった」

「貴方はそれでも男ですか？　それでも男と言えるんですか？」

「いやすまん！　この通りだ！」と、大地に両手を突いて額を土に着けた。深夜堂々と家に侵入されて、身に危険を感じているのだろう。

つぎは何としたものか……と考えていると、後ろから寺岡が横腹を引っ張った。

「もう仕方がないから帰りましょう」と囁《ささや》いた。

「うん」と言いたいところだが、ここで引き下がったら、「軍医さんは帰ろうと行ったら、喜んで引き下がった」と思われては都合が悪い。そこで少し粘って、上手に引き上げることにした。

「頭を下げてもらっても、仕方がないんです！　一緒に連れて帰ってもらえるかどうか尋ねているんですが！」

内心ではわれながら凄い声が出るものだ。こんなに凄まれては、自分でも震え上がるかも知れない……と感心しながら凄む。

彼は両手を突いて、「すまぬ！　すまぬ！」の一点張り。兵も見兼ねて、「もう帰りましょう」と引っ張るので、引き上げることにした。

「では、一応帰りますが、もう一度、一緒に帰れるように努力して下さい」と言うと、「では、もう一度、話してみますから……」としんみり答えた。「では、失礼します」とキャンプを出ると、「御苦労さん。暗いから気をつけて帰んなさい」と優しく言った。じつに優しい声だった。彼のこんな情のある声を聞いたのは始めてだった。よほど度肝を抜かれたに違いない。

外に出たら、もう夜はしらじらと明けかけていた。三宅らのいる四野病キャンプで、しばらく休んだ。夜が明けると、三、四百メートル離れたところに、シェダゴンパコダがあった。

この間にも、ときどき銃声が聞こえる。これは政府軍や英軍に対し、野党や共産軍が攻撃をかけているらしい。しかし、私はそんなことを、いちいち気にしてはいられない。

駄目と分かっていたが、夜が明けて師団副官のところに行く。乗船準備のため、つぎつぎと兵が詰めかけ、とても近寄れない。近寄って話しかけるが、つぎつぎと命令受領、報告に来るので、話もできない。

彼は昨晩のことがよほど応えたのか、平静な顔をしようと務め、われわれにずいぶん気を使っていたが、やはり駄目だった。

しばらくすると、方面軍の高級軍医の少佐が、ミンガラドン・キャンプに命令伝達に行った、という噂を耳にし、さっそく連絡のトラックに乗りキャンプに帰った。だが、伝達はすんだ後で、高級軍医はもういなかった。

兵たちは我々の努力もよそに、平静そのものだった。高級軍医は突然やって来て、集合を命じたので集まると、命令書を読んで、そそくさと立ち去ったとのこと。

自分たちを迎えた兵は、あきらめ切ったのか、陰悪な空気は微塵もなかった。何かホッとしたような、期待はずれと言うか、少し物足りないような奇妙な気持ちだ。昨日の大芝居は一体、何だったのだろう。

第九章——暗黒の廃墟

残された四野病

残された狼第四十九師団第四野戦病院の残留部隊、私以下二十五名と師団司令部からA少尉、二野病よりX少尉が応援に残った。

A少尉は英語が話せるとかで、食料受領を担当してもらい、X少尉は自分より先任だが部下がいないので自分の配下になり、かく言う三島が病院長になった。方面軍軍医部長と高級軍医もキャンプに移って来た。

二野病のX少尉は、みんな一刻も早く帰りたいと画策することに愛想を尽かし、自分から残留を希望したのだそうだ。彼に言わせれば、どうせ帰れるんだから、少し早かろうが遅かろうが争うほどのことはない、ということらしい。

みんな、内地に帰ってしまったのかと思っていたら、突然、方面軍司令官がキャンプの視察に来られるという通知がきた。こんな偉い人の接待はどうしてよいやら、見当もつかない。

番茶の代わりに紅茶の黒いのがあったが、湯飲みもない。罐詰の罐で造ったコップで用を足すことにしたが、お茶請けの菓子すらない。時間があれば現地人と交渉もできるが、咄嗟のことで、とても間に合わない。

考えあぐんで寺岡曹長と相談して、来られたら自分のキャンプに来てもらい、紅茶で渇きを癒《いや》してもらうことにした。大将ともなれば給与は立派で、われわれのような砂糖も入らぬ紅茶を飲んだことは無かろうが、この暑さでラングーンから来れば喉も乾き、こんなものでも飲んでもらえるかもしれない。

もっと身分の低い人なら、魚の罐詰でも出すのだが、失礼のような気もするし……と気を揉んでいると、兵は乾燥芋を炙《あぶ》って煎餅をつくってくれた。これで何とか格好がついた、とホッとした。

「司令官が来られた！」という声がしたので、バラックを出てみると、目の前にベタ金の肩章を着けた司令官が立っていて、気軽に礼を返してくれた。

バラックに案内しようとすると、「病人はどこだ！　時間がないんだ！」とマゴマゴする私を押すようにして急がせる。病棟に達すると、患者はゾロゾロ出て来て整列、敬礼した。

「われわれは一足先に帰って、君たちの復員の準備をしておくから、みんな元気になって、一刻も早く帰ってくれ」と簡単な挨拶があった。

相手が方面軍司令官、どんな凄い人かと思って怖れていたのだが、司令官も人の子と分かり、こちらもダンダン気が強くなって、踵《きびす》を返して帰ろうとする司令官に呼びかけた。

「こちらにまだ一人いるんですが」と言うと、「何！　一人？」と怪訝な顔をされた。

「向こうに癩病《らいびょう》患者がいるんです。ぜひ会ってやって欲しいんですが」と、無理矢理に案内する。

後からついて来ながら司令官は、「うつりはしないか？　うつりはしないか？」といいながら恐々《こわごわ》ついて来た。

「いえ、大丈夫です。大丈夫です」と答えながら、思わず微笑ましくなった。司令官といえども、病気の前には、ただ一個の弱い人間でしかなかったのである。

「ただ一人の病人でも慰問して欲しい」という一心で、軍司令官を癩病《らいびょう》患者のもとに引っ張って来てしまった。患者は筵《むしろ》囲いの中に入れられていたが、思いもよらぬ軍司令官の訪問に、顔だけ出して厳しい顔で敬礼した。「早く元気になれよ！」という言葉をもらって、彼も感激したらしい。

こちらは次第にズーズーしくなり、「向こうに精神病患者がいるんですが！」と言うと、司令官は困ったような顔をして、「気が狂っていては分かるまい！」と言った。

「いや、分かりますから……ちょっとでよいんですから……」と強引に連れ出し、五、六十メートル離れた精神病キャンプに行くと、腰かけていた患者は、「敬礼」という言葉に、いっせいに立ち上がり、シャチコバッて挙手の礼をした。困ったような顔をしてついて来た司令官、意表を突かれたように、急にニコニコして敬礼を返した。

「その向こうに重症患者がいるんですが？」と、鉄条網の中に入れられて、自分の大便をいじっていた患者は、いきなり立ち上がって、感きわまったのか鉄条網に縋《すが》りつき、「司令官殿！　司令官殿！」と絶叫した。

ウンザリしたような顔をして、それでも嫌々《いやいや》ついてきた司令官も感激されたのか、右手を挙げて礼を返しながら、「おう！　おう！」とうなずいて別れを惜しまれた。心なしか涙も滲んでいるようだった。見ていた私も、感激に胸の熱くなる思いだった。

よかった！　無理して回ってもらって、患者たちも満足だったろう。軍隊に入って以来、こんなに感激したことはない！　その足で司令官は、自動車に乗って帰っていかれた。

別れに際し、「患者を頼むぞ！」と言われた言葉が心に残る。やはり、来てもらってよかった……と心から思うのである。戦いに負けても、今まで見たこともなかった方面軍司令官は、やはりわれわれの大親分だったのである。

暖かい言葉

英軍のキャンプに当番として行っていた兵が、発病して帰って来た。昨日より三十九度の熱が下がらないのだ。先の当番が病気になったのは、一週間前のことだった。英人のキャンプ司令も気の毒に思ったのか、シャツやズボン、それに菓子、罐詰などを持たして帰らした。そしてつぎの兵を当番としてよこせ……というのだ。

「以前にも病気になった兵もいて、遣《や》り繰《く》りができませんので、来てもらえませんか？　今協議中です」と、寺田曹長が報告に来たのでついて行った。約二百名の患者を受け持ち、炊事の人員も要《い》る。病棟の不寝番もしなければならない。キャンプ跡に倉庫もあり、この番も必要だ。現地人が侵入して、何でも盗っていくらしい。そのうえ、毎日五、六人の使役もとられるのだ。

方面軍の軍医部長や高級軍医の当番も要る。おまけにこのキャンプ司令の当番は、水汲みから下着の洗濯、走り使いまであり、大変な仕事らしい。また、毎日の食事は、その日にラングーンに取りに行かなければならない。その伝票の整理もある。大体二十五名でやれというのが無理なのだ。

兵の集会に出たのは夕刻だった。不穏な空気が漲《みなぎ》っていた。西岡軍曹と田中兵長がいきなり、私に食ってかかった。

「われわれは内地に帰るために、今まで苦労してきた。その帰還を目の前にして、病気で倒れたら、死んでも死に切れない。そんなことは絶対にできない」と、血相を変えて食ってかかった。

この思いもよらない攻撃に、事態の只ならぬものを感じ、思わず声を失った。私にすれば、兵たちをこのような事態に追い込んでいたとは思いもよらなかった。いかにして、この危機を打開するか、打ち合わせるつもりでいたのである。それに、西岡も田中もこの隊でも一番真面目で、誠実な人柄だと信じていた兵であった。

寺岡曹長がいろいろ説明したが、反撃に遭って仕方なく私を呼んだものと分かったが、事態はそんな生易しいものではなかった。

明日、当番兵差し出し中止を英軍に申し出ることにして事態を収集し、そのままただ一人、夕闇のキャンプ跡に向かった。

自分の心労は、兵たちにはまったく通じていなかったのである。生死を共にと思い悩んでいる私の思いは、まったく兵には理解できていなかったのだ……と思った途端、何か裏切られたような気がして無性に寂しく、涙が泉のように吹き出した。止め処もなく流れる涙をそのままに、凝然として立つ暗黒の廃墟は、無限の広がりを持って迫ってきた。

二十分、三十分と立ち尽くしているうちに、私は自分の良心に恥じない行動をすれば、それでよい。人の評価など気にしてはならない、という結論に達した。

私は今まで兵に甘えていたのかもしれない。「兵だけは自分を信じてくれる」と思っていた期待が裏切られた寂しさが、空しく心を閉ざした。これからはもっと厳しい現実が待ち受けていると覚悟し、やっと心が落ち着いてきた。帰り着いたバラックは、何事もなかったように平穏だった。

翌日、発熱を押して英軍のキャンプに出かけた。司令は中尉だった。絶えず身体を動かしていなければいられない質だと見えて、立ったり座ったり、罐ビールのラッパ飲みをしたりしている。大威張りで喋《しゃべ》っているが、通訳の二世の上等兵は、日本語が下手で、満足に話ができない。仕方なく自分で説明した。

炊事は何名、診療は何名、食料受領の必要人員は何名と、二十五名ではとても足りない。おまけに当番二名は病気で寝ている、と説明するのだが、彼は説明に耳をかそうとはせず、「おまえの言うことは分からんでもないが、私の世話をする者がいない。だれか来てもらわねば、俺は飯を食わずにおらねばならない。そんな無茶があるか」という論法だ。

手を換え、品を代え頑張ったが、話はどこまでも平行線。不動の姿勢で二時間粘ったが、彼は足を投げ出してのんびりやっている。昨夜の心労のせいか朝から発熱していて、思わずフラフラと倒れてしまった。

通訳が驚いて抱き止めてくれ、体温を計ったら三十八度七分だった。司令も驚いて、「熱があるなら帰れ！　病人とはもう話さない！」とついに追い返されてしまった。私の不徳の至りで、交渉も纏《まと》まらず、兵たちに迷惑をかける始末になったのである。

部屋に帰ると、兵たちに申し訳なく涙が流れてくる。自分が哀れになり、ますます涙が止まらない。X少尉が代わりに出かけたが、二、三分したら帰って来た。

「どうしようもないじゃないか」と一言、言ったきりだったが、兵は何も言わなかった。「責任ある立場の者は、すべての矢面に立たなければならない。これが世の中というものだ。上に立つ者の厳しさを、心の中でしみじみと噛み締めたのである。

来る日も来る日も診療に明け暮れる安穏な日が続くようになった。高所より飛び下りてかかとの骨を折り、疼痛のため歩行困難な兵も数人いた。かかとの骨の骨折は、疼痛がなかなか取れない者が多く、今後の生活に支障が出る可能性があり、暗然とせざるを得ない。

虫垂炎の手術後、化膿して、いつまでたっても肉芽が盛り上がるばかりで、傷の癒《い》えない者もいる。内科の患者は大体、熱もなくなり、勤務する衛生兵よりも元気な者が多くなっていた。

部下の衛生兵は過労のため、三、四人は発熱し、元気な者が交代に勤務している状態で、どちらが病人やら見当がつかないような日々だったのである。

患者の傷が治らないのは、ガーゼの消毒の不備のせいかもしれない、と滅菌の状態を見ると、ドラム罐の中ほどに棚を造り、その下に水を入れ、棚にガーゼなどの滅菌するものをおき、蓋をして蒸すという、いたって原始的な滅菌法だった。

ドラム罐の下から薪を燃やしているのを見ると、とても文句の言えた義理ではない。「滅菌はお湯が沸騰してからの時間が問題なんだぞ!」と注意はしたものの、こんなガーゼを使用するのかと思うと、改めて大変な病院を受け継いだものだ……と思ったが、仕方がない。表面は平然としていたが、手術しなければならないような患者が出ないように、腹の中では祈っていたのである。

X少尉に内科を受け持ってもらい、西岡軍曹、田中兵長がつくことになった。彼も先日噛みつかれたこともあり、「この二人には気をつけなさい」との注意も忘れなかった。彼も「そうか、そうか」と、別に気にかける様子もなかった。この二人はもっとも立派で、真面目な兵でもあり、信用できるので、余所から来た軍医には、最適な衛生兵だったのである。

復員事務があったが、自分の受け持った外科は治療に手間取り、患者の復員事務もなかなかはかどらない。よく聞いてみると、X少尉も外科とのこと、それでは悪いと思い、受け持ちを交代しようかと申し出たが、体よく断わられてしまった。彼は内科患者の復員事務を、ほとんどすましていたのだ。こちらもよほど南方ボケが酷くなったらしい。

方面軍が帰るとき、下士官以下の進級の沙汰があった。「兵は全部、下士官に進級になった」と聞いたので、調べると、患者の一人は、どうしても「自分は上等兵です。部隊がいないから、自分は進級するはずがない」と頑張った。兵長に命じて復員名簿を作らせると、全部、下士官になっていた。

おかしいと言うので、やりなおしを命じたが、異常ないと言う。仕方がないので、私も心当たりを捜したが、上等兵と名乗る者はいなかった。兵長は失敗を詰《なじ》られたと思ったのか、涙ぐんでいたが、事実解明のためには仕方がない。

後で多木曹長が来て、「少しは兵を信じてもらわねば」と抗議を申し込んだが、「以前、自分が調べたときと違うから、止むを得ないではないか」と答えると、彼も変な顔をして黙ってしまった。

その書類を、軍医部長に差し出した。汚いタドタドしい文字の書類を読んで怒るかと思ったら、軍医部長はシンミリして、「おまえも大変だなあ！」と慰めてくれた。思いもよらない人間らしい暖かい言葉に、人間離れした軍隊で、初めて人間世界を垣間見た思いがして、胸が熱くなったのである。

兵の勧めにより、私は田中伍長、三宅伍長と共に薬剤倉庫に住むことになった。治療室には水道が引かれていて、水浴も自由になった。

日中、ドラム罐に水道の水を入れると、ぬるま湯のようになる。風呂ほどではないが、何とか入ることができる。

何だか社会復帰したような、大変な社会改革が起きたような気がしたが、元来、無精なのか、思いついたときだけしか入浴しないような習慣が身についてしまっていたのである。

郷に入れば郷に従え

ある日、庭内を歩いていると、田中伍長がドラム罐で風呂を沸かして楽しそうに入っていた。菩提樹の木陰になっていていかにも気持ちよさそうだ。さっそく、私も入れてもらうことにした。

やはり露天風呂はよい。快感が痺《しび》れるように身に滲み、熱い吹く風は乾燥しているので、蒸発熱を奪うのか、風は涼しく心地よい。

菩提樹の木陰で、身も心も洗い清めて、御釈迦様のように悟りをきわめた気分になって、ひとりニヤニヤ悦に入っていたのである。

私の本拠、薬物倉庫には、猫が四、五匹住んでいた。だれも餌をやるわけでもないのに、いっこうに逃げようともせず、悠々と歩き回る。みんな三毛だ。そのうち三匹は雄だった。

兵の話によると、花柳界では、三毛猫の雄の毛皮で造った三味線は縁起がよいといって、非常に珍重され、高価で取り引きされているそうだ。優生学的に非常に稀なのだという。そんな珍しいものなら、二、三枚、皮を剝がして持ち帰ったらとも思うが、やっと生を得た自分としては、とても殺す気になれず、珍奇な毛皮は入手できなかった。

兵の話では、通りかかった鼠に猫が飛びかかり、前足で押さえ込んだが、手を放すと鼠はさっさと逃げてしまったそうだ。鼠が大き過ぎて、猫の手に負えないのである。

夏目漱石の『吾輩は猫である』のように、春だというので、猫は鼠を取ることを忘れたのかもしれない。

いつも食料には苦労したので、備蓄食料を若干確保していたが、方面軍が帰還するに当たり、ミンガラドンに残して行ってくれた。大人数だったので、食料倉庫には、数十俵の米の山ができていた。そこでわれわれの食料は突然、急増した。ラッションのアルミ箱で造った大きな弁当箱に、山盛り一杯の飯をよそって食べる。

しかし、熱さにやられたのか、労役に行かないせいか、食欲もなくなり、せっかく手に入れた食料も無意味になってしまった。ほんのちょっと突っ突いただけで、ゴミ箱代わりのドラム罐に捨ててしまう。

「内地のやつらに食わしてやりてえや！」と、大金持ちになったような気になって大笑いした。しかし、心の中では、内地に残した妻子が飢えているのではなかろうかと思い悩んでいたのである。

ところで、どこで入手するのか、兵の差し出す唐辛子が、小指の先ほどもあれば、今までの食欲不振はどこへやら、山盛り一杯の飯がたちまち腹に納まり、体はシャンとするのである。ビルマ人やインド人は舌がひん曲がるように辛いものを食べるのに、日本兵の食料は内地のままだ。この辛いビルマの料理は、生理に適《かな》ったものだと初めて気づいた。郷に入れば郷に従え！　ビルマの辛い食事は、生きるための知恵だったのである。

時間がたつに連れて、外科入院患者の傷も次第に癒えて元気になっていた。中に「兵」兵団の騎兵少尉がいて、ノンビリやっていた。

彼の部隊はアラカン山脈の彼方ラムレー島に駐留していたが、不意の敵襲を受け、夜間、海を泳いで脱出した。そのとき、敵艦隊に発見され、縦横に蹂躙《じゅうりん》され、ほとんど海の藻屑と化したが、彼は対岸の大陸にいたので助かった。アラカン山脈を越え、無事に脱出し得たのだという。

騎兵隊で助かったのは、同じく病院に入院している兵と二名だけとなった。退屈になると、ノコノコ兵のところにやって来て、「おい、本日十三時から騎兵の集会があるから出席せい」と伝達している。「確か二人のはずだったが」と思っていると、その時刻になると、騎兵隊の二名が向かい合ってお茶を酌み交わしていた。そんな彼なので、話を聞いていると、意表をつくことが多い。「軍医さん、象は片身しか食べられないことを知っていますか?」と質問する。「えっ!」といって目をパチパチしていると、人なつっこい笑顔で、つぎのように話した。

食料がなくなり、兵たちはときどき山に象狩りに行く。普通、象は放し飼いで、必要なとき連れて帰って仕事をさせる。日本兵には野生か、家畜か区別がつかないので、象を見つけたら機関銃で撃つと、簡単に倒れてしまう。

朝から一個分隊で出発するのだが、象に会うのはたいてい三時ごろ、片身をバラシ終わるころには日も暮れるし、重くて裏返しにできない。したがって片身しか取れない……と言う。それでも、象一頭あれば、一個大隊分の食料になるとのことだ。

彼に言わせると、日本の屏風にある竹に虎は誤りで、竹に象だそうだ。象は竹が好きで、いつも竹林にいて、大きな鼻で竹を根元から扱き上げて葉を取り、軸の方をポリポリと食べてしまう。普通だったら、葉の方を食べそうなものだが! と彼は頭をひねる。

それやこれやで、騎兵隊では象牙細工が流行した。大抵の兵は象牙のパイプを銜《くわ》え、象牙の箸で飯を食った。

物持ちになると、箸箱すら持っていたが、転進中、ほとんど捨ててしまって、今はこれが全財産だ……と長さ十二、三センチメートル、一握りもある大きなパイプを銜《くわ》えて、大きな目をクリクリさせる少尉だった。

身に浸みた部長の心

ある日、インド兵が手長猿の首に紐をつけてやって来た。われわれに何かいうのだが、何事か分からない。人相のよくないやつだった。

彼が猿に何か大声で怒鳴ると、猿はピョンピョンと飛び上がった。可哀そうに怒鳴らなくても……と思っていたら、猿はつぎには御辞儀した。インド兵は、猿の芸を見せに来たのだった。伏せる。立つ。敬礼する。

いろいろ芸を見せたが、何か芸を間違えたらしく、インド兵が怒鳴り、持った杖で脅すと、猿は大慌てでで、飛んだり、敬礼したり、伏せたり、知っている芸をつづけざまにして、怯えたようにインディアンの顔を見つめる。哀れみを請う卑屈な態度に、思わず目を背けた。われわれの英軍に対する態度を見せつけられたような気がしたのである。身につまされて、ジリジリするような腹立たしさだった。

雨のキャンプ跡を、十数匹の犬の群れが、泥にまみれて歩き回る姿を見るにつけ、目的もなく犬猫のように追い使われているわれわれの惨めな姿を見せつけられているような気がして、ドラム罐をひっくり返して食い物をあさる彼らを見逃していた。

雨期も末期になり、小雨のつづくころ、犬が遠吠えをするようになった。夜になると、ウォーン、ウォーンと陰に籠もった身を切られるような遠吠えが起こると、全群の大合唱が始まる。付近の村々の犬までも数百、数千が相和して、身のよだつような遠吠えが何時《いつ》までもいつまでも続く。

哀愁に満ちたそのかん高い声は、携帯天幕をかぶっても、上着をかぶっても筒抜けに耳に伝わり、気が狂いそうなほどイライラする。何とかならないものかと思っていると、堪まり兼ねた田中伍長が、棍棒を持って飛び出して行く。やっと犬を追い払い、寝たと思うと、近くでまた鳴きはじめる。「畜生！」と、また飛び出して行く。一晩に四、五回も起きるうちに、精も根も尽き果てて、兵はグロッキーになってしまった。これが毎晩つづくのだから、堪まったものではない。

薬箱を掻き回していた兵が、劇薬箱からストロキニーネの瓶を捜し出し、ドラム罐の残飯を、便所の焼け跡に捨て、その上に撒《ま》き散らした。これなら、犬だってすぐ死ぬだろう……。

薬事法違反になりはしないか？　と思ったが、「ここは戦地ゆえ日本の法律は適用できない」と勝手に解釈して、のこのこ見物に行った。

十匹ばかりの犬がしきりに食べていたが、二分たっても三分たっても、平気で食べつづけている。ここらで一つ刺激をあたえると、ピンと伸びてしまうかと石を投げてみたが、犬は平気で食べていた。犬にはストロキニーネは効かないのか？　と思っていたら、二、三十分後、申し訳のように二匹ばかり死んだ。

「火葬にするんだ」と、兵はガソリンをかけて火をつけたが、犬は毛が焼けただけでどうにもならなかった。便所の穴で犬を全滅させて、綺麗に火葬しようと思った兵の企ては、完全に失敗してしまった。

内地に帰還した兵たちが飼っていた犬を捨てて帰ったもので、犬たちはわれわれが去ると餓死する運命が待っている……と思うと、堪まらなく可哀そうで、いっそ殺してやろうと思ったんだ、と兵は述懐した。

「うん！　そうか！　そうか！」と聞き流した自分だったが、戦いに敗れ餓えて倒れて行った戦友の姿が目に映り、同じことをこの犬たちに繰り返させたくない……と思う兵の心が、痛いように分かったのである。

　現地人がモンキーを連れてやって来た。猿というやつは、犬と違って何となく親しみが湧かない。それでも、キャンプには久しぶりの珍客だ。ワイワイガヤガヤいいながら見ていると、キャンプにいた犬にチョッカイをかけた。そっと犬の後に回り、噛みつこうとするのだが、犬はうるさそうに、チョイと避ける。執拗に繰り返しているうちに、ついに犬の足をとらえてガブリと噛みついた。

　さすがに犬も怒って飛びかかったが、猿はゆっくりと石炭箱に乗っかり、歯を剝き出して威嚇《いかく》する。犬の半分もない小猿なのに……とハラハラして見ていると、犬の隙を見て飛びかかり、かわされてゆっくり箱の上に上がろうとして、尻を咬まれて血まみれになった。それでもなお挑戦している。気の強い猿だが、殺されるかもしれないと見ていると、立ち話していた猿の持ち主もやっと気づき、助け上げて帰っていった。

　犬猿の仲というのは、日本ばかりでなく、ビルマでも通用するらしい。相当の重傷だから、化膿すれば命に関わる。手当してやればよかったと思ったのは、帰った後だった。自分の南方惚《ぼ》けも、相当重傷になっていたらしい。

　薬局にいるお蔭で、ビタミン剤が容易に手に入るようになった。そこで英軍のスッパイ黄色のビタミン剤を毎食後、飲むことにした。

　何の気なしに始めたのだが、あれほどだるかった身体が、メキメキ元気になった。おまけに南方ボケと思っていた締めつけられるような頭痛、悩まされた記憶力の減退、仕事上の繰り返す失敗が、毎日薄皮を剝がすようになくなり、頭脳が明晰になってくる。

五、六日たつと、俺は今までどうなっていたのだろうと思った。計算など間違ってばかりいたのが、不思議でならない。あのままでいたら、私は気が狂っていたかも知れない。内地帰還問題が起こって以来、いろいろのことが起こり、思い悩んで、重いノイローゼになっていたのだろう。

慄然として、皮膚に泡立つ思いだった。急に気が軽くなって口笛を吹いて歩いていたら、南方軍医部長が、「朗らかになったな！」とニッコリ話しかけた。「はい」と答えたが、今までの自分がいかに沈鬱な顔をしていたのか、初めて分かったのである。そして、それとなく気遣ってくれていた軍医部長の心が身に沁みて嬉しかった。

英軍の命により、帰還した兵のレインコートをしまってある倉庫を開けて、員数検査すると、五、六着足りない。もしこんなことで英軍の咎めを受けると、とんでもないことになる……と心配していると、寺岡曹長はニヤニヤしながら、「軍医殿が心配するからじつは遠慮していたんです。まあ心配することもないでしょう」と、あっさり言って除《の》けた。

責任は隊長の私にあるのだから、呑気なものだ。実際は彼らの飲食物に化けたのだろう。兵たちに見抜かれているようでは、私もよほど心配性らしい。そのため、やりたいことも遠慮してくれる兵の心根も嬉しかった。

員数はそのまま報告したが、何の咎めもなかった。こんなことなら、寺岡曹長の言うように、適当に管理した方が得だったかもしれない。そのように思えるほど私も余裕ができてきた。「これもビタミン剤のせいかもしれない」とわれながら可笑《おか》しくなる。

数台あったミシンが、二台になったと兵が訝《いぶか》る。「寺岡曹長がうまくやったんだろう」という噂が流れていた。その寺岡はC軍医とトラックに乗り、毎日、糧株受領にラングーンへ出る。そのトラックに乗せて行き、途中、現地人に売り飛ばしたのだろう、というのだ。

彼ならありそうなことだが、あえて咎めだてせず、黙っていることにした。それでもその金で適当にやっているなんて……ちょっと羨ましいような感じもする。

軍医部長と共に残った高級軍医のR少佐の姿を、ときどき窓越しに見かける。ときどきタイプなどを叩いてテキパキと仕事をしているらしい。いかにも青年将校らしい。軍医には勿体ないような人だったが、ほとんど会う機会も、話す機会もなかった。メガネ姿が似合う好青年だった。

いよいよ帰れそうな気がして来たので、持ち物の整理をしようと、携帯天幕でリュックサックを造ることにした。毎日一針ずつ縫う針も、何となく楽しくなってくる日々だった。

厚い天幕で作ったパンツが三、四枚。これだけあれば、一生涯あるかもしれない。まるで雷さまのパンツのようにゴワゴワしている。

直径五、六センチメートルもある藤の実三個。菩提樹の葉三枚、穴のない竹の一節、それに手造りのパイプ、そして自分の書いた絵、俳句、兵の作った詩、作文を集めた自作の手帳。その中には、内科を担当しているX軍医少尉のペンネーム諫早次郎の詩も含まれている。

あれやこれや、持ち帰りたいものは沢山ある。マンゴー、ドリヤン、ランプータンなどの種も、終戦前に集めた物ばかりだから、新しいものと取り替えたいと思ったが、手に入る手段もない。もちろん、帰ったら植えるつもりだ。

大事にしていたはずの茶色の螢羽、電灯のように赤い光の蛍の姿はなかった。泰緬国境で見つけた玉虫の羽は無事だった。煙草の箱で造ったトランプ、花札も持って帰らなければならない。楽しい荷物ができあがりつつあった。

終戦後、モールメンの野戦病院に入院中、虱《しらみ》取りが忙しかったが、退院後、石鹸が手に入るようになり、二、三回洗ったらいなくなった。虱は石鹸に弱いのかもしれないなどと時々、思い出す今日この頃である。

　病院船も間近という噂が流れ始めるころ、衛生兵が話しかけた。伍長が浮かぬ顔をしているので、何か心配事があるのか聞いてみると、女房から、「元気でいるから安心して帰って来てくれ」と言って来たので……とのこと。それなら喜んでよいはず。不思議に思って聞いてみたら、つぎのような事情が分かった。

　彼は秋田県の出身で、一旗揚げようと上京して魚屋に勤めた。彼の話によると、郷土では性関係はルーズで、「姦通が露見しても、酒を一本買って謝ればよい。それでも文句をいうやつがいたら、文句をいうやつが悪い」という習慣になっていた。

　二階に寝ていたが、隣室に一人で寝ていた婦人の部屋に、屋根伝いに忍び込んだら、うまく受けつけてくれた。その後、たびたび通ううちに、家族と一緒に食べる副食が次第によくなり、ついには主人よりも大きい魚がつくようになった。入り婿の主人は、日ごろ夫人に頭が上がらなかったので、文句も言わなかったが、ついに現場を抑えられ、夫人ともども追い出されてしまった。仕方なく一緒に下宿していたのだそうだ。その兵は二十三歳、夫人は四十五歳だったのである。

　さすがのビルマ生き残りの勇士も、二十二歳年上の夫人に、待っていると言われては、憂鬱にならざるを得なかったのである。世の中には、思いもよらないことが起こるものだ。彼に言わせると、「遊んだだけで、まさか怒って追い出されるとは、夢にも考えなかった」らしい。

　兵たちは面白がっていろいろ尋ねて、つぎのような話を聞き出した。秋田にいたころ、彼は妙齢の娘のいる未亡人に招待を受け、遊びに行った。夜遅くなったので、そのまま泊まった。

　母親と娘の間に布団を敷いてもらい、娘から……と思っていたら母親の方が袖を引いた。心を残してその方に行き、一仕事すませて自分の布団に帰ると、待ちかまえていたように娘が袖を引く。

喜んで事をすませて帰って来ると、また母親が袖を引く。行ったり来たりで、七回目に夜が明けてしまった……との話。

人をからかうのかと、よく顔を見たが、嘘をいっているようにも思えない。本当だとすれば、男性にとっては聞き逃せない別天地。広島県の山奥に育った自分には、羨ましいような話だった。

快挙に涙を流す

憲兵曹長の逃亡兵が、現地人一人を連れて来て、「話したいことがあるから、全員集まってくれ！　と言っているので、来ませんか？」と兵が言う。少々暑かったが、どんなことを話すのか興味もあり、兵と共に集まったが、勤務者が多かったので、集まったのは六、七名に過ぎなかった。

憲兵はいかにも精悍な上背のある力強い男で、若い十七、八歳のビルマ青年を連れていた。彼は部屋の中央に立つと、演説口調で喋《しゃべ》り出した。

英軍の今、やっていることをみなさんに話す。英軍は戦犯などと言っているが、彼らが本当に悪いことをしたと思うと大間違いだ。大体、彼らは「この事件では何人の戦犯を出す」と初めから予定して、プログラム通りに戦犯を造っているかに見える。

われわれは今、それについて戦っている。インド兵やビルマ人に食い込み、働きかけて、「日本人がインドやビルマの独立のために戦ったのだ」と主張している。彼らも事情が分かり、日本に好意を持ちはじめている。

英国、ひいては白人への憎しみも手伝って、最近は戦犯の弁護をかって出て、裁判の証言台に自ら上がってくれるようになった。そのため、ビルマ方面軍の憲兵隊長も、七年の判決ですんだ。初期の裁判では、ほんのちょっとしたことでも死刑になったが、このごろでは死刑はほとんどない。

大体、B、C級戦犯が始めに裁判を受けたので、小物ばかり殺され、大物が軽い判決を受ける結果になった。それも戦犯と思われない者が、多数いたことを明記してもらいたい。無実の罪で殺された者は、死んでも死にきれないだろう。

例を上げれば、つぎのような事実がある。

チャイトの事件は、終戦直前のことだった。チャイト市長から、「盗賊が襲撃して困るので、討伐してくれ」と頼むので、その要請を受け、チャイト分遣隊はただちに出動し、これをジャングルで捕捉、五名を捕まえた。

逃げたやつを追って行くと、捕虜の五名が逃亡を企て、四方に逃げ出したので、二名いた監視員は、銃撃して逃亡者三名を射殺した。戦後、それが問題となり、盗賊はゲリラ兵だったとして、捕虜虐殺の罪で、直接射殺した者を含めて数人が戦犯として刑場の露となった。

ペグー事件は憲兵隊長不在中、現地人の要請により敵ゲリラを襲撃、数名の捕虜を得て獄につないだ。逃亡しようとして暴れたので、何名かを射殺した。戦後これが問題となった。この間、モールメンに出張していて、帰って来て始めて事件を知った隊長も含めて、数人が戦犯として銃殺された。

敵飛行機を撃墜し、足に負傷した敵英軍飛行士を捕虜にした。軍医は重傷の飛行士の大腿切断術を施行したが、運悪く死亡した。その手術を担当した軍医は、負傷兵を殺した罪を問われて銃殺された。

等々、何となく出かけた私も次第に引きつけられていった。

英軍の遣り方に悲憤慷慨、涙を流さんばかりに憤りを覚え、たびたび苛《いじ》められ、すっかり憲兵嫌いになっていた私も、満腔の共感を覚えた。そして、ときどき会ったことのある憲兵隊長O中尉の運命を悼《いた》み、感慨深く思い出した。

いつのまにか語る憲兵曹長に、好意とも敬意ともつかぬ思いを感じはじめたとき、彼は突然、話題を変えた。

「話は変わるが、最近、つぎつぎと日本逃亡兵が、英軍に捕まっているのを知っていますか？」

二日前にT憲兵曹長とR伍長、四、五日前はS中尉とH軍曹……とこの一ヵ月間に十五、六名の逃亡兵が英軍に捕まった。

「だれか密告しているに違いない」と探索した結果、やっとその犯人が分かった。それはやはり、日本兵だった。彼は英軍に捕まり、その命により、英軍の保護を得て日本兵を密告していたのだった。日本人の逃亡兵を見つけるには、やはり日本人が一番適していたのだ。

やむを得ない。われわれはこれを断固処分しなければ、以後、どれだけの被害者を出すか分からない。したがって、「つぎつぎと捕まる人を助けるためには、一人の反逆者の犠牲は仕方がない」という結論に達した。

じつはその密告者を捜し当てたのは、このビルマ人だ、と脇に控えたビルマ人を指した。

彼はもとペグー憲兵隊で使っていた兵補で、生まれがよいので、普通なら実力は大臣クラスの男だ。だが、ビルマでは若者は要職につけない習慣だから、今は駄目でも将来は政府の要職につける男だ。

彼はわれわれに「密告者を殺せ！」というのだが、われわれは陰の人間だからそれは困る。「それが具合悪いなら、俺がやるから薬をよこせ！」そこまで言われて放っておくわけにもいかず、ここに案内したのだが、何とかならないだろうか？

日本人のわれわれがやり切れぬことを、何の関係もないビルマの青年が一飯の縁により、これだけのことをやろうと言うのだ！　諸君も何とか協力してもらいたい！　と声涙ともに下る演説に、思わず引き込まれ、一肌脱ごうかと思ったが、ぐっと堪えた。

オンサン（ビルマ独立の立役者）が、議会で演説し、その帰途、議事堂の二階から撃たれ、その要人と共に死亡したことは、みんな知っていることと思う。

その首謀者は英軍らしい。ビルマ人はオンサンの反対党の仕業といっているが、怪しいものだ。たとえ、そうだとしても、独立運動の急先鋒のオンサンを殺すために、英軍は反対党を援護したはずだ。英軍は日本の逃亡兵がやったと宣伝しているらしいが、濡れ衣もはなはだしい。やるわけがないではないか。

われわれは今、全力を挙げて、犯人を捜し出し、疑いを晴らしたいと努力している。みんなも何か手がかりがあったら教えてもらいたい。そして、われわれを信じてもらいたい、と彼は演説を締め括った。

薬局の自室に帰り、もし毒物をあたえて英に見破られたら、部下一同の帰還は不可能になるかもしれない、と思い悩んでいると、そこに兵に連れられた憲兵曹長が入って来た。

「今の話ですが、使うとすれば、どんな薬がよいでしょうか？」と婉曲に尋ねる。憲兵なら、「人殺しの方法など、お手のものだ」と思いながらも、つぎのように話した。

「少量で人を殺すとすれば青酸カリ、ストロキニーネ、テトロドトキシンなどだが、いずれにしても、耳掻き一杯あれば、二、三人の人が殺せるはずだ。しかし、飲んだらたちまち死んでしまうから、よほど上手にしないと足がつく。内服して何日もたって死ぬ薬もあるらしいが、自分は知らない」と当たらず触らずの話をしていると、W伍長が身を乗り出して、「この間、犬を殺したやつがまだ半分残っていますが、持って来ましょうか？ あのストロキニーネですが？」と言うので、「いや！」と止め、「あれは危ないから、使ったら処分しなければいけないぞ！」と話した。

「大丈夫ですよ。残飯置き場のドラム罐のところの小ビンに入っています。持って来ましょうか？」と言うのを押し止めた。

「あのストロキニーネは内服すると、一、二分以内にキーンと硬直して死ぬので、死体を見ればなぜ死んだのか、すぐ分かるから、殺人には向かない」などと雑談した。

私も「この部隊の長として、兵隊や患者を連れて帰る義務があるので、薬は上げるわけにはいかない」と事細かに話した。

曹長はいろいろ雑談して、夜更けに部屋を出て行った。ふたたび彼がキャンプを訪れたのは、それから二、三週間たってからだ。

みんなを集めた彼は、ふたたび喋りはじめた。毒気を抜かれたわれわれは、素直に彼の話を聞くことにしたのである。みんなが集まると、彼はニコニコしながら話しはじめた。

先日のオンサン殺害事件の真犯人が明らかになりました。いろいろ探索の結果、オンサン銃撃のとき、議会の二階を写した者がいて、その写真を手に入れることに成功しました。それには数人のビルマ人に混じって英人将校も含まれていたが、日本兵はいなかった。英軍はオンサン反対党を助け、オンサンを殺害して、独立運動を弾圧する意図を持っていたに違いない。

日本逃亡兵だという噂を流したのは、自分の行為を隠すための謀略に違いない。写真は入手したが、英字新聞に持ち込むわけにいかず、困っているとのことだった。

「華僑の新聞に掲載してもらったらどうですか?」とアドバイスしたが、彼は、「華僑は新聞を持っているが、反日だから!」と頭を傾げていた。

数日後、ふたたび来た曹長は、華僑新聞に写真を掲載した、と報告に来た。彼にとって、残留部隊の長である私が日本の中心人物に見えるらしい。ラングーンに製材所を持つ華僑は、非常な親日家だったのだ。

彼は一時、英軍に内通したという嫌疑で、日本軍に捕らわれ、銃殺と決定したが、F少佐の助命嘆願により許された。由来、その徳を慕い、日本軍のために尽力してきた人物で、その彼が「赤い星」という華僑新聞を主催していたので、持ち込むと、その一面にデカデカと掲載してくれたのである。

これでわれわれの疑いも晴れたし、英軍に一矢報いることができた！と快哉を叫んだ。われわれも興奮して一緒になって喜んだ。

戦友を殺され、食べ物をろくにあたえず重労働を強いるし、英国、米国、ソ連が共謀して、小さい日本から朝鮮、台湾、樺太、千島、沖縄を取り上げたやつら。「英軍の不利になることができるなら、命がなくなっても仕方がない」とまで思い詰めていたので、この快挙に涙を流さんばかりに喜んだのだった。

曹長はビルマに医師が少ないので、大事にされることを知り、「歯科医院に勤務していた経験を生かして歯科医院を開業したが、機械が足りないので都合してくれ」と、いよいよ本題に入った。兵はどこからか、機械を捜し出し、あたえたようだったが、私としては正式にあたえるわけにはいかない。

先日より歯科機械の員数検査がたびたび行なわれていたので、何とか都合してやりたかったが、員数不足になって復員の妨げになっては……と思うと、責任上、迂闊なことはできない。私は憲兵を連れて家を出た。検査のために並べてあった歯科機械の前に来て、あの金の箱に入っているのが歯科機械だ、と言いながら、そっとその場をはずしたのである。

薬局に入ると、兵は化膿の特効薬と言われたスルファミンやリバノール錠、抗マラリア剤のキニーネ、アテブリン、プラスモヒンなどを持ち出して大きな荷物を造った。後で聞いたら、ばらばらになった歯科の治療機械を纏めて、この薬物と一緒に憲兵にやったらしい。

兵のしたことは隊長の私の責任だから、これでわれわれも逃亡した日本兵、日本人のために若干の手助けができたというものだ。心の重荷が少し軽くなったような感じだ。

憲兵らの逃亡兵がキャンプに来て、いろいろな情報を流し、報告に来るのは、われわれを日本の代表、窓口のように思い、その協力を求めてのことだろう。われわれは憲兵や情報機関が処刑されると知り、終戦直前に逃亡したと聞いていた。

やむを得なかったとはいえ、彼らの不屈の精神に頭が下がる気がして、維新前夜のように乱れたビルマの天地にこそ、男として働き甲斐のある場所ではないか？　と少々その勇断が羨ましくもあり、毎晩の銃声に若い血を滾《たぎ》らせていたのである。

つぎつぎと検挙されていたという日本兵の話は、まったく聞かなくなった。内地に帰還して戦災で丸焼けになった岡山の市民病院に勤務。駅南の小学校の一角に宿借りしていたとき、勤務先に面会を求めて来た男がいた。だれかと思ったら、かの憲兵曹長だった。

彼は歯科医院を開業中、英軍に踏み込まれ、逮捕されて内地に送還されたのだそうだ。御礼かたがた訪ねてくれたらしい。私が復員して三、四ヵ月のことだった。彼は倉敷に近い茶屋町付近の男だったのである。

戦犯の弁護団

数日前から噂のあった戦犯の弁護団が来て、空いていたバラックに入った。弁護団といえば、日本有数の弁護士の集団だから、こんなところに泊まらされてはやりきれないだろう。何しろニッパハウスで木の床にアンペラを敷いただけの御粗末さだから、お気の毒なことだ。

われわれは馴れ切って、こんなところでも泥の上にごろ寝するよりはましだし、野宿に比べたら天国のようなものだ。しかし、今まで家で暮らしていた者にとっては大変だろうと、同情していたのである。

彼らは覚悟のうえだったらしく平気な顔をしていたが、弁護団は捕虜とは違い、赤十字と同じに扱うべき性質のものと思考する。敗戦国とはいえ、こんな待遇をするとは、紳士の風上に置けないやつらだと、義憤を感じたのである。

二、三日後の夕刻、弁護団との会食があると聞いていたが、招待を受けたのは軍医部長と高級部員だけで、隣りのニッパハウスから賑やかな宴会の声が聞こえる。一杯やっているらしい。出征以来、内地の情報に接していなかったので、日本の話が聞きたくて、いささか羨ましかった。

酔っ払った通訳が「アイムソーリー」とか何とか、呂律《ろれつ》の回らぬ英語で泣いている。泣き上戸というやつだろう。まさか日本人が英語で泣くとは思いもよらなかった。二世だそうだから、常識で考えたら、当たり前のことだったのである。何となく物珍しく、微笑ましかった。

東京、大阪が焼け野が原となり、広島は原爆で数十年も人は住めない、との噂だったし、私の家のある倉敷はどうなっているやら、勤務していた岡山の市民病院のことも気になる。大体、日本はどうなっているのか、知りたいことは山ほどある。

日本より来たばかりの弁護団より、内地の様子を聞きたくてウズウズしていたのだが、われわれにはまったく関心がないらしく見向きもしない。弁護団の者すら、われわれのことを虫けら同然に思っているのだろう。

数日後、「今、弁護団の人から内地のことを聞いているところです。聞きに来ませんか?」と兵が呼びに来た。行ってみると、弁護団の一人が、二、三人の兵を相手に、石炭箱の椅子に腰かけて話していた。気のおけない人らしい。

「内地は今、無茶苦茶ですよ。食料の配給もわずかしかないので、買い出しやら何やで、食いつないでいるのがやっとで……。終戦になってから、急に民情が悪くなり、ことに兵隊に対する悪感情は酷く、気をつけた方がよいですよ。

ある駅では、復員の兵が二、三人、袋叩きになったこともあるし、汽車を乗り換える途中、装具を全部、持ち逃げされた兵もいたと言います。道を歩いていても、白い目で見られることは覚悟しなくてはならないし、罵詈雑言も珍しいことではない。ともかく、大変ですよ……。甘い気持ちでいると、やられるかも知れないから、くれぐれも注意しなさい」

話半分としても大変なことだ。なぜ兵隊に悪感情を持つのか尋ねると、「われわれは分かっているんですが……。兵隊はよいことばかりしてきた、と思っているらしいんです」と聞かされて、われわれは勃然として怒りが込みあげてきた。

われわれは好き好んで兵隊になったのではない。〝赤紙一枚〟で、無理矢理に送りだされたのではないか！　そのために何人の人間が死んで行ったか！　そしてわれわれもいまだ帰れず、こうして苦労しているのに、内地のやつらは、内地でノーノーと暮らしていながら、兵隊に悪感情を持ち、手出しするとは許し難い。そんな了見なら、目にもの見せてくれる。

ビルマの生き残りだ！　内地のやつばらにやられてたまるか！　ふたたび全身に怒りが込み上げてきた。と同時に、日本人はいかにバカバカシイ連中ばかりなのか……と情けなくなり、妻子のことがますます気になってくる。内地に帰っても、食って行けるのか！　そんなことが気になり、じっとしていられないような焦燥感に苛《さいな》まれる。

明日は乗船と言われ、用意を始めたが、私の身の回りは、手製のリュックサックと雑嚢だけ。外に出られないので、これ以上は何も入手できない。あの木の実、草の種など欲しいものはいくらでもあるが、どうにもならない。

入院患者にも荷物の用意させるが、彼らは暇にあかして造った各自大きな荷物二、三個を用意した。薬物の梱包を始めたが、とても全部は持ち帰ることはできないので、貴重なものをまとめた。スルファミン、アスピリン、アミノピリンなどの解熱剤。キニーネ、アテブリンなどの抗マラリア剤などを石炭箱に入れて、五、六個に纏めたのである。

硫酸や硝酸を持ち帰ろうという兵もいたが、危ないので止めにする。顕微鏡も数台、箱詰めしたが、S少尉がやって来て、「梱包を開け」と言うので、何事かと思ったら、レンズを二、三個抜いてポケットに入れた。ツァイスの顕微鏡で、日本では値段が高く、ナカナカ入手できないものだった。

彼の温厚な人柄からは、思いもよらない出来事だったので、啞然として顔を見つめるだけだった。いざと言うとき、人は豹変することを身を持って知ったのである。内地に持ち帰っても、どうせ誰かの物になるのだから、咎《とが》めだてしないことにした。

私も医師で、敗戦の今、顕微鏡などとても入手できない貴重品なので、欲しいとは思ったが、自分にはとうていできることではなかった。

急がしい一日が過ぎ、寝に着いたが、明日は乗船できると聞いても、少しも嬉しい気も起こらない。われながら不思議だ。そう言えば、兵たちも嬉しそうには見えなかった。あまりの酷い労苦に、身も心も擦り切れて、喜怒哀楽もなくなっていたのである。

このキャンプを出発するときには……いや、乗船したら実感が湧き、喜びに胸が踊る思いがするかもしれない、とも思う。

よく考えてみると、終戦以来、笑った覚えがないような気がする。あまりの苦難に笑いを忘れていたのである。最近、ビタミン剤を飲みはじめて、やっとそんなことに気づいたのである。今まで気がつかなかったということは、そこまで症状が悪化していたのである。

今しばらくしたら、気が狂っていたかもしれない。肉体精神ともに自分の限界を越えようとしていたのだ。二十人近くの精神病患者を収容していたが、ひょっとしたら、私もその仲間に入ったかも知れない……と慄然としたのである。

第十章——帰国のとき

ラングーン出港

　翌朝食事中、「ジープが来たぞ！」という兵の声に、慌ててご飯を掻き込む。いくら急いでいても、エネルギー補給をしなくては仕事にならない。自分の装具を持ち出し、ジープのところに行くと、英兵が勝手に患者を集め、ジープに詰め込んでいた。

　患者がたくさん荷物を持っているので、制限しようと思ったが、「各自、持てるだけにしますから」というので、放っておいたら、少ない者で二個、多い者は三個になっていた。

　患者の荷物は、自分で運ぶように指導していたが、英兵は承知しない。荷物は後から纏めて衛生に運ばせるから……と、無理矢理に置かせて、乗車させてしまった。

「半年もたっているので、病気は治り、自分たちより丈夫なんだ」と説明しても、相手にされない。

「駄目だ！　駄目だ！」と追いやられた。

　患者は小声で、「すみませんなあ！」と言いながら、次々と出て行った。仕方がない。患者の荷物のほか、四、五十個の梱包、薬品、ミシン、蓄音機を運び込んだ。

「早く！　早く！」と急《せ》かされ、やっと乗車したら、自分の荷物を忘れていた。慌てて担ぎ込んだら、ジープはそのまま出発。「忘れものはないかしら！」と気がかりだったが、幸い忘れものはなかった。

パヤジ出発の時は、苦しいことが多かったが、このたびもシンミリするに違いない、と思っていたが、感傷どころかあわただしく、ジープに揺られて出発した。

ラングーン埠頭に着くと、患者はすでに船に収容されて人影はなかった。病院船と聞かされていたが、普通の商船と変わらなかった。

荷物は百メートルも離れた船に運び、タラップを上がったり、下りたり船倉に運ぶのだから大変だ。患者の荷物だけで三、四百個、患者ら数百人の一ヵ月分の食料も運ぶことになった。米、タマネギ、キャベツなど。米は百キロ俵だから、われわれ衰弱し切った兵には重荷だった。フラフラになり、行ったり来たり。荷物は肩に食い込むし、これを運び切ると、労働もこれで終わりだ！　と歯を食い縛って頑張る。

「あと数十分しかない。早くしないと船が出るぞ！」と急《せ》き立てられる。やっと運び終わって甲板に立ち、汗を拭きはじめたときには、もう船は緩やかに動きはじめていた。やれやれと思ったら、疲れ切って、甲板に座り込んだ。

何しろこの数日、患者の診療、復員事務等で、心労に疲れ果てていたのである。動く気がしないほど疲れていたのである。

船が動き出して、ふと埠頭を見ると、建物の柱の陰より、G少尉が手を振っていた。

「おーい！　早く上がって来い！　早く！　早く」と急かしたが、彼は引き攣《つ》った笑顔を見せながら、手を振りつづけている。兵は「さようなら！　さようなら！　元気でな！」と手を振る。「一体、どうしたんだ？　何かあったのか？」と尋ねると、寺岡曹長がバツの悪そうに、事情を打ち明けた。

G少尉は、食料受領の役をしていたのだが、食料伝票は全部石炭箱に詰めていた。ところが、持ち帰るのも面倒だ、と焼いてしまったらしい。いざ乗船と言うとき、英軍は何を思ったか、「あの伝票をよこせ！」というので、焼いた旨を述べると、相手も驚き、「責任者はここに待っていろ！」とG少尉は残されたのだそうだ。

まさか戦犯扱いもすまいが、この期に及んで気の毒なことになった。こんなことになったと聞いたら、家族はどんな気持ちだろう？　と暗澹たる思いになる。

それにしても、焼くように唆《そその》かしたのは寺岡曹長に違いない。彼は万事大まかで、いささかずうずうしいのである。G少尉も、とんだ貧乏籤《くじ》を引いたものだ。

シトシトと雨の降る波止場で、インディアンが黙々と荷物を運んでいた。彼らは大昔から今も、そして今後、いつまでも荷物運びをすることだろう。これが運命というか、業というものかもしれない、と思いながら眺めていると、急に死んでいった数多の戦友のことが胸に広がった。

あのジャングルの中で……この石の下に屍を曝《さら》している戦友たちを残して、去ってよいものだろうか？

数十年も数百年も雨曝しになった屍が眼にちらつく。頭を振って振り切ろうとするのだが、なかなか離れない。

本当にわれわれは、ビルマの地を去ってもよいのだろうか？　良心の呵責のような胸の痛みの中で、ショボ降る雨の甲板に立ちつくしているうちに、船はラングーンの港を離れた。

雨は次第に激しくなってきた。死んだ戦友たちの惜別の涙かもしれない。ふと、そのような感慨が胸を過ぎる。

船倉に入ると、舳《へ》先の部屋に押し込まれた。暴風雨となったとみえて、船は上がったり下がったり、グラグラ揺れる。飯盒も倒れ、机から落ちそうになる。ベッドの木の手摺《てすり》に縋《すが》りついていると、次第に気分が悪くなってきた。

この俺が、船酔なんかするはずがない！　そんなはずがない！　と思っているうちに、グッと戻してしまった。慌てて口を抑え飯盒へ戻す。あげはじめたら、もう止めようがない。気分も悪いし、腹も苦しくて仕方がない。

今まで酔ったことがないから、酔うはずがないんだが？　と思うのだが、現実だから仕方がない。疲れ切っていたためなのか、終わりには出るものもなく、褐色の胆汁まで出る。

一晩中嘔吐しつづけたが、明け方になっても治らない。兵が朝食を持って来てくれたが、とても口は受けつけない。

船のローリング、ピッチングはますます激しくなる。嘔吐の合間に汁だけ飲んでみたが、つぎの嘔吐でみんな出てしまった。このままでは内地に帰らぬうちに、命がなくなるかもしれない。

揺れる船の手摺を辿りながら、吐物を受けるため、片手に飯盒の蓋を持って甲板に出た。風が激しくて危ないからという兵を押し除けて出たのだが、少しもよくならない。波に洗われる甲板の水に追われて扉に縋りつき、危難を避けたが、嘔吐は止まらない。

空《から》えずきはじつに苦しい。ときどき胆汁も混じる。二日たっても、三日たっても、嘔吐は止まない。「このままつづけば、命がないかも知れない」と思っていたら暴風雨は止み、たちまち船酔もなくなってしまった。

船に限らず乗り物には自信があったのだが、まったくダラしがない話だった。やはり、心身の極度の疲労のため、このていたらくを招いたのだろう。それでなくても、身体に自信を失っていたのに、これで完全に自信を喪失したのである。

嵐は止んだ。油を流したような海面には小波一つたたない。これが嵐の後の静けさというのかもしれない。昨日までの暴風は嘘のような凪《なぎ》だった。

夕涼みに甲板に出てみると、東の空に月が出て来た。不思議な空間だった。宇宙全体が銀色に輝いているのである。月を中心に、海も空もギラギラと輝き、この世のものとは思えない御伽噺《おとぎばなし》の世界が展開していたのである。

海は月光を写し、銀色に輝く帯のようにキラキラと光り、空は青紫に輝き、月は銀色に光る空に朧《おぼ》ろに光る。

兵と共に「うーん」と言ったきり、舷側に縋りついたまま、ものも言えなかった。「妖精が踊るような世界」といったらよいのか、不思議な世界に迷い込んだような気がする。

うちの子は小学校の三年で……と兵がポツリ、ポツリ話しはじめた。兵も感傷的になったのか、昨日までの殺伐たる兵とは声まで違っているようだ。相槌《あいづち》を打ちながら眺めつづける銀色に輝く波に、少年のころ歌った童謡が胸に浮かんできた。

「象牙の舟に銀の櫂《かい》、月夜の海に浮かべれば、忘れた歌を思い出す……」この童謡は、こんな月夜だったのかもしれない、とボンヤリ考える。夢のようだ。

こんな美しい世界が、この世にあるとは、ついぞ思いもよらなかった。この月を見ながら、ボンヤリ故郷の山川を思いだしていたが、「もう十二時を過ぎたから、帰って寝ましょう」との兵の声にふと気づき、ベッドに就《つ》く。

後年、外国航路の船員から、つぎのように教えられた。「多分、昨夜の嵐で、スマトラの砂塵が空に満ち、月光が乱反射し、こんな奇現象を起こしたのだろう。あの辺りではよくあるんです」とのことだった。

戦場や労役で、感情も何もかも擦り切れてしまったと思っていた私にも、まだ人間らしい感情が残っていたのである。

月夜に子供が三年生になったと話していた兵は、兵隊になる前に腕に彫りものをしていたが、徴兵検査のとき叱られるので、硝酸で焼き切って瘢痕になっていた。これがお玉杓子の形に似ていたので、火の玉と称していた。

私は彼のことをヒョロヒョロのお化けを持っているので、いつもヒョロ化けだとからかっていた。本人は一人前のヤクザのつもりだったらしい。

私は何もかも失って、残った軍医携帯嚢も日野中尉に巻き上げられ、怪我をした兵の治療にも事欠いていたが、兵に頼んで靴を縫う曲がった針を入手して、縫合の用意ができたつもりになっていた。

その靴の針を使用した第一号が、彼だったのだ。労役中に怪我をしたので、カタン糸とこの針を飯盒の湯で滅菌し、縫合したのである。

局所麻酔剤も鎮痛剤もないので、そのまま縫合したが、彼は日ごろの大言壮語とは裏腹に、「痛い！　痛い！」と騒ぎまくるので、「貴様、それでも男か？」とからかいながら縫合したのだった。以来、彼は私には頭が上がらなくなっていたのである。

靴を縫う針は、外科用の角針と違い丸針で太く、皮膚にナカナカ通らないので、縫合のときは時間が掛かり痛い。そのため、ヤクザを気取ったいかつい男も、音を上げたのだった。

中佐の老看護婦

ラングーン出港して約一週間後、シンガポールに着く。日ざしがきつく、焼けつくようだ。ビルマよりだいぶ南にあるためだろう。

日本より初めてシンガポールに着いたときと同じ焼けつくような太陽だった。やはりビルマより遙か南の国だとうなずける。港近くの島、山々には相変わらずシェルの商標の着いた石油タンクが林立している。

老大国と小馬鹿にしていたジョンブルも、またふたたびこのシンガポールに帰って来たのだ。つい先年来たときは、敗色歴然たるものはあったが、なお希望があり、戦える力があり、そして何より自由があった。

今立っているシンガポールは、敗戦の一囚人として、焼野が原の故国に護送される身だった。人生の無常に打ちのめされ、呆然として立ち尽くすシンガポールの港は、緑はあくまで緑、土は赤く、原色に輝く明るい港だった。

シンガポールから七、八十人の患者が乗り込んで来た。そのためか、われわれもベッドの移動があり、船の中央に近い部屋に移動された。ここなら先日のような嵐でも、酷い揺れもないから安心だ。何しろ、エレベーターで揺れながら上下するようなものだから、たまったものではなかった。

隣りが軍医部長と高級軍医の部屋だ。シンガポールの連中が来たので、勤務は交替制となり、われわれは夜勤となった。

　患者の部屋に入ると、広い部屋にベッドが並べられ、患者はものも言わず静かに寝ていた。話し声一つない。変だな！　と感じたが、話しかけると、患者は何か怯《おび》えたように、小声でヒソヒソと話す。

　ベッドに腰かけると、衛生兵が慌てて止めた。「看護婦に叱られますよ！」と言うので、ソッと立ち上がった。

　そのために患者は静かにしていたのだ。患者はほとんど健康体だから、寝ているわけがなかったのだ。

　将校で軍医の自分が、看護婦に叱り飛ばされては、格好がつかないところだった。それにしても、一晩中立っているのは叶わないし、診断も治療も英軍軍医がしているので、私にはすることがない。重苦しい空気には耐えられないので、疲れると、適当に休むことにした。

　看護婦が入って来た。中尉だ！　中年婦人だが、お世辞にも美人とは言えない。兵の話によると、彼女はロンドン市内の病院に勤務していたが、戦いが激しくなって志願し、この病院船に乗ったのだそうだ。

　衛生兵が突然、不動の姿勢をとるので、何事かと思ったら、老婦人が若い看護婦（少尉）を従えて入って来た。老看護婦は中佐だったのだ。彼女は、部屋を一巡して出て行った。中尉看護婦も不動の姿勢を取っていたところを見ると、軍律は相当に厳しいらしい。

　ガーゼ交換は、すべて看護婦が行なっていた。大腿部全体をやられた火傷患者のガーゼを交換するのを見た。彼女は罐に入った黄色の油を浸したような布を取り出し、その上に覆ってある薄布を取り除いて、そのまま傷に張りつけた。便利なものだ。イチイチ布に薬をつけていたのでは、間に合わない。英国はここまで考えていたのである。

わが高級軍医がニコニコしながら、得意そうに、「看護婦が負傷兵の傷にガーゼを挿入しようとして、困っていたので、自分が代わりにやってみせたら、驚いていた。彼女らは医師がガーゼ交換ができるのか？　とその器用さに驚き、不思議がっていた」と嬉しそうに語るのだった。

この軍医少佐も医師としては駆け出しだったらしい。しかし、英語が自由に駆使できるのだから彼も立派なものだ。

患者の部屋に入ってみると、英軍軍医が来て患者の眼圧検査をしていた。兵に聞くと、今日、急に全身が動かなくなり、意識がおかしくなったのだそうだ。

この患者は、半年前、労役から帰って来ると、次第に右手足が動かなくなり、そのままベッドに寝たきりになった男だった。若年だったが、脳出血か脳軟化症と考えていたのである。

彼は間もなく死亡、ただちに解剖された。高級軍医は「見せてもらう」と言って、手術室に入って行った。翌日、彼は脳を持ち出して来た。脳底に胡桃《くるみ》大の虚《うつ》ろができていた。これが病巣だったのだ。この中に黄色い液が入っていたのだそうだ。

死体は水葬にすることになり、二、三人の英兵が作業に取りかかった。体を英国国旗で包み、体がキッチリ入るズックの袋に詰め、足のところに鉛塊を入れた。そして日本兵の見まもる中を、ボチャンと海に投げ込んだ。海に入った死体は、立ったまま澄み切った海の底へ底へと沈み、ついに波間に消えていった。

挙手の礼をしたまま見送ったわれわれは、船上で死んだときは水葬にすると知ってはいたが、何となく割り切れないものを感じた。もう少しすれば、父母の待つ故国に帰って死ねたものを……と、暗然たる思いに胸が痛んだ。

左手に海岸が遠く見えはじめた。数十匹の飛び魚が、幼児の石投げに似て、船の進行にともなって霏々と飛んで行く長閑《のどか》な景色だ。舳先にはいつの間にか海豚《いるか》の群れが船と競争するように泳ぎ回り、過去の回想を誘う長閑な海だった。いつか大戦争があったとはとても思えない。遙か彼方に赤い屋根が緑の林に囲まれて、南国の光に輝いている。

兵の語るところによると、これがメコン河で、ずっと遡《さかのぼ》るとサイゴンがあるのだそうだ。兵隊はこの町を小パリーと呼ぶ。民情もよいし町も美しい。フランス婦人がショートパンツ一つで歩き回っているのを見ると、まるでパリーにでもいるようだ、と話していた。

ジャワの極楽ビルマの地獄、ソロモン命の捨て所、とビルマの先輩に聞かされていたが、われわれにはサイゴンは物資の豊かな、戦いのないジャワに近い楽園だと思われていたのである。

岸辺より遙か沖に船は停泊した。兵の話によると、サンジャックの港だそうだ。しばらくすると、岸辺より一隻の舟が寄って来た。遠浅で船が近づけないらしい。

南方軍司令官寺内寿一元帥の遺体を運んで来たのだと言う。終戦のころより病状が悪化し、内地に帰って死を迎えるようにここまで送ったが、この地で亡くなったのだそうだ。英軍も騎士の礼にならって、ただ一名のために、このカムラン湾のこの港に船を寄せたのだった。生きた方面軍司令官寺内元帥を迎えるつもりが、遺体になったが、エゲツナイやつだと思っていた英軍にも、こんな一面があったのである。

シンガポールでも、捕虜の日本兵は相当頑張っていたらしい。いつも乾ドックで働いている者は、シンガポールでは幅が利いたらしい。ドック仕込みといえば、他の連中はビビッタと言う。戦時中、日本より乾ドックをシンガポールに送ったので、修繕の機能が飛躍的に上がったと聞いている。乾ドックは大きくて高く、ビルのように階層も多いし、広いので無数の部屋があった。仕事中、ドックで働いている連中は、物資をゴマカスと、乾ドックの部屋に隠し、必要なとき少しずつ出して用を足したのだそうだ。部屋が多すぎて、盗まれた物資は決して見つからなかったと言う。シンガポールにも荒っぽいやつはいたのである。

夜、甲板に出てみると、暗い電灯の光の中に四、五人の若い英兵がたむろし、ギターを弾きながら戯れていた。片隅では独りトランプを繰る男もいた。西部劇の酒場の風景を、目の当たりに見るようだ。

ボンヤリ見ていると、殺伐としたわれわれの胸に仄々《ほのぼの》と暖かいものが忍び寄ってくる。軍隊生活で、非番の彼らは精いっぱい人生を楽しんでいるのだった。

トランプを持つ手をふと見ると、横手に握って片手で抓《はさ》み、前後に切って行く。縦に握る日本人とは少々違うようだ。

ふと何かに気づいた隣りの兵が、ギターを持つ者に注意すると、彼は悠々とギターを置き、頸《くび》にハンカチを持っていった。見ると真っ赤な口紅の跡だ。彼は何食わぬ顔をして、ハンカチで拭った。

日常茶飯事のことらしい。この船にいる女性は、将校の看護婦だけのはずだ。不動の姿勢でキッスしてもあまり楽しい話でもあるまいに！　と少々気になる。彼らは勤務外は私生活とハッキリ割り切り、恋愛を楽しんでいるのかもしれない。

いろいろ話してみると、兵たちは学生だったのだが、英国にも学徒出陣があり、戦いが終わって二年たった今も、なお帰してもらえず、船に乗っているのだそうだ。

日の没することもないといわれた大英帝国も、治安維持のために学半ばにして徴兵され、いつ帰れるとも分からない軍務に服しているのだった。

よく考えてみると、日本は戦闘では米英に負けたが、広い意味では大ブリテン島に追い込まれつつある英国には、かならずしも負けたとはいえない。日本は瓦礫《がれき》の山となったが、英帝国も崩壊に瀕《ひん》しているのだ。

敗れたりといえども、日本の力は歴史を書き換え、世界地図を塗り替えることになるかもしれない。われわれもその一翼を担ったことを誇りとしてよいかも知れない。たとえそれが、悪いことであっても……。今、無数の独立国が誕生しつつあるのだ。

朝鮮を取られ、台湾も盗られた日本は四等国、五等国になって、塗炭の苦しみを味わい、後世の非難の的になるかもしれない。しかし、われわれは世界地図を塗り替えたのだという誇りは持ってよいのではなかろうか？　英兵のギターを聞きながら、空想に更けるのだった。

左手に大きな島が見える。島には峨々たる山が聳《そび》えていた。こんな大きな島があるはずがない。俺たちはまたどこかへ連れて行かれているのではないだろうか？　と思っていたら、兵の話によると、台湾の東を航行しているのだそうだ。

それにしても、東側には平地らしいものが少しも見えない。あの山々の何処《いずこ》かに富士よりも高い新高山や次高山があるはずだ。日本一高い山が外国になるのは、少々寂しい。こんなに領土を盗られて、日本は生きていけるのだろうか？　故国に帰るのだというのに、次第に気分が滅入ってくる。

東大東島が見えた。親子二人連れのような島で、まったく平地のない美しい島だ、さっそくビルマで労役中に貰《もら》った落とし紙を持ち出し写生した。実際に写生した絵の持ち合わせがなかったので、思い出の一つとしてぜひ欲しかったのである。絵を書きながら、「自分の心もずいぶん和んだものだ」とシミジミ思う。

遙か遠方にポツン、ポツン、と沢山の島が見えはじめた。沖縄諸島だ。緑に覆われた原色の島が、何事もなかったように静まり返っている。

太平洋戦争最後の決戦の行なわれたこの島々！　日本の象徴、軍艦「大和」の沈んでいったこの島々！　二千六百年の歴史に終止符を打ったこの地！　戦場に行く途中、「平和な日本の内懐」と思いながら見たこの沖縄は、今は何も語らず、沖の波が静かに、のたうっている。長い歴史の一齣《ひとこま》を垣間見て胸が湿る。

シンガポールから乗船した兵と親しくなり、その様子をいろいろと聞く。彼らは一時、囚人島に移され、食料不足と病気に悩まされ、ここで餓死させられるのかと思ったが、またシンガポールに移され、労役するようになったから楽になった。

殊《こと》に乾ドックの作業に携わる連中は、めぼしい物資があれば、米でも豆でも、一俵、二俵と適当な部屋に持ち込み、少しずつ持ち出す。乾ドックは広いから、物がなくなったからといって、そう簡単に捜されるものではないし、「乾ドック仕込みと言えば、シンガポールでは幅が利いたものですよ」と得意そうに語った。

現地人との接触は楽だし、ここは案外、楽な生活だったらしい。どこに行っても、日本兵は抜け目なくやってきたらしい。

これが日本なのだ

陸が見えて来た。晴れ渡っているのに、何となく薄暗い。これが果たして日本なのだろうか？　こんな薄暗いはずがない。戦いに負けて故国に帰る自分の寂しい心のせいなのだろうか？　南国に慣れた目には、北国の日本がこんなに暗く見えるのだろうか？　海は薄気味悪くなるほどどす黒い。日本はこんなに薄暗い国ではなかったはずだ。兵の話によると、九州の豊後水道だそうだ。

小さい小舟が見えて来た。魚舟だ。二、三人の人が乗っている。兵は喜んで大声を上げて手を振ると、船の波の煽《あお》りを食らって揺れる舟の人は、「オーイ、オーイ」と手を振って答えた。

日本人はわれわれのことを忘れてはいなかったのだ！「オー！　日本人だ！　日本人だ！」と、われわれは急に嬉しくなった。日本に帰ったのだから、日本の漁船に会うのは当たり前だが、それが嬉しくて仕方がない。やはり、われわれには日本人の血が流れているのだ。

焼野が原になったはずの海岸を眺めつづけたがその跡もない。この分では米軍の爆撃も噂ほどではなかったのかもしれない。

左手に高い煙突が見えて来た。何か見たことのある懐かしい煙突だ、と眺めていると、佐賀の関の煙突だそうだ。

舟は瀬戸内海に入って行った。小学校のころ世界の公園、白砂青松の瀬戸内海と習ったはずだったが、まるで墨絵のようだ。緑のはずの松が薄黒く、とても緑とは言い難い。俺の目は、どうにかなったのではなかろうか？　幾ら目をパチパチしばたいても、少しも変わらない。

夕闇の迫るころ、船は島影に停船した。兵の話によると、すぐ前の島が宮島だそうだ。すると上陸地点は宇品だろう。いつまでたっても、船は港に入らない。兵の話によると、上陸は明日だそうだ。せっかくここまで来たのだから、上陸させて欲しいのだが、やはり上陸は明日になりそうだ。

今夜だけの船だ。明日になったら、上陸できるかもしれない、と思うのだが、不思議なことに少しも嬉しい感じがない。確かに感激するはずなのだが！　と思うのだが、少しも感情が盛り上がらない。それでも、家の者に会うときは戦塵を洗い流して綺麗にして会うのが武士というものだ。

今日は風呂にはいることにした。西洋風の陶器の風呂なので、何となく入り心地が悪く、おまけに御湯が塩水なので、風呂上がりがベトベトして気持ちがよくない。英軍の風呂だから、何かケチをつけられそうな気がしてせっかくの風呂も落ち着かない。だから乗船以来、二、三回しか入ったことがなかったのだ。

石鹸の泡立ちが悪いが、早く体を洗い、風呂から上がって、すぐ服を着ける。塩水だし、熱いので、服はたちまちベトベトになる。先日、寺岡曹長に貰った安全剃刀で、入念に髭を剃った。刃が拾いもので錆びついたやつなので、サッパリ切れない。痛いのを我慢するのも、ナカナカ大変だ。また入念に歯も磨く。

薬局にいた時から、下痢止めの獣炭沫を代用品として使用していたのだ。もちろん歯ブラシがないので指で代用する。これが自分にできる精いっぱいのおしゃれだったのである。これで心静かに明日を待つことにした。

翌朝、宇品国立病院の看護婦が乗船して来た。終戦後、初めて見る日本女性は、さぞかし美しく見えるだろうと思っていたが、それほどでもない。患者と共に小舟に乗り、宇品岸壁に着く。そばにいた看護婦に聞いてみると、岡山大学は無事とのこと。やっと愁眉を開く。大学が無事なら就職の世話をしてもらえるから、ホットして胸を撫で下ろす。

内地の人はわれわれ軍人には好意を持っていないはずだったが、「貴方はお医者さんですか？大変でしたね」と親切に労《ねぎら》いの言葉をかけてくれた。弁護団の話とは少し違うが、中にはそんな親切な人もいるのかもしれない。出征以来、親切な言葉を聞いたことはついぞ、なかった、と思っているうちに胸が熱くなってきた。

上陸すると、患者は整列してどこかに連れて行かれた。しばらく待たされた末、全装具を広げさせられた。「薬品や医療器械は日本にないので、みんな出して下さい」と兵の持ちものでも、みんな持って行かれた。

全国の医療機関に送るのだそうだ。上陸早々、装具検査とは……日本も嫌な国になったものだ！国立病院は埃だらけのバラックだった。ここに連れ込まれ、粉を全身にかけられた。ＤＤＴだそうだ。たまったものではない。粉のＤＤＴを見たのはこれが初めてだ。

「何ですか？」と聞くと、「ＤＤＴです。よい薬ですよ」と、容赦なくシャツの下まで真っ白になるほどかけられて閉口した。

「指を曲げて下さい」と言うので、何事かとおもったら、針を刺された。飛び上がるほど痛い。採血して梅毒検査をするのだそうだ。

いつの間にか時間がたち遅くなり、引き上げ援護局の宿舎に入ったのは日暮れ前だった。畳敷きだった。各人に罐詰、靴、乾パン、金及び家までの汽車の乗車券が支給されたが、自分の罐詰が無い。河本軍曹が二人分持っているので、「よこせ！」と言うと、「蓄音機の処分したのはどうなった？」と変な言いがかりをつける。「あれは、われわれが梱包して船に乗せたのに……」と言う。「そう言えば、蓄音機があったな！　あれはどうしたんだろう！」と返事をした。「あれは、寺岡曹長がどこかへ持って行った」とのことだった。それを聞いて河本も罐詰を渡した。

仕事が一段落して、畳に大の字に寝て、手足を思い切り伸ばしてみた。こうして、畳の上に伸び伸びと寝るのはまことに気持ちがよい。

夕食は銀飯だった。ビルマ米と違ってネットリと舌に馴染《なじ》み、何とも言えないほどうまい。味噌汁も出た。味噌汁なんて何年ぶりだろう？　日本には、こんなものがまだ有ったのか！　と驚いた。

大体、味噌汁なものなど思い出しもしないほど珍奇な味だった。懐かしくて汁を吸うのを躊躇する思いだった。そしてそれは故郷の味だった。

仕事もなくなったので外に出る。塀の代わりに荒縄が一本引いてある。われわれは縄に沿って一列横隊にならんだ。

前に古い家が立ち並んでいた。兵の話によると、この辺りも原爆で焼けて、その後に建てたのだと言う。それにしては古びているようだ。

オセンチになって話し合っているうちに、ふと兵の一人が縄を跨《また》いで外に出た。それに釣られて、皆、いっせいに外に出た。外に出られるということを忘れていたのである。囲いの外には出られないという長い虜囚の習慣が、囲いがあれば外に出られないという観念を植え込み、外に出ることを忘れていたのだ。

一時間も一列に並《なら》んでいたことが急におかしくなり、ニヤニヤしながら縄を跨いで出たり入ったりして自由を満喫し、子供のようにハシャギ回ったのである。

高級部員は外に出たとかでいなかったが、方面軍軍医部長J大佐を囲んで会があった。新聞記者や県のお偉方らしかった。帰還代表者として部長が挨拶した。

堂々と立ち上がった彼は、英軍との間に入って心労のため苦しくて……と言いかけて絶句した。急に顔がクシャクシャになったかと思うと、涙が流れ出た。彼は眼科専門で、帰ったら開業する予定だそうだ。それを見て唖然とした。思いもよらなかったのである。

兵の苦情は全部、自分に向けられたので、彼がそんなに苦しい思いでいたとは、思いもよらなかったのである。身の回りの世話から洗濯、掃除、食事の世話まで、すべて兵がするので、彼は悠々と昼寝を楽しんでいたとばかり思っていたのである。

よく考えてみると、彼がそのように責任を感じるのは当たり前だったのだ。この日本上陸の日は、昭和二十二年九月十二日だった。

学生たちの好意

同室の船員と親しくなり、ビルマの風物などの話をしているうちに、どこで聞いたのか、私の著書『ラバチャン夜話』を「見せろ！　見せろ！」とねだるのだが、あまり自慢になるものではないので、断わりつづけて寝に就《つ》く。

翌日、宇品駅まで送るからとの達しがあった。途端に兵たちがむくれはじめた。

「大体、昨日、銀飯や味噌汁などよいものが出たのが怪しい！　あんなもので騙《だま》されるな！　ここは政府の出先機関だからまだよいが、ここを一歩でれば、いかなることが起こるか、分かったものではない！」と騒ぎ出した。

「弁護団があれだけ注意したのだから、よほど注意しないと、いつやられるか分からない！」と囁き合っていたところだったので、凄まじいことになった。われわれは戦後の労役中、苛《いじ》められて人間不信に陥っていたし、弁護団の注意により、日本人全体が信じられなくなっていたのである。

「油がないのでトラックで宇品まで送るから、広島に行くのは勘弁してくれ！」という係官を、数人の兵が取り囲んで吊るし上げ、ついに所長のところに押しかけて広島までトラックで送らせることにした。直接、広島駅に行ったら、宇品線分だけ暴徒に襲われる危険度が少なくなる、と考えたのである。

上り列車と下り列車の二便に分かれ、われわれは上りで、第一便のトラックに乗った。X軍医少尉が寄って来て、「内科勤務の西岡も、田中にも気をつけなさい」といったが、「なかなかよい兵だったぞ！」と別れ際に抗議した。

「いや！　あの二人は真面目すぎて、下手をすると噛みつかれる恐れがあるのでね」と答えたが、説明不足だったのを少々、後悔する。

「さよなら！　さよなら！」と手を振り合ううちに、トラックは復員事務所を後にした。ガソリンが悪いのか、トラックはガタゴトと鈍い。原爆が落ちたというのに家が立ち並び、少しもその跡が見当たらない。兵の語るところによると、この辺り一帯が焼野が原になっていたのだそうだ。

駅に着くと、まず二、三名の兵が飛び下り、みんなの装具を降ろしている間に、みんな飛び下りて、装具を守ってその回りに突っ立った。素早いものだ。内地のやつらが襲って来たら、一戦交えるつもりだったのである。

装具を降ろして、全員その周囲に立ったときには、広島駅から下車した人がゾロゾロ集まり、たちまち人垣ができてしまった。

「内地の連中にやられてたまるか！　俺たちはビルマの生き残りだぞ！」と力んだが、次第に人垣が厚くなり、十重二十重と取り囲まれてしまった。

「こんなに沢山こられては、駄目かも知れない！」と観念しかかったとき、「どこから帰ったんですか？　大変でしたねえ！」と口々に語りかける。

何だか様子が違うようだ、と思ったが、「ビルマですよ」と答えると、三十歳くらいの男が「ビルマなら、Mという兵隊がいませんか？」と尋ねた。

「われわれはビルマの最後の帰還者だが、その人は知らない」と答えると、その男は急に怒り出した。

「もうビルマにはいないと言っても、戦死の知らせもないのに、そんな無茶があるものか！」と怒鳴りはじめた。

「そんなことをいっても、いないものはいませんよ！　戦犯は残っているかも知れないが、入院患者にもいなかったですよ」と言うのだが、自分の弟だと言って承知しない。

気の立っている私も、ついに腹が立ち、「われわれは政府ではないんですから、広報なんか関係ありませんよ！」と怒鳴り返した。後で「少し言い過ぎたかな」と思ったが、時の勢い。どうにもならなかった。

先夜の船員が、ニコニコしてやって来た。「これが落ちていたので、貴方のものだと気づいて追いかけて来たんです」と沢山の落とし紙の手書きの本を手渡した。私が書き集めた十冊あまりの手帳だった。手帳を手渡すと、彼は手をふりながら去っていった。

出発のとき調べたが、確かに入っていたはずだ。カバンを調べてみたら、例の『ラバチャン夜話』はなかった。

畜生！　図られたか！　だれかに盗まれたに違いない。その他の手帳が帰ってきただけでも、よいとしなければならない。軍隊では盗まれた方が間抜けなのだ、と思い直した。古林軍医少尉と共に集めた落とし話や、苦心して集めた性の調査資料も、その中にあったのである。
五、六歳の子供が、「お菓子！　お菓子！」と叫び、母親が慌てて止めるのだが、暴れて言うことを聞かない。
何事かと周囲を見ると、兵の一人が乾パンを齧《かじ》っていたのだった。兵もニッコリと惜し気もなく、一袋のカンパンを坊やに持たせてやった。坊やは袋を大事そうに抱え込む。若い母親らしい女は、「いいんですか？　いいんですか？　こんなものを頂いて、すみませんねえ！　すみませんねえ！」と、何度も頭を下げて立ち去った。

われわれは顔を見合わせて、そんなにまで物資が不足して、食物もないのかな、と何となく不安になる。〝今浦島〟の私には、故国のことは何一つ分かっていなかったのである。ただ「いざという時には、雑草でも食べれば、何とか命はつなげることができるだろう」という淡い期待だけが残っていたのだった。

しばらくすると、「婦人会」と書いた布を肩にかけた婦人が、ヤカンと湯飲みを持って二、三人現われた。お茶の接待をしようということらしい。

腕に腕章をつけた学生らしい男も出てきて、「出迎えに来ました」という。広島大学の学生だというのだが、何となく信用できない。学生は四、五名いたが、荷物を持って行ってやるから、「手ぶらで汽車に乗れ！」という。盗まれそうな気がして断わるのだが、執拗に言うし、好意を無にしがたく、兵二名をつけ、われわれはプラットホームに急ぐ。

彼らは車に荷物を乗せ、近道を通って行くことになった。特別に設けられた車両に乗ったが、荷物はなかなか来ない。十分、五分、三分と、出発の時間が刻々と迫る。

「しまった！　兵二名は地下道でやられちゃったか」と後悔しはじめていたら、出発直前にやっと着いた。喜んで荷物を積み込むと、兵の一人がお礼にと乾パンを一袋差し出した。それを潮に、各人思い思いのものを差し出した。

私も父のためにと持っていたネービーカット（シガレット）を、「みんなで分けて下さい！」といって差し出した。

学生二名は、両手に抱え切れないほど土産を貰って、「本当に貰っていいんですか？本当にいいんですか？」と戸惑いながらも、いかにも嬉しそうにしていた。

手を振る学生を後に、汽車は動き出した。われわれも手を振って別れを告げた。われわれの不信感をよそに、装具を持ち込んでくれた学生の善意が、虐げられつづけたわれわれには、胸に滲みるほど嬉しかったのだ。終戦以来、苛めぬかれ、騙しぬかれたわれわれには、初めての好意だったのである。

戦争の決算書

汽車の窓に縋りついて見る日本には、少しも戦いの跡は残っていなかった。焼野が原となっていると思っていた日本は、人家が狭苦しいほど込み合って並んでいた。われわれの見る限り、戦いの爪痕はどこにもなかった。

われわれはビルマの地で、シャツもズボンも破れ、靴を履き潰しても、まだまだ戦うつもりでいたのに……。内地が先に手を上げるからには、全土が焦土と化したものと思っていたのに、何か裏切られたような割り切れないものが胸に湧いてきた。

また同時に、これでよかったんだ、という安堵感が入り交じり、何だか騙されたような、今までのことは夢のような気がして、ボンヤリと車窓を見つめていた。

同乗の兵の中で、一番近いのは自分の家らしい。西阿知が近づくと、「弁当は岡山駅で買いたいから、降りたら駅員に頼んで、岡山へ電話してもらってくれ！」と頼まれた。頼んでおかないと買えないかもしれないと危惧したのである。

西阿知駅で下車。プラットホームに立ち、兵を見送った。長年、生死を共にした戦友だ。「さようなら！　さようなら！」と手を振っているうちに、汽車は次第に小さくなり、手を振る兵たちも見えなくなり、汽車が豆のように小さくなっても、「さようなら！　さようなら！」と手を振りつづけた。

涙に潤む瞳に、汽車は見えなくなったが、なお立ちつづけていると、ポンポンと背中を叩く者がいる。振り返ると、若い駅員が立っていた。気がついてみると、広いプラットホームに、私一人が手を振りつづけていたのである。

「兵隊さんですか？　御苦労さんです」と荒縄で縛った私のリュックサックを引っ担いだ。驚く私を尻目に、「持って行ってあげますよ」と、ホームから線路を横切って駅に向かって歩く。慌てて私も後につづいた。

荷物預かり所に持ち込んだ駅員は、「預かって上げますから、だれかに来てもらいなさい」という。少々不安だったし、どうせ自分が来なければ、だれも来てくれる人もいないが、好意に甘えて預かってもらうことにした。帰りかけて、兵の最後の願いを思い出し、思い切って頼んでみることにした。

「岡山で戦友が弁当を買いたいといっているので、電話連絡をお願いできませんか？」と頼むと、「三、四人なら連絡しなくても、岡山だったら、すぐ買えますよ」と、事もなげに答えた。

それでも、戦友の最後の願いを叶えてやらなければ、と思った途端、絶句してしまった。「戦友が腹を減らして……戦友が！　戦友が！」と言っているうちに涙が吹き出し、物が言えなくなった。

駅員は一時、シーンとなったが、一人が黙って岡山に連絡してくれた。私は「すみません」と言いながら駅を出た。汚れて痩せ切った兵隊に、突然、涙されてはさすがに駅員も驚いたことだろう。戦友と別れた私にできることは、弁当を頼んでやることしかないと思うと、今までの思いが涙になって吹き出したのである。

西阿知の町並みは、昔のままの佇《たたず》まいだった。砂埃の道を、九月の太陽が燦々《さんさん》と照っていた。遠回りして正面に向かった。裏から入ると早いのだが、「家の者はいないかもしれない」という恐怖と、早く帰りたいとの願いが錯綜しての行動だった。門の表札を確かめるために表門に回ったのである。

家は昔のままあった。自分の表札もある。それを確かめて入ろうとしたが不安になり、ふたたび眺める。門を潜ったがどうも不安で、また表札を確かめに外に出た。絶対に自分の名前だと見て取り、勇を鼓して入り、玄関に達した。

ひょっとしたら、他人が出て来るのではなかろうか？　働く術も知らない女房だから、すでに人手に渡っているかもしれない。一体、何と言って入ろうか……と心配になった。

「今日は……」はおかしいし、「只今」と言って、他人が出て来たらどうしよう、と思い悩みながら歩を運んだ。玄関は開けっ放しで、だれもいない。

「帰りました！」と大声で言ったが、だれも出て来ない。「今日は！　只今！」と怒鳴ったが、だれも出て来ない。裏の畑にでもいるのかもしれないと台所の縁側に荷物を置き、裏に出てみると、軒に玉葱《たまねぎ》がぶら下がっていた。

途端に嬉しくなり、千切って齧《かじ》り付いた。大きな玉葱だ。南方のと違っていささか辛い。それでも、その新鮮な味は、血が新しくなるような気がする。食べているうちに、だんだん気分が落ち着いてきた。

大きな玉葱を半分食べたころ、人の気配に振り返ると、そこに女房が四、五歳の男の子の手を引いて立っていた。息子の正明である。

「お帰りなさい。そんなものを食べなくても……。後で料理しますから……」と食べさしの玉葱を取り上げてしまった。

「今度の船がビルマからの最後の船だ」と新聞に出ていたので、駅に出迎えに行ったが、「帰られないので……どこで擦れ違ったのか？」と呟くように言った。

夕食には魚の罐詰を切り、玉葱を炊き、銀飯を作ってくれた。魚の罐詰はビルマで毎日三度三度、二年間食べつづけてきた嫌な味だった。復員してまで食べさせられるとは！　臭いを嗅ぐのも嫌だ！

せっかくの心尽くしだから、食べるだけは食べたが、情けない限りだった。これなら生の玉葱の方がズッとましだ。女房を前にすると、それさえ言えない自分が憎たらしくなってくる。

部屋のどこに座ってみても、落ち着かない。大体、座敷という広々とした部屋に住み慣れていないのだ。久し振りに会った女房が何と思うか知らないが、畳の上に大の字に寝てみて、初めて人心地がついた。ぐっと腕を伸ばしみて、やっと自由を得た心地がした。

俺が生を得たのはこれなんだ！　俺の自由はこれだったんだ！　しみじみと己れの居場所を得た思いだった。

日本人には、やはり畳が故郷のシンボルなのかもしれない。畳から身体を通して、やっと日本に帰った実感が湧いてきた。

しかし、縁側に寝てみると、何となく身にしっくり合う。ここが自分の安住の地というものか？

と寝ていたら、義母が「こんなところに寝なくても！」と、座敷の中に追い込まれてしまった。

夜になると、さすがに大切に思ったのか、敷布団を二枚敷いてくれた。横になってみると、始めのうちはフワフワして気持ちがよかったが、柔らかすぎ、空に浮いているようで、とても寝られない。

仕方がないので、敷布団を撥《は》ね除《の》け、掛け布団だけで寝ることにした。畳だけでも少し柔らかすぎるような気がしたが、女房の手前、廊下に寝るわけにいかず、我慢することにした。長年、大地にゴロ寝して来た習慣が身についていたのだ。敷布団をはずすと、女房は変な顔をしたが、別に何も言わなかった。

寝にくい一晩を過ごしたが、明け方になると我慢できなくなり、廊下に寝て始めて安住の地を得た思いだった。敷布団を敷いて寝られるようになったのは、二、三日後のことだった。

数日後、故郷の上下に帰った。父母も喜んで迎えてくれた。ここへ来て、初めて肉親に迎えられた喜びを感じた。

「おまえが手紙で甘茶を植えてくれ、とあったので、やっと入手して挿し木をしたところだ。一体、何のことか分からなくて……」と話す父だった。

「軍隊では、行き先を書くわけにはいかないので、釈迦の生誕の地、インドに近いビルマに近くという意味であり、『甘茶が欲しい』わけではなかった」と答えたものの、わざわざ捜し出して植えてくれた好意が身に沁みて嬉しかった。そして、改めて父母の温かさを身に浸したのである。

罐入りの煙草ホワイトホースと巨大な藤の実一個。そして菩提樹の葉一枚。これが父への土産だった。

父は呆れて、「これは一体、どういうことか？」と聞くので、つぎのように答えた。

「大きな藤の実は、いつまでもまめ（元気）で！　ということで、ビルマのジャングルで拾ったものだし、菩提樹の葉は、その木の下で釈迦が悟りを開いた木だから、その葉をビルマからわざわざ持ち帰ったのです」と話すと、父も喜んで受け取ってくれた。

せっかく持ち帰った煙草は、「今、止めている」とのことで、ガッカリした。「日本では、ナカナカ手に入らないだろう」と無理して手に入れた貴重品だったのだ。

カリエスで十年間寝ていた昌子姉さんも、元気で田植えをしたと聞いた。ふたたび元気にはならないだろうと思っていたのに、東京が爆撃を受けたと聞いて立ち上がり、そのまま仕事を始めたのだそうだ。

後で聞いたのだが、「四郎君に会ったとき、土色をして痩せ細っていたので、幽霊ではないかと、思わず足を見たぞ！」と話していた。

故郷の山河は、何事もなかったように静まり返っていて、昔のままだった。

男の兄弟六人、みんな兵に取られたとのことだったが、外地に行ったのは私一人で、終戦と同時にみんな帰って来たそうだ。どうやら、戦地で苦労したのは私だけだったらしい。それでよかったのだ。

六人もいる兄弟が、みんな生きていたことは、思いもよらない幸運と言わなければなるまい。親が無事だったのは、神の加護だったのかもしれない、と祖先の墓と八幡神社に御参りして無事帰還したことを報告した。

倉敷に帰ると、女房に襖の陰に呼び込まれ、「貯金も凍結され、自由に使える金も、あと少ししかなくなった」と耳打ちされた。「大事にしていた満鉄株も駄目になった」と聞かされ、今浦島の自分も、厳しい現実に直面せざるを得なかった。

これが今次戦争の決算書だった。

これより栄養失調、マラリア、アメーバ赤痢などで疲れ果てた身を押し、女房、子供、義母、義祖母を抱えて、休む暇もなく、医学技術を習得しつつ、終戦後の混乱の中を潜り抜けるために、新たな戦いに挑まなければならなかったのである。

エピローグ——戦陣の青春

「おまえが帰ったとき、痩せ細って土色の顔をしていたので、よくこれで生きておれたものだ、と思ったが、痛々しくて口に出せなかった」と数年後、昌子姉さんが述懐するのを聞き、改めてその惨めさを思い知らされた。青春を焼き尽くしての、長く苦しい戦いだったのだ。

シンガポールに着いたとき、船上での苦労を思い出し、これからは自分の足で歩けるのだと喜んだ。狭い甲板に身を擦り寄せて座り、夜になっても横になれず、熱射にフラフラになり、水のない苦しさこそ、苦しさの最たるものと思ったものだ。

チャウタンの野戦病院で、日中必死の治療活動。夕方になると、敵制空権下に在り、負傷した兵がいっせいにトラックで運ばれて来て、朝まで腕を切り、腹を縫って夜を明かす。一、二時間しか横になれない日が三、四ヵ月つづいた。

不眠不休の激労に倒れる寸前までになった。これほどの苦しさは、今までにないほどだった。転進中、自分の足がありながら、敵の空襲下に二人の重症患者を抱いての苦心は、わずか二、三日のことだったが、数年とも感じられ、髭も真っ白になったのではないかと思われるほどの心労だった。モールメンのムドンの兵站病院では薬もなく、希望もない入院生活の苦労。

ミンガラドンにいたときの激しい労役。わずか十オンスの米に、若干の乾燥野菜を支給された。ときどきビタミン剤をあたえると言いながら、四、五回しか貰《もら》ったこともない、侘しい給与。こんな給与で、いつまで生きられるのか？　人間に近い動物で、動物実験しているのではないか？　と勘ぐりたくなるような給与。生野菜の給与は、一度もなかったのである。

それで日本兵の戦犯裁判を行なうなんて……自分こそ戦犯ではないか？　と思いながらも、怒る元気もなくなった労役の苦しさ。帰還問題が起こってからの隊長としての心労は、気が狂わんばかりだった。「子々孫々まで、長という名のつく職に就くべからず」という家訓でも作りたい、と思ったほどだった。

苦労にはいろいろあることを、身を持って知らされた。そして貴重な青春も、戦塵の中に消えて行った。後に残ったものは、戦いという限りない厳しさと空しさだった。

「俺の生涯は、戦いの中に終わったのだ！　後は世のために奉仕する余生が残っているだけだ」と思って、すでに四十年の歳月が過ぎた。しかし、ソロソロもとの物欲の権化、人間に戻ってもよいような気もする。

今まで何かといえば兵隊のときのことが思い出されていたが、兵隊時代のことは少しも格好よくない。苦労の連続だったということを、若い青年たちに知ってもらいたいと思う。

この文章を書き終わると、やっと戦いの跡片付けが終わって、憑物《つきもの》が落ち、安心感につつまれたのである。

付――ペグー飛行場夜話

1

ここペグー飛行場では、軍医である私は労役は免除されていて、夕刻になると、労役に行った連中がぞくぞくと帰ってくる。その中に良く太って太鼓腹の男がいた。彼はお寺の住職で、近所の女学校の習字の先生をしていたが、周囲の兵に「なま臭坊主」と言われても、ケタケタと大声で笑っていた。私が未経験の若造と見てとってか、「なま臭坊主」の由来を語り始めた。

彼らは雨期、「半年間、雨が降り続く」の転進中、不衛生のため、アメーバ赤痢が流行し、つぎつぎと殪《たお》れた。ろくに食う物もないうえに、一日に二、三十回の排便に隣りにいた戦友も殪れてしまった。仕方がないので、後で迎えに来るからと言い残して部隊について、宿泊に着いた。疲れ果てていたので、放っておくつもりでいたが、他の戦友と共に、「彼を助けて後から部隊を追求せよ」との命令を受けてしまった。

部隊が食料調達などをしているので、民情が悪く食料も手に入らないし、下手に集落に入ると殺される恐れがあり、患者護送で帰還した者はほとんどいなかったのだ。死んだことにして、部隊を追求しようか？　と帰りかけたが、もし生きて帰ったらどうする？　やっぱり行かねば、と現地に着くと、「やっぱり来てくれたか？」と嬉しそうに立ち上がったところを、ドンと一発、胸を撃たれて殪れた。

部隊に着いた二人は、「着いて間もなく死んだので、帰って来ました」と報告し、事なきを得た。相棒はその後、転進中に亡くなった。疲労困憊し、精神状態が狂っていたのだろう。彼は「因果応報、因果応報」と、大きな腹を揺すって大声で笑うのである。

彼は私に、「私の生徒にいいのが沢山いるから、帰ったら紹介しますよ」と言う。「私は学生結婚で、子供もいますから」と言っても、「貴方はこの私を揶《から》うつもりですか?」と呆れるのである。

戦友たちは、「なまくさ坊主の教え子の面が見てえや!」と笑うのである。それは軽蔑の意味ではなく、暖かい好意に満ちたものだった。

2

○四の兵士三人は、龍兵団を救援するために中国の雲南に行ったが、中国軍に包囲されて苦戦していたので、その退路にあたる山を一個大隊で占拠し、一個中隊に守備を命じて前進した。
敵は龍兵団の殲滅《せんめつ》を企図し、退路遮断のため、一個師団をもって山を包囲して攻撃を開始した。山頂は砲撃によりたちまち陣地も剥き出しになり、耕したように、赤土になってしまった。一個中隊もいた兵も二週間もすると、三人になり、山を下って谷間に入り、隠れることにした。昼間は敵の砲撃が続き、砲撃の合間に、山に登って、メチャクチャに射撃して駆け降りる。するとまた砲撃が始まる。終わると交代に山上から乱射する。

夜になると、山上の死体から弾薬と、食料集めに忙しくなる。敵は味方がいる間は山上に登って来ないので、三人で友軍が来るまで一ヵ月間守り通したのだった。

この中の一人は旅回りの役者で、美男子とは言い難い風貌だが、どこに行っても追っかけの女が絶えず、女に不自由はなかった。一番若いのは十三歳、押さえたのは良いが、痛い、痛いと上に上がって入らない。とうとう柱に頭が支えてやっと出来た。

その中で良いのを女房にしたが、産褥《さんじょく》熱で死んでしまった、と淋しがる。三五十五日（産後十五日）は守ったのか？ と問うたら、何のことか？ との返事。自分が産褥熱の原因を作った自覚はまったくなかった。こんな連中だから三人で山を死守し、龍師団二万の退路を確保できたらしい。

3

メイクテーラの敗戦後、策軍団は海岸線を離脱し、ペグー山脈に集結して、後方遮断されたマンダレー街道を突破、雨期のために、増水したシッタン河を渡って友軍と合流するという作戦だった。連絡が悪く集結が遅れて、食料が不足し、部隊で収集しなければならない。

雨期には田んぼは水浸しで、二、三キロ離れたところに点々と集落があり、ここを徴発隊は急襲した。集落民が逃げた後には、出来たばかりの御飯、おかずがあったので、米や豆などの荷造りをすまして、食べにかかった。久しぶりの御馳走に舌鼓を打っていると、突然、機関銃の射撃を受けた。現地人が英軍に救援を頼んだらしい。

荷造りした米と御飯の入った鍋を持って水田の中に逃げたが、泥濘《でいねい》だからナカナカ走れず、後ろから機関銃が追ってくる。慌《あわ》てて引っくり返っても、鍋だけは汚さないように無意識に上に上げていた。自分のことは見えないが、「お前はこんな具合だったぞ！」と実演して見せる。息は切れるし、焦っても足は動かないし、安全地帯に辿り着いたときは、身動きも出来なかった、と笑うのである。

イヨイヨ敵中突破のとき、直径十二、三センチメートル、長さ二メートルの竹竿を担《かつ》いで、ペグー山脈を出発、夜、敵戦車の合間をぬって一人一人、マンダレー街道を突破、沼の中で敵に見つかり、攻撃を受けたところもあったが、何とか岸辺に着いた。岸辺で、筏を組み、装具を積んで筏にすがって濁流に入り、岸を離れると、一直線に流された。押して泳いでいるうちに前進する。筏を回せば前進することに気づいた。くるくる回っているうちに、対岸から銃声が起こった。反乱を起こしたオンサンの配下の兵と思われた。

われわれはそのまま上陸したが、躊躇した連中は流されて激流に呑まれてしまった。七、八十メートル置きだった。焚き火で次第に兵が集まったが、銃撃した敵軍は友軍の上陸と同時にいなくなり、トングー付近の山岳に入ってタトンに着いた時は戦争も終わっていた。

4

退路を遮断されて雨季の転進を強いられた、兵《つわもの》兵団の転進も楽ではなかった。飛行機、戦車の支援もなく、砲も捨て、各自一週間の食料を持ってペグー山脈に入った〇三の兵が見たものは、一週間前に入った野戦病院。ジャングルの中に空ろな目をして座り込んだ兵たちだった。「こんなところにいては、どうにもなりませんよ」と忠告しても、「うん」と言うなま返事がかえって来るだけだった。

ある軍医に、飯盒の蓋一杯でいいから、米と金時計を交換してくれと頼まれたが、断わった。代わりに水筒の蓋一杯の米を贈呈した。代わりに時計を遣《や》ると言ったが、重いだけで食べられないのでこれも断わった。

兵の中には睡眠中に装具を盗《と》られた兵もいた。それは死を意味したのである。終戦後、パヤジのキャンプにいた頃、つわものの野戦病院がいると聞き喜んで会いに出かけた兵は、ションボリとして帰って来た。つわものの野戦病院は六名が帰って来ただけで、軍医は一人もいなかった。彼の与えた水筒の蓋一杯の米は、当時、彼の一日分の食料だったのである。

転進は過酷をきわめた。疲れ果ててやっと宿泊地に着く。翌日、目を醒《さ》ましても歩けるかどうか、まったく自信がないが、動き始めると何とか動けた。二、三百メートル行くと後ろから、ドカン、ドカンと爆発音がする。だれかが手榴弾を抱えて自爆したらしい。つぎは自分の番か！ という意識が頭をかすめる。

そんなある日、列をなして泥濘《でいねい》を歩いていた。前の兵が歩いた足跡を踏んで黙々と歩く。体力も使い果たして、歩くのがせいいっぱいで、余力はまったくなかった。

前の兵が倒れて立てず、「起こしてください、起こしてください」と言うが、誰も起こしてやる余力もない。助けたら、自分も倒れて起きられなくなるのだ。今も彼の助けを呼ぶ声が耳に残っているという兵だった。

ある兵は雨季の転進中、夜間ジャングルを歩いていた。疲れ切って眠りながらの歩行だから、前の兵の姿を見失うこともあり、困難をきわめた。そんなとき、兵は発光苔を見つけた。土が一面、緑色に光っていたのだ。兵は各自、前を行く兵の背中に泥を塗りつけ、光を頼りに歩いたこともあったと言う。

あそこの道に道路を横切るように死んだばかりの兵がいたろう、と言ったが、だれも知らないと答えた。あそこには「するめ」のように、ペシャンコの死体が在ったけどな。いろいろ話しているうちに、つぎのことがわかった。

5

みんな疲れ切っているので、死体が在っても脇に置き換える元気のある者もなく、死体を跨《また》いで通ることも出来なくて、踏んで通ったらしい。最初の兵が通ったときは普通の死体だったが、後から来た兵に踏みつけられ、肋骨も折れてペシャンコになって、「するめ」状態になっていたことがわかった。

ある兵の語るところによると、部隊とはぐれて転進中、次第に人数がふえ、数人になったころ、前方に鉄砲を杖にして木を背にした兵が立っていた。呼んだが返事がないので、前に回って見ると、骸骨だった。前を通り過ぎようと思ったが、死に神に思えて通れない。躊躇《ちゅうちょ》していると、兵の一人が、後ろから骸骨の足を鉄砲で突いたら崩れ落ちたので、死に神のイメージがなくなり、歩いて行けたとか。

6

ある兵は転進中、道端に携帯天幕を敷き、東を向き、手榴弾自殺をした兵のそばには、揃えた靴と背嚢《はいのう》があり、上の書き置きに「必要な物があったら、使って下さい」と書いてあったそうだ。

ある兵がシンミリ語りはじめた。雨期の転進中、ジャングルの中に一軒の家を見つけた。久しぶりに濡れずに寝られると喜んで家に入ると、家は悪臭で鼻が曲がるほど臭い。部屋の中に兵の死体があり、悪臭を放っていた。それでも雨に濡れて寝るよりはましなので、一晩、死体のそばで寝た。「人間て……いやなもんですね！　そのとき可哀そうだ、と思う前に、何も家に入って死ななくても！　と思うんですからね」と、しみじみと語る兵の言葉には、実感がこもっていた。

また、乾期の戦場は乾き切って水一滴もなかった。探し回った末、やっと見つけた池の底に小さな水溜まりがあった。やれ嬉しやと駆け寄ると、「水たまりに兵が顔を突っ込んで死んでいるんですからね！　もちろん炊いて飲みましたよ」と。そのときもまず思ったのは、「何も顔を突っ込んで死ななくても！」だった。

「人間の感情なんて、イザとなると酷《ひど》いもんですね！　可哀そうに！　あの兵隊も、もう少し早く水溜まりを見つけたら死なずにすんだろうに」と感じたのは、そのお湯をんでしばらくしてからだった。イザとなると、人間、何をすることやら！　修羅を見てきた男の実感だった。

あとがき

私の書いたビルマ戦記を、額田隊長の弟で玉野病院時代の旧友、岡先生に贈ったところ、つぎのような葉書が届いた。

「本、一気に読みました。先生の困難に対する確固たる意志と確実な判断力と強運とが、淡々たる表現により理解できました。玉野時代の先生の悠々泰然たる姿が理解できました。」

よく考えてみると、そのとおりかも知れない。戦争中は苦難に満ちた戦いだったが、幸運と若さにより何とか突破できた。また、希望と団結力とアジアを植民地から解放するという正義感もあり、心の支えとなった。だが、戦後は支えを失った案山子《かかし》のように希望すら消え失せ、生ける屍《しかばね》と化していたのである。

ところで、ビルマ・メイクテーラの会戦は、大東亜戦争では最大の戦いの一つだったが、時に利あらず、ビルマ方面軍は壊滅した。

意気消沈し、英軍の捕虜として労役に服して毎日労働に従事した。それでもご飯は飯盒《はんごう》の中盒にすり切れ一杯、おかずはキャベツと馬鈴薯の乾燥野菜を、毎日、朝昼晩、二年間、帰国までつづいていた。そのため、腹がすき、蛋白質、ミネラル、ビタミン不足のせいか、体がだるく、いつまで体がもつか自信はなかった。

風呂にもほとんど入れなかったので、腹を擦《こす》ると小指大の垢の塊がいくらでもできる。暇があると虱《しらみ》を取るのが日課になっていたが、ビルマの生き残りだという誇りだけは失ってはいなかった。ともかくも配下の狼の第四野戦病院の兵たちを、妻子のもとに連れて帰るのが長たる自分に課された責務だと考えていたのである。しかし、泰緬鉄道建設時の犠牲に対する報復として、英軍に使い殺される可能性も捨て切れなかったのだ。

ビルマより復員した後、岡山の市立市民病院に勤務した。三年間のブランクを取りもどそうと必死に勉強したが、何で調子が狂ったのか、どこか違って力が入らない。南方ぼけや軍隊ぼけがあるのは知っていたが、それともまったく違っている。よく考えてみたら、スリルもサスペンスもなかったのだ。

戦場では、いつも死と背中合わせだったのに、戦後は命をかける機会がまったくなかった。そして何かに急かされるように、医学に打ち込もうとしたが、違和感は拭えなかった。心身ともに調子がおかしかったのである。

玉野の市民病院に勤務していたころ、事務員から、「先生が当直のときに限って、医師の当直室の方から、ギャ！　という声が聞こえるんですが？」という質問があって愕然とした。寝ていると、戦場のことが思い出され、居ても立ってもいられない焦燥感に苛《さいな》まれていたのである。

アメリカのベトナム戦争の末期、戦争の後遺症が起こり、仕事に手がつかないとか、酷《ひど》いのになると復員後、また志願してベトナムの戦場に復帰したとかいう情報が伝わってきたので、はじめて戦争後遺症と気づいた。

それはともかく、玉野病院は結核専門だったので、手術は肺切除術だった。肺切除術は、日本では戦後、麻酔の進歩により出来るようになった新しい手術だった。そのため、看護婦も看護に慣れないので、私が真夜中に二、三回、見回っていたから、手術時の当直は私が引き受けていたのである。幾ら手術しても新患が増え、絶えず十数人いた待機患者（手術予定患者）が減少するのが先か、私が斃《たお》れるのが先か、命を賭けて戦っていたのである。薬の利かない菌に感染したら、医師でも命の保証はなかったのである。

私は私の命を結核患者の手術に賭け、結核と死闘を演じていたのである。死亡率一位だった結核が減少したのは、抗結核薬と手術により排菌原を取り尽くしたわれわれの成果だと自負している。

いつも急かれるような気がして落ち着かなかった私も、定年後、初めて心の安定を得たような気がする。仕事とはまったく関係のなくなった今日、庭の雑草を抜きながら、戦争と離れ切れなかった人生を思い起こすのである。

平成十二年五月

三島四郎

装幀——純谷祥一

ピカピカ軍医ビルマ虜囚記

2000年7月27日　第1刷発行

著　者　三　島　四　郎
発行人　浜　　　正　史
発行所　株式会社　元就《げんしゅう》出版社
〒171-0022 東京都豊島区南池袋4-20-9-301
電話　03-3986-7736　FAX 03-3987-2580
振替　00120-3-31078

印刷所　東洋経済印刷株式会社

※乱丁本・落丁本はお取り替えいたします。

ISBN4-906631-55-5　C0021